유에
남자 금지의 여자들의 시간?!

흔해빠진 직업으로 세계최강
ARIFURETA SHOKUGYOU DE SEKAISAIKYOU
시라코메 료
shirakome ryo
illust.타카야Ki
takayaki
#6
나카무라 에리

흔해빠진 직업으로 세계최강

ARIFURETA SHOKUGYOU DE SEKAISAIKYOU

#6

시라코메 료 지음

타카야Ki 일러스트

김장준 옮김

CONTENTS

프롤로그

이슥한 밤.

어딘가 평소와 다르게 눅눅한 바람이 부는 야트막한 언덕 중턱에서 그림자가 움직였다. 그림자는 땅을 기다시피 몇 걸음 움직인 후 멈춰서 주위를 경계하고, 또 움직이기를 반복 작업처럼 되풀이했다. 온몸이 검은 털로 뒤덮인 그것은 개를 닮은 마물이었다.

경계심 강한 마물은 시간을 들여 언덕마루에 올랐고 멀찍이 내다보이는 환한 빛에 눈을 가늘게 떴다.

인공적인 빛. 【하일리히 왕국】 왕도가 피운 밤의 꽃이었다.

아무리 왕도라도 심야에 가까운 시간인지라 대다수 사람은 이미 꿈속에서 헤매는 중이었다. 하지만 무법자 행세를 하며 밤거리를 누비는 이들이나, 그들을 상대로 장사하는 억척같은 상인들에게 밤은 이제 막 시작되었을 뿐이었다.

어디 그들뿐이겠는가. 야간 경비를 서는 병사들에게는 휴식처가 필요했고, 밤에만 할 수 있는 의뢰를 해결하려는 모험가들에게도 필요한 가게는 많았다.

그렇다고 이곳이 【중립 상업 도시 휴렌】처럼 『잠들지 않는 도시』인가 하면, 그건 또 아니었다. 시간이 지남에 따라 인공적인 빛은 차차 사라져 가고, 결국 달과 별들의 차갑지만 부드러운 빛만을 조명으로 남긴 채 도시는 잠들 것이다.

무슨 생각에서인지 그런 왕도의 불빛을 바라보던 마물은, 잠시 후 뒤쪽에서 느껴진 기척에 놀라 대뜸 펄쩍 뛰었다. 공중제비를 돌다시피 돌아선 마물은 그 기척의 정체를 발견했다.

"—으르릉."

낮게 위협해 보지만 반응은 돌아오지 않았다.

당연했다. 소리 소문 없이 나타난 그 기척은 생물이 내는 것이 아니었으니까.

마물의 눈이 향한 곳에서 땅이 희미하게 빛나고 있었다. 기척의 정체는 마력이었다. 갑자기 발생한 마력의 진동과 소리, 빛이 마물의 경계심을 자극한 것이었다.

땅속에서 어슴푸레 새어 나오는 마력광(魔力光)을 얼마간 바라보던 마물은 그것이 위험하지 않다고 판단하고 슬그머니 다가갔다.

그리고 앞발로 땅을 벅벅 파 보았다. 어느 정도 깊이에 도달하자 발톱이 딱딱한 무언가와 부딪치는 감촉이 전해졌다.

그곳에 있는 것은 석판 같았다. 복잡하기 이를 데 없는 기하학무늬가 그려진 석판이었다.

마물은 흥미가 동하는 대로 석판을 파헤치려고 했다.

그 직후, 마물은 다시 한 번 펄쩍 뛰게 됐다.

조금 떨어진 곳에서도 대뜸 마력광이 발생했기 때문이었다.

이어서 그 건너편에서도 세 번째, 네 번째 마력광이 차례대로 밝혀졌다.

여기서 떨어지라고 본능이 호소했는지 마물은 몸을 부르르

떨더니 쏜살같이 달아났다.

올바른 판단이었다. 약 10분이 지났을 즈음 빛은 100여 개로 불어났고, 그 후 점점이 들어온 빛을 선으로 이으며 거대한 마법진이 떠올랐다.

그것은 석판에 그려진 기하학무늬와 같은 문양이었다. 이 자리에 천재 마법사인 모 흡혈 공주가 있었다면 그 정체를 간파하고 분명히 이렇게 말했을 것이다.

—이건 공간 이동을 위한 마법진이다, 라고.

대군(大軍)마저 단번에 전이시킬 거대 마법진이라고…….

제1장 ◆ 불온한 그림자

처음 그 소동을 눈치챈 것은 시아였다.

"어라? 하지메 씨, 저기 저거…… 공격받고 있지 않나요?"

여느 때와 다름없이 하지메는 차 안에서 유에와 찰싹 달라붙어 있었고, 거기에 카오리가 끼어든 탓에 파워업 하여 눈보라를 등에 업은 한냐와 번개를 두른 용이 으르렁거리는 상황이었다. 그 결과 거의 앞을 보지 않고 위험 운전을 하던 하지메는 시아의 말을 듣고 전방으로 주의를 기울였다.

시아 말대로 한 상인 집단이 공격받고 있는 듯했다. 맞붙은 두 집단은 격한 공방을 주고받고 있었다. 거리가 가까워질수록 시아의 토끼 귀에는 사람들의 고함과 비명이 들려왔고, 하지메의 『멀리 보기』로도 그곳의 상황을 자세하게 살펴볼 수 있었다.

"상대는 도적 같군. 행색이 구질구질한 남자가…… 약 마흔 명. 그에 비해 상인의 호위는 열다섯 명 정도인가? 저 병력 차로 버티는 것 자체가 대단한걸."

"……응. 저 결계는 제법 나쁘지 않아."

"흠, 흡사 성벽이구먼. 저걸 무너뜨리지 않는 한 안쪽에 진을 친 대상(隊商)에게는 접근할 수 없어. 결계 너머로 마법을 쏘면 도적들도 속수무책이겠지."

"하지만 전혀 물러나려고 하지 않는데요?"

"그야 대상 전체를 덮을 결계라면 전문 소환 팀이라도 없는 한 오래가지 않을 테니까. 다소 시간은 걸리겠지만 기다리면 저절로 풀릴 거야."

처음에 기습이라도 받았던 것일까. 중상을 당해 몸을 웅크린 사람이 몇 명 보였고, 이미 죽었는지 피바다에 가라앉은 자도 몇 명 있었다.

하지메 일행이 말하는 강력한 결계로 어찌어찌 버티고는 있지만 가뜩이나 머릿수가 적은 상황에서 호위병의 수가 더욱 줄었다. 결계가 풀리면 무참하게 살해당할 것이다. 도적들은 이미 모험가로 보이는 여성을 붙잡아 발가벗기고 결계 안에 있는 동료 모험가에게 보란 듯이 치욕을 주고 있었다.

그리고 하지메의 추측처럼 일행의 대화가 끊긴 직후 결계는 효력을 잃고 녹아내리듯 허공으로 사라져 버렸다.

이때를 기다렸다는 양 도적들이 함성을 지르며 대상으로 달려들었다. 도적들의 머릿속에는 이미 전리품에 대한 생각뿐인지 하나같이 천박한 웃음을 짓고 있었다. 호위대가 필사의 항전을 펼쳤지만 수적 열세를 뒤집기에는 역부족이었다. 그들은 한 명씩 상처 입고 쓰러져 나갔다.

그때, 왠지 몹시 놀란 표정으로 굳어 있던 카오리가 조바심이 묻어나는 목소리로 하지메에게 구조를 요청했다.

"하지메, 부탁할게! 저 사람들을 구해줘! 어쩌면 저기에……."

하지메는 카오리의 말을 끝까지 듣지도 않고, 묵묵히 마력 구동 사륜차 『브리제』를 가속하는 것으로 대답을 대신했다.

이야기를 듣고 구할지 말지를 따지는 사이 그들이 전멸당할 것은 불 보듯 뻔했다. 그래서 카오리의 사정은 나중에 듣기로 하고 먼저 행동에 나선 것이었다. 하지메의 신조는 속전속결. 하물며 그것이 동료의 부탁이라면 길게 따질 이유가 없었다.

브리제의 바퀴가 땅을 할퀴며 차체가 로켓 추진기라도 단 것처럼 급격히 가속했다.

"하지메…… 고마워."

카오리는 끝까지 말하지 않아도 행동으로 보여준 하지메에게 미소 지었다. 하지메는 어깨만 으쓱일 뿐이었다.

한편, 카오리 외의 탑승자들은 하지메가 무엇 때문에 이토록 속도를 내는지 눈치채고 부랴부랴 안전벨트를 고쳐 맨 뒤 저마다 어딘가에 매달렸다.

"저, 저기, 하지메? 설마……."

브리제의 속도가 점차 올라감에 따라 카오리의 얼굴이 굳어 갔다. 구조를 바란 것은 자신이지만, 지구의 교통 상식을 아는 사람으로서 그런 선제공격을 주저 없이 감행해도 괜찮은지 생각하지 않으려야 않을 수 없었다.

그런 상식의 소유자 카오리에게 하지메는 입에 침도 바르지 않고 태연하게 대답했다.

"범죄자를 보면 액셀을 밟아라. 운전 교육 할 때 가르치잖아?"

"안 가르쳐! 마음대로 교통 법규를 바꾸지 마! 이거 봐, 다른 애들이 진짜 그런 줄 알고 끄덕끄덕하잖아!"

카오리가 속사포처럼 쏘아대도 하지메는 조금도 신경 쓰지 않고 도적들을 후방에서 지휘하는 남자에게로 돌진했다. 그 망설임 없는 행동은 자고로 자동차란 범죄자를 치어 죽이기 위해 존재한다고 말하는 듯했다.

도적 두목으로 보이는 인물은 그제야 흙먼지를 일으키며 급속도로 접근해 오는 정체 모를 물체를 알아차렸다. 허둥지둥 동료에게 지시를 내리며 자신도 주문을 외기 시작했다. 그들에게는 브리제가 신종 마물이나 뭐 그런 것으로 보이겠지. 설마 사람이 타고 조종하는 쇳덩어리인 줄은 꿈에도 생각하지 못할 것이다.

하지메는 마력을 주입해서 브리제의 기믹을 발동했다. 보닛 하부 양 측면과 지붕에서 길이가 1미터쯤 되는 믹서 날이 나타났다.

난생처음 보는 괴물이 다가오는 것을 보고 전율한 도적들이 연이어 불덩이를 날려 댔지만, 어차피 소용없는 짓이었다. 그걸 아는 하지메는 그러거나 말거나 무시하고 냅다 돌진했다.

불덩이가 몇 발 직격해도 아무런 지장도 없이 돌진해 오는 검은 물체를 보자 도적들은 모골이 송연해진 표정이었다.

쿵! 콰득! 우지직! 끔찍한 소리를 내면서 전율, 절망, 당혹—그런 감정을 표정에 드러낸 도적들이 튕겨 날아갔다. 어떤 사람은 보닛 위에 쓰러져 지붕으로 굴러가 날에 갈렸고, 또 어떤 사람은 옆으로 뛰어 피하려다가 측면의 날에 몸 일부가 잘려 날아갔으며, 운 좋게 날에 닿지 않은 사람도 시속 80킬로미터로 달리는 차량에 충돌해 하늘로 날아갔다.

단 한 순간, 단 한 번의 충돌로 후방의 도적 집단 중 일곱 명이 목숨을 잃었다.

하지메는 후방의 도적들을 차로 치어 죽인 후 그 앞에서 드리프트 하듯 차체를 돌려 정차했다.

느닷없는 살육극에 도적뿐 아니라 대상 측도 아연실색하여 브리제를 응시했다. 개중에는 칼로 힘겨루기를 하는 와중 서로의 얼굴을 어리둥절하게 바라보는 도적과 호위도 있었다.

하지메는 그런 그들을 본체만체하고 카오리를 돌아보며 확인 차원으로 물었다.

"싸운다면 인정사정 봐주지 않아. 저놈들을 전부 죽일 거야. 자비 같은 건 바라지도 마. 알고 있겠지?"

"……응. 알아."

아무리 카오리가 상냥하더라도 적대자를 치료하거나 감싸는 것은 용서하지 않겠다는 뜻이었다. 그러고 싶다면 카오리는 하지메의 동료로 있을 수 없다. 가야 할 곳은 용사 파티다.

카오리는 한 박자 쉬고 결연한 눈빛으로 하지메에게 고개를 끄덕여 보였다.

"그럼 가. 아무도 방해하지 못하게 할 테니까."

"응!"

카오리는 브리제에서 내린 뒤 한눈도 팔지 않고 똑바로 부상자에게 달려갔다. 브리제를 보고 기겁한 도적들도 달려오는 것이 젊은 여자임을 알자 퍼뜩 정신을 차렸다. 그리고 동료를 죽인 분노로 표정을 일그러뜨리며 카오리에게 달려들었다.

"이 찢어 죽일 자식! 죽어라아아!"

도적 남자가 목이 터지라 소리치며 손에 든 장검을 확 치켜들었다.

하지만 카오리는 그런 도적에게 눈길만 한 번 주고 아무것도 아니라는 양 눈을 돌렸다. 그리고 걸음을 늦추지 않고 주문을 외며 부상자에게로 달려갔다.

자신을 안중에도 두지 않는 카오리의 태도에 남자는 더욱 격앙했지만 그 분노를 드러낼 일은 없었다. 곧 그 머리가 날아가 버렸으니까.

—투팡! 투팡! 투팡! 투팡! 투팡! 투팡!

주위로 총성이 울릴 때마다 살의의 바람이 휘몰아쳤다. 도적의 머리가 하나씩 터지며 피가 물보라처럼 날리는 광경은 구원받는 호위대의 등줄기마저 오싹하게 했다.

너무나도 압도적이며 너무나도 무자비한 폭력. 마흔 명이 넘던 도적들이 불과 몇 초 사이에 절반으로 줄었다.

도적 몇 명이 그 비현실적인 광경을 보고 패닉에 빠졌다. 그리고 인질이라도 잡을 요량인지 멍하게 서 있는 토인족 소녀에게로 괴성을 지르며 달려들었다.

"위험해!"

호위대 중 한 사람이 소리쳤다. 하지만 걱정이라면 필요 없었다. 누가 뭐래도 여기에 있는 건 점점 초인으로 거듭나고 있는 시아가 아닌가. 전투 토끼에게 사각(死角)은 없다!

시아는 뒤쪽 허공으로 비스듬히 손을 뻗어 『보물고』에서 드뤼켄을 꺼냈다. 그리고 착, 차진 소리를 내며 손에 움켜쥔 그것을 있는 힘껏 휘둘렀다. 드뤼켄은 앞부분에 둥근 흰색 막—공기의 벽을 만들며 매섭게 돌아갔고, 동시에 달려들던 도적 세 명의 상반신을 단번에 찢어 버렸다.

"응? 으아, 어떡해, 피 좀 봐!"

아무래도 최근 멀쩡한(상식적인 힘을 가진) 적과 싸운 적이 없어서인지 잡졸을 상대로 힘 조절에 실패한 듯했다. 그냥 날려 버리려던 것이 그만 상반신만 찢어 버리는 결과를 낳았다. 뭔가 잘못된 다루마오토시[#1](변칙 버전) 같았다. 어마어마하게 튀는 피에 놀란 시아는 허둥지둥 도망쳤다.

유에와 티오도 그런 시아를 보고 어이없어하면서 폭풍 같은 마법 난사로 도적의 접근조차 허용하지 않은 채 가차 없이 농락하고 있었다.

도적들은 열 명 정도가 남자 그제야 겨우 내빼려고 시도했으나 어림없는 일이었다. 그들은 사이좋게 뒤통수에 구멍이 뚫려 죽었다. 목숨을 구걸할 틈조차 없었다. 그것은 정말로 인정이라고는 눈곱만큼도 찾아볼 수 없는 학살극이었다.

카오리는 다인용 중급 회복 마법 『회천』을 연속으로 사용해서 다친 모험가들과 대상의 사람들을 단숨에 치료해 나갔다. 하지만 안타깝게도 하지메 일행이 오기 전에 쓰러져 있던 호위 모험가들은 이미 숨을 거둔 뒤였다. 아무리 재생 마법이라도 죽은 자를 되살릴 수는 없으므로 그들은 구할 수 없었다.

#1 다루마오토시 세로로 쌓은 블록을 밑부분부터 망치로 쳐서 빼내는 놀이.

구하지 못한 그들을 보고 어금니를 악무는 카오리를 향해 문득 누군가가 잽싸게 달려왔다. 체구가 작고 눈 아래까지 후드를 깊게 눌러 쓴 모습은 언뜻 보아 무척 수상했다. 하지만 마력의 흐름과 색을 통해 조금 전까지 결계를 펼치고 필사적으로 대상을 지킨 것이 바로 그 인물임을 이미 확인한 하지메는 아무런 제지도 없이 그 인물을 보내줬다.

"카오리!"

후드를 뒤집어쓴 인물은 가녀린 목소리로 카오리의 이름을 부르며 속도를 늦추지 않고 그대로 뛰어들어 안겼다. 카오리는 혹시나 하던 생각이 맞았다며 경악스러운 마음을 감추지 못하면서 그 인물의 이름을 입에 담았다.

"릴리! 맞지? 릴리지? 그 결계, 어디서 본 적이 있다고 생각했어. 설마 이런 곳에 있을 줄은 상상도 못 했으니까 반신반의했지만……."

카오리가 릴리라고 부른 그 인물은— 하일리히 왕국의 왕녀, 릴리아나 S. B. 하일리히였다.

릴리아나는 진심으로 안도한 기색이었고, 삐뚤어진 후드 안쪽으로 빛나는 금발과 푸른 눈동자를 포함한 그 미모가 엿보였다. 그녀는 감개무량한 듯 가늘게 뜬 눈으로 카오리를 바라보며 말했다.

"저도 이런 곳에서 카오리를 만날 줄은 생각도 하지 못했어요. ……행운이네요. 제게도 아직 운이 남아 있나 봐요."

"릴리? 그게 무슨……."

카오리가 릴리아나의 말뜻을 헤아리지 못하고 되묻는데, 릴리아나는 지금 막 깨달은 것처럼 퍼뜩 후드를 눌러쓰며 카오리의 입술을 검지로 막아 자신의 이름을 부르지 못하게 했다.

아무래도 정말로 시녀도 호위병도 대동하지 않고 상인들 사이에 숨어 이곳까지 온 것 같았다. 한 나라의 왕녀가 그렇게까지 해야만 하는 사정이 있었음을 짐작한 카오리의 표정도 점차 일그러졌다.

"카오리, 치료는 끝났어?"

"꺄!"

카오리와 릴리아나가 진지한 표정으로 마주 보는데, 어느새 옆에 와 있던 하지메가 말을 걸었다.

릴리아나는 전혀 인기척을 느끼지 못해 귀여운 비명을 질렀다. 그리고 후드를 쓴 채로 하지메를 올려다보고는 잠시 생각에 빠지더니, 머리 위로 전구가 떠올라 반짝인 듯한 표정으로 하지메에게 말했다.

"……나구모 씨, 맞으시죠? 오랜만에 뵈어요. 살아 계시다는 이야기는 다른 분들께 들었어요. 그 강한 삶의 의지에 진심으로 경의를 표합니다. 정말로, 다행이에요. ……나구모 씨가 없는 동안 카오리는 보는 사람이 괴로울 정도였답니다."

"아이참, 릴리! 지금 그 얘길 왜 해!"

"후후, 카오리가 일생일대의 고백을 한 이야기도 시즈쿠에게 들었어요. 이따가 자세하게 들려주셔야 해요?"

묘하게 놀리는 말투로 말한 릴리아나는 창피해서 홍당무가

된 카오리에게서 눈을 돌려, 여전히 후드를 쓴 채 하지메에게 웃음 지었다.

국민에게 대대적인 인기를 자랑하는 왕녀의 웃음. 그것을 한 번 보면 남녀노소를 불문하고 눈길을 사로잡히리라. 정말로 그렇게 생각될 정도로 여리고 귀여운 얼굴이었다.

하지만 하지메는 그 얼굴을 보고도 아무런 감흥이 없는지, 오히려 의심스러운 눈초리로 릴리아나를 보며 뻔뻔하게 말했다.

"……네가 누군데?"

"에?"

하지메가 아직 왕국에 있을 무렵부터 릴리아나와 카오리 그룹은 적극적으로 교류했고, 릴리아나는 다른 학생에게도 반드시 수차례 스스로 말을 걸고 다녔다. 당시 설 자리가 없던 하지메는 릴리아나와 직접 대화한 횟수는 그리 많지 않았으나, 카오리를 포함해 담소를 나눈 적이 있었다.

그리고 릴리아나는 왕녀라는 신분과 그 사근사근하고 붙임성 좋은 성격 덕분에 한 번 교류한 상대에게 잊힌 경험은 단 한 번도 없었다. 그래서 하지메가 전혀 모르는 사람을 보는 눈으로 자신을 바라보는 사실에 당혹감을 감출 수 없었다. 무심결에 왕녀에게서는 상상할 수 없는 얼빠진 목소리가 나와 버릴 만큼…….

멍하게 선 릴리아나를 대신해서 카오리가 급하게 사태 수습에 나섰다. 다른 사람에게 릴리아나가 왕녀라는 사실을 들키면 일이 복잡해지므로 하지메의 귓가에 대고 목소리를 낮춰 말했다.

“하, 하지메! 왕녀님! 왕녀님이야! 하일리히 왕국 왕녀 릴리아나라구! 이야기한 적 있잖아!”

“……………………………………………아아.”

“훌쩍, 잊히는 건 제법 마음이 아프네요, 훌쩍.”

“릴리! 울지 마! 하지메가 원래 『조금 그래』! 하지메가 『특수』한 거지, 릴리를 잊는 사람은 『보통』 없다니까! 알았지? 그러니까 울지 마.”

“야, 나 은근슬쩍 욕먹은 거 같은데?”

울먹거리는 릴리아나를 애써 달래는 카오리가 은근히 심한 말을 하기에 하지메는 무심코 따졌다.

“하지메 넌 잠깐 조용히 있어!”

“아뇨. 괜찮아요, 카오리. 제가 조금 자만에 빠져 있었을 뿐이죠.”

하지만 카오리가 바락 성을 내고 심지어 릴리아나가 자신을 탓하니 더 불평하기 어려워졌다. 릴리아나를 까맣게 잊은 하지메가 전면적으로 잘못했으니까 말이다.

그런 미묘한 분위기를 형성한 그들에게로 유에 일행과 낯익은 인물이 다가왔다.

“오랜만에 뵙는군요. 그간 무탈……은 아니겠군요. 활약이 대단하시다고 들었습니다.”

“아, 영양 드링크…….”

“영양 드링크요? 물론 저희 상회에서도 다루곤 있지만……

대명사가 될 만큼 유명하지는 않았을 텐데 말입니다…….”

“아~, 아무것도 아냐. 이름이 모토였지?”

“네. 기억해주셔서 기쁩니다. 윤케르 상회의 모토입니다. 위기에서 구해주신 것은 이걸로 두 번째군요. 인연이 있긴 있나 봅니다.”

악수를 청하며 싱글벙글 웃는 이 남자는 한때【브룩 마을】에서【중립 상업 도시 휴렌】까지 가는 길에 호위를 맡은 대상의 리더, 윤케르 상회의 모토 윤케르였다.

그의 과도한 상인 정신이 초래한 사건은 하지메도 똑똑히 기억하고 있었다. 이 세계 상인이 얼마나 악착같은가를 모토에게 배웠다고 해도 과언이 아니었다. 실제로 그의 상인 정신은 예나 지금이나 변함이 없는지 악수를 하면서도 슬쩍 하지메의 손가락에 있는『보물고』를 만지고 있었다. 웃음기가 전혀 없는 그 눈이「슬슬 팔지 않겠습니까?」라고 말하는 것처럼 보이는 것은 기분 탓이 아니리라.

뒤쪽에서 시아가 카오리와 릴리아나에게 모토와의 관계를 설명하자,「딱 한 번 만났을 뿐인 사람은 기억하는데……. 나, 왕녀인데……. 왕녀인데……」라고 릴리아나가 더욱 침울해했다.

카오리가 그런 그녀를 애써 달래는 모습을 무시하고 하지메는 모토의 이야기를 들었다.

모토의 말에 따르면 그들은【여관 마을 호르아드】를 경유해【앙카지 공국】으로 가는 길이라고 했다. 앙카지의 참상은 이미 상인 사이에도 널리 알려졌고, 지금이 기회라고 생각한 상인들이 득달같이 모여들고 있는 듯했다. 모토도 이미 한 번 거래를 마치고 왕도에서 물건을 구해 재차 앙카지로 가는 중이라고 했다. 웃음이 떠나지 않는 그의 얼굴을 보면 꽤 수익이 짭짤했나 보다.

하지메 일행은 호르아드를 거쳐 휴렌으로 가서 그곳 모험가 길드 지부장인 이루와에게 뮤의 호송 완료를 보고한 뒤 【하르치나 수해】로 갈 예정이었다. 그 사실을 모토에게 전하자 그는 호르아드까지 호위해 달라고 의뢰해 왔다.

하지만 그 이야기에 이의를 제기한 사람이 있었다. 릴리아나였다.

"죄송합니다, 행수님. 이분들의 시간은 제가 빌리고 싶어요. 호르아드까지 동승을 허락해주셨는데 은혜를 원수로 갚은 것 같아 죄송하지만……."

"허어, 그럼 호르아드까지 가지 않으셔도 되겠습니까?"

"네, 여기서 그만 내리겠습니다. 물론 요금은 처음 약속한 대로 드릴게요."

릴리아나는 모토의 대상에 편승해서 호르아드까지 갈 예정이었나 보다. 하지만 도중에 하지메 일행을 만나 그럴 필요가 없어진 듯했다.

그 시점에서 하지메는 릴리아나의 목적에 의구심을 품었지만, 따지려고 해도 카오리가 릴리를 더 괴롭히지 말라고 무언의 압박을 해 오는 터라 일단 조용히 있기로 했다.

"그렇습니까……. 도움이 되었다니 다행이군요. 돈은 주지 않으셔도 됩니다."

"네? 아뇨, 그럴 수는……."

모토가 굳이 돈을 사양하자 릴리아나는 당황했다. 대상에게 잠자리부터 식사까지 전면적인 도움을 받았다. 나중에 얼마를 청구할지 가진 돈으로 충분할지 조금 불안했을 정도였다. 그래서 모토의 말은 완전히 예상을 어긋난 것이었다.

그런 릴리아나에게 모토는 난처하게 웃었다.

"두 번 다시 이런 일을 하시리라고는 생각하지 않지만…… 일단 충고 차 말씀드리겠습니다. 보통 승합 마차가 됐든 동승이 됐든 요금은 선불입니다. 그것을 출발 전에 요구하지 않는 것은 상대방이 무언가 좋지 않은 일을 꾸미고 있거나, 혹은 돈을 받을 수 없는 이유가 있기 때문이죠. 이번에는 후자에 해당합니다."

"그 말은, 설마……."

"어떤 사정이 있는지는 모르겠으나, 다름 아닌 당신께서 홀로 암행에 나서신다면 그만한 중대사일 테지요. 그렇게 위급한 때 아무 도움도 드릴 수 없다면, 앞으로 상인은커녕 가슴을 펴고 이 나라 사람임을 자처할 수도 없습니다."

릴리아나는 그 말의 뉘앙스로 깨달았다. 모토는 처음부터 자신의 정체를 알고 있었다. 알면서 일부러 모른 척하며 자신을 도우려고 한 것이었다.

"정말 그렇게 생각하신다면 감사의 표시로 받아주세요. 여러분 덕분에 저는 왕도를 빠져나올 수 있었는걸요."

"흠…… 잠깐 다른 이야기를 하겠습니다만, 상인이 가장 얻기 어려우며 무엇보다 얻고 싶어 하는 것이 뭔지 아십니까?"

"네? ……아뇨, 모르겠어요."

"그건 바로『신용』입니다."

"신용이요?"

"네. 장사는 신용 없이 성립하지 않으며 이어지지 않습니다. 그리고 돈도 벌 수 없죠. 반대로 신용만 있다면 대부분 상황은 어떻게든 해결됩니다. 어떻습니까? 저희 윤케르 상회는 당신에게 신용을 얻을 수 있었습니까? 만약 그렇다면 이미 더없이 값진 보수를 받은 셈입니다만……."

릴리아나는 대단한 달변가라며 속으로 탄식했다. 이 말을 듣고 억지로 금전을 건네면 당신을 믿지 않는다는 뜻이 된다. 사례하고픈 마음에 반하는 행위였다.

릴리아나는 체념한 듯 그곳에서 후드를 벗고 똑바로 모토를 바라봤다.

"여러분은 참으로 신용할 수 있는 상회예요. 하일리히 왕국 왕녀 릴리아나는 여러분의 호의와 헌신을 절대로 잊지 않겠습니다. 고맙습니다……."

"황송하옵니다."

릴리아나가 왕녀로서 고마움을 표하자 모토는 부하와 함께 그 자리에서 한쪽 무릎을 꿇고 깊이 고개를 숙였다.

그 후 모토의 대상은 릴리아나와 하지메 일행을 남기고 계획대로 호르아드로 이어진 가도를 따라 떠났다. 떠나기 전,

하지메가 이단으로 지정되었다는 것을 아는 듯한 말투로 왕도의 분위기가 심상치 않다고 충고까지 해준 모토에게, 하지메도 【앙카지 공국】이 완전히 회복되었다는 정보를 제공했다. 모토는 그것만 듣고도 하지메가 이단 지정을 받은 이유와 그 외 기타 사정까지 추측한 듯했다. 그런데도 그는 태연자약하게 이렇게 말하는 것이 아닌가.

"앞으로도 인연이 있다면 잘 부탁합니다."

정말로 타고난 상인이었다.

대상이 떠난 뒤 하지메 일행은 브리제 안에서 릴리아나의 이야기를 듣기로 했다. 초조함과 긴장감이 뒤섞인 릴리아나의 표정이 하지메가 느끼는 불길한 예감에 박차를 가했다. 그리고 마침내 릴리아나가 입을 열었다.

"아이코 씨가…… 납치됐어요."

그녀가 처음으로 꺼낸 말은 하지메의 예감을 웃도는 최악의 현실이었다.

릴리아나의 이야기를 요약하면 이러했다.

최근 왕궁 내의 분위기가 어딘가 이상했고 릴리아나는 쭉 평소와 다른 찜찜함을 느꼈다.

부친인 에리히드 국왕은 지금까지 그랬던 것 이상으로 성교교회에 심취했고 이따금 뭔가에 홀린 사람처럼 『에히트 님』을 숭배했다. 거기에 감화됐는지 재상과 다른 중신들도 전염된 것처럼 신앙심을 더해갔다.

그것뿐이라면 각지에서 암약하는 마인족에 관한 보고 때문에 성교 교회와 연대를 강화하면서 생긴 부작용이라고 자기 합리화도 가능했을 것이다. 하지만 이상한 일은 거기서 그치지 않았다. 묘하게 패기가 없고, 더 나아가서 생기가 없는 기사와 병사들이 늘어났다. 낯익은 기사에게 몸이 좋지 않으냐고 물어도 대답은 제대로 하나, 어딘가 기계적이며 예전 같은 활력이 느껴지지 않아서 마치 병자를 보는 것 같았다.

그 사실을 기사 중에서도 가장 신뢰가 두터운 멜드 기사단장에게 상담해 보려고 했지만 얼마 전부터 모습이 보이지 않았다. 가끔 훈련하는 학생들에게 얼굴을 비추긴 하나, 바쁜 일이라도 있는 것처럼 금방 돌아가 버리기 일쑤였다. 결국 릴리아나는 한 번도 멜드 단장을 붙잡지 못했다.

그러는 사이 아이코가 왕도로 귀환했고, 【호반의 마을 우르】에서 있었던 사건을 자세하게 보고했다.

그 자리에는 릴리아나도 동석했다. 그리고 평소라면 생각할 수 없는 강행 처리가 이루어지는 것을 목격했다.

다름 아닌 하지메의 이단 지정이었다. 【우르 마을】이나 용사 일행을 구한 공적, 『풍작의 여신』으로 큰 지명도와 인기를 자랑하는 아이코의 이의와 반론도 모조리 무시한 채 결정이 이루어졌다.

터무니없는 의결에 릴리아나는 당연히 부친인 에리히드에게 맹렬히 항의했다. 그러나 무슨 말을 해도 국왕은 요지부동이었다. 마치 강박 관념에 사로잡힌 것처럼 완고했다. 오히려 항의하는 릴리아나에게 신앙심이 부족하다는 등 언성을 높이기 시작했고, 차츰 딸이 아닌 적을 보는 눈빛으로 변해 갔다.

덜컥 겁이 난 릴리아나는 순간적으로 수긍한 척하고 도망쳤다. 그리고 왕궁의 이변을 상담하고자 터덜터덜 걸어 나간 아이코를 쫓아 자신의 우려를 전했다.

그러자 아이코는 하지메가 나락 밑바닥에서 알게 된 신에 관한 진실과 여행의 목적을 저녁 식사 자리에서 학생들에게 말할 테니 릴리아나도 동석해 달라고 부탁했다.

아이코의 방을 나온 릴리아나는 저녁이 된 후 학생들이 식사하는 방으로 향했고, 그 도중 복도 모퉁이 너머로 아이코와 누군가의 언쟁을 듣게 됐다. 무슨 일인가 싶어 벽에 숨어 엿본 릴리아나는 목격하고 말았다.

은발 수도복을 입은 여성이 기절한 아이코를 짊어지는 모습을…….

릴리아나는 그 은발 여성에게 끝 모를 공포를 느끼고 반사적으로 가장 가까운 객실로 들어가 왕족만이 아는 비밀 통로에 숨어 숨을 죽였다.

은발 여성이 찾으러 왔지만 결국 기척 은폐 아티팩트가 사용된 비밀 통로를 눈치채지 못하고 떠났다. 릴리아나는 그녀가 이변의 주모자이거나 적어도 주모자와 이어져 있으리라 보고 그 사실을 누군가에게 전해야만 한다고 생각해 일어섰다.

다만 아이코를 매복해서 기다린 점으로 볼 때 학생들은 감시받고 있다고 생각하는 편이 타당했다. 하지만 의지해야 할 멜드 단장은 행방이 묘연한 상태…….

고민 끝에 릴리아나는 지금 유일하게 왕도에 없으며 믿을 수 있는 친구를 떠올렸다.

바로 카오리였다. 그리고 카오리 곁에는 말로만 들은 그 나구모 하지메도 있다. 이제 믿을 것은 두 사람밖에 없다. 그렇게 생각한 릴리아나는 비밀 통로로 왕도를 빠져나와 【앙카지 공국】을 향해 직행하기로 했다.

앙카지라면 왕도의 이변에 휘말리지 않은 젠겐 공의 조력을 얻을 수 있을지도 모르거니와 시기상 하지메 일행과 만날 수 있을 가능성이 높다는 판단에서였다.

"그 뒤로는 아시다시피 윤케르 상회의 대상과 함께 이동했어요. 설마 처음부터 알고 계셨을 줄은 생각도 못했고, 도중에 도적에게 습격받아 카오리와 동료분들이 구해줄 거라고는 꿈에도 생각하지 못했지만요. ……얼마 전이었다면 『신의 가호』라고 생각했겠죠. ……하지만…… 저, 지금은…… 교회가 무서워요. ……대체 무슨 일이 일어나고 있는 거죠? 그 은발 수녀는…… 아버지와 사람들은……."

자기 몸을 껴안으며 공포에 떠는 릴리아나는 교양과 재능을 겸비한 왕녀가 아닌 평범한 소녀로밖에 보이지 않았다. 하지만 그러지 않고 배기겠는가. 자신과 가까운 사람들이 모르는 사이 변모하고 사라져 가는데…….

카오리는 릴리아나의 마음에 뿌리내린 공포를 조금이라도 덜어주고자 그녀를 꽉 끌어안았다.

하지메는 그 모습을 보면서 속으로 혀를 찼다. 릴리아나가 말한 상황은【메르지네 해저 유적】에서 지겹도록 봐야 했던 『말기 상태』와 아주 흡사했기 때문이었다. 신에게 현혹된 자의 속출. 대단히 위태로운 상황이었다.

그래도 원래는 알 바 아니라며 무시해야 할 일이었다. 아니, 오히려 신대 마법 습득을 서둘러 시급히 이 세계를 떠날 방법을 찾아야 했다.

하지만 아이코가 납치당한 이유가 짐작되는 하지메는 그렇게 결단 내릴 수 없었다. 왜냐면 십중팔구 아이코가 신의 진실과 하지메의 여행 목적을 이야기하려던 것이 원인일 테니까. 아마 장기짝처럼 다뤄야 할 아이들이 불신을 품으면 귀찮아진다고 판단했겠지.

그렇다면 아이코가 적의 손아귀에 넘어간 것은 그녀를 이용한 하지메의 책임이었다.

납치했다면 당장 죽일 생각은 없다는 뜻이겠지만, 뒤에서 사람들을 꼭두각시처럼 조종하며 향락에 빠지는 자의 수중에 있는 시점에서 무슨 짓을 당할지 모를 일이었다.

하지메는 자기 삶의 방식이 더 나아지도록 조언해주고, 실제로도 나쁘지 않은 『지금』을 만들도록 도와준 은사를 도저히 내버려 둘 수 없었다.

그래서—.

"일단 선생님을 구하러 가야겠어."

하지메는 그렇게 선택했다. 버리지 않고, 못 본 척하지 않고, 구하기를 선택했다.

하지메의 말을 듣고 릴리아나가 고개를 확 들었다. 그 표정에는 함께 왕도로 갈 수 있다는 안도감과 의외라는 감정이 나타나 있었다. 하지메는 이 세계나 다른 학생들이 어떻게 되든 관심이 없다고 들었기 때문이었다. 설득은 쉽지 않으리라 생각했는데 말을 꺼내기도 전에 힘을 빌려주리라고는 생각하지 못했던 것이다.

"괜찮으신가요?"

릴리아나가 확인하자 하지메는 어깨를 으쓱 들었다.

"착각하지 마. 왕국을 위해서가 아니야. 선생님을 위해서지. 그 사람이 잡혀간 건 내가 원인이기도 하니까 내버려 둘 수는 없어."

"아이코 씨를 위해……."

릴리아나는 하지메가 순수하게 왕국을 위해서 힘을 빌려주는 것이 아님을 알고 조금 낙담했지만, 하지메가 함께 와준다는 사실에는 변함이 없다며 생각을 바로잡았다.

그러나 이어진 하지메의 말에는 무심코 웃음을 흘리고 말았다.

"뭐, 선생님을 구하는 과정에서 그 이변의 원인이 막아선다면 날려 버리겠지만."

"그건…… 후후, 그럼 저는 그렇게 되길 빌게요. 잘 부탁드려요, 나구모 씨……."

아이코를 납치한 것은 교회의 수도복을 입은 여성이라고 했다. 그리고 국왕과 중신들이 이상하리만큼 교회에 심취했다는 이야기로 보아 십중팔구 이번 이변에는 교회가 연루되어 있었다.

즉, 아이코를 구한다는 것은 동시에 이변과 마주해야만 한다는 뜻이기도 했다. 그 사실은 하지메도 알고 있을 것이며 그것은 바꿔 말하면 실질적으로 릴리아나에게 조력한다는 말과 같았다.

하지메는 카오리와 마주 보고 웃는 릴리아나를 곁눈질하면서 입매를 살짝 일그러뜨렸다.

하지메에게는 아이코 구출 외에도 목적이 하나 더 있었다.

바로【신산】에 있는 신대 마법이었다. 밀레디가 알려준 바에 의하면【신산】도 7대 미궁 중 하나였다. 하지만 성교 교회의 총본산이기도 한【신산】어디에 대미궁의 입구가 있단 말인가? 짐작조차 되지 않았다. 탐색하려고 해도 교회 관계자가 몹시 성가신 걸림돌이 될 게 뻔했다.

그래서 먼저 공략하기 쉬울 듯한【하르치나 수해】로 가려고 했던 것인데…… 이번 일로【신산】에 갈 이유가 생기고 말았다. 그리고 아이코를 구출하는 과정에서 교회와 싸우게 될 가능성은 대단히 높았다. 그렇다면 총본산을 급습한 뒤 신대 마법을 접수해야겠다고 하지메는 생각했다.

릴리아나가 말한 은발 여성…… 하지메의 뇌리에【메르지네 해저 유적】의 호화 객선에서 본, 알레이스터 왕의 곁을 지키던 인물이 떠올랐다. 선내로 사라질 때, 후드 사이로 어렴풋이 보인 그 인물의 머리는『은색』이 아니었던가……?

동일인물인지는 알 수 없었다. 시대가 달라도 너무 달랐다. 하지만 하지메는 예감하고 있었다. 그 정체 모를 은발 여성과 죽고 죽이게 되리라고…….

하지메는 투지를 불태웠다. 가슴속 맹수가 낮게 울었다. 내 앞길을 가로막는다면 그게 무엇이든 기필코 죽이겠노라고.

자연스럽게 하지메의 눈동자는 야생 늑대처럼 빛났고 입은 송곳니를 내보이며 대담무쌍하게 웃었다.

"……하지메, 멋져."

"하우, 하지메 씨가 또 저렇게 웃어요. 몸이 찌릿찌릿해요오."

"주인님, 그런 흉악한 표정을 보이면…… 젖어버리지 않느냐."

하지만 볼을 붉히며 헉헉거리는 여성진 때문에 분위기는 차마 말로 표현하기 힘든 상황이었다.

시간을 거슬러 올라, 아이코가 납치되고 릴리아나가 왕도를 탈출하기 며칠 전.

왕궁 외곽, 어느 넓게 트인 장소에 한 사람이 서 있었다. 조용한 곳이었다. 밤바람의 부드러운 속삭임과 맑디맑은 달빛만이 존재를 허락받은 듯, 고요하면서도 어딘가 쓸쓸한 분위기가 감도는 장소였다.

그야 그럴 수밖에, 이곳은 묘지이기도 했으니까.

물론 왕궁 안이므로 불특정 다수의 사람이 묻힌 곳은 아니었다. 그곳에 있는 것은 【신산】의 암벽을 직접 가공해서 만든 거대한 비석이었다. 우뚝 솟은 비석은 이른바 충혼탑(나라를 위하여 목숨 바친 전사자의 넋을 기리고자 세운 탑)이며 왕국에 충성을 바친 전사자, 순직자는 예외 없이 이곳에 이름이 새겨진다.

그 충혼탑 앞에 말없이 선 사람의 정체는 하일리히 왕국 기사단 단장, 멜드 로긴스였다.

무표정했지만 그 눈동자에는 말로 표현할 수 없는 강하고 무거운 감정이 깃든 것처럼 보였다.

자정을 조금 지난 이 시각, 순찰하는 병사를 제외하면 왕궁을 함부로 돌아다니는 사람은 없었다. 심지어 이런 외딴 장소를 찾을 이유 따위 보통은 있을 리 없었다.

하지만 이 고요하며 사람이 다가오지 않는 장소는 죽은 자에게 안식을 주는 것 외에도 하나 더 유용한 용도가 있었다.

"—단장님."

바람에 날려 사라질 것처럼 작은 남자 목소리였다. 멜드가 시선을 힐끔 돌리자 발소리도 없이 기다리던 사람이 나타났다. 남자의 이름은 호세 란카이드. 왕국 기사단의 부단장이자 멜드의 심복이었다.

"문제없었나?"

"예. 누구에게도 들키지 않았습니다. 그렇다고 너무 오래 있을 수는 없겠지만요."

"심야에 기사단 단장과 부단장이 이런 곳에서 밀회를 한다…… 지금 높으신 분들이 본다면 무슨 작당 모의냐며 눈을 부라릴 일이지."

입꼬리만 슬쩍 들어 웃는 멜드에 반해 호세는 씁쓸하게 웃어 보였다.

"……부대의 상태는 어떠한가?"

멜드는 다시 표정을 엄숙히 하고 물었다. 호세의 표정은 좋지 않았다. 오히려 파랗게 질려 있는 것처럼 보였다.

"……병단장(兵團長)을 포함해 대장급 인물 중 열에 여섯은 『공허』 증상을 보이고 있습니다."

호세가 말한 『공허』란, 최근 왕궁 안에 퍼진 기묘한 현상이었다. 처음에는 하급 병사나 기사 등에게서 나타난 증상이었고 간단하게 말하면 무기력증에 가까웠다.

일은 똑바로 하고 대화도 가능했지만 전에 비하면 눈에 띄게 패기가 없으며 웃음이 사라졌다. 또 사람과의 교류도 필요 최소한으로 줄어 방에 틀어박히기 일쑤였다.

그 증상은 서서히 퍼져나가 급기야 발언권이 강한 귀족, 기사단의 분대장급 인물에게도 나타나기에 이르렀다.

이쯤 되자 뭔가 수상했다. 만연하기 시작한 꺼림칙한 현상에 위기감을 느낀 멜드는 본격적으로 조사에 착수했다.

"거기까지 말인가? 기사단의 감염률이 20퍼센트 미만이란 게 그나마 다행으로 여겨지는군. 아니, 대대장급에서 증상이 나타나지 않은 것만 해도 다행인가."

"……하지만 단장님, 말씀드리기 송구하지만…… 이게 정말로 누군가의 공격입니까? 그냥 기강이 해이해진 것은 아닙니까?"

보고를 듣고 더더욱 표정이 험악해진 멜드에게 호세는 머뭇

거리며 물었다.

“용사가 패배하고, 기사단의 정예를 잃고, 수적 우세라는 인간의 생명선을 마인족이 뒤집고 있는 이 상황에서? 호세, 마음은 이해하지만 낙관하지 마라. 너까지 당할 수 있으니까.”

“죄송합니다.”

호세도 진심으로 낙관하지는 않았다. 부단장으로서 단장의 생각을 다른 각도에서 조명하고 부정적 의견을 제시하는 것은 그의 직무이기도 했다. 한 번 헛기침 후, 호세는 다시 입을 열었다.

“단장님 쪽은 어떻던가요? 폐하께 무슨 영향이 있었습니까?”

“폐하는 아직 괜찮으시다. 『공허』의 징후는 없어. 오히려 기운이 넘치시지. 신의 이름하에 마인족의 만행을 용서하지 않겠다고 벼르시더군. ……다만.”

“……? 달리 무슨 문제라도?”

멜드가 드물게 말을 흐리자 호세는 고개를 갸웃거렸다.

멜드는 어떻게 말을 꺼내야 할지 망설이고 있었다. 하지만 결국 적절한 말이 떠오르지 않았는지, 아무것도 아니라며 고개를 지어 버렸다. ─왕이 신에게 너무 심취한 듯하다고, 어떻게 말할 수 있으랴. 자신의 신앙이 그러길 거부했고 부하에게 할 말도 아니었다.

“재상님도 문제가 있어 보이지는 않았어. 하지만 중앙 유력자가 무사하냐면, 그건 또 아니야.”

증상이 보이는 귀족들의 이름을 들은 호세는 머리가 어질

했다. 나라의 중추인 대귀족은 무사했지만, 각 파벌에 속한 유력 귀족 중 상당수가 증상을 보이고 있었다.

"폐하께 아뢰어 기사단을 호위로 붙였다. 근위병도 신전 기사도 미덥지 않아. 이변이 있으면 즉시 보고하도록 명령해 뒀지."

"폐하께선 『공허』에 관해 뭐라고 하십니까?"

당연히 에리히드 국왕에게는 현재 왕국 중추가 정체 모를 적에게 정신 공격을 받고 있을 가능성이 있다는 보고를 올린 상태였다.

무기력함이 두드러질 뿐인 증상이라지만 무시할 수 있는 규모가 아니었다. 서둘러 대책이 필요한 것은 자명한 일. 하지만 멜드의 표정은 좋지 않았다.

"……지금 이렇게 너와 몰래 보고회를 하는 시점에서 짐작되지 않나?"

"조사 요청을 불허하셨습니까?"

그랬다. 심야 왕궁 후미진 곳에서 사람 눈을 피해 현황을 보고하는 이유는 에리히드 국왕이 본격적인 조사를 승인하지 않은 데다가 멜드에게 괜한 일에 나서지 말고 군비 증강에나 전념하라고 명령했기 때문이었다.

공공연한 조사는 불가능해졌으나, 그래도 멜드는 자신의 위기감을 믿고 이렇게 심복인 부하와 가능한 한 정보를 모으고 있었다

"마인족의 위협이 고조되고 있는 상황에서 폐하도 불분명한 정보만으로는 판단하시기 어려울 테지."

“하지만 평소라면 폐하도 단장님의 말에는…….”

멜드는 호세의 말을 눈빛으로 제지했다. 현재 에리히드 국왕이 다소 강압적으로 보이기는 하나, 그렇다고 쉽사리 불신을 입에 담는 것은 꺼려졌다.

“그렇기에 더욱 우리가 폐하께서 올바른 판단을 내리실 수 있도록 정보를 모아야 하지 않겠나? 호세, 어둠 속성 마법에 정통한 자를 모아서 『공허』의 정체를 파헤치고 대항 방법을 마련하게 시켜라. 그리고 어떻게 해서든 왕궁 보물고를 열어야 해. 정신 공격에 대항할 수 있는 아티팩트가 있을지도 모르니까. 관리부에 말해서 목록을 살펴보도록.”

“알겠습니다. 학생들에게는 뭐라고 할까요?”

“내가 대응하지. ……지금 그 녀석들은 불안정한 시기야. 괜히 불안을 심어주고 싶지는 않지만…… 세상일이 뜻대로 되진 않는군. 아무리 생각해도 나는 교육자에 맞지 않나 보다.”

멜드가 자조하듯 한숨 쉬자 호세는 웃으며 말했다.

“단장님의 마음이라면 분명히 전해지고 있습니다.”

“내 마음을 알아 봤자 무슨 소용이야? 내가 그 녀석들 마음을 알아야지. 내가 가장 고민하는 부분이 그거야. 검을 휘두르는 법, 싸우는 법이라면 고민할 일도 없는데…….”

“그래도 단장님께서 말씀하시는 편이 그 아이들은 안심될 겁니다.”

기사단의 신병이라면 처음부터 모든 것을 각오하고 입단한다. 그래서 멘탈 관리는 쓰러질 때까지 무작정 달리기, 검 휘두르기, 함께 술 마시기가 주된 방법이다. 그리고 대체로 그 선에서 해결된다. 하지만 의도치 않게 고향에서 끌려오고, 싸우지 않으면 고향으로 돌아갈 수 없는 평범한 학생들을 상대로 그럴 수는 없는 노릇이었다.

그래서 멜드는 익숙하지 않은 샌님 아이들의 멘탈 관리로 고생하는 것이었지만…… 육아로 고민하는 아버지처럼 끙끙대는 단장의 모습이 신선해서 호세는 웃음을 참지 못했다.

그 후, 두세 가지 정보를 공유하고 향후 방침을 의논한 멜드와 호세는 어둠 속으로 몸을 숨기듯 왕궁 안으로 돌아갔다.

멜드는 순찰병에게 들키지 않게끔 조심하며 어두침침한 복도를 걸어 자신의 방으로 향했다. 기사단장이라는 신분 덕에 만약 들키더라도 문책이나 검문을 받지는 않겠지만 목격자를 만들고 싶지 않았다. 이런 시간에 무슨 일을 했을지 의심할 게 뻔했다.

물론 야밤중에 몰래 왕궁을 어슬렁거리는 자신은 수상하고도 남았다. 무심결에 자조 섞인 웃음을 짓는데 그 직후, 멜드는 심장이 터질 듯한 전율을 맛보았다.

"멜드 단자—."

주위에는 아무도 없었다. 인기척은 항상 살피고 있었다. 그런데도 불구하고 그는 등 뒤에 서 있었다. 그것도 어깨를 두드릴 만큼 가까이. 그것은 마음대로 목을 베어 갈 수도 있는 거리—.

"흐압!"

팽팽한 긴장감은 멜드로 하여금 자신도 놀랄 만한 반응을 이끌어냈다. 어깨에 상대방의 손이 닿은 순간, 반사적으로 움직인 오른손이 번개처럼 검을 뽑았고 암흑 위로 은색 선을 그으며 등 뒤에 횡 베기를 날렸다.

"히익?!"

'내 목이 찢어지는 한이 있더라도 이 일격으로 끝장내주마!'

하지만 그런 기개를 담아 휘두른 일격은 허공을 갈랐다. 상대방이 멜드에 버금가는 반응 속도로 피해 버린 것이었다.

아니, 피했다기보다는 엉덩방아를 찧고 있었다. 놀라 자빠졌다고도 할 수 있었다. 게다가 눈에 눈물까지 고였다.

"……코, 코스케?"

눈물을 글썽거리며 고속으로 고개를 끄덕이는 그 인물은 전선에서 싸우는 나가야마 파티의 척후병이자 반에서 가장 존재감이 없는 남자— 엔도 코스케였다.

"다, 단장니이이임. 제, 제가 뭘 했다고……."

벌벌 떨면서 그렇게 말하는 코스케를 보고 겨우 사태를 파악한 멜드는 허둥지둥 기사 검을 넣고 코스케를 부축해 일으켰다.

코스케의 존재감이 흐릿하다는 것은 모두가 아는 사실이었다. 다 함께 모여 담소를 나눌 때도 어느샌가 모두의 머릿속에서 지워지는 남자였다. 자동문조차 세 번 중 두 번은 반응하지 않고 점호를 하면 대체로 이름을 불리지 않는, 선천적 기척 차단 능력을 갖춘 남자였다.

멜드의 감각이 포착하지 못하더라도 조금도 이상하지 않았다.

"아, 미, 미안하구나. 갑자기 뒤에서 사람이 나타나는 바람에 나도 모르게……."

"……단장님, 언제부터 고○고[#2]가 되셨어요?"

『나도 모르게』라는 이유로 하마터면 목이 날아갈 뻔한 코스케가 억울한 눈초리로 따졌다. 멜드는 얼버무리듯 헛기침을 하고 화제를 돌리려고 했다.

"그보다 코스케, 너 이런 시간에 무슨 일이냐?"

"……오늘 훈련에서 너무 무리하는 바람에 저녁부터 방에서 쉬고 있었어요. 그러다가 깜빡 잠들었는데……."

질문의 대답치고는 상당히 시간을 거슬러 오른다고 생각했으나, 이어진 코스케의 말에 눈시울이 뜨거워졌다.

"아무도 안 깨워주더라고요. 저녁 먹을 시간이 됐는데."

"그, 그래?"

"늦게 눈을 떠서 서둘러 식당으로 갔는데, 『어? 1인분 남네? 누가 실수했나 보다』라고 생각해서 이미 자기들이 먹어 버렸다고 하네요. 제가 저녁 식사 자리에 없었는데 아무도 몰랐나 봐요."

"그, 그래?"

"뭐, 늦게 간 건 제 잘못이고 다시 만들어 달라고 하기도 미안해서 한 끼 정도 굶어도 되겠지 했는데, 배가 너무 고파서 잠이 안 오더라고요……. 그래서 뭐 먹을 게 없을까 싶어서 주

#2 고○고 만화 『고르고13』의 주인공. 자신의 등 뒤에 선 사람에게 반사적으로 주먹을 날린다.

방으로 갔죠. 거기에 무슨 자투리 채소 같은 게 있어서 먹었는데……."

"먹었는데……?"

"먹고 얼마 안 있어서 배에 격통이……. 그래서 두 시간 정도 전쟁을 치렀죠, 주방 근처 화장실에서. 장렬한 싸움이었어요."

"너는 한밤중에 대체 뭐랑 싸운 거냐……."

"그리고 싸움을 끝내고 깨달았어요. 새로운 문제를."

"아직 더 남았어?! 화장실에서 대체 무슨 일이 있었길래?!"

"오히려 없었죠. 화장지가."

"……."

거기서부터 코스케가 어떻게 휴지를 얻었는지, 안타깝게도 그는 직접 말하지 않았다. 다만 주방 근처 화장실과 이곳은 제법 거리가 떨어져 있었다. 즉, 그는 사후 처리를 할 수 없는 상태로 왕궁 안의 화장실을 찾아 이곳까지 왔다는 말이었다.

"코스케…… 그만 쉬어라."

"네. 안녕히 주무세요, 단장님."

아무도 기억해주지 않아 식사도 하지 못하고, 음식 찌꺼기를 주워 먹다가 배탈이 나고, 밤중에 화장실을 찾아 헤매고, 끝내 기사단장에게 목이 날아갈 뻔했다…… 왕궁 안에 있는데도 그는 어찌 이토록 처절하게 살아가고 있는 것일까.

터벅터벅 자기 방으로 돌아가는 코스케의 그늘진 등을 바라보며 멜드는 무의식중에 경례했다.

살짝 긴장감을 잃으면서 방으로 돌아온 멜드는 크게 한숨

을 내뱉고 허리에 찬 기사 검을 풀어 벽에 세웠다. 그리고 소파에 몸을 던지다시피 풀썩 앉은 후 손끝을 미간에 대고 뭉친 근육을 풀기 위해 문질렀다.

잠깐의 휴식을 취하자 머리는 자연스럽게 움직였다.

"……사기만 떨어뜨리는 마법이라……. 마인족의 소행이라고 생각하는 편이 타당하겠지만 왕궁에 직접? 말도 안 돼. 가령 그것이 가능하다면 왜 더 강력한 마법을 쓰지 않지? 왜 하급 병사와 기사부터 발병하지? 쥐도 새도 모르게 마법을 쓸 수 있다면 왜 나를 노리지 않지? 기사단장의 목을 따면 사기는 저절로 떨어지기 마련이거늘. 왜지? 무슨 일이 일어나고 있는 거지?"

생각이 입을 뚫고 흘러나왔다. 위기를 감지한 후부터 멜드는 정체 모를 적과 수단 때문에 긴장을 풀 여유가 없었다. 아직 한계가 찾아오려면 한참 멀었지만 생각해야 할 일이 너무 많았다. 무엇보다 나라의 지도자와 자신의 위기의식을 공유할 수 없는 것이 그의 정신을 피폐하게 했다.

머리 안쪽에 피로가 응어리져서 무겁게 축적되는 느낌. 흰 도화지에 검은 잉크가 번지듯 서서히 퍼져 가는 초조함.

"……그 녀석은 지금쯤 뭘 하고 있을까."

문득 머릿속을 스친 것은 【오르크스 대미궁】에서 기적 같은 재회를 이루고 압도적 힘을 보여준 소년이었다. 죽음의 문턱에 선 자신을 전설의 비약까지 써 가며 구해준 은인이었다.

잠시 당시의 일을 회상하고 형언하기 힘든 표정을 짓던 멜드는 느릿하게 일어나서 책상으로 갔다.

서랍에서 꺼낸 것은 편지지와 봉투 두 세트였다. 멜드는 펜을 잡고 고민스러운 표정으로 글을 써 내려갔다.

그것은 만약을 위한 포석이었다. 하나는【앙카지 공국】의 젠겐 공 앞으로, 그리고 또 하나는 그 소년 앞으로……. 어쩌면 젠겐 공을 통해 그에게 전해질지도 모른다. 그러면 행여 자신에게 무슨 일이 있어도 기사회생의 한 수가 될지도 모른다.

달빛이 흘러드는 조용한 실내에 사각사각 펜을 움직이는 소리만이 울렸다.

어느 정도 편지를 채운 멜드가 내용을 확인하는데 불현듯 방문을 두드리는 소리가 났다.

화들짝 놀라며 무심결에 벽에 기대어 놓은 기사 검을 잡은 멜드는 경계심을 억누르며 담담한 말투로 물었다.

"누구지?"

"……저기, 멜드 단장님. 접니다, 히야마."

"다이스케? 이런 시간에 무슨 일이냐?"

"저 사실…… 꼭 멜드 단장님께 상담하고 싶은 일이 있어서……."

어쩐지 절박한, 혹은 약해질 대로 약해진 목소리였다. 멜드는 그 방문자를 미심쩍게 여기면서도 방문을 열었다.

문전에 고개를 숙인 히야마 다이스케가 혼자 덩그러니 서 있었다.

"상담…… 이 시간에 말이냐?"

"……죄송합니다. 예의가 아닌 줄 알지만…… 같은 반 애들에게는 들키고 싶지 않아서요."

"그래? ……이런 일로 예의를 차릴 필요는 없어. 자, 들어와라."

멜드는 히야마를 방으로 들였다. 히야마의 침울한 분위기를 보고 이미 상담 내용을 짐작한 눈치였다.

히야마는 반에서 꽤 곤란한 처지에 놓여 있었다. 부주의한 행동으로 동료를 궁지로 몰아넣은 결과, 학생 한 명이 나락으로 떨어졌다. 손이 발이 되도록 사과했고, 다른 학생들도 그 사건은 그다지 돌이키고 싶지 않았던 터라 히야마에 대한 두드러진 규탄은 이루어지지 않았다. 하지만 간극이 전혀 없지도 않았다.

게다가 하지메의 생존을 알고 난 뒤 분위기도 조금 변한 것 같았다.

멜드 본인도 신경 쓰던 일이었다. 스스로 동료와의 관계를 상담하러 왔다면 받아줘야만 한다고 생각했다.

고개를 숙인 탓에 히야마의 표정은 보이지 않았다. 어두운 분위기에서는 어쩐지 위태로움마저 느껴졌다. 마치 벼랑 끝에 서기라도 한 것 같은 위태로움이었다.

소파에 앉도록 권하자 히야마는 순순히 말에 따랐다. 하지만 좀처럼 말을 꺼내려고 하지 않았다. 등을 굽힌 채 손을 풀듯 양손을 깍지 껴 주무르면서 다리를 달달 떨었다.

"……다이스케. 네가 하고 싶은 이야기는 대충 알 거 같다. 그러니까 어려워할 필요 없어. 생각을 그대로 말해주면 돼. 무엇이 문제고 어떻게 해야 하는가, 그걸 함께 생각해 보자꾸나."

멜드는 위로하듯 그렇게 말했지만 히야마의 다리 떨림은 멈출 줄 몰랐다. 얼굴도 들지 않았다. 초조한 기색이 역력했다.

모르는 사이 어지간히 내몰린 모양이었다. 멜드는 한 번 더 말을 걸려고 했다.

그 직전, 다시 문에서 똑똑 소리가 났다. 손님이 많은 밤이라며 피식 웃고 멜드가 다시 누구냐고 물었다.

그러자 돌아온 것은 막 헤어진 호세의 목소리였다. 급히 보고하고 싶은 일이 있다는 것이었다.

왜 하필 이런 타이밍에……. 지금 이곳에는 히야마가 있었다. 내용에 따라서는 들려줄 수 없는 보고일지도 몰랐다.

그런 멜드의 고민을 알아차렸는지 히야마가 말했다.

"……멜드 단장님. 괜찮아요. 이야기가 끝날 때까지 저는 복도에서 기다릴게요."

"그래……? 미안하구나, 다이스케."

"아니에요."

미안하게 눈썹을 팔자로 내리깐 멜드에게 히야마는 짧게 대답하고 일어섰다.

멜드는 히야마를 내보내고 호세를 들이려고 문손잡이를 돌렸다. 철컥 소리를 내며 문이 열렸다. 문 앞에는 호세가 있었다.

『공허』한 표정을 한 호세가…….

온몸에 쫙 소름이 끼쳤다. 본능이 시끄럽게 경종을 울린 그 찰나—.

"윽?!"

멜드가 외마디 비명을 지르며 몸을 돌렸다. 눈앞으로 기사 검의 무시무시한 찌르기가 지나갔다.

"호세! 이게 무슨 짓이냐?!"

멜드가 고함쳤다. 하지만 그에 대한 대답은 사선으로 내려치는 일격이었다. 그것을 굴러서 피한 멜드는 정해진 수순인 양 자연스럽게 자신의 검을 잡고, 아무 말 없이 추격해 온 호세의 참격을 막았다.

깡! 둔탁한 소리가 실내에 울려 퍼졌다.

"젠장! 역시 세뇌였나?!"

코앞에서 보는 호세의 눈동자에는 생기가 없었다. 『공허』의 증상이 틀림없었다. 자신과 헤어진 후 발병했다 치더라도 그 직후 바로 자신을 습격하러 오다니? 누군가의 지시라도 있지 않고서야 이럴 리가 있는가. 지금까지 본 발병자와는 행동 양식이 너무 달랐다. 역시 『공허』는 세뇌 계열의 정신 공격이었나? 멜드의 표정에 전율과 초조함이 떠올랐다.

아무튼 지금은 호세에게 걸린 세뇌를 풀기 위해서라도 무력화할 수밖에 없었다. 멜드는 날카로운 기합 소리와 함께 호세의 검을 튕겨 냈다.

"조금 다치더라도 용서해라!"

멜드가 호세에게 돌진했다. 기사 검이 튕겨 나가 아주 조금 자세가 흐트러진 지금이라면 몸으로 들이받아 깔아뭉갤 수 있다는 판단에서였다.

하지만 거기서 호세가 예상하지 못한 움직임을 보였다. 일관적으로 멜드를 노리던 탓에 철석같이 표적은 기사단장인 자신이라고 생각했지만 돌진하는 멜드에게서 눈길을 돌린 호세가 멍하게 선 히야마에게 달려든 것이었다.

기습적인 행동에 한순간 멜드의 반응이 늦었다. 시선을 히야마에게 돌리자 히야마마저 예상을 엎고 엉덩방아를 찧고 있었다.

아무리 못나도 전선 멤버였다. 그것도 전열에 해당하는 천직이었다. 그런 자가 이 중요한 순간에 전의를 상실할 줄 누가 알았겠는가. 아니, 이게 바로 히야마가 상담하려고 했던 일이었으리라. 멜드는 속으로 혀를 차며 급하게 방향을 틀었다.

감속하지 않고 무리한 자세로 방향을 전환하자 몸을 지탱하던 다리가 비명을 질렀지만 그럼에도 더욱 힘을 줬다. 우직, 마룻바닥이 깨지는 소리를 뒤로하고 멜드는 히야마와 호세 사이에 끼어들었다.

"윽, 이 힘은?!"

다시 기사 검이 서로 충돌하는 둔탁한 소리가 울려 퍼졌다. 아슬아슬한 타이밍이었기에 멜드의 자세가 완벽하다고는 할 수 없었다. 하지만 그것을 감안하더라도 호세의 일격은 무거웠다. 막아 낸 순간 팔이 저리고 순간적으로 힘을 분산시킬 수 없을 정도로…….

호세의 실력은 숙지하고 있었다. 형태로 분류하자면 체격이 호리호리한 호세의 검은 강검(强劍)보다 유검(柔劍)이었다. 탁월한 기교야말로 최대의 무기였다. 그런데 지금 호세의 검에는 멜드에 필적할 파괴력이 있었다.

피할 수는 없었다. 뒤에 지켜야 할 자가 있으니까. 되받아치자니 자세가 나빴다. 다리에 충분한 힘이 들어가지 않았다. 그렇다면 어쩔 수 없다. 마법으로 호세를 날려 버리자.

“견뎌라, 부단장!”

경상으로 그치지 않을지도 모르나 왕국 기사단 부단장의 맷집을 믿고 지근거리에서 바람 포탄을 먹이기로 했다.

“울부짖어라, 편재하는 바람이여, 『풍―?!”

마법은 발동하지 않았다. 주문이 도중에 멈췄기 때문에, ―멜드의 옆구리에 단검이 꽂혔기 때문에…….

“다이, 스케?”

“쯧, 이 타이밍에서 급소를 피해?”

믿어지지 않는다는 얼굴로 뒤를 돌아본 멜드의 눈에 핏발 선 눈으로 단검을 꽂은 히야마가 보였다. 그렇다, 『핏발 선 눈』이었다.

“큭! 다이스케, 너!”

자세한 사정은 몰랐다. 하지만 짐작했다. 히야마가 『공허』 현상의 원인과 밀접하게 관계되어 있음을……. 그것은 본능이었을까? 위기감을 느끼고 무의식중에 몸을 움직이지 않았다면 치명상을 입었을 것이었다. 히야마는 확실하게 멜드를 죽이려고 했다.

히야마는 멜드의 분노 섞인 고함을 무시하고 단검을 억지로 뽑았다. 그리고 다시 그 흉기를 휘두르려고 했다.

"—『풍퇴(風槌)』!"

칼에 맞고도 주문을 『중지』가 아니라 『중단』에서 그친 멜드가 마법 발동의 마지막 절차를 수행했다. 시전 장소는 바로 아래. 압축된 바람 포탄이 엄청난 충격음과 함께 바닥을 때렸고 파편과 폭풍을 멜드, 호세, 히야마 세 사람에게 흩뿌렸다. 당연히 세 사람은 정통으로 충격을 받고 날아갔다.

바닥에 처박힌 멜드의 옆구리에서 피가 튀었다. 평소라면 고통에 몸부림쳤을지도 모를 상황이었다. 하지만 멜드는 부상을 입었다고 생각할 수 없는 표정으로 기민하게 일어나서 이제야 겨우 몸을 일으킨 히야마에게 돌진했다.

호세보다도, 전선 멤버로 활동하며 자신보다 【오르크스 대미궁】의 훨씬 깊은 곳까지 내려갈 수 있는 히야마가 위험하다고 판단한 까닭에서였다.

하지만 그곳으로 또 다른 적이 참전해 왔다. 『공허』한 눈을 한 병사들이 들이닥친 것이었다.

"큭, 내 행동을 훤히 꿰고 있단 말인가."

세 명의 병사가 휘두른 검을 단 한 번의 횡 베기만으로 튕겨 냈다. 일어선 호세가 정수리를 노리고 수직으로 내려치는 검은 몸을 옆으로 비틀어 피하고, 옆에서 매섭게 파고드는 히야마의 연격은 검 옆면으로 궤도를 틀어 아슬아슬하게 회피했다.

뒤로 우회한 병사에게는 영창을 생략하고 마법명만으로 발동한 바람을 날려 견제했고, 접근한 호세에게는 넘어진 의자를 발로 차 맞춰 비틀거리게 했다.

짜증을 이기지 못한 히야마가 마법을 쓰려고 미세하게 의식을 분산시켰다.

멜드는 그것을 기다렸다는 양 칼끝으로 허공에 원을 그렸다. 그러자 마치 마술처럼 히야마의 단검이 그 원운동에 휘말려 멀찍이 튕겨 날아가 버렸다.

"하압!"

"악?!"

다음 순간, 멜드는 호세가 옆으로 쓸듯이 휘두른 공격을 피함과 동시에 자세를 낮추고 어깨를 내밀어 히야마를 들이박았다.

명치를 제대로 가격당한 히야마는 숨통이 콱 막힌 듯 작은 비명을 지르고 날아가 소파를 넘어뜨리면서 나가떨어졌다.

그 공격 직후를 노리고 병사 두 명이 멜드를 협공했다.

멜드는 그것을 앞으로 굴러서 피한 뒤 이어서 호세가 휘두른 일격을 기사 검으로 막았다. 하지만 이번에는 힘주어 버티지 않았다. 오히려 충격에 몸을 맡기고 떠밀려 나갔다. 거리를 벌려 태세를 재정비하기 위함이었다.

"흐트러뜨려라—『풍벽』."

짧게 번 시간으로 마법을 발동했다. 풍압을 이용해 적의 공격을 막거나 방해하는 마법이었다.

기사 검을 머리 위로 쳐든 호세가 불시에 발생한 거센 풍압에 밀려 균형을 잃었다.

멜드는 호세를 무시하고 달려든 한 병사의 검을 검으로 막으며, 다른 한 명에게 강렬한 주먹을 꽂아 넣었다. 멜드는 그들이 비록 완력은 좋아졌으나 공격 방법이 엉성하다고 느끼고 이미 병사 두 명의 움직임을 꿰뚫어 봤다. 그렇기에 날아드는 검을 피해 꽂아 넣은 주먹은 완벽한 카운터가 되어 병사의 턱에 명중했다.

여세를 몰아 다른 한 병사도 다리를 걸어 비틀거리게 하고 그 틈에 정수리를 검 옆면으로 후려쳤다. 듣기만 해도 얼얼한 소리와 함께 병사는 털썩 쓰러졌다.

"부단장이란 이름이 울겠군."

기교를 부려야 진가를 발휘하는 호세가 지금은 자신의 완력도 제대로 다루지 못한다는 느낌이었다. 호세의 움직임에 익숙해진 멜드는 그렇게 쓴소리를 입에 담으며 상대의 검을 방어함과 동시에 목깃을 움켜잡아 그대로 깔끔한 업어 치기를 선사했다.

등을 바닥에 세게 부딪친 호세가 허파에 든 공기를 왈칵 쏟아 냈다.

"잠깐 자고 있어라."

호세의 명치에 멜드의 포탄 같은 주먹이 꽂혔다. 크게 경련한 뒤 축 늘어진 호세를 보고 멜드는 몸을 일으키며 뒤쪽으로 백핸드 블로를 날렸다.

마지막 병사가 몸을 한 바퀴 회전시키면서 날아갔다.

"빌어먹을! 부단장까지 준비했는데 이 모양 이 꼴이냐? 이 세계 인간 주제에…… 이 자식이 괴물도 아니고."

연신 기침을 해 대며 간신히 몸을 일으킨 히야마가 욕지거리를 내뱉었다. 멜드는 그런 히야마를 어딘지 모르게 슬픈 눈빛으로 바라봤다.

"나에게는 과분한 평가군. 그저 경험의 차이지. 인간을 상대로 한 경험 말이야. 이래 봬도 왕국의 기사단장이다. 마물과의 전투라면 몰라도 대인 전투라면 아직 내가 한 수 위야."

—그러니까 항복해라.

은연중에 전한 메시지. 하지만 머리를 쥐어뜯으며 핏발 선 눈을 산만하게 굴리는 히야마에게는 전해지지 않은 모양이었다.

"어디서 잘난 척이야?"

심상치 않은 분위기의 히야마에게서 광기 어린 시선이 날아왔다. 거무튀튀하게 고인 진창 같은 눈. 멜드는 머리털이 곤두섰다. 그는 그 눈을 알고 있었다. 그것은 이미 돌아올 수 없는 곳까지 타락한 자의 눈이었다.

"다이스케, 넌—."

멜드가 무슨 말을 하려고 입을 열었지만 그 직후 믿어지지 않는 일이 일어나 입을 도로 다물었다.

느릿하게 일어선 것이었다. 병사들이, 그리고 호세가……. 마치 어떠한 통증도 느끼지 않는 양 고통으로 표정을 일그러뜨리지도, 몸을 경직시키지도 않았다. 무표정을 유지하며 『공허』한 눈동자로 일어난 것이었다.

"다 헛짓거리야. 히, 히히. 그놈들은 **죽어도** 안 멈춘다고!"

"뭐? 그게 무슨—."

멜드는 비웃는 히야마에게 물으려고 했으나 그 전에 두 기사가 방으로 들어왔다. 방문 밖으로 기사와 병사가 몇 명 더 보였다. 모두 하나같이 『공허』한 눈이었다.

무력화할 수 없으며 엄청난 완력을 자랑하고 세뇌된 것치고는 기술도 이상하리만큼 좋았다.

그리고 문득 깨달았다.

이만큼 요란한 소음을 내는데 왜 아무도 오지 않지?

멜드는 이해했다. 자신이 완전히 독 안에 든 쥐라는 사실을……. 아마 모종의 결계로 소리와 진동을 지우고 있을 것이다. 지금 이 왕궁 안에서 멜드가 습격받는다는 사실을 눈치챈 사람은 아마 아무도 없다.

'당했군. 왕궁의 방어 태세를 너무 과신한 결과가 이건가.'

이런 대규모 공작을 설마 왕국 중추에 펼칠 수 있으리라고는 생각지도 못했다. 몇 중으로 깔린 방어 체계는 인간족과 마인족이 수백 년간 싸워 오면서도 아직껏 깨진 적이 없었다.

돌파당한 원인은 하나. 멜드의 시선이 히야마를 포착했다. 동시에 생각했다. 히야마의 기량으로 판단할 때 그가 혼자 이런 공작을 펼쳤으리라고는 생각하기 어렵다. 십중팔구 협력자나 주모자가 있겠지.

'그렇다면 필요한 건 결사의 각오가 아니야. 살아남아서 어떻게든 이 사태를 알려야 한다!'

출입구를 완전히 봉쇄당한 멜드가 점점 방 안쪽으로 후퇴했다. 그것을 몰아세우듯 호세와 『공허』한 자들이 포위망을 조였다.

"포기하고 그만 좀 죽으시지, 멜드 단장."

히야마가 삐뚤어진 표정으로 그렇게 말한 직후—.

"아니, 지금은 치욕을 감수하고 도망가도록 하지."

"뭐? 이 자식이!"

멜드는 잽싸게 돌아섰다. —창문을 향해서.

쨍그랑 소리를 내며 창문이 산산이 깨졌다. 멜드가 몸으로 창을 깨고 탈출한 것이었다. 멜드의 방은 왕궁 4층에 있었다. 보통은 죽지 않으면 다행인 높이였다.

"—『풍벽』!"

풍압 마법으로 낙하 속도를 줄인 멜드는 멋지게 착지했다.

아마 적들도 곧 뛰어내려 쫓아올 것이다. 멜드도 계속 도망칠 수 있으리라고는 생각하지 않았다.

하지만 적어도 상급 마법을 준비할 시간은 벌 수 있을 것이다. 요란한 섬광과 폭음을 일으키는 공격 마법을…….

그 후에는 시간만 벌면 아직 무사한 잔졸들이 달려올 것이다. 그러면 멜드의 목적은 달성되는 셈이었다.

"천지를 물들이는 홍련의—."

주문이 멈췄다. 아니, 멈출 수밖에 없었다. 특별히 무슨 일이 있었던 것은 아니었다. 적들은 아직 뛰어내리지 않았고 멜드가 내려온 왕궁 정원에는 사람 한 명 없었다.

주문을 방해하는 마법이 사용된 것도 아닐뿐더러 공격을 받지도 않았다.

"——."

다만 본능이 움직이길 거부했다. 숨을 죽이라고 명령했다.

마치 심장을 붙잡힌 것 같았다. 식은땀이 분출되어 턱 끝으로 흘렀다. 몸은 경직되었고 자신의 숨소리나 심장 소리조차 시끄럽게 느껴졌다.

예를 들자면 그것은 조그만 동물이 최강의 육식동물 앞에 내던져진 것 같은 느낌. 숨죽이고 재앙이 지나가길 기다리는 것 외에 살아남을 방법이 없다고 본능이 말해줬다.

"국왕도 그렇고 기사단장도 그렇고, 왜 이렇게 안이한지 모르겠군요. 역시 기껏해야 인간이 하는 일. 제가 도와야겠군요……."

소름이 끼칠 정도로 아름다운 목소리였다. 그러나 아무런 감정도 전해지지 않는 목소리였다.

그 소리를 듣고서야 멜드는 간신히 몸을 움직일 수 있었다. 기름을 치지 않은 기계처럼 뻣뻣하게 목소리가 들린 방향—하늘을 올려다봤다.

달빛을 등진 그림자가 보였다. 놀라운 점은 그 그림자에 한 쌍의 날개가 돋아 있다는 것이었다. 은색으로 빛나는 그것은 너무나 비현실적이고 환상적이었다.

하지만 감동이나 하고 있을 마음의 여유는 없었다. 피부로, 머리로, 영혼으로 이해했다.

압도적인 격차를…….

은색 빛이 늘어났다. 그것은 작은 달처럼 보였다. 아름다운 빛을 두른 달. 단, 두려울 정도의 힘을 품은 흉악하고 무자비한 달이었다.

뭔지는 몰라도 무슨 짓을 당하리란 것만은 알았다. 무시무시한 뭔가를……. 동시에 깨달았다. 도망칠 곳은 없다는 것을…….

"……신이시여."

왕국 최강의 기사가 무심결에 기댄 것은 태어난 이래 줄곧 믿어 온 거룩한 존재였다.

하지만—.

"예. 이것이 주인님이 바라시는 일입니다."

은색 달이 떨어졌다. 아이가 가지고 노는 공만 한 크기의 달. 생명을 멸하는 죽음의 빛.

멜드의 시야를 은색 빛이 뒤덮었다. 죽음이 멜드를 뒤덮었다.

믿어 온 신이 바란다고 했다. 자신의 죽음을, 부하와 동료를 덮치는 악의를……. 그리고 앞으로 일어나겠지, 더욱 무서운 일이…….

그래서 죽음의 순간, 길게 늘어진 시간 속에서 멜드는—.

'뒷일을 부탁한다고는…… 말하지 않으마. 저건 네 적이다. 그러니까—.'

—마음껏 때려눕혀라.

왕국 최강의 기사는 마지막 순간 믿어 온 신이 아니라 나락 밑바닥에서 기어 올라온 괴물에게 기도했다.

주인이 사라진 방에서 『공허』한 눈을 한 병사들이 부서진 마룻바닥이나 창을 수리하는 가운데, 책상 앞에 선 사람이 손에 든 무언가를 흥미롭게 내려다보고 있었다.

"이거야 원, 역시 단장님이야. 빈틈이 없어. 하마터면 위험할 뻔했어."

"……? 무슨 소리야?"

그 인물 뒤에서 히야마가 불쾌함을 숨기지 않으며 다가왔다.

"아무것도 아니야. 그보다 배는 괜찮아? 꽤 세게 맞은 것 같았는데."

"이딴 게 뭐 대수라고."

키득키득, 끈적한 웃음소리를 흘리며 묻는 그자에게 히야마는 벌레 씹은 표정으로 말을 뱉었다.

그 말을 듣고 비웃음은 점점 더 짙어졌지만 새로운 창틀이 설치되는 것을 보며 고개를 갸웃거렸다.

"그 여자는?"

"벌써 사라졌어. 잘 좀 하라더라."

"그래? 사실 그녀의 개입도 예상하던 바였는데. 듣기로 나는 신에게 축복받고 있다고 하니까. 후후, 이렇게 심술궂은 신이 또 있을까?"

개입해 온 그녀의 존재를 떠올렸는지 히야마는 살짝 몸을 떨었다. 원래는 더 시간을 들여서 신중하게 진행할 계획이었으나, 그녀의 존재가 앞길을 가로막는 장애물을 대부분 손쉽게 해결해줬다.

왜 자신들에게 협력하는가. 신의 바람이라고 했지만 그것이 사실인지 히야마는 판단할 방법이 없었다.

이해할 수 없는 존재. 비교조차 무의미한 압도적인 힘.

마음에 치솟는 공포심을 털어내듯 머리를 흔든 히야마는 화제를 바꾸고자 말을 꺼냈다.

"어찌 됐건 최대의 걸림돌은 해결했어. 이제는 야에가시처럼 눈치 빠른 녀석들에게 들키지 않으면 아무 문제도 없을 거야."

"맞아. 그 여자 덕분에 국왕님과 재상님도 정신이 나가셨고 교회는 처음부터 아무런 장애도 못 돼. 단장님을 처리한 지금 나를 막을 사람은 없어."

그자의 음성에 광기가 흘러넘쳤다. 똑같이 타락했을 히야마조차 무의식중에 뒷걸음질 치고 말 정도의 악의.

그자의 손안에서 무언가가 구겨지는 소리가 났다. 손을 보니 편지지 같은 것이 들려 있었다. 멜드가 그 소년에게 전하고 싶었던, 우려의 마음을 문장으로 엮은 편지였다.

"자, 속도를 내 보자. 비탈길을 굴러가는 돌처럼. 끝을 향해서. 내가 바란 미래를 향해서."

입가가 초승달처럼 찢어지고 동공이 축소됐다.

얼마간 주인을 잃은 방 안에 악의와 적의로 질척하게 코팅된 웃음이 크게 울려 퍼졌다.

제2장 ◆ 왕도 침공

조명 하나 없는 어두침침한 방, 쇠창살로 막힌 작은 창으로 달빛만이 들어오며 흑백의 대조를 이뤘다.

방은 지독하게 간소했다.

약 3평 넓이의 철제 독방은 목제 침대와 의자, 작은 책상, 그리고 가림막조차 없는 화장실이 있을 뿐이었다. 지구의 교도소도 이것보단 나은 공간을 제공해주지 싶었다.

어딜 어떻게 보나 감옥으로밖에 보이지 않는 이 방에는 사람이 한 명 있었다. 침대 위에서 등을 벽에 붙인 채 웅크리고 앉아 무릎에 얼굴을 파묻은 하타야마 아이코였다.

아이코가 이 방으로 끌려온 지 3일이 지나려 하고 있었다.

아이코의 손목에는 팔찌 모양 아티팩트가 채워져 있었고, 그 효과로 인해 아이코는 현재 마법을 전혀 사용할 수 없는 상태였다.

그래도 처음에는 어떻게든 탈출하려고 해 봤다.

하지만 자해한 피로 마법진을 그려 본들 발동하지 않았고 당연히 물리적인 힘으로는 강철 문을 열기란 불가능했다.

가끔 찾아오는 은발 수녀의 허를 찔러 도망가려고도 해 봤으나, 실력 차이가 확연하여 몇 대 얻어맞은 뒤 다시 방으로 끌려오고 끝이었다.

또 유일하게 난 창문도 철창으로 막혀 있어 기껏해야 팔을 내미는 게 고작이었다.

물론 철창이 없더라도 이 방은 높은 탑 꼭대기에 있는 데다가 교회의 본거지인 【신산】 정상에 위치했다. 교회 관계자들의 눈을 피해 산에서 내려가기란 불가능에 가까웠다. 해발 8천 미터를 자랑하는 산의 정상은 그것만으로 이미 하나의 이계이자 천연 감옥이었다.

그런 이유로 학생들의 안위를 걱정하면서도 아무것도 할 수 없는 아이코는 침대 위에서 힘없이 고개를 파묻고 가뜩이나 작은 몸을 더욱 작게 웅크리고 있었다.

"……내 제자가 하려는 일…… 대체, 무슨 일이……."

미미하게 얼굴을 든 아이코가 중얼거린 말은 납치되기 전 은발 수녀가 꺼낸 이야기였다.

아이코가 하지메에게 들은 이야기를 학생들에게 들려주면 귀찮아진다고, 그녀가 말하는 『주인님』이란 자가 그렇게 생각하는 모양이었다. 그리고 학생 중 누군가가 꾸미는 일이 더 재미있겠다고도 했다.

아이코의 가슴속에 알 수 없는 불안이 소용돌이쳤다.

떠오르는 것은 【우르 마을】에서 잘못된 길을 택해 생을 마감해야 했던 학생, 시미즈 유키토시였다. 어쩌면 또 학생 중 누가 돌이킬 수 없는 길을 가려는 게 아닐까……. 아이코는 불안해서 견딜 수 없었다.

이렇게 아무것도 없는 방에 감금되어 할 수 있는 일이라곤 상념에 잠기는 것뿐이었다.

침착하게 돌이켜보면 귀환 후의 왕궁은 너무나 부자연스러운 느낌으로 가득했다. 아이코의 뇌리에 어딘가 위태로운 분위기로 강경하게 태도를 고수하던 에리히드 국왕과 중진들의 모습이 떠올랐다.

분명 그 은발 수녀가 무슨 짓을 했을 거라고 아이코는 추측했다.

그녀가 처음 아이코에게 걸려고 한 『매료』라는 것이 말 그대로의 의미라면 세뇌나 그에 가까운 짓을 했으리라.

하지만 회의가 끝난 뒤 이야기 나눈 시즈쿠와 릴리아나에게는 그런 느낌을 받지 않았다.

그 점에 안도함과 동시에 자신이 감금된 사이 무슨 짓을 당하지나 않을까 하는 강한 불안이 몰려왔다.

부디 그녀들이 무사하길 바라는 한편, 또 하나의 우려가 떠올랐다.

그것은 불량품을 배제한다는 수녀의 말이었다.

정신을 잃기 직전 들은 그 말에 아이코는 왠지 한 학생을 떠올렸다.

생명의 은인이자 시미즈 유키토시를 주도록 내버려 둔 학생. 압도적인 힘과 강한 의지를 품었고 아이코의 말에 귀를 기울이며 진지하게 생각해주는 소년.

그리고…… 이런저런 일이 있어서 이런저런 생각을 품었다면 품었고 아니라면 아닌, 사실은 품었지만 아니라고 생각해야 하는, 하지만 생각나는 사람.

묻어 두려고 노력하는데 그게 마음처럼 되지 않아 기억을 다시 머릿속에 재생해 버리고, 이런 생각이나 할 때가 아니란 것을 알면서도 볼이 뜨거워졌다.

머리를 붕붕 저어 기억을 쫓아냈지만 그에 대한 걱정과 왠지 몹시 만나고 싶은 기분에 나직이 그 이름을 중얼거렸다.

"……나구모."

"응? 왜 불러? 선생님."

"흐악?!"

반쯤 무의식중에 이름을 중얼거린 상대에게서 돌아올 리 없는 대답이 돌아오자 저도 모르게 해괴한 목소리를 내고 말았다.

방 안을 두리번거려도 자신 말고는 사람이 있을 리 없었다. 아이코는 환청이라도 들었나, 하고 고개를 갸웃거렸다.

그런 아이코에게 환청이 아니라고 증명하듯 다시 목소리가 들렸다.

"여기야, 선생님."

"응?"

아이코는 화들짝 놀라며 역시 환청이 아니다 싶어 목소리가 들린 쪽, 창살이 달린 조그만 창으로 눈을 돌렸다.

그곳에는 창 너머로 안을 들여다보는 하지메가 있었다.

"어? 나구모? 나구모예요? 에? 여기 최상층이고…… 총본산인데…… 응?"

"아~, 그래. 일단 진정하자고, 선생님. 조금만 더 있으면 함정이 없는지 확인이 끝나니까…….”

하지메는 당황하는 아이코를 잠깐 보고서 마안석으로 방에 함정이 있나 없나 확인했다. 그리고 붉은 스파크를 튀기며 『연성』을 사용해, 벽에 한 사람이 지나갈 만한 구멍을 뚫고 안으로 침입했다.

아이코가 있는 방은 땅에서 100미터 가까운 높이에 있었다. 그런데도 불구하고 하지메는 그냥 입구로 걸어 들어오는 듯 태연하게 외벽에 구멍을 뚫고 등장했다. 얼이 빠진 아이코는 눈만 깜빡일 따름이었다.

그런 아이코에게 하지메는 살며시 웃으며 다가왔다.

“뭘 그렇게 놀라? 내가 온 걸 눈치챘었으면서. 기척은 완전히 차단했었는데 말이지……. 조금 기죽는데?”

“네? 눈치? 응?”

“아니, 아까 내 이름 불렀잖아? 기척을 느낀 거지?”

물론 아이코가 『기척 차단』을 행사한 하지메를 알아차릴 리 없었다. 하지메를 생각하다가 그냥 자연스럽게 입 밖으로 튀어나왔을 뿐이지…….

아이코는 차마 「네 생각을 하다가 반쯤 무의식적으로 이름을 불렀다」고 할 수도 없는 노릇인지라 당황한 표정으로 화제를 돌리려고 했다.

“그, 그보다도 왜 여기에…….”

“물론 구하러 왔지.”

“저, 저를 위해서? 나구모가? 일부러 구하러 와줬어요?”

아이코가 왠지 얼굴을 붉히고 허둥대기 시작했다. 아까부터 묘하게 정신이 불안정해 보이는데 설마 이미 세뇌라도 당했나 싶어 하지메는 미간을 찌푸렸다. 그리고 진지한 눈빛으로 마력안을 통해 아이코에게 마법이 걸린 흔적이 없는지 꼼꼼히 조사했다.

하지메가 침대에 앉은 아이코에게 다가와 코앞에서 자신을 관찰하자 아이코는 점점 얼굴이 빨갛게 달아오르고 심장 고동이 빨라졌다.

조금 전까지 머릿속으로 생각하던 남자아이가 위험에 처한 자신을 구하러 온 것도 모자라, 오밤중에 침대 옆에서 자신을 진지하게 응시하고 있었다.

단순한 학생과 교사라면 아무런 문제도 없이 왜 그러냐고 묻고 끝이겠지만…… 그렇게 담담하게 말할 수 없는 아이코는 굳은 채로 하지메의 눈동자를 마주 볼 수밖에 없었다.

하지메는 마안석으로 봐도 아이코에게 걸린 마법의 흔적을 찾지 못하자 일단은 괜찮으리라 생각하고 아이코의 손을 잡았다. 마력을 봉인한 아티팩트를 풀기 위해서였다.

"햐우! 안 돼! 안 돼요! 나구모! 이렇게 갑자기! 나 선생님인데에!"

하지만 느닷없이 손을 잡힌 아이코는 괴상한 비명을 지르며 몸을 움츠리더니 그렇게 소리쳐 댔다.

"아니, 마력을 봉인당하면 불편하잖아? 설마 빼면 무슨 일이 생겨? 함정이 있는 것처럼 보이진 않는데……."

"어? 앗, 그런 거였어요……?"

"……그럼 뭔 줄 알았어?"

"아하, 아하하…… 미안해요. 아무것도 아니에요……."

수상함을 넘어서 점점 이 사람이 왜 이러나, 하는 눈초리로 보기 시작한 하지메에게 아이코는 억지웃음을 지어 얼버무렸다.

그리고 화제를 돌릴 겸 어떻게 자신이 이곳에 잡혀 있는 줄 알았냐고 물었다.

"공주님한테 들었어."

"공주님? 릴리아나 공주 말인가요?"

"응. 선생님이 잡혀가는 장면을 목격했다더라고. 그래서 왕궁은 감시받고 있을 테니까 몰래 딴 애들에게 알릴 수 없다고 생각하고 혼자 왕도를 탈출했데. 우리에게 도움을 요청하려고 말이야."

"릴리 양이……. 나구모는 그걸 들어줬군요?"

"일단은. 이 상황은 내게도 책임이 있어 보였으니까. ……선생님은 나를 보기 싫었겠지만 다른 애들이랑 합류할 때까지는 참아."

하지메는 쓴웃음을 지으며 아이코의 마력을 봉인한 아티팩트를 해제하고 일어섰다.

아이코는 마지막 말이 시미즈를 쏜 것 때문이라고 생각해 무심코 하지메의 손을 꽉 잡았다.

그리고 이상하게 여기는 하지메를 올곧은 눈빛으로 직시하며 한 치 거짓 없는 진심을 전했다.

"보기 싫다뇨? 그럴 일 절대 없어요. 구하러 와줘서 얼마나 기쁜지 몰라요. 그야 시미즈의 일을 아직 완전히 떨쳐 버릴 수 없고, 앞으로도 떨쳐 버릴 수 없을지 모르겠지만……. 그래도 나구모가 어떤 생각으로 방아쇠를 당겼는지…… 저도 나름대로 이해해요. 그 일로 나구모를 원망하거나 미워하고 있진 않아요."

"선생님……."

아이코는 눈을 동그랗게 뜬 하지메에게 근심과 인자함이 담긴 미소를 보여줬다.

"그때는 똑바로 말하지 못했으니까 지금 말할게요. ……구해줘서 고마웠어요. 방아쇠를 당기게 해서 미안해요."

"……."

아이코라면 알아준다던 유에의 말이 맞았구나. 하지메는 내심 피식 웃었다. 그래도 아이코에게 가장 괴로운 일을 한 것은 사실이므로 그것을 겉으로 드러내지는 않았다.

"나는 내가 하고 싶은 대로 했을 뿐이야. 감사는 받겠지만 사과는 필요 없어. 그보다 슬슬 가자. 다른 애들에게는 공주님과 내 일행이 가고 있을 거야. 앞으로 어떻게 할지는 합류한 뒤에 이야기하면 돼."

"알았어요. ……나구모, 조심하세요. 교회는 나구모의 이단 지정을 억지로 밀어붙였어요. 게다가 저를 납치한 사람은 어쩌면 나구모를……."

"알아. 어차피 선생님을 보내준 다음 나는 내 볼일을 봐야

해. 아마 그때 교회 녀석들과 싸우게 되겠지. 처음부터 모두 각오했던 일이야."

하지메는 강인한 의지를 품은 눈빛으로 아이코에게 고개를 끄덕였다.

아이코는 그 눈빛이 꽂히자 다시 볼이 뜨거워지는 것을 느끼며 우려의 말을 건네려고 했다.

그러나 그 입이 떨어지기 전에 멀리서 뭔가가 부서지는 소리가 희미하게 들렸고 미세하지만 공기가 진동하는 느낌을 받았다.

무슨 일이 났나 싶어 몸을 긴장시킨 아이코가 하지메에게로 눈을 돌렸다. 하지메는 먼 곳을 바라보는 눈으로 무언가에 집중하고 있었다.

이변의 원인이 산 아래에 있음을 깨닫고 유에와 일행들에게 염화로 정보를 얻는 것이었다.

"쳇, 타이밍 한번 끝내주는군. ……뭐, 어떻게 보면 잘된 일일지도 모르지."

얼마 지나지 않아 하지메가 혀를 차면서 시선을 아이코에게로 되돌렸다.

아이코는 하지메가 염화를 쓸 수 있는 줄 몰랐다. 하지만 비상식적인 아티팩트를 많이 봐 온 터라 모종의 수단으로 무슨 정보를 얻었다고 추측하며 눈빛으로 설명을 요구했다.

"선생님, 마인족이 습격해 왔어. 방금 그 소리는 왕도를 감싼 대결계가 깨진 소리 같아."

"마인족이 습격을?! 그럼 설마……."

“그래. 현재 하일리히 왕국은 침공받고 있다는 소리지. 동료에게 『염화』로 연락이 왔어. 마인족과 마물 대군이라나 봐. 완벽한 기습이로군.”

“말도 안 돼…….”

하지메의 상황 설명에 아이코는 창백해진 얼굴로 중얼거리며 머리를 절레절레 저었다.

그도 그럴 것이 왕도를 침공할 정도의 병력을 왕국이 알아차리지 못하게 배치하기란 불가능했고, 왕도를 감싼 대결계도 어지간한 공격에는 끄떡도 하지 않을 만큼 튼튼했다.

그 두 가지 난제를 이렇게 쉽게 해결했다는 것은 쉽사리 믿어지지 않는 이야기였다.

“선생님, 일단 애들과 합류해. 이야기는 그 뒤에 하자고.”

“네, 넷.”

하지메는 긴장과 초조함으로 얼굴이 굳은 아이코를 한쪽 팔에 앉히듯이 안았다. 아이코는 또 「우햐!」 하고 기괴한 비명을 지르면서도 반사적으로 하지메의 목에 매달렸다.

그 순간— 밖에서 강렬한 빛이 번쩍 쏟아졌다.

“큿?!”

방으로 들어오는 달빛에서 밝기만 강해진 듯한 그 은색 빛을 보고, 하지메의 본능이 시끄럽게 경종을 울렸다.

하지메는 생각할 것도 없이 외벽 구멍으로 뛰어내렸다.

예기치 않은 행동에 아이코가 귓전에서 비명을 지르며 꽉 안겨 매달렸지만 지금은 그런 걸 신경 쓸 때가 아니었다.

하지메가 탑 최상층에서 뛰어내린 것과, 은색 빛이 방금까지 아이코가 붙잡혀 있던 방을 통째로 날려 버린 것은 동시였다.

부앙, 하고 기묘한 소리가 울렸다.

물체가 부서지거나 깨지는 소리도 없었다. 물체가 막대한 열량으로 소멸한 것도 아니었다. 그저 분해되어 입자 단위로 흩어지는 파괴. 사람을 가두기 위한 철탑 꼭대기는 모래처럼 고운 입자로 변해 밤바람을 타고 하늘로 사라져 갔다.

너무나도 기묘한 현상을 목격한 하지메는 눈을 크게 떴다. 그리고 『공력』으로 공중에 머무른 채 자기도 모르게 중얼거렸다.

"……분해…… 되기라도 한 건가?"

"맞습니다, 이레귤러."

대답을 바라지 않은 혼잣말에 옥쟁반에 구슬이 구르는 듯한, 하지만 차갑고 감정이 느껴지지 않는 목소리가 돌아왔다.

하지메가 그 방향으로 날카롭게 눈을 돌리자 옆에 선 첨탑 지붕에서 푸른 눈의 은발 여성이 하지메를 내려다보고 있었다. 하지메는 그것이 아이코를 납치한 여자라고 추측했다.

하지만 릴리아나가 말한 것과 달리 수도복이 아닌 흰색 바탕의 드레스 갑주 같은 것을 입고 있었다.

위로는 소매가 없고 아래로는 무릎까지 오는 원피스 드레스. 팔과 다리, 그리고 머리에 금속 방어구를 장비하고 골반 양쪽에는 금속 플레이트를 매달았다. 척 봐도 전투복이었다. 흡사 북유럽 신화에 등장하는 발키리를 보는 것 같았다.

은발 여성은 제자리에서 무게가 없는 것처럼 뛰어올랐다.

그리고 하늘 높이 빛나는 달을 등지고 한 바퀴 회전하더니 등에 은색 찬란한 날개 한 쌍을 펼쳤다.

펄럭 소리를 내며 펼쳐진 그것은 은색 빛만으로 이루어진 마법의 날개 같았다.

달을 등지고 반짝이는 은발이 바람에 너울거리는 모습은 신비롭고도 신성하여 비현실적인 아름다움과 매력을 발산했다.

하지만 그 눈동자가 옥에 티였다.

그녀가 가진 모든 것이 아름답게 빛나는 데도 불구하고 그 눈동자만이 얼음같이 차가웠다. 상대를 혐오하기 때문에 차갑게 식은 것이 아니었다. 그냥 한없이 무감정하고 기계적인 인형 같은 눈동자였다.

은색 여성은 아이코를 끌어안고 날카로운 안광으로 쏘아보는 하지메를 마주 보며 천천히 양팔을 좌우 수평으로 뻗었다.

그러자 한순간 건틀릿이 빛났고 그 직후 그녀의 양손에는 가드가 없는 흰색 대검이 쥐어져 있었다.

은색 마력광을 띤 2미터 남짓한 대검을 마치 깃털처럼 휘두른 여성은, 감정이 느껴지지 않는 목소리로 하지메에게 고했다.

"노인트입니다. 『신의 사도』로서 주인님의 놀이판에서 불필요한 말을 제거하겠습니다."

그것은 의심의 여지가 없는 선전포고였다.

노인트라고 이름을 밝힌 여자는 신이 보낸, 말 그대로의 의미를 지닌 『신의 사도』일 것이다. 마침내 하지메를 거슬린다고 판단했는지, 직접 『신의 유희』에서 제거하려는 심산 같았다.

노인트에게서 뿜어져 나오는 은색 마력이 주위 공간을 비틀었다.

거대한 폭포 아래에 선 것 같은 막대한 위압감이 하지메와 아이코를 찍어 눌렀다.

아이코는 필사적으로 이를 악물어 버티려고 했지만 표정은 새파랗다 못해 하얗게 질렸고 몸 떨림은 커져만 갔다.

이젠 틀렸다며 정신을 놓기 직전, 붉은 마력이 아이코를 감쌌다. 아이코를 지키듯 점차 더 밝게 빛나는 붉은 마력은 노인트가 내뿜는 은색 위압감의 접근을 일절 허용하지 않았다.

아이코는 눈을 크게 뜨고 이 현상의 원인이라 생각되는 사람, 바로 앞에 있는 하지메의 얼굴을 봤다.

그곳에는 어마어마한 위압감을 받으면서도 조금도 흔들리지 않고 형형한 눈빛으로 사납게 이를 드러낸 하지메가 있었다.

사로잡힌 듯, 혹은 못 박힌 듯 눈을 떼지 못하는 아이코에게 신경 쓰지 않고 하지메는 노인트에게 도발적으로 웃으면서 똑같이 선전포고했다.

"할 수 있으면 해 보시지. 신의 꼭두각시 주제에."

그 말을 신호로 해발 8천 미터를 넘는 【신산】 상공에서 『신의 사도』와 나락에서 기어 올라온 『괴물』이 격돌했다.

하지메가 노인트에게 습격받기 조금 전 유에, 시아, 카오리, 릴리아나 네 사람은 야음을 틈타 왕궁 비밀통로를 걷고 있었다. 릴리아나를 학생들 곁으로 보내주기 위해서였다.

원래 일행의 목적은 아이코 구출과 【신산】 어딘가에 있는 대미궁 및 신대 마법 수색이었다. 왕국의 이변 해결이나 릴리아나와 학생들의 합류는 아무래도 상관없는 일이었다.

다만 일단 아이코의 안전을 확보하기 위해서는 구출 후 그녀를 맡겨야 할 학생들이 세뇌당하지 않았을지, 그들이 안전하다고 할 수 있을지 확인할 필요가 있었다.

게다가 【신산】은 말 그대로 성교 교회의 총본산이므로 아이코를 구출하기 전까지는 가급적 소동을 일으키지 않는 것이 바람직했다. 그들에게 들키지 않게 아이코의 감금 장소를 밝혀내고 구출하기 위해서라도 하지메가 혼자 잠입하는 편이 유리했다.

그래서 나머지 일행은 왕도에 남게 됐는데, 카오리가 릴리아나와 함께 가겠다며 막무가내인 탓도 있고 크게 수고스럽지 않다는 이유로 함께 행동하고 있었다.

참고로 티오는 만약의 상황에 대비하여 왕도 어딘가에서 대기하고 있었다. 전체 상황을 내다볼 수 있는 사람이 한 명쯤 필요하다고 판단해서였다.

그런 일행이 비밀통로를 통해 나온 장소는 어느 객실이었다. 돌아보자 앤티크 수납장이 아무 일도 없었다는 양 조용히 원래 위치로 되돌아갔다.

"이 시간에는 모두 본인 방에서 주무시고 계실 거예요. ……일단 시즈쿠 방으로 갈게요."

어둠 속에서 릴리아나가 목소리를 낮췄다. 행선지는 시즈쿠의 방이었다. 용사인데도 코우키에게 기대지 않는 것이 그에 대한 그녀의 평가를 여실히 보여줬다.

릴리아나의 말에 동의한 일행은 탐지 능력이 가장 뛰어난 시아를 선두로 세우고 방을 나왔다.

소환된 학생들이 묵는 곳은 현재 있는 곳과는 다른 동(棟)이었다. 그녀들은 달빛이 비치는 복도를 빠르게, 그러나 조용히 달렸다.

그렇게 얼마간 달렸을 때 그 일이 일어났다.

포탄이라도 떨어진 것 같은 엄청난 굉음이 귀를 때렸고 그 직후 유리가 깨지는 듯한 소리가 왕도를 관통했다.

충격으로 대기가 진동해 유에 일행이 있는 복도 유리창이 버티지 못하고 와장창 깨졌다.

"으아아, 대체 무슨 일이에요?!"

"이건…… 설마?!"

적을 경계하고자 토끼 귀에 모든 신경을 집중하고 있던 시아가 무심코 귀를 머리에 찰싹 붙여 누르며 비명처럼 소리쳤다.

뒤를 따라오던 릴리아나는 짐작 가는 바가 있는지 이내 얼굴이 창백해지더니 창 쪽으로 뛰어갔다. 다른 일행도 상황을 파악하기 위해 창으로 다가갔다.

그런 그녀들의 눈에 비친 광경은—.

"어떻게 이런…… 대결계가…… 부서졌어?"

릴리아나는 도저히 믿을 수 없다는 표정을 하고 입을 손으로 막으며 떨리는 목소리로 중얼거렸다.

그녀의 말대로 왕도의 밤하늘에서는 대결계의 잔해인 마력 입자가 반짝이면서 흩어져 사라지는 광경이 펼쳐지고 있었다.

릴리아나가 넋이 나간 사람처럼 그 광경을 바라보는데 한순간 섬광이 번쩍이더니 다시 굉음이 울려 퍼졌다.

그리고 왕도를 덮는 빛의 장막이 점멸을 반복하면서 삐걱거리는 소리와 함께 출현했다.

"제, 제2 장벽까지……. 왜, 왜 이렇게 약해져 있죠?! 이래서는 곧……!"

릴리아나가 말하는 대결계란 외적에게서 왕도를 수호하는 세 겹의 거대 마법 장벽이었다.

세 포인트에 장벽을 생성하는 신대 아티팩트가 존재하며 정기적으로 궁정 마법사가 마력을 주입해 반영구적으로 유지하는 왕도 방어의 요추였다.

그 견고함은 타의 추종을 불허하여 수백 년에 걸친 마인족의 침공으로부터 왕도를 지켜 왔다. 전쟁을 답보 상태에 빠뜨린 원인 중 하나이기도 했다.

그 절대 수호의 장벽이 맥없이 깨져 버렸다.

그리고 지금 제2 장벽까지도 깨지려 하고 있었다. 안쪽으로 갈수록 전개 규모가 작아지니 그만큼 강도도 강해지기 마련이지만 수차례의 공격에 벌써 비명을 지르는 것을 보면 완전히 돌파당하는 것도 시간문제일 듯했다.

결계가 깨진 것을 깨닫고 왕궁 안도 소란스러워지기 시작했다. 여기저기서 불빛이 켜졌다.

“설마 내통자가……? 하지만 소수로는 오히려…… 그렇다면 적군이? 대체 무슨 수로…….”

아연실색하여 생각에 빠진 릴리아나에게 답을 알려준 것은 티오였다.

『들리느냐? 나다. 상황 설명이 필요한가?』

유에 일행이 저마다 하나씩 가진 염화석이 빛나며 목소리가 들렸다. 왕도에 남기고 온 티오의 목소리였다. 무슨 일이 일어나고 있는지 대강 파악하고 있다는 말투였다.

『……응. 부탁해, 티오.』

『왕도 남쪽 약 1킬로미터 지점에 마인족과 마물 대군이 보이는구나. 그때 그 흰 용도 있어. 결계를 파괴한 건 놈의 브레스야. 헌데 주인인 마인족은 보이지 않는구먼.』

“설마 정말로 적군이? 대체 어떻게 여기까지……! 라이센 감시 부대는 뭘 하고 있었죠?!”

티오의 보고를 듣고 릴리아나는 복장이 터지는 표정으로 비명처럼 소리쳤다.

그 의문의 해답이 무엇인지, 유에 일행은 알 것 같았다.

백룡을 부리는 마인족— 프리드 바그어는 【그류엔 대화산】에서 신대 마법 중 하나인 공간 마법을 손에 넣었다.

군대를 고스란히 이동시킬 만한 『게이트』를 열기란 유에에게도 지극히 어려운 기술이었지만 보조를 받는다면 가능할지도 몰랐다.

실제로 대륙을 남북으로 가르는 【라이센 대협곡】을 넘어,

그곳에 배치된 감시 부대의 눈뿐 아니라 도중에 위치한 마을 및 도시, 그리고 관문을 지키는 주둔군에게도 들키지 않고 이렇게 왕도에서 엎어지면 코 닿을 곳에 나타나지 않았는가. 그것 말고는 생각할 수 없었다.

그나저나 백룡이 공격하는데 프리드가 그 등에서 지휘를 하고 있지 않다고 했다. 혹시 몸을 혹사해서 움직일 수 없기라도 한 걸까?

릴리아나가 조급한 표정으로 코우키 일행과 합류할 것을 재촉했다.

하지만 유에가 그것을 거절했다.

"……여기서 헤어져. 너 먼저 가."

"여, 여기서요? 갑자기 왜……."

1분 1초라도 빨리 합류해서 전투태세를 갖춰야 하는데 무슨 소리냐며, 릴리아나는 이해를 못 하겠다는 양 눈살을 찌푸렸다.

유에는 창을 열고 눈을 험악하게 찌푸리며 한 단계 낮은 목소리로 단적인 이유를 밝혔다.

"……백룡을 부리는 마인족은 하지메를 다치게 했어. ……울 때까지 팰 거야."

아무래도 【그류엔 대화산】에서 기습한 프리드에게 감정이 맺힌 모양이었다. 유에답지 않게 험한 말투와 분위기였다. 그 자리에 있는 모든 사람이 슬슬 피하는 느낌이었다.

"화, 화가 많이 나셨나 보네요, 유에 씨……."

"……시아는? 이미 잊었어?"

"그럴 리가요. 울고 불며 사정해도 계속 팰 거예요."

시아는 유에가 발하는 노기에 무심코 물었지만 이어진 유에의 말에 무표정이 되더니 유에보다 과격한 말로 되받았다.

평소부터 해맑은 웃음이 끊이지 않는 시아인 만큼 무표정으로 내뱉는 폭행 선언은 몹시 박력 있었다. 시아도 그 사건에는 상당히 맺힌 것이 많은 모양이었다.

"그런 이유로 카오리 씨, 릴리 씨. 저랑 유에 씨는 주제도 모르고 설치는 도마뱀이랑 그 주인을 교육하고 올 테니까 여기서 실례할게요."

"……응. 그리고 방해하면 그 외 기타 등등도 같이."

그렇게 말하자마자 유에와 시아는 카오리와 릴리아나의 제지에도 아랑곳하지 않고 왕도를 향해 뛰쳐나가고 말았다.

분노한 버그 토끼와 치트 흡혈 공주에게 찍힌 프리드의 운명은 과연…….

적에게는 악몽이겠지만 왕국 입장에서는 어찌 보면 태세를 정비할 절호의 기회이기도 했다.

사실 그렇기에 릴리아나도 적극적으로 동행을 호소하지 않았다.

두 사람이 열어 놓고 떠난 창으로 밤바람과 소음이 들어왔다.

잠시 카오리와 릴리아나는 서로 말없이 서 있었지만 이윽고 아무 일도 없었던 것처럼 걸어 나갔다.

"……나구모 씨, 사랑받고 계시네요."

"응. 광적……이 아니라 강적이야."

"카오리…… 죽지 않는 선에서 힘내세요. 응원할게요."

"응. 고마워, 릴리……."

왕국 측에 득이 되는 행동이지만 아마 본인들에게 그런 의도는 거의 없으리라. 그렇게 생각하자 뒷전으로 밀려난 릴리아나는 자연스레 허탈해졌다. 「내 신세가 점점 개밥에 도토리처럼……. 왕녀인데……」라는 처량한 혼잣말이 메아리쳤다.

'사실 나도 가고 싶었다고 하면 릴리는 울겠지?'

릴리아나를 힐끗 보며 머리 한구석으로 그런 생각을 한 카오리는 릴리아나를 데리고 코우키와 아이들이 있는 곳으로 서둘렀다.

별안간 사라진 결계와 빠르게 전파된 마인족 습격 소식으로 왕도는 큰 혼란에 빠졌다.

사람들은 집에서 뛰쳐나와 깨져 버린 대결계의 잔해를 망연자실하게 쳐다보고 있었다. 경비대 대원들이 그런 그들에게 집에서 나오지 말라고 고래고래 소리치며 뛰어다녔다.

결단이 빠른 사람은 이미 최소한 챙길 짐만 챙겨서 왕도에서 탈출을 꾀하고 있었고, 왕궁 내로 피난하려는 주민들은 왕궁 문 앞으로 몰려와 들여보내 달라고 아우성이었다.

그나마 늦은 밤이라서 혼란이 이 정도 수준에 머물러 있었으나 얼마 안 가 폭도로 변하는 사람이 나와도 이상하지 않았다.

왕궁도 당분간 도시 내부의 혼란은 대처할 수 없을 것이므로 상황은 호전될 가망조차 없었다.

왜냐면 지금 가장 혼란에 빠진 곳은 다름 아닌 왕궁이었으니까.

청천벽력이란 게 바로 이런 꼴이었다. 자다가 일어나니 목에 칼이 들어와 있는 상황. 혼란스럽지 않다면 그게 더 이상했다.

그들도 서둘러 방어 태세를 갖추려는 듯했지만—.

쨍가아아아앙!

늦은 것 같았다.

기어이 마지막 결계가 부서졌다. 마인족 전사들과 신대 마법으로 태어난 마물들이 대지를 뒤흔들며 노도처럼 밀려왔다.

이제 인간들에게 남은 방어책이라고는 고작 왕도를 둘러싼 석조 외성벽뿐이었다.

그것만 해도 상당한 강도를 자랑하는 방벽이긴 하지만…… 오래 버티리라는 생각은 지나친 낙관이었다.

외성벽을 분쇄하고자 다수의 마인족이 하나의 상급 마법을 만들어 나갔다. 마물도 고유 마법으로 불이며 번개며, 얼음에 흙까지 동원해 포격을 날렸고 키가 4미터는 될 법한 사이클롭스가 메이스를 쳐들고 외성벽으로 달려들었다.

다른 곳에서도 크기가 5미터는 되는 멧돼지 마물이 몸에 바람을 두르고 외성벽을 무너뜨리기 위해 맹돌진했고 벽에 부딪힐 때마다 지진이라도 난 것 같은 충격을 떠안겼다.

게다가 하늘에서는 회룡(灰龍)과 흑수리 같은 비행형 마물이 외성벽을 무시하고 속속 왕도 내부로 침투하고 있었다.

외성벽 상부나 중간에 몰려 있던 왕국 병사들이 필사적으로 응전했지만 전혀 예상하지 못한 대군을 상대로는 부질없는 반격이었다. 돌진해 오는 강철 기차에 공기총을 쏘아 대는 꼴이라고 할까.

그런 상황을 왕도 중심의 거대한 시계탑 꼭대기에서 고민스럽게 바라보던 티오 곁으로 왕궁에서 뛰쳐나온 유에와 시아가 도착했다.

"……티오. 그 쓰레기 자식 찾았어?"

"티오 씨, 그 웃기지도 않은 망할 자식 어딨어요?"

"……하여간 너희는……. 아니, 나도 그 기분을 모르진 않지만 『여러분이 함께 와주셔서 든든해요!』라고 말하던 릴리아나 공주가 조금 가엽구먼……. 그 딱한 걸 그렇게 버리고 오다니."

"……사소한 일이야."

"별일 아니에요."

티오가 기막힌 눈으로 유에와 시아를 보았지만 두 사람은 눈곱만큼도 신경 쓰는 기색이 없었다. 이것도 하지메의 영향일까? 관심 없는 상대에게 그들은 심하게 냉담했다.

유에와 시아가 눈에 쌍심지를 켜고 프리드 바그어를 찾는데 염화석이 반응했다. 하지메가 보낸 통신이었다.

『이봐, 티오! 당장 이리로 와줘!』

『으익, 깜짝이야! 주인님? 왜 그러는가?』

염화석에서 생각지도 않은 거친 목소리가 들리자 이름을 불린 티오가 흠칫 놀라며 말했다.

『위험한 게 튀어나왔어. 선생님을 너한테 맡길게. 안고 있어서 전력으로 못 싸우겠어!』

『……?! 알았네! 내 금방 가지!』

하지메가 전력으로 싸워야만 하는 존재와 대치했다는 것을 바로 이해한 티오는 순식간에 『용화』했다. 그리고 한 번의 포효 후 해발 8천 미터의 총본산을 향해 단숨에 날아올랐다.

『……하지메, 조심해.』

『하지메 씨! 그 마물 조련사는 저랑 유에 씨가 해치울 테니까 걱정 마세요!』

『어? 어어…… 근데 너희 공주님이랑 같이 있— 윽?! 미안한데, 이야기할 여유가 없겠어! 무슨 짓을 하려는지 모르겠지만 너희도 조심해.』

하지메는 시아의 말뜻을 이해하지 못하고 의문을 품었지만 어지간히 전투가 격렬한지 곧 통신을 끊어 버렸다.

아무리 아이코를 감싸면서 싸운다지만 하지메를 고전하게 하는 상대가 있다니? 유에와 시아는 한순간 자신들도 도우러 가야 하지 않을까 고민했다.

"유에 씨, 어쩌죠?"

"……하지메라면 괜찮아. 티오도 있어. 그보다 마물 조련사를 죽일 거야. 또 신대 마법 마법진을 부수면 귀찮아져."

그렇다. 유에가 전쟁터로 나온 것은 프리드에게 보복하겠다는 이유도 있었지만 같은 신대 마법 사용자인 그를 방치하고 싶지 않기 때문이기도 했다.

프리드가 【신산】 대미궁의 자세한 위치를 알고 선수를 치면 【그류엔 대화산】에서 그랬던 것처럼 또 마법진을 파괴하려 들지도 몰랐다.

대미궁은 아무도 모르는 사이 마물이나 구조가 원상 복구되는 경우가 많으므로 【그류엔 대화산】도 시간이 지나면 원래대로 돌아갈 가능성은 있지만 시간이 얼마나 걸릴지는 알 수 없었다.

따라서 【신산】 대미궁에 있는 마법진 파괴만은 무슨 일이 있어도 저지해야 했다. 그러기 위해서라도 자신들이 먼저 프리드를 습격해 전쟁터에 발을 묶어 둘 필요가 있었다.

물론 유에 마음속 비중 중 90퍼센트가 보복이었지만…….

그런 그때, 시계탑 꼭대기에 있는 유에와 시아를 발견했는지 3, 4미터 크기의 흑수리 마물 두 마리가 그녀들을 노리고 좌우에서 협공하듯 급강하했다.

쿠에에에에에엑! 새된 소리를 지르며 날아든 흑수리에게는 눈길도 주지 않은 채, 시아는 『보물고』에서 사격 모드인 드뤼켄을 꺼내 망설임 없이 작렬 슬러그 탄을 발사했다.

유에 또한 쳐다보지도 않고 오른손 손가락 스냅만 이용해 무수한 풍인(風刃)을 만들었고 하늘에서 호우처럼 쏟아지게 했다.

지금 막 두 소녀를 잡아먹으려던 흑수리 두 마리는 충격파로 머리가 터졌고, 단두대라도 떨어진 것처럼 몸 곳곳이 토막

나며 무참하게 민가 지붕으로 떨어졌다.

지금쯤 집 안에 있는 사람들은 지붕에 뭔가가 떨어진 소리에 놀라 전전긍긍하고 있을 것이 틀림없었다.

흑수리가 무참하게 죽자 유에와 시아의 존재를 알게 된 비행형 마물들이 두 사람의 주위를 맴돌기 시작했다. 잘 보니 그중 3분의 1에는 마인족이 올라타고 있었다.

그들은 흑수리를 죽인 그녀들을 경계하듯 잠시 상공에서 상황을 살폈다. 하지만 경계 대상이 토인족 소녀와 왜소한 소녀임을 알자 가소롭다는 듯 콧방귀를 뀌고 두 사람을 향해 주문을 외기 시작했다.

두 소녀가 하늘을 날 수 있을 리 없다. 어떤 비책이 있건 상관없다. 지리적 우위를 점하는 하늘에서 집중포화를 퍼부으면 대응할 재간이 없다고 판단했으리라.

한편, 유에와 시아에게는 왕도를 지키기 위해 몸을 던져 대군과 맞붙을 생각은 털끝만큼도 없었다. 목표는 프리드 바그어 단 한 명뿐. 나머지는 가고 싶으면 가라는 생각이었지만 공격당한다면 반격할 수밖에 없었다.

"저희는 적이 아니에요~. 방금 그건 공격받아서 어쩔 수 없었다구요~."

일단 시아가 그렇게 말은 해 보았지만 그들은 더더욱 업신여기며 비웃을 뿐 공격을 멈출 기색은 없었다.

대수롭지 않은 적이라고 깔보고 동료 몇 명만 남기고 선행한 마인족들은 다음 순간 뒤에서 들린 단말마와 굉음, 그리고 그 원인을 보고 경악해 눈이 커졌다.

"저, 저게 뭐야?!"

몸 전체에 번개를 두르고 천둥으로 포효하는 용이 그들의 동료와 마물들을 차례차례 삼키고 있었다.

마인족들은 그 광경을, 현실성 없는 사태를 목격하고 넋이 나갔다.

"사, 살려—."

가까스로 뇌룡에게서 도망친 마인족 한 명이 선행하던 동료들을 향해 필사적으로 날아와 도와 달라고 손을 뻗었다. ……하지만 그 직후 과일이라도 터지듯 박살났다.

시아가 쏜 작렬 슬러그 탄을 맞고 산산조각 난 것이었다.

마인족의 것인지 회룡의 것인지 모를 피와 살점이 선행하던 마인족들에게 철퍽철퍽 쏟아져 내렸다.

얼어 있던 마인족들은 그제야 퍼뜩 정신을 차리고 반격하기 위해 온 신경을 곤두세웠다.

그리고 동료를 한순간에 분쇄한 소녀들을 찾았다.

전혀 예상하지 못한 곳에서 날아든 사신의 낫에 자신의 죽음을 예감하며 식은땀을 닦는 것도 잊고 눈을 바쁘게 굴렸다.

두 소녀는 금방 찾을 수 있었다.

하지만 그 모습은 그들의 상상과 사뭇 달랐다. 그녀들은 자신들에게 맞서려고 하기는커녕 눈길조차 주지 않고 있었다. 처음 봤을 때와 마찬가지로 무언가를 찾듯이 외성벽 밖만 쳐다볼 뿐이었다.

그 뒷모습이 무엇보다도 유창하게 말해주고 있었다.

너희는 안중에도 없다고…….

그것을 깨달은 순간, 긴장으로 굳어 있던 마인족들의 표정이 분노로 일그러졌다.

자기네 전우를 산산조각 내고도 길거리에 나뒹구는 돌멩이를 걷어찬 정도로밖에 생각하지 않는 그녀들에게 전사로서, 또는 한 사람의 마인족으로서 긍지를 짓밟힌 기분이었다.

그들의 온몸에 피가 끓어오를 것 같은 열불이 뻗쳤다.

"이 자식들이이이이!"

"우오오오오오!"

"죽어라아앗!"

분노에 사로잡힌 와중에도 유능한 전사들은 자연스럽게 진형을 맞추며 절묘한 연계를 이루었다. 퇴로를 차단하듯 사방과 머리 위를 포위하고 일제히 마법을 날렸다. 마법에 특출한 재능을 가진 마인족의 마법. 보통은 절망으로 표정이 구겨질 상황이었다.

하지만 정작 유에의 표정에 떠오른 감정은 한심함이었다.

가늘고 부드러운 손가락이 지휘봉처럼 움직였다.

"……실력 차이 정도는 본능으로 알아야지."

그 말과 동시에 뇌룡이 똬리를 틀어 유에와 시아를 고치처럼 감쌌고 모든 마법을 완전히 차단했다.

그리고 뇌룡이 한번 그 거대한 아가리를 벌리자 마인족들은 마치 전진밖에 모르는 것처럼 스스로 몸을 던졌다.

그렇다면 반대쪽에서 공격하겠다며 다수의 마인족이 관통성 뛰어난 상급 마법을 시전하려고 하자, 뇌룡의 일부가 벌어지더니 그곳에서 토끼 귀를 휘날리는 시아가 대포알 같은 속도로 튀어나왔다.

"큿! ―『염탄』!"

근처에 있던 마인족이 주문을 방해하게 두지 않겠다며 거의 무영창(無詠唱) 같은 속도로 완성한 초급 마법 화염탄을 무수히 뿌렸다.

하지만 시아는 전혀 개의치 않고 드뤼켄의 격발 반동으로 궤도를 수정해 모든 불덩이를 쉽사리 피했다. 그리고 영창을 하다 말고 흠칫 놀라는 마인족 세 명을 향해 드뤼켄을 옆으로 풀 스윙했다.

"우랴아아아앗!"

기합 한 방. 힘차게 휘두른 드뤼켄은 중력 마법의 힘으로 충돌하는 순간에만 4톤의 무게를 가진다. 그것을 최근 더욱 강해진 신체 강화 능력으로 휘둘렀다.

결과는 말할 필요도 없으리라.

마인족은 세 명 모두 속수무책으로 상반신이 터졌고 올라탄 마물도 충격으로 등이 부서져 단말마를 지르며 튕겨 나갔다.

시아는 공중에서 드뤼켄을 포함한 자신의 무게를 5킬로그램 이하로 낮추고 다시 격발을 이용해 하늘에서 깃털처럼 춤췄다.

동시에 드뤼켄을 사격 모드로 바꿔 방금 화염탄을 날린 마인족에게 작렬 슬러그 탄을 굉음과 함께 발사했다.

"달님까지 날아가 버려! 예요오."

그 말대로 마인족은 밤하늘에 빛나는 달까지 닿을 것 같은 기세로 날아갔다.

시아는『공력』이 부여된 아티팩트 쇼트 부츠에 마력을 주입해 공중에 연청색 파문을 펼쳐 발판을 만들었다.

그 자리에 머물면서 드뤼켄으로 어깨를 톡톡 두드리며 주위를 둘러보는 토끼 귀 소녀의 모습은 그야말로 악몽이었다.

조금 떨어진 곳에서는 마지막 한 명이 죽기를 각오하고 유에에게 돌격하는 참이었다.

"이 **꼬마 계집**이이이! 동료의 원수를 갚겠다!"

충혈된 눈이 죽는 한이 있어도 길동무로 삼겠다는 결사의 각오를 느끼게 했다.

하지만 그런 그에 비해 유에의 태도는 냉랭하기 그지없었다.

"……300년은 일러, **꼬맹이**."

뇌룡이 그의 동료를 덮치는 틈을 노렸으리라. 마인족은 유에가 뇌룡을 되돌리기 전에 처치할 수 있다며 회심의 미소를 지었다. 하지만 그 직후, 바로 아래에서 날아든 바람의 칼날에 목이 댕강 잘린 그는 빙글빙글 회전하면서 저 아래 골목으로 추락했다.

유에는 무의미하게 시간을 허비했다며 곧바로 다시 프리드를 찾기 시작했다.

그 옆으로 시아가 드뤼켄을 어깨에 걸친 채 내려왔다.

"영락없이 왕국 측 전력으로 오해받은 거 아닌가요?"

"……응. 그래도 상관없어. 오해하고 싶으면 마음대로 하라지."

"냉담하시네요. ……뭐, 맞는 말이긴 하지만요."

두 사람은 장난스럽게 말하면서도 프리드 바그어를 찾았지만 좀처럼 보이지 않았다.

설마 이미 대미궁의 위치를 파악하고 공간 전이를 한 것이 아닐까, 내심 불안해지기 시작했을 때―.

"아?! 유에 씨!"

"응!"

시아의 경고와 동시에 유에는 주저 없이 시계탑에서 뛰어내렸다.

그 직후, 허공에서 타원형 막이 출현하는가 싶더니 그곳에서 특대형 빛줄기가 터져 나왔다.

빛줄기는 순식간에 유에와 시아가 직전까지 있던 시계탑 윗부분을 증발시켰고, 거기에 그치지 않고 사선(射線)상에 있는 건물을 모조리 지워 버렸다.

"역시 예지 계열 능력인가. 성가시게……."

남자의 목소리가 울림과 동시에, 타원형 막에서 백룡을 탄 붉은 머리 마인족― 프리드 바그어가 나타났다.

그 표정에는 벼르고 벼르던 기습이 속절없이 빗나간 것에 대한 짜증이 묻어났다.

백룡이 완전히 『게이트』에서 나오자 타이밍을 맞춘 것처럼 흑수리와 회룡에 올라탄 마인족이 수백 단위로 모여들어 유

에와 시아를 포위했다.

동시에 엄청난 폭음이 울리며 마침내 외성벽 일부가 무너졌다. 그곳으로 마물과 마물에 탄 마인족이 물밀 듯 왕도로 쏟아져 들어왔고 몇몇 부대가 유에와 시아 쪽으로 맹렬히 달려오는 것이 보였다.

아무래도 이곳에서 유에와 시아를 확실하게 끝장낼 작정 같았다.

"설마 그 상황에서 생환할 줄이야. ……역시 그 남자에게서 언뜻 보인 소름 끼치는 삶의 집념은…… 너무 위험하군. 우선 놈의 동료인 네놈들부터 확실하게 처리하겠다."

프리드의 말에는 증오마저 담긴 듯했다. 하지만 그 말을 듣고도 유에와 시아는 대담하게 입꼬리를 끌어올렸다. 그리고 입을 모아 말을 돌려줬다.

그것은 우연히도 8천 미터 상공에서 그녀들이 사랑하는 소년이 적에게 뱉은 말과 같은 것이었다.

"……할 수 있으면 해 봐."

"할 수 있으면 해 봐, 예요오!"

그 말을 신호로 주위를 둘러싼 마물과 마인족이 일제히 마법을 사용했다.

대기조차 태워 버릴 것 같은 열량의 화염 창이 어지럽게 날아들고, 물은 레이저처럼 공간을 종횡무진 가르고, 살의의 바람은 칼날이 되어 휘몰아치고, 얼음 포격이 포효하고, 석화의 구체가 영겁 감옥이라는 이름의 죽음을 흩뿌리며, 뱀과 같은 번개 채찍이 기이한 움직임으로 밤하늘에 번뜩였다.

그리고 실낱같은 희망도 주지 않겠다는 양 광염(光焰)이 하늘을 갈랐다.

마인족 마흔 명 이상.

마물 수는 100마리 이상.

천지와 사방이 모두 적.

시야가 폭풍 같은 공격에 뒤덮였다.

하지만 유에와 시아는 도망칠 수 없는 죽음에 둘러싸였는데도 일말의 조바심도 보이지 않았고, 심지어 피하려는 시늉조차 없이 가만히 서 있었다.

마인족 몇 명은 그것을 단념으로 받아들이고 약간 맥 빠지는 표정을 지었지만 프리드만은 급속도로 치밀어 오르는 불길한 예감에 경계심을 바싹 끌어올렸다.

"—『계천(界穿)』."

유에가 신대 마법의 방아쇠를 당겼다.

그 직후, 날아드는 광염 앞에 두 개의 빛나는 게이트가 겹쳐지도록 출현했다. 프리드는 의아하게 눈살을 찌푸렸다. 그런 좌표에 게이트를 연결하면 광염을 전이시켜도 바로 다른 게이트에서 나와 직격할 뿐일 텐데…….

하지만 그 예상은 게이트가 한 쌍밖에 존재하지 않는다는 전제하에서 성립했다. 프리드가 자신의 한계를 기준으로 생각한 결과이기도 했다.

그래서 유에와 시아가 눈앞에 있는 게이트로 뛰어든 의미를 순간 이해하지 못했고, 어느샌가 자신들 뒤에 게이트가 열려 있었다는 것도 바로 눈치채지 못했다.

"이런— 피해랏!"

유에와 시아가 게이트를 넘어 사라지고 광염이 게이트를 통과한 순간, 자신의 착각을 깨달은 프리드가 부하들에게 소리쳤다. 하지만 너무 늦은 경고였다.

프리드 본인은 피할 수 있었으나, 부하 대부분은 **뒤에서** 나타난 광염에 직격해 죽음을 의식할 틈도 없이 소멸했다.

"네 이놈들, 내 손으로 부하를 죽이게 했겠다! 설마 게이트를 두 쌍 동시에 발동할 수 있을 줄이야……. 그토록 조심했거늘 그마저도 과소평가였단 말이냐."

프리드의 눈동자에 분노가 깃듦과 함께 자신은 할 수 없었던 게이트 두 쌍 동시 발동을 실전에서 성공시킨 유에에게 경외감에 가까운 감정을 느꼈다.

주문을 왼 흔적도 마법진을 사용하는 모습도 보이지 않았다. 그 정체가 신경 쓰였지만 지금은 사라진 두 명을 찾는 게 급선무였다.

"프리드 님! 저깁니다!"

프리드의 부하 중 한 명이 외성벽 밖을 가리켰다. 그의 말대로 유에와 시아는 그곳에 있었다.

유에와 시아는 바로 아래에 민가를 두고 싸우기 거북했다. 프리드 본인이 그녀들과의 대결을 바란다면 왕도 침공으로 발길을 돌리지는 않을 것이므로 외성벽 밖으로 전이한 것이었다.

물론 만약 프리드가 유에와 시아를 무시하고 왕도 침공을 계속한다면 등 뒤로 사신의 낫을 후려칠 뿐이다.

프리드와 마인족들도 그것을 알기에 그녀들에게서 등을 보일 순 없었다. 그리고 저 멀리서 유에가 자신들을 향해 손등이 보이도록 오른손을 뻗어 손가락을 까딱까딱 움직이는 것이 보였다. 그 시점에 마인족들의 분노는 가뿐히 끓는점을 넘어섰다.

눈에 보이는 도발이었지만 앳된 티가 남은 소녀와 멸시 대상인 토인족 소녀에게 많은 전우를 잃은 것도 억울한데 상대해주겠다는 식의 거만한 태도…….

자신들을 소수지만 우수한 종족이라고 자부하는 마인족 전사들에게는 간과할 수 없는 도발이었다.

"어린 계집 주제에!"

"더러운 짐승이 어딜 감히 기어올라!"

마인족들이 그런 폭언을 퍼부으며 일제히 달려들었다.

지체 없이 치사성 마법을 연발하는 유에를 경계해 마물을 선행시켰다. 지상에서도 대군의 일부가 두 소녀를 표적으로 징하고 맹렬히 달려들었다.

시아는『보물고』덕분에 실질적으로 무제한에 가깝게 보관한 작렬 슬러그 탄을 아낌없이 연발했다.

하늘에서, 또는 지상에서 시아의 마력이 은은하게 푸른 월장석 색 파문이 되어 펼쳐졌고, 그 후 충격파로 변환되어 파괴를 흩뿌렸다.

폭발이 지나간 뒤 남은 것은 차에 치이거나 압사라도 당한 것처럼 찌부러지고 으깨진 시체뿐이었다.

그런데 그곳으로 백룡과 회룡이 일제히 토해 낸 브레스가 쇄도했다.

직격하면 신체 강화 중인 시아일지라도 무사할 수 없는 파괴의 폭풍.

하지만 시아가 당황하는 일은 없었다.

"—『절화(絕禍)』."

시아 아래로 유에가 검게 소용돌이치는 구체를 만들어 냈다.

초중력을 내포한 칠흑의 구체는 흡사 블랙홀처럼 시아에게 날아들던 광염의 궤도를 아래로 틀어 그 안으로 빨아들였다.

"크, 그때도 썼던 마법이로군. ……내가 모르는 신대 마법인가. 병사들은 들어라! 나는 금발 마술사를 치겠다! 너희는 다 함께 토인족을 죽여라! 둘을 갈라놓고 연계를 막아라!"

""""""옛!""""""

아무래도 전열을 맡고 종횡무진 뛰어다니는 시아와 후열의 유에를 갈라놓고 각개 격파할 속셈 같았다.

가만히 보고만 있을 순 없었다. 시아가 유에 근처로 후퇴하려고 했을 때, 유난히 큰 흑수리와 거기에 올라탄 마인족이 거대한 회오리를 두르고 포탄처럼 돌격해 왔다.

공중에 있던 시아는 순간적으로 드뤼켄을 휘둘러 튕겨 내려고 했지만, 절묘한 타이밍에 몇 명의 마인족이 결사의 각오로 뛰어드는 바람에 그쪽에 대응할 수밖에 없었다.

드뤼켄의 격발 반동을 이용해 제자리에서 한 바퀴 돌며 달려드는 모든 마인족을 방사형으로 날려 버렸다.

서둘러 정면에서 돌격해 온 회오리와 대치하지만 차마 카운터를 날릴 여유도 피할 시간도 없어 보였다. 시아는 어쩔 수 없이 드뤼켄을 방패 삼아 앞으로 내밀고 방어 태세를 갖췄다.

드뤼켄의 기믹이 작동해 철컹철컹 소리를 내며 타격면에 라운드 실드가 펼쳐졌다.

"네놈들만은! 반드시 죽이겠다!"

금발을 짧고 단정하게 깎은 마인족 남성이었다. 단순히 동료를 죽여서 분노했다고 생각할 수 없는, 골육에 사무친 듯한 증오를 담아 시아를 쏘아본 그는 처절한 외침과 함께 드뤼켄에 충돌했다.

이대로 밀리면 유에에게서 멀어지게 된다. 시아는 몸무게를 단숨에 증가시켜 빠져나가고자 했지만 그러기 전에 뒤쪽에서 공간 전이 게이트가 열리고 말았다.

힐끔 돌아보았으나 유에의 상황도 별반 다르지 않았다. 수많은 마인족이 유에에게 무모하기 짝이 없는 돌격을 감행하며 프리드가 공간 전이 마법을 발동할 시간을 벌어주고 있었다.

『유에 씨! 죄송해요! 떨어질게요!』

『……응. 문제없어. 이 녀석은 내가 죽여 놓을게.』

게이트로 밀려 들어가기 직전, 유에가 굿 럭이라고 말하듯 엄지를 척 치켜드는 것을 보고 시아는 나지막이 웃음 지었다.

그 웃는 얼굴을 보고 눈앞에 있는 금발 마인족이 다시 분노로 얼굴을 일그러뜨렸다. 하지만 시아는 딱히 신경 쓰지도 않고 그대로 마인족 남성과 함께 게이트로 들어가 유에와 헤어지게 됐다.

"그 헤실헤실 웃는 얼굴에 구역질이 난다. 사지를 찢어서 네 남자 앞으로 끌고 가주마."

게이트에서 빠져나온 뒤 공중에 발을 딛고 선 시아와 대치한 마인족이 처음으로 꺼낸 말이 그것이었다.

아무래도 다른 마인족과 달리 개인적인 원한이 있는 것 같았다. 시아는 의아하게 눈썹을 내리깔며 물어봤다.

"……어디서 만났나요? 그런 눈으로 절 보는 이유를 모르겠는데."

"붉은 머리 마인족 여자를 기억할 테지."

시아는 왜 여기서 여자 이야기가 나오는지 몰라 고개를 갸웃거렸다.

마인족 남자는 그것을 기억하지 못한다는 뜻으로 받아들였는지 이를 아득 깨물고 한 맺힌 목소리로 추가 정보를 제시했다.

"네놈들이 【오르크스 대미궁】에서 죽인 여자다!"

"……………………아! 그 사람!"

"이 자식이으윽!"

시아는 듣기 전까진 까맣게 잊고 있었다는 반응이었다. 이미 분노 때문에 발음까지 이상해진 남자는 짧은 주문만으로 무수한 바람의 칼날을 날려 댔다.

시아는 그것을 대수롭지 않게 휙휙 피했다.

"잠깐만요, 그 사람이 왜요? 뭐가 뭔지 모르겠다고요."

"카틀레아는, 너희가 죽인 여자는…… 내 약혼자다!"

"……! 아아, 그래서……."

시아는 이해하고 고개를 끄덕였다.

눈앞에 있는 남자는 【오르크스 대미궁】에서 하지메에게 죽은 마인족 여자가 마지막으로 사랑을 속삭인 상대― 미하일인가 보다.

누구에게 들었는지는 모르겠으나 하지메가 자신의 약혼자를 죽인 것을 알고 복수심에 불타는 모양이었다. 자신이 당한 것과 똑같이 시아나 유에를 죽여서 하지메 앞에 들이밀고 싶은 것이겠지.

"감히, 카틀레아를! 다정하고 총명한, 언제나 나라를 생각하던 그녀를!"

핏발 선 눈으로 원망 어린 말을 뱉는 미하일에게, 시아는 평소의 명랑함이 연기였나 싶을 정도의 차가운 표정으로 아무렇지 않게 받아쳤다.

"그래서 어쩌라고요?"

"뭐, 뭐라고!"

"죽기 싫으면 안 싸우면 되잖아요? 게다가 처음에 싸움을 걸어온 건 그 사람이었다구요. 하지메 씨는 분명히 경고했어요. 도망가면 쫓지 않겠다고. 사랑하는 사람을 죽였으니까 원망하는 건 당연하지만 죽인 상대가 어떤 사람이었는지는 말 안 해도 돼요. 관심 없으니까. 당신이라면 들을 거예요? 지금까지 자기가 죽인 상대의 인생사 같은 거. 안 듣죠?"

"다, 닥쳐! 카틀레아의 원수! 고통으로 미칠 때까지 고문하다가 죽여주겠어!"

미하일은 분노가 폭발하여 고래고래 악을 쓰더니 다시 거대 흑수리에 회오리를 일으키고 고속으로 시아에게 돌진했다.

보아하니 회오리는 미하일의 마법이고 흑수리의 고유 능력은 아닌 듯했다. 올라탄 미하일이 주문을 외자 회오리에서 바람 칼날이 무수히 튀어나와 시아의 퇴로를 막으려고 했다.

시아는 드뤼켄을 휘둘러 바람 칼날을 흩어 버리고 몸무게를 가볍게 해서 높이 뛰어올라 회오리를 두른 거대 흑수리를 피했다.

하지만 피한 곳에는 미하일과 시아가 대화하는 사이 모인 마인족과 흑수리 부대가 있었다. 미하일이 탄 것이 거대 흑수리인 것으로 보아 그의 부하가 아닐까.

시아보다 높은 위치에 있던 흑수리 부대는 가시 같은 돌을 일제히 발사했다. 그것은 마치 장대비 같았다. 시아는 작렬 슬러그 탄의 충격파로 비처럼 쏟아지는 가시를 무더기로 쓸어 버렸다.

그리고 탄막에 뚫린 틈으로 뛰어들어 상공의 흑수리 한 마리에게 육박하여 흠칫 놀라는 마인족에게 인정사정없이 드뤼켄을 휘둘렀다. 직격한 마인족은 뼈와 함께 내장이 으깨지면서 날아가 밤의 어둠 속으로 사라졌다.

시아는 멈추지 않았다. 여세를 몰아 자루 길이를 늘이고 떨어진 곳에 있는 흑수리와 마인족까지 박살 냈다.

"큭, 접근해서 싸우지 마라! 하늘은 우리 영역이다! 원거리에서 마법과 돌 가시로 파상 공세를 펼쳐라!"

마치 핀 볼처럼 날아가는 동료를 보고 접근전은 안 되겠다고 판단한 미하일이 원거리 공격을 지시했다. 다시 사방팔방에서 마법과 돌 가시가 날아들었으나, 시아는 격발의 반동과 『공력』을 이용해 연속 도약하며 현란하게 공격을 피해 나갔다.

하지만 일정 거리 이하에서는 절대로 접근하지 않고 시아가 다가가려하면 전속력으로 거리를 벌리는 전법에 시아는 점점 짜증이 나기 시작했다.

"아, 정말 파리처럼 짜증나게! 이런 식으로 나오면 온몸을 으스러뜨려 주겠어요오!"

울컥하여 토끼 귀를 곤두세운 시아가 『보물고』를 사용했다.

빛을 내며 허공에서 출현한 것은 붉은 쇠공이었다.

크기는 지름 약 2미터. 쇠공 한 부분에는 쇠사슬이 달렸다. 시아는 그 쇠사슬 끝을 드뤼켄 위에 달린 연결부에 매달았다.

그리고 중력에 끌려 떨어지려던 쇠공을 발로 차올리고 크게 수평으로 뺀 드뤼켄으로 쇠공을 때렸다.

까앙! 금속과 금속이 충돌하는 요란한 소리와 함께 쇠공이 믿어지지 않는 속도로 발사됐다.

표적이 된 마인족은 서둘러 피하려고 했지만 갑자기 쇠공 옆에서 폭발이 일며 궤도가 틀어졌다. 그 움직임에 대응하지 못한 마인족과 흑수리는 무게가 10톤까지 가중된 쇠공에 격돌해 온몸의 뼈가 으스러지며 하늘로 사라졌다.

적을 처치한 쇠공은 시아가 드뤼켄을 휘둘러 쇠사슬을 당기자 단숨에 그녀에게로 돌아왔다.

시아는 그사이에도 작렬 슬러그 탄을 연발해 적을 견제하거나 사살해 나갔다. 그리고 돌아온 쇠공을 다시 때려 다른 표적을 향해 날렸다.

드뤼켄의 새로운 기믹— 그것은 무게 변화와 궤도 변경용 산탄총 카트리지가 내장된 『죽방울』이었다.

"으랴랴랴랴랴!"

시아가 함성을 지르며 왕도의 밤하늘에서 붉은 죽방울을 놀렸다. 날리고 되돌리고, 또 날리고 되돌리고……. 붉은 유성이 되어 밤하늘을 불규칙하게 누비는 『죽방울』은 본래 붉은 색 위로 적의 피와 살을 뒤집어쓰고 붉게 덧칠됐다.

"네 이놈, 기괴한 기술을……! 위로 간다! 범위 밖인 하늘에서 공격해라!"

미하일이 차례차례 죽어 나가는 부하들을 보고 입술을 깨물면서 지시하고, 본인은 시아의 발을 묶어 두기 위해 선회하며 견제 마법을 연발했다.

시아는 그 공격들을 무게가 느껴지지 않는 도약으로 공중에서 춤추듯 가볍게 피했다.

마지막 일격을 피한 직후, 머리 위에서 범위 공격 마법이 벽처럼 떨어졌다.

"흥, 건방 떨지 마! 예요오!"

시아는 드뤼켄을 머리 위로 들더니 자루 중앙을 잡아 빙빙 돌기 시작했다. 그러자 회전의 원심력에 의해 사슬로 이어진 쇠공도 함께 크게 회전했다.

맹렬하게 초고속 회전하는 드뤼켄과 쇠공은 붉은 선이 칠해진 사슬 때문에 즉석 라운드 실드가 되었고, 위에서 쏟아진 강력하기 이를 데 없는 복합 마법은 접촉면부터 흩어지며 사라졌다.

"잡았다!"

위쪽의 공격을 막는 데 급급하다고 판단한 미하일이 시아에게 돌격했다.

그러면서 거대 흑수리가 만든 자릿수가 다른 양의 돌 가시를 바람 속성 마법 『포황(砲皇)』에 실어 발사했다. 국소적인 폭풍이 낮게 울부짖으며 시아에게 휘몰아쳤다.

시아는 자유 낙하에 몸을 맡겨 순식간에 고도를 낮춰서 바람의 포격을 피했다.

미하일은 예상대로 들어맞았다며 입매를 찢으면서 웃었고, 회피 직후 낙하해 온 순간을 노리고 다시 바람의 칼날을 날리려고 했다.

하지만 표적을 포착한 미하일의 눈에는 절망으로 일그러지는 시아의 표정이 아닌, 허공에서 나타난 주먹만 한 철구가 시아 아래로 떨어지는 광경이 비쳤다.

"슛~!"

시아는 『보물고』에서 꺼낸 철구를 최대로 강화한 각력으로 찼다.

우직! 쾌속으로 뻗어 나간 철구는 정확히 미하일이 탄 거대 흑수리에 직격했고 끔찍한 소리를 내며 몸을 파고들었다.

"쿠에에에에에에!"

"이 자식!"

격통과 충격으로 거대 흑수리가 비명을 지르고 빙글빙글 돌면서 추락했다.

미하일도 거친 말을 뱉고 마지막 발악으로 돌 가시를 포함한 바람 포탄을 쏜 뒤 거대 흑수리와 함께 떨어졌다.

겨우 머리 위에서 떨어진 마법 공격을 버텨 낸 시아는 다가오는 바람 포탄을 아슬아슬하게 드뤼켄으로 튕겨 냈다.

하지만 섞여 있던 돌 가시까지는 완전히 막지 못했고 몇 개의 가시가 어깨와 팔에 꽂히고 말았다.

"됐다! 코트리스의 돌 가시에 찔렸어!"

"이걸로 끝이다!"

돌 가시 자체에는 그리 큰 대미지가 없는데 시아가 가시에 찔리자 마인족들의 얼굴에 하나같이 희색이 떠올랐다.

그것을 본 시아는 의아한 표정을 지었다.

그 의문에 대한 해답은 금방 밝혀졌다.

가시에 찔린 부분에서 서서히 석화가 시작된 것이었다. 아마 흑수리는 코트리스라는 이름의 마물 같았고 그 고유 마법은 무수한 석화 돌 가시를 날리는 것인 듯했다. 참으로 악독하고 성가신 능력이었다.

보통 상태 이상을 풀기 위해서는 특정 약을 쓰거나 빛 속성 회복 마법으로 정화해야만 한다.

지금 이 전쟁터에는 시아 혼자뿐이므로 마인족들은 이제 끝났다고 생각했으리라. 만약 약을 가지고 있더라도 복용할 틈을 주지 않고 계속 공격하면 그리 오래 지나지 않아 석화할 것이기 때문이었다.

하지만 그들의 승리를 확신한 표정은 다음 순간 아연하게 변했고 끝에는 절망으로 바뀌었다.

왜냐하면—.

"아차, 방심했네요. 하지만 이 까짓것!"

시아는 그렇게 말하며 꽂힌 가시를 뽑아서 던져 버리고 조금 집중하듯 눈을 가늘게 떴다. 그러자 잠시 후 서서히 퍼지던 석화가 딱 멈추고, 이어서 석화한 부분이 썰물 빠지듯 본래 피부색으로 돌아갔다. 최종적으로는 가시가 찔린 상처마저 아물고 아무 일도 없었던 것처럼 깨끗한 상태로 돌아왔다.

"뭐, 뭐야?"

"어떻게 된 거야?!"

회복 마법을 쓴 느낌도 없었고 약을 쓴 것처럼 보이지도 않았다. 그냥 잠깐 집중한 것만으로 몸의 상처뿐 아니라 석화까지 치료해 버린 시아를 보고 마인족들의 표정에 공포의 빛이 떠올랐다. 그것은 이해할 수 없는 미지의 공포였다. 목소리도 당혹감으로 떨리고 있었다.

시아의 상처가 나은 것은 딱히 특별한 이유가 없었다. 그저 재생 마법을 썼을 뿐이었다.

여전히 적성은 눈물겨울 만큼 밖에 없어서 자기 몸을 치료하는 것이 고작이었다. 유에의 『자동 재생』처럼 결손 부위가 재생되거나 중상이라도 순식간에 치료되거나 자동으로 발동하지도 않았다. 자기 몸 외의 무언가를 재생할 수도 없었다.

하지만 다소의 상처나 단순한 골절, 진행이 더딘 상태 이상이라면 잠깐 집중하는 것만으로 몇 초 안에 고칠 수 있었다. 시간을 들이면 어느 정도 중상이라도 괜찮았다.

마인족들이 절망하는 것도 별수 없으리라.

압도적인 파괴력에 회복 능력까지. 공략법이 떠오르지 않았다. 마치 자동 수복 기능이 붙고 하늘을 자유롭게 누비는 고기동 중전차 같았다. 지구의 군인이 알면 악몽에 시달리겠지.

마인족들이 시아를 보는 눈이, 한때 하지메와 대적한 자들이 그를 보던 눈처럼 변해 갔다.

다시 말해, 괴물을 보는 눈으로…….

"자, 갑니다?"

당황하여 얼어붙은 마인족들 눈앞에서 시아가 토끼 귀를 휘날리며 드뤼켄을 뒤로 젖혀 들고 뛰어올랐다.

일격필살! 시아가 휘두른 일격에 또 한 명의 마인족이 목숨을 잃었다.

그 순간, 나머지 마인족이 공황 상태에 빠진 것처럼 의미 모를 비명을 지르며 연계도 뭣도 없이 무턱대고 돌격을 감행했다.

시아는 냉정하게 죽방울을 휘두르거나 작렬 슬러그 탄을 쏘면서 확실하게 머릿수를 줄여 나갔다.

드디어 미하일 부대 마지막 한 명이 드뤼켄의 희생양이 됐을 때, 갑자기 달빛이 가로막히며 그림자가 일대에 드리웠다.

시아가 고개를 들어 위를 보자 암운을 배경으로 미하일이 하늘에서 낙하하는 중이었다. 거대 흑수리도 한계에 달한 듯 보였다. 상공에서 급강하하는 것 말고는 제대로 된 공격 수단이 없었으리라.

"하늘에서 쏟아지는 무수한 번개, 피할 수 있다면 피해 봐라!"

미하일의 외침과 함께 무수한 번개가 굉음을 울리며 연속으로 무질서하게 쏟아졌다.

그것은 비유하자면 장대비 같은 번개였다.

바람 속성 상급 공격 마법 『뇌퇴(雷槌)』. 본래는 먹구름에서 거대한 번개를 떨어뜨리는 마법이지만 일부러 그것을 세분화하여 광범위하게 시간차를 두고 난사할 수 있도록 고친 것이리라. 그것만으로 미하일의 탁월한 마법 실력을 알 수 있었다.

급강하하는 미하일을 앞질러 뇌광이 시아를 향해 쏟아졌다.

아마 확실하게 처치하기 위해 번개에 맞는 순간 동귀어진을 각오하고 달려들 생각이겠지. 아무리 몇 갈래로 나뉘어 위력이 약해지고 시아가 초인적이라고는 하지만 낙뢰를 맞으면 적어도 경직은 피할 수 없을 것이다.

게다가 번개가 떨어지는 속도는 초속 150킬로미터. 눈으로 보고 피하기란 불가능했다.

부하가 죽어 가는 와중 하염없이 견디며 주문을 외운 혼신의 마법이었다. 미하일의 눈에도 이번에야말로 해치운다는 강한 의지가 엿보였다.

하지만 그 직후 미하일은 믿을 수 없는 광경을 목격하게 됐다.

어디 상상이나 했겠는가. 시아가 쏟아지는 낙뢰를 피하고 있었다. 아니, 정확하게 말하면 처음부터 맞지 않을 곳을 알고 번개가 떨어지기 전에 이동한 것이었다.

미하일의 오산.

그것은 시아에게는 인식할 수 없어도 피할 방법이 있다는 것이었다.

시아의 고유 마법 『미래시』— 그 새로운 파생 능력인 『천계시(天啓視)』. 최대 2초 앞의 미래를 임의로 볼 수 있는 능력이었다. 『가정 미래』보다 떨어지는 효과였지만 마력 소비가 훨씬 적어 어느 정도 연속해서 사용할 수 있어 편리했다. 시아가 나날이 단련하여 낳은 노력의 산물이었다.

"뭐냐, 넌 대체 뭐냔 말이다!"

"그냥 토끼 귀 소녀예요."

자신도 그다지 믿지 않는 대답을 돌려주면서 모든 낙뢰를 피한 시아는 당연히 돌격해 온 미하일도 가볍게 피했다. 그리고 스쳐 지나갈 때 죽방울을 휘둘렀다.

크게 원을 그리며 미하일 주위를 선회한 죽방울은 쇠사슬로 미하일을 칭칭 감아 순식간에 포박했다.

"크아악! 이거 놔!"

"놓아 드려야죠, 바라시는 대로!"

시아는 드뤼켄을 휘둘러 사슬에 묶인 미하일을 더 강하게 돌렸다. 그리고 원심력을 있는 대로 실어 바닥을 향해 풀어줬다.

천만근의 쇳덩이가 회전하며 만들어 낸 원심력은 어마어마했고 미하일은 운석이 낙하하는 기세로 바닥에 처박혔다.

순간적으로 바람 장벽을 펼쳐 즉사만은 면한 모양이지만 온몸의 뼈가 부서졌는지 미동도 하지 못한 채 하늘을 보고 누워 입으로 쿨럭쿨럭 피를 쏟았다.

시아는 그 옆으로 착지해서 드뤼켄을 어깨에 걸치고 미하일에게 척척 걸어갔다.

미하일은 몽롱한 의식을 간신히 붙잡으며 퀭한 눈동자를 시아에게 돌렸다.

원수를 갚지 못한 못난 자신을 탓해서일까, 아니면 백여 명의 부하와 함께 전멸당했다는 비현실적 사태 때문일까. 그 입가에는 미하일 본인도 판단하기 어려운 자조 어린 웃음이 떠올라 있었다.

이토록 철저하게 유린당하니 이제는 웃음밖에 나지 않는다는 심정인지도 모르겠다.

자신을 내려다보는 시아에게 미하일은 죽을 때가 됐음을 깨달았다. 속으로 사랑하는 약혼자에게 원수를 갚지 못했다고 사과하며 쉰 목소리로 마지막 욕을 퍼부었다.

"그흑, 이…… 켈록…… 괴물 자식!"

"후후, 고맙습니다!"

미하일의 마지막 욕설은 오히려 시아를 기쁘게 할 뿐이었다.

마지막으로 미하일은 자신의 머리를 향해 다가오는 거대한 망치를 보면서, 사후 세계가 있다면 카틀레아를 찾으러 가야겠다고 멍한 머리로 생각했다. 직후 충격과 함께 미하일의 의식이 어둠 속으로 떨어졌다.

미하일의 숨통을 끊은 시아는 드뤼켄을 짊어지고 그의 마지막 말에 살포시 웃음 지었다.

“저도 겨우 괴물이라고 불릴 정도는 된 모양이네요. ……후후, 다른 사람들에게 조금 가까워진 느낌이에요. 그나저나 유에 씨 쪽은 어떻게 됐으려나…….”

시아는 상당히 멀리 떨어진 곳, 유에가 있는 방향을 올려다봤다.

그리고 지금이라면 프리드를 한 방 정도 때릴 수 있을지 모른다고 기대하며 유에와 합류하고자 내달렸다.

천공에 빛나는 달이 보이지 않을 만큼 무리 지은 회룡들.

100마리는 가뿐히 넘을 것이다. 그리고 그 중심에는 가슴팍에 흉터가 난 백룡과 그 등에 올라탄 프리드 바그어가 있었다.

“나쁘게 생각하진 마라. 적의 병력을 분산시키는 건 싸움의 정석이다.”

공간 마법 『계천』으로 만든 전이 게이트로 사라진 시아와 미하일, 그리고 둘을 쫓아 날아간 흑수리 부대를 곁눈질한 프리드는 공중에 서 있는 유에에게 말을 걸었다.

바람 속성 마법을 사용한 것 같지도 않은데 유에는 마치 밤하늘에 걸린 달처럼 공중에 떠 있었다. 프리드는 그 모습을 보며 눈을 찌푸리고 반응을 살폈지만 유에는 여전히 무표정하게 조용히 프리드를 바라볼 뿐이었다.

프리드는 마인족이란 사실에 자긍심을 가졌으며 그들이 으레 그러하듯 다른 종족을 깔보았다. 마인족이 숭배하는 신에게는 신실한 신자이며 가치관의 다양성을 인정하지 않는 유형의 남자였다.

따라서 다른 종족 여자에게 흥미를 느끼는 일은 결코 없었다.

하지만 자신의 부하인 회룡들이 진짜 달을 가리고 있는 지금도, 지상을 비추는 달처럼 빛나는 그 소녀의 미모에는 프리드조차 『죽이기에는 아깝다』고 생각할 만큼 매력을 느끼고 있었다.

하지메를 죽이기 위해서 필요한 일임을 알면서도, 그리고 동포를 죽인 것에 대한 증오를 품으면서도, 그 마음은 프리드로 하여금 실없는 말을 꺼내게 했다.

"아깝군. ……여자, 마술사인 네가 제아무리 무영창이라는 경악스러운 기술을 가졌다고 해도 이 상황을 빠져나가기란 무모한 일이다. 어떤가? 나와 함께 가지 않겠나? 너 정도의 여자라면 나쁘게 대하지는 않겠다."

그런 프리드의 권유에 대한 유에의 반응은—.

"……훗, 죽었다가 다시 태어나. 추남."

참으로 매몰차고 비웃음 섞인 통렬한 매도였다.

참고로 프리드는 열 명에게 물으면 열 명이 미남으로 평가한다고 해도 과언이 아닐 만큼 수려한 외모를 자랑했다. 그 강대한 힘과 맞물려 마인족 사이에서는 여성에게 열광적인 인기를 가졌다. 결코 추남이 아니었다.

하지만 유에는 프리드가 【그류엔 대화산】에서 신을 논할 때의 황홀한 표정을 보았다. 그리고 그것을 추하고 역겹게 기억하고 있었다.

그런 남자가 뻔뻔한 얼굴로 자기에게로 오라고 했다. 이건 기분이 나쁘다를 넘어서 정신 나간 남자로밖에 보이지 않았다. 애당초 하지메 이외의 남자에게는 아무런 감정도 느끼지 않는 유에였다. 정말로 실없는 소리 그 이상 그 이하도 아니었다.

유에의 말을 듣고 프리드의 눈언저리가 움찔했다.

"순교의 길을 택하겠다는 거냐? 아니면 이 나라에 대한 충성심 때문인가? 하찮은 교의와 그것을 맹신하는 하찮은 나라를 위해 목숨을 바치겠다고? 어리석기 그지없군. 한 번 우리의 신『알브 님』의 가르침을 받아라. 그 큰 뜻을 알면 너의 그 굳게 닫힌 눈도― 읏?!"

완전히 헛짚은 줄도 모르고 엉뚱한 이야기를 늘어놓는 프리드에게 유에는 신속의 바람 칼날로 대답을 대신했다. 더는 못 들어주겠다 싶어 이야기를 끊은 것이기도 했지만…….

밤바람을 타고 피가 튀었다.

프리드가 몸을 돌렸기 때문에 유에가 날린 풍인은 그의 어깨를 약하게 찢는 데 그쳤다. 순간적으로 프리드가 풍인에 반응할 수 있었던 것은 나름대로 대미궁 공략자이기 때문이었다. 아니라면 지금쯤 팔 한쪽을 잃었을 것이다.

유에는 분노가 담긴 눈으로 자신을 노려보는 프리드에게 차가운 눈빛을 돌려줬다.

그리고 어리석은 마물의 지배자에게 거만하게 말했다.

"……말이 많아. 하지메를 다치게 한 만큼 고통받다가 죽어."

그 말을 신호로 유에를 중심으로 극한의 눈보라가 휘몰아쳤다.

한순간에 거대한 회오리로 성장한 그것은 유에를 감싸면서 하늘로 솟아올랐다. 하늘과 땅을 잇는 하얀 폭풍은 주위 온도를 단숨에 절대영도까지 끌어내렸고, 효과 범위 내에 있던 회룡들을 닥치는 대로 얼려 버렸다.

회오리를 발생시키는 바람 속성 중급 공격 마법 『람제(嵐帝)』와 광범위에 걸쳐 온도를 절대영도까지 떨어뜨리는 얼음 속성 최상급 공격 마법 『동옥(凍獄)』의 복합 마법이었다.

마치 빙하기의 기후 변동으로 순식간에 얼어붙은 매머드처럼 상처 하나 없이 흰 얼음 조각상으로 변한 회룡들이 지상으로 추락했고 땅에 격돌해 몸이 산산이 박살났다. 몸속까지 완전히 얼어붙었는지 붉은 피와 살덩이가 보석 결정처럼 땅을 데굴데굴 굴러다녔다.

"대화의 여지도 없나 보군. ……하는 수 없지. 쏴라!"

한 번에 스무 마리 가까운 용을 잃은 프리드는 이를 갈면서 일제 공격을 명령했다. 선회하던 회룡들이 동시에 산개하고 사방팔방 상하좌우 모든 방향에서 광염을 난사했다.

밤하늘을 가르는 수백 개의 빛줄기는 마치 유성우 같았다. 중심에 선 마술사를 죽이고자 밤의 어둠을 찢고 날아드는 섬광은 휘몰아치는 절대영도의 눈보라를 벌집처럼 꿰뚫었다.

어마어마한 숫자의 빛줄기가 안겨다 준 충격으로 눈보라 치던 회오리는 공중에서 녹아 사라지듯 흩어졌다.

흩어진 얼음과 눈이 나선을 그렸고 그 중앙에서 나타난 것은 광염에 꿰뚫려 상처 입은 유에……가 아닌 전후좌우로 검게 소용돌이치는 별을 거느린 멀쩡한 유에였다.

눈에 보인 조그만 적을 향해서 다시 수백여 개의 섬광이 빛났다.

하지만 원래는 모든 것을 소멸시키는 강력한 죽음의 빛이, 유에를 지키듯 주위를 떠도는 검은 별에 죄다 흡수되거나 엉뚱한 방향으로 궤도가 비틀려 단 하나도 닿지 못했다.

유에는 중력 마법을 조종해 더욱 고도를 높였다.

하늘을 뒤덮는 광염 앞에 놓여도 그 표정에는 동요한 기색이 전혀 없었다. 유에를 중심으로 공전하는 중력 구슬『화천』과 모든 것을 삼키는『절하』는 흡사 달을 지키는 수호 위성을 연상하게 했다.

"브레스가 통하지 않는다면 직접 칠 뿐이다! 가라!"

프리드의 작전 변경 명령에 회룡들은 조금의 지체도 없이 충실하게 움직였다.

용이 포효하며 그 날카로운 이빨과 발톱으로 가녀린 소녀의 육체를 짓이기고자 달려들었다.

파상 공세를 펼칠 생각인지 유에의 주위는 용 무리에 의해 회색으로 뒤덮였다.

그에 비해 유에는 다가오는 용들의 살의에는 눈곱만큼도 개의치 않고 조용히 눈을 감고 있었다. 깊이 집중한 모습이었다.

움직이지 않는다면 오히려 잘됐다며 회룡들이 날카로운 발톱을 내밀고 강인한 턱을 크게 벌려 달려들었다.

피할 수 없는 죽음이 도달하는가 싶었던 바로 그때, 유에의 눈이 번쩍 뜨였다.

그리고 그 얇은 입술이 나지막이 달싹였다.

"—『천단(千斷)』."

그 순간, 세계가 **어긋났다**.

꼭 깨진 거울처럼 아무것도 없는 공간에 무수한 선이 생기며 그 선을 기준으로 맞닿은 공간이 살짝 어긋나 있었다.

그 공간 균열 위에 있던 회룡들은 한순간 경직한 뒤 주륵, 하는 끔찍한 소리와 함께 공간째 몸이 절단되었고 피를 흩뿌리면서 땅으로 떨어졌다.

—공간 마법『천단』.

공간에 균열을 만들어 어긋나게 함으로써 대상을 무조건 절단시키는 마법이었다.

유에의 방어 불가능한 절단 마법으로 주위에 모여 있던 회룡 서른 마리 이상이 단말마조차 지르지 못한 채 죽었다.

프리드는 자신도 따라 할 수 없는 발동 속도와 범위를 가진

공간 마법 행사에 전율했다.

"어떻게 이런 기량을……. ……설마 네놈도 신에게, 이교의 신에게 선택받은 자란 말이냐! 그렇다면 내 권유를 따르지 않는 것도 이해가 가는군."

프리드는 이마에 땀을 흘리면서 이해했다는 식으로 고개를 끄덕였다. 그를 보고 유에는「이 착각쟁이, 미친 거 아냐……」라며 누가 봐도 알 수 있을 만큼 질색했다.

"……농담 마. 내가 싸우는 건 언제나 하지메를 위해서야. 너 따위랑 똑같이 취급하지 마."

신랄한 말에 프리드는 자신뿐 아니라 경애하는 신까지 모욕당했다고 느끼고 무표정으로 변했다.

아무래도 프리드의 역린을 건드린 모양이었다.

"좋다. 더는 아무 말도 하지 않겠다. 네놈을 죽이고 그 남자 앞에 시체를 내던져주마. 그러면 다소의 동요는 유도할 수 있겠지. 그때가 그놈의 마지막이다."

"……그만 좀 나불대. 그냥 행동으로 보일 순 없어, 추남?"

목구멍으로 올라오는 격분을 삼키며 말했더니 돌아온 것은 비웃음이었다. 프리드의 이마에 혈관이 불거졌다.

다음 대답은 유에의 말대로 행동으로 나타났다.

프리드는 【그류엔 대화산】에서도 본, 어깨에 앉은 작은 새 마물에게 지시를 내렸다.

그 순간 왕도 외성벽을 무너뜨리고 도시로 침공하던 마물 무리 일부가 지상에서 유에 쪽으로 밀려왔다. 아무래도 지상에서도 공격할 작정 같았다.

유에는 중력을 가진 수호 위성으로 회룡들의 브레스를 막으면서 『뇌룡』을 소환했다.

하늘에 낀 먹구름에서 낙뢰의 포효와 함께 황금빛 용이 모습을 드러냈다. 다가오는 프리드와 회룡들을 『절화』 안에 모인 광염을 풀어 견제하면서 지상 부대를 소탕하고자 뇌룡으로 강습했다.

입속으로 빨아들인 모든 것을 사정없이 불태우는 뇌룡은 5미터를 넘는 육족 거북 마물, 앱소드에게 진격을 가로막혔다.

커다란 입을 벌린 거대 앱소드에게 정면에서 잡아먹히기 시작한 것이었다.

앱소드는 일전에 【오르크스 대미궁】에서 카틀레아라는 마인족 여자가 데리고 있던, 마법을 체내에 흡수하는 고유 마법을 지닌 마물이었다.

하지만 지상에서 뇌룡을 흡수하는 앱소드는 미궁에서 본 앱소드와는 크기가 달랐다. 아마 개량해서 더욱 강화됐으리라.

하지만 뇌룡은 뇌룡이었다. 앱소드에게 빨려 들어가면서도 그 거구를 들어 올려 조금씩 앱소드의 몸을 압박했다.

동시에 여러 속성 마법을 흡수할 수 없는 제한은 변하지 않았는지, 번개는 빨아들여도 중력 마법은 어쩌지 못하고 있었다.

서서히 무언가가 부서지는 불길한 소리가 커져 갔다. 앱소드가 초조하게 울고 그 거구가 뇌룡의 턱에 부서지기 전에 다른 한 마리의 앱소드가 중력 마법을 삼키기 시작했다.

제아무리 뇌룡이라도 강화된 앱소드 두 마리가 최대 출력으로 사용하는 고유 마법『마력 저장』에는 당해내지 못했다. 번개와 중력으로 이루어진 몸이 흡수되고 말았다.

그리고 흡수해서 압축된 각각의 마법이 유에를 향해 발사됐다.

"……귀찮아."

지상에서 발사된 대공 포화 두 발은 정확하게 유에를 덮쳤다.

회룡과 백룡의 브레스를 막기 위해서 수호 위성에 모든 힘을 쏟던 유에는 순간적으로 위로『떨어짐』으로써 그것을 피했다.

"네가 그 기이한 번개 속성 마법을 사용하는 건 알고 있다. 앱소드가 있는 한 네 마법은 봉쇄된 것이나 마찬가지지."

프리드는 입을 씨익 찢으며 웃었다.

하지만 유에는 딱히 당황하지도 않고 빤히 앱소드를 관찰하더니 아주 잠깐 무슨 생각을 하듯 허공을 봤다. 그리고 다시 집중 상태에 들어갔다.

"또 공간을 가를 생각이냐? 그런 여유를 줄줄 알고!"

백룡과 회룡이 한층 더 격렬하게 광염을 토했고 지상에서는 하늘을 향해 흑표를 닮은 마물이 달려왔다.

광염의 폭풍을 간신히 수호 위성으로 방어하고는 있으나, 유에가 의식 대부분을 다른 마법을 구축하는 데 쏟고 있는 탓에 그 움직임은 지금까지에 비해 섬세함이 부족했다.

그때 지상에서 흑표가 모습이 흐릿하게 보일 정도의 속도로 달려와 수많은 촉수를 뿜어냈다. 아울러 광염을 막기 위해 움직이는 중력 구슬 사이로 날카로운 발톱을 휘둘렀다.

잠깐의 공방 사이에 유에의 몸에는 많은 상처가 생기고 밤하늘에 붉은 선혈이 튀었다. 하지만 모두 얕은 상처일 뿐이었다. 문제될 것은 없었다.

애초에 유에의 진정한 방어력은 장벽도 중력 구슬도 아닌 그 사기적인 『재생력』에서 비롯된다.

동료가 있으면 장벽을 치기도 하고 옷이 찢어지는 것이 싫어 피하기도 하지만 상대가 공격하건 말건 제 몸의 재생력을 믿고 일방적으로 공격하는 것이 본디 유에의 전투 스타일이었다.

유에에게서 피가 뿜어져 나오자 프리드는 반쯤 승리를 확신하고 웃음을 머금었다. 그러나 눈에 보이는 속도로 복원되는 유에의 몸을 목격한 뒤에는 그 경악만큼이나 눈을 크게 떴다.

"그것도 신대 마법인가? 대체 몇 개나 습득한 거냐!"

아주 틀린 말도 아니었지만 유에에 관해서는 틀린 추측이었다. 그렇다면 치료가 제때 되지 않을 정도로 포화 공격을 퍼부으면 그만이라며 프리드는 직접 공격에 총력을 쏟을 것을 명했다. 프리드 본인도 신대 마법의 주문을 외기 시작했다.

하지만 당연히 먼저 집중 상태에 들어간 유에의 마법 발동이 먼저였다. 유에의 강한 의지가 담긴 눈이 뜨이며 섬광과 포효로 뒤흔들리는 공간에 그 가느다란 목소리가 울렸다.

"—『오천룡(五天龍)』."

그 이름이 입을 타고 나온 직후 먹구름이 드리우고 천둥이 울렸다.

감겨 오른 바람이 회오리가 되어 휘몰아쳤다.
한데 모인 물줄기가 냉기를 띠고 얼어붙었다.
잿빛 흙먼지가 용 구름처럼 길게 뻗으며 모양을 갖췄다.
푸른 섬멸의 불꽃이 대기마저 태우며 압축됐다.
그리하여 왕도 밤하늘에 출현한 것은 다섯 마리 용이었다.
저마다 다른 속성으로 중력 마법과 복합된 천공의 지배자—천룡.
다섯 마리 천룡에게서 터진 우렁찬 포효가 살이 떨리도록 대기를 진동시켰다.
거구를 자랑하는 천룡은 신성하기까지 했다. 회룡들은 본능적으로 그것들이 자신의 상위 존재임을 깨달았는지 겁먹은 것처럼 약하고 애처롭게 울었다.
그 눈동자에서 이미 유에에 대한 살의는 거의 사라지다시피 했다. 대신 당혹감과 경외심이 자리 잡은 눈으로 주인인 프리드에게 도움의 눈길을 보냈다.
"이게, 무슨……."
프리드 또한 비상식적이기 짝이 없는 마법 구사에 백룡 위에서 입을 멍하니 벌리는 추태를 드러내고 있었다.
"……내 마법을 봉쇄해? 주제 파악이나 해."
거만한 말과 위용. 그것은 그야말로 왕이었다.
우아한 손가락이 천천히 땅을 가리켰다.
칙명을 받은 오천룡이 천벌처럼 지상으로 쏟아졌다.
뇌룡이 처음으로 자신을 삼킨 앱소드에게 돌격했고, 앱소드도 다시 먹어치워 주겠노라 커다란 입을 벌렸다.

뇌룡의 몸이 미미하게 흡수되었지만 아까와는 달리 그 뒤에서 날아든 창룡(蒼龍)이 업화로 앱소드를 융해시켰다.

"크와아아아아아아아아앙!"

앱소드는 산 채로 등껍질 째 녹아내리는 고통에 참지 못하고 그만 비명을 지르며 고유 마법을 풀어 버렸다. 뇌룡은 그것을 방치하고 다음 표적을 노렸다.

그 표적이란 남룡(嵐龍)을 삼키려는 다른 앱소드였다. 뇌성벽력을 울리고 뇌룡의 입이 앱소드를 물어뜯자 그 작열하는 이빨이 박힌 부분부터 재로 변해 갔다.

또 조금 떨어진 곳에서는 빙룡이 앱소드를 얼렸고, 석룡이 주위 일대를 송두리째 석화시켜 나갔다.

뇌룡이 해방한 남룡은 몸 안에 축적한 바람의 칼날로 앱소드 외의 마물들도 모조리 난자했다.

하지만 유에도 오천룡을 부리기에는 조금 부담이 있었던 걸까? 이마에 땀이 맺혔고 어깨가 희미하게 들썩였다.

그것을 알아차린 프리드가 회룡을 돌격시켰다.

유에는 오천룡을 불러들였다.

자연의 화신이라고도 할 수 있는 오천룡을 부리는 유에와 거기에 맞서고자 광염의 화신인 회룡 무리를 부리는 프리드가 격돌했다.

속수무책으로 오천룡의 희생양이 되는 회룡들의 모습이 그대로 프리드와 유에의 격차를 보여주는 것 같았다.

프리드는 이 순간이 되어서야 비로소 깨달았다.

자신이 터무니없는 괴물을 상대하고 말았다는 것을……. 그 【그류엔 대화산】에서 자신에게 큰 타격을 준 소년뿐 아니라 눈앞에 있는 소녀도 죽을 각오로 싸우지 않으면 안 될 상대임을…….

싸우기 전에 자기 휘하에 넣어주겠다며 잘난 척 떠든 말을 이제 와서 창피하게 여겼다.

바로 그렇기에 지금부터 사용할 마법은 말 그대로 프리드의 전력이었다.

"—삐걱대며 흔들리는 세계의 이치, 거인의 철퇴, 용왕의 포효, 만군의 발 구름, 그 무엇도 세계를 메우지 못하노라. 명동(鳴動)을 부르고 비명을 가져옴은 오로지 신의 한숨일지니! 그것은 신의 탄식! 그대는 절망과 함께 부스러지리라! —『진천(震天)』!"

주위 일대의 공간이 격하게 진동했다. 뱃속에서 낮게 울리는 소리는 천지가 지르는 비명 같았다.

유에도 지식으로만 알고 있는 그 마법에 인상을 팍 찡그리며 경계심을 강화하고 곧장 방어 태세에 들어갔다. 지금부터 나올 마법은 범위가 너무 넓어서 피하기가 불가능했다. 그리고 어지간한 방어로는 이 마법에 단 한 순간도 버틸 수 없었다.

유에는 오천룡과 수호위성을 해제하고 즉시 공간 마법을 구축했다. 다른 마법에 힘을 할애할 여유가 없기 때문이었다.

유에가 경이적인 속도로 공간 마법을 발동한 것과 순간적으로 수축한 공간이 대폭발을 일으킨 것은 동시였다.

공간 그 자체가 파열했다.

그렇게밖에 표현할 길 없는 격심한 충격이 살아남은 회룡과 지상의 마물까지도 순식간에 가루로 만들고 대지를 도려내며 천공의 비늘구름까지 날려 버렸다.

—공간 마법 『진천(震天)』.

공간을 강제로 압축한 뒤 해방함으로써 엄청난 충격을 발생시키는 마법이었다.

"……응, 역시 신대 마법이야."

하지만 그 충격 중심에 있었으면서도 유에는 떡하니 살아남았다.

옷이 군데군데 찢어졌고 장기를 조금 다쳤는지 입가로 피를 흘리기는 했으나, 공간 그 자체가 파열하는 충격 속에 있었던 것치고는 너무나 경미한 피해였다. 게다가 그 경상도 불과 몇 초 만에 완전히 재생됐다.

보통이라면 문자 그대로 흔적도 없이 사라질 위력이었거늘…….

경상의 이유는 유에가 『진천』이 효과를 발휘하기 직전에 공간 마법 『환뢰(幻牢)』를 발동했기 때문이었다.

그것은 공간을 고정하는 마법이었다. 사용 방법에 따라서 방어도 포박도 할 수 있는 편리한 마법. 물론 다른 신대 마법과 마찬가지로 마나 소비량은 눈이 뒤집어질 정도였지만…….

급하게 전개하느라 완전히 공간을 고정하지 못해 피해를 입고 말았으나, 『자동 재생』으로 육체를 수복하고 재생 마법으로 옷도 수복하자 겉으로 보나 안으로 보나 모두 원상태 그대로였다.

주변의 모든 것이 파괴된 가운데 그 중심에서 아무 일도 없었던 것처럼 서서 달빛을 받는 모습은, 그 어처구니없는 힘과 맞물려 신성하기까지 했다.

하지만 그런 유에의 힘을 믿어 의심치 않는 자가 한 명, 유에의 사각에서 날아들었다.

"버틸 줄 알았다! 소녀의 탈을 쓴 괴물!"

유에의 등 뒤에서 열린 게이트를 통해 백룡을 탄 프리드가 브레스를 쏘며 출현했다.

유에는 퍼뜩 오른쪽으로 『떨어져서』 브레스를 피했지만 엇갈리는 순간 달려든 백룡의 입까지는 피하지 못하고 어깨까지 덥석 물리고 말았다.

푸쉭, 하는 소리와 함께 상처에서 피가 분출했다. 백룡은 유에의 한쪽 팔을 물어뜯지 않았다. 그 날카로운 이빨을 부드러운 살에 박아 넣은 채로 브레스를 토할 생각 같았다.

대마법을 연발하여 피폐해질 대로 피폐해진 프리드는 이번에야말로 이겼다고 승리를 확신하고 환희로 가득 찬 눈길을 유에에게 보냈다.

하지만 유에의 표정을 본 순간, 프리드의 등줄기에 말로 형언할 수 없는 한기가 퍼졌다. 그 눈에 번진 색이 환희에서 공포로 변했다.

왜냐면 유에의 입이 초승달 모양으로 쩍 갈라져 웃고 있었으니까. 옅은 분홍색 입술이 지독히 눈길을 사로잡았다.

그 웃음에는 방금 느낀 신성함이라고는 찾아볼 수 없었다. 유에를 비춘 달빛은 그녀의 장엄함을 드러내는 것이 아닌 마성을 들추어내는 것으로 바뀌었다.

밤바람에 휘날리는 아름다운 금발 사이로 형형하게 빛나는 홍색 눈동자가 말해줬다.

—지금 나한테 닿았겠다?

유에의 입에서 조용하게 신대 마법의 주문이 흘러나왔다.

"—『괴각(壞刻)』."

시간의 불가역성이여. 무너져라.

말없이, 하지만 확실하게 전달된 저주의 말.

그 직후 마성의 달빛이 쏟아지는 하늘에서 한 사람과 한 마리의 절규가 울려 퍼졌다.

"끄아아아아악!"

"크롸아아아앙!"

백룡이 몸부림친 충격으로 이번에야말로 유에의 팔이 뜯겨 나갔으나, 유에는 신경 쓰는 기색도 없이 중력을 조종해 하늘로 올라갔다.

잠깐 시간을 두자 팔이 아무 일도 없었던 것처럼 재생됐다.

유에는 구태여 확인하지도 않고 온몸에서 피를 내뿜으며 몸부림치는 프리드와 백룡을 내려다봤다.

"……어때? 하지메에게 입었던 상처는. 아파?"

"크흐으! 너 이 자식, 이거언……!"

무표정을 무너뜨리고 요염하게 미소 지으며 달을 등진 유에에 비해, 프리드는 처절한 고통으로 이를 악물고 버티며 독기 어린 안광을 내보냈다.

프리드와 백룡의 상태는 비참했다.

백룡은 가슴팍이 움푹 도려낸 듯 불타 녹아내렸고 온몸에서 피를 흘리며 당장에라도 추락할 것 같았다.

프리드에 이르러서는 가슴의 일자로 째진 상처에서 피가 철철 흘렀고 부서진 왼팔이 축 늘어졌으며 내장을 다쳤는지 각혈이 심했다.

그 밖에도 몸 전체에 크고 작은 상처가 난 모습은 만신창이라는 말이 딱 어울렸다.

그 상처는 모두 예전 【그류엔 대화산】에서 싸웠을 때 하지메 일행에게 얻은 것이었다.

재생 마법『괴각』— 대상이 과거에 입은 부상을 재생하는 마법이었다. 시간의 흐름에 따라 사그라들었을 고통을 다시금 되살리는 무서운 마법.

유에는 처음부터 가능하다면 이 마법으로 프리드를 몰아붙이고 싶었다.

이 싸움은 어디까지나 유에의 개인적 보복이었다. 【그류엔 대화산】에서는 사랑하는 연인을 다치게 해 분통이 터졌는데 갚아주지도 못 하고 놓쳐 버렸다. 그때부터 「……다음에 만나면 반드시 묵사발을 만들겠어」라며 칼을 갈고 있었다.

그리고 【메르지네 해저 유적】에서 재생 마법을 얻었을 때,

죽인다면 반드시 【그류엔 대화산】의 싸움을 떠올릴 수 있도록 이 『괴각』을 쓰겠노라 벼르고 있었다. 유에 안의 얀데레 속성으로 말미암은 참으로 부득이한 일이었다.

다만 이 마법을 사용하려면 문제가 하나 있었다.

다름이 아니라 『괴각』은 직간접을 불문하나 반경 3미터 내에서 대상이 어딘가에 닿아 있어야 하며, 재생할 수 있는 상처는 마력에 비례한다는 제한이 있었다. 하지만 알다시피 유에는 근접전에 약했다.

그래서 고속으로 비행하는 백룡에 탄 프리드를 쫓아서 접촉하고 마법을 발동하기가 까다로웠다. 사용한다면 적당히 피해를 줘서 땅에 떨어뜨린 다음 쓸 생각이었다.

하지만 그렇게 되기 전에 친절하게도 프리드 쪽에서 먼저 자신에게 접촉해줬다. 무심코 웃음이 날 만도 했다. 하지메의 적을 앞두고 마음속 얀데레가 고개를 드는 것은 막을 수 없었다.

"지금 내 실력으로는…… 이길 수 없단 말인가. ……그렇다면!"

"……누구 맘대로."

외통수라고 깨달은 프리드가 어금니를 깨물었다. 유에가 끝장내고자 한 손을 뻗는데, 지상에서 유에를 향해 노도와 같은 공격 마법이 날아들었다.

"프리드 님! 일단 물러나십시오!"

"저희가 시간을 벌겠습니다!"

그것은 왕도를 침공한 마인족 지상군이었다. 프리드가 궁지에 빠졌음을 알고 구하러 온 모양이었다.

"너희는?! ……크, 미안하다!"

구원을 온 마인족들은 만신창이가 된 프리드와 백룡을 본 뒤, 눈에 분노의 불길을 지피며 방어 따위는 안중에도 두지 않고 돌격을 감행했다.

당연히 의욕만 앞세운다고 유에를 죽일 수 있을 리 없었다. 하지만 프리드가 게이트를 여는 시간만은 아슬아슬하게 벌 수 있었다.

유에가 쏜 화염 창이 꽂히기 직전, 프리드와 백룡은 게이트로 뛰어들어 사라졌다.

"……거슬려."

두 눈 빤히 뜨고 프리드를 놓쳐 버린 유에는 아직도 「감히 프리드 님을!」이라는 말을 지껄이며 공격을 되풀이하는 마인족들을 싸늘하게 내려다보고, 조금 전 프리드가 쓴 공간 마법 『지천』을 발동해 주위 일대를 깡그리 폭발시켰다.

감정이 담겨 조금 위력이 과했지만 그 덕분에 소탕은 순식간에 완료됐다.

"……쯧. 바퀴벌레만큼 끈질겨."

유에 님이 혀를 차신다.

조금 짜증이 엿보이는 그 표정을 보건대 울분은 풀리지 않은 것 같았다.

유에가 어떻게든 마음을 가라앉히려고 심호흡하는데, 전쟁터에는 어울리지 않는 쾌활한 목소리가 울려 퍼졌다.

"유에 씨~! 아직 그 자식 살아 있어요오? 살아 있으면 한 대만 때리게…… 우와아, 이게 다 뭐예요? 천재지변이라도 일어났나요?"

토끼 귀를 휘날리고 연청색 파문이 이는 역장을 밟으며 토끼처럼 껑충껑충 뛰어온 시아가 황당한 말투로 물었다.

"……도망쳤어."

불쾌함이 묻어나는 그 한마디로 사정을 대강 이해했다. 시아는 예상 외로 질긴 프리드의 명줄에 내심 놀라면서 쓴웃음을 짓고 유에를 달랬다.

그 후로 소비한 마력을 보충하며 잠시 정보를 교환하고 있자니 왕궁 한편에서 빛줄기와 붉은 섬광이 터져 나왔다.

무슨 일인가 싶어 시선을 돌린 직후, 아득히 먼 하늘에서 쏟아진 거대한 빛의 기둥이 외성벽 밖에서 대기하던 수만의 마물 대군을 송두리째 소멸시키는 진풍경이 펼쳐졌다.

곧 유에와 시아는 서로 얼굴을 마주 보고 범인의 이름을 입에 담았다.

"……하지메."

"하지메 씨."

두 사람이 내린 답은 완전히 같은 것이었다.

"……일단 왕궁으로 갈까요?"

"……응."

유에와 시아는 소멸한 군단과 거대한 크레이터를 한번 보고는 기막히게 웃음 지었다. 그리고 함께 하지메가 있을 왕궁으로 이동했다.

달 아래로 은색 날개가 퍼덕였다.

하지만 그것은 날아오르기 위함이 아니었다. 그 은색 날개로 살의를 듬뿍 실은 은색 깃털을 날리기 위해서였다.

무시무시한 연사력과 위력을 품은 그 은색 마탄은 해발 8천 미터의 야음을 가르며 무수한 섬광이 되어 표적에게 쇄도했다.

거기에 맞서는 것은 붉은 스파크가 튀는 아티팩트 병기였다. 온갖 적을 분쇄해 온 괴물이 포효할 때마다 날아든 은색 깃털은 무참하게 흩어졌다. 철저하게 계산된 단 한 발의 탄도(彈道)가 수많은 날개를 흩어 놓았고 벽이나 다름없는 탄막에 구멍을 뚫었다.

필요한 것은 파고들 용기. 그것이야말로 완벽한 회피를 실현케 한다.

"꺄아앗!"

서로의 목숨을 베팅한 사투에 어울리지 않는 귀여운 비명이 들렸다.

참지 못하고 소리를 지른 것은 아이코였다.

『신의 사도』 노인트가 은색 깃털로 펼치는 탄막은 하지메의 메체라이에 비견될 정도였다. 그것을 종이 한 장 차로 피하는 하지메의 한쪽 팔에 안긴 채, 아이코는 인생 첫 도그 파이트

(맨몸 버전)를 경험 중이었다.

"선생님! 입 다물고 있어! 혀 깨물고 피투성이 되도 모른다!"

"그게 말처럼 쉽지갸?! 깨, 깨물었어……."

하지메의 충고가 끝나기가 무섭게 아이코는 눈물을 머금었다. 아니, 공중전이 시작된 시점부터 눈물은 머금고 있었으니까 꼭 혀를 깨물어서 그런 것만은 아니었다.

아이코는 특별히 신체 능력이 뛰어나지 않으므로 하지메도 격한 기동을 피하고자 『순광』을 써서 날아드는 탄막을 최소한의 움직임으로 피하고 있었다. 그래도 롤러코스터는 가뿐히 뛰어넘는 움직임에 아이코는 이미 그로기 상태였다.

그렇다고 근처에 대충 던져 놓을 수도 없는 노릇이었다.

아이코를 안은 하지메에 비해 노인트는 공격을 가차 없이 퍼부었다. 내버려 두면 그 순간 아이코를 노릴지도 몰랐다. 아이코를 등 뒤에 두고 싸울 바에야 안아서 함께 움직이는 편이 훨씬 나았다.

게다가 이 상태가 언제까지고 이어질 것은 아니었다. 믿음직한 동료가 도우러 와줄 테니까.

하지메는 다시 전방위에서 감싸듯 강습해 오는 은색 깃털을 슈라크로 꿰뚫어 피하며, 눈을 꼭 감고 하지메에게 매달린 아이코에게 말했다.

"선생님, 조금만 더 힘내. 지금 내 동료가 오고 있어. 그 녀석이 오면 땅으로 내려갈 수 있어."

"네, 넷! 그, 그렇지만 나구모는요?!"

"물론 저 가면녀를 쳐 죽여야지."

"으으, 발목 잡아서 미안해요……."

아이코는 자신이 짐짝이 되고 있는 사실을 알고 이를 악물었다. 하지메는 그런 아이코를 꽉 끌어안고 공중제비를 돌았다.

반전된 세계에서 하지메의 머리 위로 은색 포격이 스쳐 지나갔다. 처음에 아이코가 유폐된 격리 탑 위쪽을 날려 버린 섬광이었다.

다시 정신없이 흔들리는 충격에 숨을 훅 들이켜면서도 밀착한 하지메의 가슴에서 전혀 흐트러짐 없는 규칙적인 심장 박동이 전해지자, 아이코는 그럴 때가 아니란 것을 알면서 묘한 안도감을 느꼈다.

정말로 이런 상황에서 무슨 생각을 하느냐고 자신을 타이르며 더욱 강하게 매달려 몸을 맡겼다.

"신경 쓰지 마. 처음부터 다소 무리할 예정이었어."

"……! 저, 저를 위해서…… 그렇게까지……."

물론 하지메의 말은 『신대 마법을 습득하기 위해 교회와 충돌할 예정』이라는 의미지, 순전히 아이코를 구하기 위해서 그러겠다는 의미가 아니었지만…… 분위기에 취한 아이코는 제대로 착각에 빠졌다.

그리고 현재진행형으로 품에 안겨 보호받는 이 상황이 착각에 박차를 가했다. 한시라도 빨리 눈을 떠야 할 것이다.

"……잡담을 나눌 여유도 있나 보군요, 이레귤러."

"흐억?!"

은색 포격과 깃털 탄막을 피한 직후, 하지메 바로 옆에서 차갑고 무기질적인 음성이 들렸다.

반사적으로 의수 팔꿈치에서 산탄을 뒤로 쏘아 그 격발 반동을 이용해 뒤돌았다. 그 눈에 들어온 것은 쌍대검 하나를 방패로 삼아 산탄을 막으며 다른 한쪽 대검을 횡으로 휘두르는 노인트였다.

은빛을 발하는 길이 2미터, 폭 30센티미터의 대검은 그곳에 존재하는 것만으로 대단한 위압감을 내고 있었다.

아울러 그것이 가진 능력도 흉악했다. 노인트가 다루는 은색 마력은 모두 고유 마법 『분해』가 부여되어 있었다. 닿기만 해도 치명적 공격이 된다니 사기나 다름없었다.

하지만 그것을 알아도 아이코가 있는 이상 너무 무리하게 움직일 수는 없었다. 하지메는 옆구리를 파고드는 대검 옆면을 퍼뜩 슈라크로 때려 궤도를 틀고 자신은 뒤로 쓰러지듯 낙하해 아슬아슬하게 공격을 피했다.

대검이 하지메의 앞머리를 살짝 스치며 지나갔다. 식은땀이 솟았다.

짧은 순간이라면 슈라크나 의수라도 『금강』과 아잔티움의 결합력이 『분해』에 저항해 공격을 막아주겠지만 공격을 받아낼 때마다 입는 상처는 피할 수 없었다.

이번에도 슈라크 표면이 미세하게 깎여 나갔다. 몇 번이나 같은 짓을 하다 보면 그리 멀지 않아 파괴되고 말리라.

노인트는 대검을 휘두른 원심력에 거스르지 않고 달빛을 반사해 반짝이는 아름다운 은발을 펼치며 회전했다. 산탄을 막은 대검이 공중에 누운 하지메를 향해 떨어졌다.

상식을 초월한 완력이 낳은 검속은 이미 은색 섬광이나 다름없었고 눈으로 좇을 수조차 없었다.

하지메는 다시 의수의 산탄 카트리지를 격발했고 반동을 사용해 옆으로 회전하면서 대검을 피했다. 그리고 슈라크의 총구를 노인트에게 들이대고 세 번 방아쇠를 당겼다.

굉음과 함께 세 줄기 섬광이 노인트의 머리, 심장, 배를 향해 정확하게 날아갔다.

하지만 노인트의 반응 속도는 보통이 아니었다.

하지메가 총구를 들이댔을 때는 이미 대검을 세로로 세우고 있었고, 공격은 모두 대검 옆면에 막혀 버렸다.

하지메는 레일 건의 위력에 밀려 거리가 멀어진 노인트에게 크로스 비트를 보내 추가타를 날렸다.

장전한 작렬 슬러그 탄은 밤하늘에 붉은 파문을 퍼뜨리며 엄청난 충격을 뿌렸다.

노인트는 그 충격도 은빛 날개로 쉽사리 지워 버렸지만 하지메의 의도대로 거리를 벌리는 데는 성공했다.

"으, 으아아, 뭐가 어떻게 돌아가는 건지……."

"……선생님, 부탁할게. 싸우는데 귀여운 소리 좀 내지 마. 힘 빠지잖아."

"귀, 귀엽…… 나구모! 서, 선생님한테 못 하는 말이—."

벌어지고 있는 것은 영점 몇 초 사이에 승패가 갈리는 숨막히는 초고등 전투인데, 사이에 낀 아이코의 비명이 묘하게 귀여워서 하지메의 긴장감이 쭉쭉 깎여 나갔다. 「이 사람, 의외로 여유로운 게 아닌가?」 하고 의심 섞인 눈길을 보냈다. 실은 절반 정도는 정답이었다. 하지만 하지메는 그것이 설마 자기 품에 안겨 있는 안도감 때문이라고는 꿈에도 생각하지 못했다.

"……짐 덩어리를 안고도 이만큼 버티다니……. 역시 당신은 너무 강합니다. 주인님의 장기짝으로는 어울리지 않아요."

"듣던 중 반가운 소리군. 폐인 생활에 찌들다 못해 안 놀아준다고 생떼나 부리는 관심병 환자한테 어울리지 않는다면 최고의 평가지. 참 고오맙다."

"……저를 도발할 작정이라면 소용없습니다. 저에게 감정은 없습니다."

"엉? 무슨 헛소리야? 한 치 과장도 없는 순수한 본심인데."

"……."

눈을 스윽 가늘게 찌푸린 노인트가 날개를 크게 펼치고 쌍대검을 교차시켜 들었다.

과연 정말로 감정이 없어서 그저 쓸데없는 대화를 끝내고 다시 싸울 준비에 들어간 것일까……?

하지메의 눈에는 어딘지 모르게 화가 난 듯 보였지만 생각해 봤자 시간 낭비이므로 바로 머리에서 지워 버렸다.

어차피 죽일 것 아닌가.

노인트가 무슨 생각을 하고 무엇을 느끼건 하지메에게는 아무래도 좋은 일이었다.

노인트가 다시 은색 날개를 퍼덕여 깃털을 하늘에 흩뿌렸다. 하지만 이번 것은 하지메에게 날아오지 않았다. 대신 노인트 앞으로 순식간에 모인 깃털이 몇 겹으로 겹쳐 문양을 만들었다. 마법진이었다. 은색으로 빛나는 거대한 마법진이 노인트 앞에서 하지메를 내려다보았다.

그리고—.

"『겁화랑(劫火浪)』."

발동한 마법은 천공을 태우는 해일 같은 겁화였다.

아무래도 마탄뿐 아니라 속성 마법도 쓸 수 있는 듯했다. 지금까지 사용하지 않은 이유는 단순히 은색 마탄만으로 충분하다고 판단했기 때문이리라.

그것은 바꿔 말하면 진심으로 싸울 생각이 들었단 뜻이었다.

울부짖는 불길이 하지메를 머리 위에서 뒤덮듯 떨어졌다. 열량, 규모 모두 상상을 초월했다. 아이코는 순간 세상이 진홍빛으로 물들었나 하고 착각했다.

어쩔 생각인가 싶어 품속에서 하지메를 올려다보자 하지메는 이마에 땀을 흘리면서 필사적으로 무엇을 찾고 있었다.

하지메가 찾는 물건은 마법의 핵이었다. 마안석으로 포착하면 그것을 핀포인트로 저격해 없애 버릴 수 있었다.

물론 바늘구멍을 통과하는 신들린 정밀 사격이 필요했지만 하지메에게는 평범한 기술이었다.

문제는 노인트가 발동한 것이 【신산】 전체를 낮으로 착각하게 할 만큼 눈부신 대규모, 광범위 마법이라는 것이었다. 핵의 위치를 아는 것은 망망대해에 떨어진 바늘 찾기였다.

그리고 시간은 사람의 사정 따위 봐주지 않고 찾아오는 법.

수백 미터에 이르는 화염 해일은 하지메와 아이코를 놓치지 않고 완전히 집어삼켰다.

누가 보나 끝난 싸움.

두 사람은 작열하는 화염에 뼈도 남지 않고 타 버렸다고 생각해야 정상이었다.

하지만 노인트는 타오르는 불길 중심에서 눈을 떼지 않았다.

"……이것도 버텼나요."

노인트가 그렇게 중얼거린 직후, 마법의 효과가 끝나고 사라져 가는 불길 중심에서 네 기의 크로스 비트에 둘러싸인 하지메와 아이코가 무사한 모습을 드러냈다.

크로스 비트 네 기는 각각 하지메를 중심으로 삼각추 꼭짓점에 위치하며 떠 있었고 서로를 와이어로 연결하고 있었다. 그리고 그 와이어끼리 이어진 면에는 붉은빛의 장막이 펼쳐져 있었다.

"실험 단계였지만…… 성공한 모양이야."

"이, 이건……."

하지메가 안도한 표정을 보였다.

이것은 생성 마법으로 공간 마법을 부여한 와이어와 광석을 크로스 비트에 설치해서 네 점으로 결합한, 박스형 결계를 펼치는 기믹이었다. 단순한 장벽이 아니라 공간 자체를 차단하는 타입이므로 이론상 방어력은 더할 나위 없었다.

다만 아직 실험 단계라서 실제로 얼마나 버틸 수 있는지 확증이 없었다. 하지메는 그것이 조금 불안했었다.

놀라서 결계를 두리번거리는 아이코를 고쳐 안고 노인트를 봤다. 그녀는 다시 마법진을 만드는 중이었다.

단 이번에는 백 개 이상의 마법진을, 은색 날개를 하지메에게 쏘면서 동시에 만들었다.

그야말로 노도 같은 공격이었다.

아마 사점 결계는 상당한 방어력을 발휘하겠지만 농성만 해서는 상황이 호전될 리 없었다. 더군다나 노인트의 분해 능력에 언제까지 버틸지도 미지수였다.

이 결계의 난점은 공간이 차단되어 전개 중에는 하지메도 공격할 수 없다는 것이었다. 그러므로 하지메는 서둘러 결계를 해제하고 노인트에게서 멀찍이 떨어졌다. 다시 티오가 올 때까지 회피에 전념하려는 생각 같았다.

그렇게 다시 싸움이 시작된 그때, 갑자기 【신산】 전체에 울려 퍼지는 노래가 들려왔다.

하지메가 은색 날개 탄환을 피하면서 무슨 일인가 하고 노랫소리가 나는 쪽으로 눈길을 돌렸다. 그곳에는 이슈타르가 이끄는 성교 교회 사제들과 그들을 수호하는 신전 기사들이 집결해 있었다. 사제들이 두 손을 모아 기도하듯 노래하고 있었다.

어쩐지 장엄함을 느끼게 하는 사제 백 명 규모의 합창은 지구에서도 들은 적 있는 성가의 일종 같았다.

대체 무슨 짓을 하는 것인가, 하고 하지메가 의아해한 직후―.

"윽?! 뭐야? 몸이?!"

"나구모?! 아, 으, 뭐, 뭐죠? 이거……."

하지메와 아이코의 몸에 이변이 찾아왔다.

몸에서 힘이 빠지고 마력이 흩어지는 것이었다. 마치 몸 안에서 온갖 에너지가 빠져나가는 감각이었다. 게다가 빛 입자 같은 것이 달라붙자 이상하게 움직임이 둔해졌다.

"큭, 상태 이상 계열 마법인가? 딴에는 총본산이라고, 외적에 대한 방비는 완벽하다 이거지?"

하지메의 추측은 옳았다.

교회가 『진정한 신의 사도』인 노인트가 싸우는 것을 알고 그녀를 지원하고자 『패타(覇墮)의 성가』라는 마법을 행사한 것이었다.

이는 적의 움직임을 저해하면서 쇠약하게 만드는 흉악한 마법이었지만 한편으로는 다수의 사제가 합창을 이어나가는 동안만 발동하는 변칙 마법이자 성교 교회의 비술이기도 했다.

"이슈타르로군요. 저자는 자신의 역할을 잘 알고 있습니다. 좋은 말이지요."

황홀한 표정으로 지상에서 노인트를 바라보는 이슈타르에게 감정이 느껴지지 않는 눈빛을 돌려주며 노인트가 그런 감상을 읊었다.

이슈타르의 표정을 보니 노인트의 싸움에 협력하는 지금 이

순간이 자기 인생의 절정이라는 느낌이었다. 그래, 저만큼 신의 의도대로 놀아나는 편리한 존재는 또 없을 것이다.

이슈타르와 사제들의 정신구조는 넘어가더라도 현재 전개 중인 마법은 솔직히 성가시기 짝이 없었다.

하지메는 서서히 빠지는 힘을 몸에 내포한 방대한 마력으로 보충하면서 노인트의 공격을 피했다. 하지만 조금 전에 비하면 움직임이 확연하게 둔해졌다.

그리고 그런 상태에서 계속 버틸 수 있을 만큼 노인트의 공격은 만만하지 않았다.

노인트의 주위에 형성된 마법진에서 뇌격이 튀어나와 하늘에 불규칙한 궤적을 그리며 하지메에게 쇄도했다.

하지메는 슈라크로 뇌격의 핵을 쏴 몇 줄기를 없앴으나, 공기를 매개로 달리는 뇌격을 완전히 피하지 못하고 미세하게 감전됐다.

찰나의 경직.

하지만 노인트 앞에서는 치명적 허점이었다.

"큿?!"

한 줄기 빛처럼 파고든 노인트가 쌍대검을 십자로 휘둘렀다. 감전되어 근육이 경직된 탓에 반응이 약간 늦어지고 말았다. 하지메는 슈라크로 그 공격을 간신히 비켜 나가게 했지만 옆으로 치고 들어온 공격을 차마 피하지 못하고 목을 베였다.

"크으으!"

몇 밀리미터 더 깊었다면 경동맥이 찢어졌을 것이다. 살을 스쳐 간 사신의 낯에 식은땀이 솟았다.

하지만 신경 쓸 여유는 단 1초도 없었다.

하지메는 고통스러운 소리를 내면서도 의수의 격발로 몸을 튕기고, 『공력』을 사용해 노인트의 사정거리에서 이탈하고자 했다.

당연히 그럴 틈은 주지 않겠다며 격렬한 검격이 날아들었지만 크로스 비트가 총탄을 난사해 어떻게든 거리를 둘 수 있었다.

“나구모?!”

“괜찮으니까 닥치고 있어!”

목에서 튄 하지메의 피가 아이코의 뺨에 찰싹 묻었다. 『금강』으로 보호받았다고는 하나 아이코도 크로스 비트의 포격으로 적잖은 충격을 받은 상태였다. 어지러운 의식을 안간힘으로 유지하며 비명처럼 하지메의 이름을 불렀다.

하지만 하지메도 아이코를 배려할 여유가 없었다.

매정하게 대답하는 동안에도 노인트는 은색 깃털을 발사하며 빠르게 접근하고 있었다.

하지메는 슈라크로 깃털들을 격추하면서 『금강』과 『바람의 손톱』을 써 가며 대응했다. 몸에 달라붙은 빛 입자와 권태감 때문에 이제는 회피마저 힘겨워졌기 때문이었다.

노인트는 그런 하지메에게 정면으로 돌격……하는 척하며 은색 날개를 번쩍 발광시켰다. 터져 나온 빛이 하지메의 눈을 지졌다.

하지만 하지메가 가진 감지 계열 능력은 우수했다. 곧 보이지 않게 된 노인트의 기척을 등 뒤에서 느끼고 몸을 돌리며 슈라크를 연사했다.

몇 줄기 섬광이 뒤로 돌아가 있던— 깃털로 만든 인형을 격파했다.

그랬다. 뒤에서 나타난 기척은 노인트의 은색 깃털을 뭉쳐 만든 미끼였다.

"윽?!"

하지메의 등줄기에 소름이 돋았다. 본능이 시끄럽게 경종을 울렸다. 욕을 뱉을 여유도 없거니와 돌아볼 시간도 없었다.

하지메는 팔만 뒤로 뻗어 조준도 하지 않고 방아쇠를 당겼다.

발사된 탄환은 운 좋게 노인트의 머리로 날아갔지만 그녀는 목을 비트는 것만으로 간단히 피해 버렸다.

그리고 쌍대검의 한쪽— 첫 번째 대검이 하지메의 등을 노리고 사선으로 치고 들어왔다.

하지메는 『금강』의 파생 능력 『집중 강화』를 발동해 모든 힘을 실었고 각오를 굳힌 채 충격에 대비했다.

노인트의 대검은 하지메의 『금강』에 한순간 저지당했으나 곧 분해 능력으로 그 방벽을 찢고 들어갔다. 날은 하지메의 육체까지 닿아 살을 찢고 지나갔다.

"크하악!"

"나구모!"

등을 지지는 듯한 격통에 그만 비명이 튀어나왔다. 아이코가 어쩔 줄 몰라 이름을 외쳤다.

하지메는 베였을 때의 충격까지 이용해서 앞쪽으로 공중제비를 돌아 노인트와 대치했다.

노인트는 곧장 추격해 왔다. 이미 대검을 휘두를 자세였다.

하지메는 움직이기 힘든 몸으로 대응하길 포기하고 크로스 비트를 『금강』으로 무장해서 방패로 삼았다. 그리고 다른 크로스 비트를 노인트 좌우로 전개해 내장된 탄환을 퍼부었다.

노인트는 크로스 비트의 탄환을 회전하면서 펼친 은색 날개로 걷어 내며 그대로 돌진했다. 하지메가 방패로 삼은 크로스 비트에 첫 번째 대검을 때려 박은 뒤 그곳에 박힌 대검을 두 번째 대검으로 쳐서 깨끗하게 잘라 버렸다.

하지메의 눈이 크게 벌어졌다. 그 눈동자를 코앞까지 파고든 노인트가 들여다봤다. 그 무기질적인 눈빛이 말하고 있었다.

『이제 끝입니다』라고…….

하지메의 눈에 체념의 빛은 전혀 없었다.

하지만 이 상황에서 아이코를 살리기 위해서는 대가가 필요했다. 대신 하지메가 다친다는 대가가…….

이럴 줄 알았다면 티오를 기다릴 게 아니라 약체화를 각오하고서라도 『한계 돌파』를 썼어야 했다. 뒤늦은 후회와 함께 왼팔을 희생하기로 마음먹고 앞으로 들었다.

마침내 노인트의 대검이 하지메의 의수를 자르고 그 안쪽의 육체에까지 치명상을 입히려한 바로 그 순간—.

"크롸아아아아아!"

용의 포효와 함께 검은 섬광이 아래쪽에서 엄청난 기세로 솟구쳐 올랐다.

그것은 모든 것을 소멸시키는 작열의 브레스. 검은 폭거의 폭풍은 정확히 노인트를 노리고 날아들었다.

순간적으로 노인트는 날개로 몸을 감싸 방어 태세를 취했다.

그 직후 검은 브레스는 노인트의 은색 날개에 직격했고, 분해되면서도 엄청난 속도로 그녀를 밀어냈다. 흑색과 은색의 마력이 충돌해 공중에 흑은의 마력을 흩뿌리면서 노인트를 교회의 탑 중 하나에 처박았다. 그녀가 부딪친 충격으로 탑이 와르르 소리를 내며 무너졌다.

아래쪽에서 이슈타르가 이끄는 사제들과 신전 기사들의 비명이 울렸다. 신망하는 신의 사도가 날아가 버려 동요한 듯했다.

하지메는 『보물고』에서 로켓&미사일 런처— 오르칸을 꺼내 이슈타르 쪽을 제대로 보지도 않고 열두 발을 모두 쏴 갈겼다.

이번에는 다른 종류의 비명이 들려왔지만 무시했다. 그런 잡음 따위는 지워 버리듯, 그렇게 듣고 싶던 목소리가 울려 퍼졌기 때문이었다.

『주인님. 무사한가?』

그 목소리에 하지메는 노인트를 경계하면서도 표정을 풀었다.

기다리던 사람, 아니, 용이 도착했다.

"티오, 덕분에 살았어. 조금 위험했거든."

하지메의 말에 기뻐하면서도 그 정도로 강적인가 싶어 곧 심각한 분위기를 되찾은 흑룡 티오가 날갯짓하며 하지메 곁으로 다가왔다.

『늦지 않았다니 다행이구먼. 이따가 벌……이 아니라 상을 원하네.』

"……선생님을 보호할 수 있다면 생각해 볼게."

『정말인가! 그 말, 잊지 말게! 자, 선생님, 내 등에 타게나.』

하지메는 이런 상황에서도 자신의 욕망에 충실한 티오(생각해 보면 유에, 시아, 카오리도 그렇지만)에게 어처구니없는 표정을 지으면서 팔에 안고 있던 아이코를 그 등에 태웠다.

아이코는 왠지 두 사람의 대화에 묘한 답답함을 느끼며 드디어 하지메의 발목을 잡지 않아도 된다는 생각에 순순히 티오의 등에 매달렸다.

"저, 티오 씨. 잘 부탁드릴게요."

『그래, 나만 믿어라. 선생님은 주인님에게 소중한 사람(은사라는 의미로)이니 적에게는 넘겨줄 수 없지.』

아이코는 티오의 『소중한 사람』이라는 말에 더욱 착각에 박차를 가하며 걱정스럽게 하지메를 봤다.

그 표정은 어떻게 봐도 교사가 학생을 염려한다기보다 사랑에 빠진 소녀 같은 분위기였지만 이곳에 그것을 지적해줄 사람은 없었다.

그런데 그때, 노인트가 충돌한 탑이 커다란 소리와 함께 바닥 부분부터 날아갔다. 자욱하게 낀 흙먼지를 은색 날개로 일으킨 풍압으로 날리면서 생채기 하나 없는 노인트가 모습을 드러냈다. 티오의 브레스도 은색 날개의 방어는 꿰뚫지 못한 듯했다.

"……티오, 가."

『알겠네. 허나 선생님의 안전을 확보하면 도우러 오겠네. 적어도 교회 놈들은 내가 어떻게든 해 보지.』

벌써 맹렬한 살의를 내뿜으며 번득이는 눈으로 노인트를 노려보는 하지메에게, 티오는 방금 하지메에게 걸려 있던 약체화 마법의 원인을 간파하고 교회 인간들을 노려보며 믿음직스러운 말을 했다. 하지메는 노인트에게 집중하라는 말이었다.

하지메는 그 말에 입꼬리를 끌어 올리며 고개를 한 번 끄덕인 뒤 이번에는 스스로 노인트를 향해 공중을 달려 나갔다.

"나구모! 조심해요! 꼭 무사히 돌아와야 해요!"

『……흠? 오호라, 이거 원…….』

아이코는 양손을 가슴 앞에 모아 기도하는 포즈를 잡았다. 티오가 그 심경을 대충 파악하고 흥미롭게, 혹은 재미있다는 듯이 중얼거렸다.

『이보게, 선생님. 주인님이 걱정되는 건 이해하지만 조금 서둘러야겠네. 지상에 내려주고 나는 저 노물들을 쳐야 해. 저것들이 주인님을 방해하면 골치 아프니까.』

그렇게 말하고 진로를 돌리려는 티오를 아이코가 말렸다.

무슨 일이냐고 고개만 돌려 등에 탄 아이코를 보자, 그녀는 결연한 눈빛을 보내고 있었다.

"티오 씨. 지금부터 저를 지상에 내려주고 다시 돌아오면 시간이 많이 걸리지 않나요? 여기는 8천 미터 높이에요. 왕복하는 것도 힘들 텐데……."

『음? 그야 그러하다만…… 설마, 선생님…….』

"네. 티오 씨가 나구모를 위해 싸우겠다면 저도 돕게 해주세요. 빨리 이슈타르 씨를 막지 않으면 나구모는 점점 약해질 거예요. 산 아래까지 갈 시간이 아까워요."

아이코의 말은 지당했지만 솔직히 티오로서는 내키지 않았다.

오르칸의 공격으로 부상자는 많은 듯하나, 바로 태세를 재정비해 결계를 치고 성가를 준비하는 교회 세력을 보자 티오도 당장 날려 버리러 가고 싶었다.

하지만 그러다가 만에 하나 아이코가 다치기라도 한다면 하지메와 나눈 약속을 저버리게 된다.

『이리 말하기는 뭣하나, 선생님이 무엇을 할 수 있나? 마법진도 전투 경험도 없잖은가? 사제와 신전 기사들을 상대로 싸울 수 있겠나?』

아이코는 티오의 신랄한 의견에 어금니를 꽉 깨물고 천천히 자신의 손가락을 입 안에 넣었다. 그리고 눈을 질끈 감고 과감히 손가락 앞면을 물어뜯었다. 그렇게 손끝에서 떨어지는 피로 반대편 손등에 즉석 마법진을 그렸다.

"제가 이래 봬도 마력 하나는 용사인 아마노가와에 버금가요. 비록 전투 경험은 없지만…… 티오 씨의 지원 정도는 할게요! 사람과 싸우는 건…… 솔직히 무섭지만 할 수밖에 없어요. 이상만으로는 안 돼요! 앞으로 학생들을 모두 살려서 원래 세계로 돌려보내려면 누구보다도 제가 도망치면 안 돼요!"

왕국은 침공을 받았고 국왕과 사제들도 광신도로 전락했

다. 당초 예정대로 신에게 기대어 귀환하는 방법은 이미 가망이 없어 보였다. 이 이세계에서 기댈 곳 없는 아이코와 학생들은 앞으로 나아가야만 했다.

그렇다면 그것이 설령 피해야 할 일일지라도 필요하다면 해야 한다. 선생님인 자신은 더더욱 그랬다. 이제 자신을 위해 학생이 방아쇠를 당기게 하지는 않겠다. 그렇게 다짐했다.

아이코의 눈빛에서 결의를 느낀 티오는 잠시 고민했지만 어쩔 수 없다며 아이코의 동행을 허락했다.

『이미 마음을 굳혔다는데 더 따져 무엇 하리. 주인님도 그것이 선생님의 의지라면 뭐라고 하진 않겠지. 좋다, 함께 저 머저리들을 쓸어버리자꾸나!』

"네!"

아이코의 긴장과 공포, 그리고 그것들을 필사적으로 제어하려는 결의가 드러난 대답을 신호로, 티오는 성교 교회의 상징인 대신전을 향해 단숨에 날아갔다.

상대는 수백 명 규모의 사제와 신전 기사단.

티오와 아이코라는 이색 태그 팀이 지금, 이 세계 최대 종교의 총본산에 싸움을 건다.

노인트에게 돌격한 하지메의 첫 공격은 전자 가속식 대물 라이플— 슈라겐의 일격이었다.

붉은 스파크가 튀고, 척 보기에도 흉악한 형태의 괴물 병기에서 발사된 섬광이 일직선으로 목표를 향해 뻗어 나갔다.

티오의 브레스조차 정면에서 꿰뚫을 만큼 관통에 특화된 포격이었다. 아무리 은색 날개라도 분해하기 전에 관통되리라 판단했는지, 노인트는 회피를 택했다.

그 자리에서 몸을 비틀며 낙하해서 붉은 섬광 바로 아래로 빠져나간 뒤 무서운 속도로 하지메에게 돌진했다.

하지만 하지메는 예상하고 있었다.

노인트의 진로에는 이미 크로스 비트가 배치되어 있었다. 작렬 슬러그 탄이 회피 불가능한 근거리에서 터졌다.

"……?!"

노인트는 붉은 파문을 펼치는 작렬 슬러그 탄을 보고 은색 깃털로 방어하기에도 늦었다고 판단해서 손에 든 첫 번째 대검으로 반격에 나섰다.

신속으로 휘두른 대검은 마치 버터를 자르듯 매끄럽게 탄환에 파고들어 세로로 양단했다.

작렬 슬러그 탄에 내포된 마력이 분해되었으나, 대검의 일격도 그것을 모조리 없애지는 못했다. 노인트의 좌우로 갈라진 탄환이 양쪽에서 충격파를 일으켰다.

위력은 줄었을지언정 충격에 정통으로 노출된 노인트의 움직임이 순간 멈췄다.

그 의식의 허점을 찌르듯 하지메가 어느새 그녀의 코앞까지 파고들어 와 있었다. 『공력』을 이용해 공중에서 진각을 쓴 하지메는 파고든 힘을 남김없이 왼팔에 집중했다. 그리고 『진동파쇄』와 『작렬 샷 건』 기믹, 『호완』과 방대한 마력을 쏟아부은

『충격 변환』을 이용해 가공할 위력의 주먹을 내질렀다.

"합!"

"웃?!"

하지메의 우렁찬 기합이 터졌다.

노인트는 퍼뜩 두 번째 대검을 들어 몸과 착탄 직전의 주먹 사이에 대검을 비집어 넣었다. 그 시도는 아슬아슬하게 성공해 하지메의 강철 주먹을 막아냈다.

하지만 그 위력까지는 어쩌지 못했다. 카아아앙! 금속이 서로 충돌하는, 고막을 찢는 소리와 함께 노인트는 급속도로 튕겨 날아갔다.

하지메는 공세를 늦추지 않았다.

즉시 돈나&슈라크를 뽑아 최대 위력으로 연사했다.

작렬하는 총성은 두 발. 밤의 어둠을 가르는 붉은 섬광도 두 줄기.

그러나 날아가면서도 쌍대검을 교차시켜 방어 태세를 취한 노인트를 덮친 것은 열두 번의 충격이었다.

"크으으으으윽!"

돈나&슈라크 한 정 당 한 발분의 총성밖에 들리지 않는 속사와 완전히 같은 궤도를 따라 같은 지점에 착탄하는 초정밀 사격.

무적을 자랑하는 신의 사도에게서 드디어 신음이 흘러나왔고 그 미모가 미세하게 구겨졌다. 동시에 그녀가 가진 대검이 충격에 떨리며 조그맣게 쩍, 하고 거슬리는 소리를 냈다.

하지메 혼신의 주먹과 레일건 열두 발을 맞고도 꺾이지 않는 쌍대검의 내구력에는 혀를 차야 할까, 혀를 내둘러야 할까?

튕겨 날아간 노인트는 다시 교회의 장엄한 장식이 들어간 어떤 시설을 파괴하고 파묻혔다.

확인 사살로 하지메는 오르칸을 『보물고』에서 꺼내 전탄을 퍼부었다.

불꽃으로 꼬리를 그리며 쇄도한 막강한 폭력의 무리는 거의 다 무너진 건물에 기어이 치명상을 선사했다.

대폭발과 함께 건물은 완전히 붕괴했다. 그리고 로켓탄에 탑재된 대량의 타르로 섭씨 3천 도의 업화에 휩싸였다.

밤하늘을 붉게 물들이는 불바다를 바라보면서 하지메는 아직도 공세를 멈추지 않았다. 『보물고』에서 꺼낸 미사일을 오르칸에 장전하고 다시 불타오르는 잔해더미를 조준했다.

그리고 그 순간—.

"큭, 아래였나!"

하지메가 발아래로 시선을 옮김과 동시에 바로 아래에서 땅이 폭발하듯 튀었고, 그 속에서 은색 날개를 퍼덕이는 노인트가 튀어나왔다.

아무래도 마법을 써서 땅속으로 피난했다가 기습해 온 모양이었다.

어마어마한 수의 은색 깃털이 난사되고 은색 포격이 발사됐다.

하지메는 그것들을 바람에 흔들리는 나뭇잎처럼 피했다.

교차하는 순간 휘두른 쌍대검을 흘려 넘기며 좁디좁은 검격 사이를 공중 옆 돌기로 빠져나갔다. 그리고 지나치는 노인트를 향해 미사일을 발사했다.

오르칸의 위력을 몸소 이해한 노인트는 은색 빛을 유성 꼬리처럼 길게 늘어뜨리며 고속으로 비행해 추격해 오는 미사일에서 거리를 벌렸다. 그리고 뒤쪽으로 은색 깃털을 날려 마법진을 만들어서 노도의 마법 공격을 날렸다.

격추된 미사일의 폭염이 밤하늘에 무수한 꽃을 피우는 한편, 하지메는 오르칸을 집어넣고 다시 돈나&슈라크를 뽑았다. 그리고 날아든 마법의 핵을 쏴서 노인트와 마찬가지로 모두 격추했다.

가열한 양상을 띤 공중전 사이에 잠깐의 정적이 찾아왔다.

"야, 궁금해서 그러는데 나랑 놀고 있어도 괜찮겠어?"

"……무슨 말이죠?"

교회 관계자가 지상에서 일어나고 있는 마인족의 왕도 침공을 모를 리 없었다. 다짜고짜 싸움에 휘말린 터라 물을 틈도 없었지만 약간의 시간이 생긴 데다가 노인트가 대화에 응했기에 하지메는 마침 잘 됐다 싶어 말을 이었다.

"아래에서 벌어진 일 말이야. 이대로 가면 왕국은 멸망할걸? 다음 표적은 당연히 이【신산】일 테고. 나랑 치고받을 게 아니라 마인족들과 싸우는 편이 낫지 않아?"

하지메가 구체적으로 고쳐 말했다. 그러나 그 지당한 질문에 노인트는 시답잖은 소리라도 들었다는 양 콧방귀를 꼈다.

"그렇다면 그게 이 시대가 맞이해야 할 결말이겠지요."

"결말이라……. 역시 『에히트 님』이란 작자한테 『사람』은 어차피 『사람』, 심심풀이용 장난감일 뿐인가? ……이 시대는 우연히 인간족 쪽에 붙었을 뿐이다, 이거군? 이거 보아하니 마인족 쪽 신도 에히트 본인이거나 부하겠군."

"……그게 뭐 어쨌다는 건가요?"

"아니, 일단 『해방자』들에게 들은 이야기의 신빙성을 확인해 둘까 싶어서. 사실 나한테는 둘 다 사이비거든."

주인을 폄하했기 때문일까? 노인트의 눈썹이 까딱 반응했다.

하지만 하지메는 신경 쓰는 내색도 없이 싱글싱글 웃으며 말했다.

"야, 내가 거슬리면 원래 세계로 돌려보내 주면 안 돼? 그리고 용사 일행도 왕국이 멸망하면 어차피 제구실도 못한 반푼이로 끝나는데 덤으로 끼워주고."

"불허합니다, 이레귤러."

"이유나 들어 보자."

"주인님이 그것을 바라시기 때문입니다. 이레귤러, 주인님은 당신의 죽음을 원하십니다. 어떤 고난도 뛰어넘어 거대한 힘과 믿음직한 동료를 얻고…… 그리고 끝내 목표를 이루지 못하고 쓰러진다. 주인님은 당신의 그런 죽음을 원하십니다. 당신이 주인님을 최대한 즐겁게 해 드릴 방법은 그것뿐입니다. 용사 일행은…… 꽤 재미있는 일을 벌이고 있다며 크게 주목하고 계십니다. 그러므로 아직 주인님을 즐겁게 할 배우로서

춤춰야 합니다."

하지메는 대충 예상하던 대답이었기에 딱히 아쉬워하지도 않고 어깨를 으쓱했다. 그리고 예전 밀레디 라이센이 한 말에 내심 깊이 동의했다.

「확실히 빌어먹을 놈들이다」라고…….

하지만 자신에 대한 말은 몰라도 마지막 말은 마음에 걸렸다.

"……재미있는 일?"

"이제 곧 죽을 당신이 알 필요는 없습니다."

노인트가 이야기는 끝났다며 무수한 마법과 은색 깃털을 날려 전투 재개를 행동으로 알려줬다.

물론 방금까지와는 위력도 수도 차원이 달랐다. 은색 깃털 한 장 한 장이 레일건에 육박할 위력을 가졌고 발현하는 마법은 모두 최상급에 가까운 수준이었다. 잘 보니 노인트의 몸 전체가 은색 마력에 싸여 있었다. 느껴지는 위압감이 부쩍 올라갔다. 마치 하지메나 코우키가 사용하는 『한계 돌파』 상태와 같은 모습이었다.

"큭!"

그 압도적인 물량으로 노도처럼 밀려드는 공격에 숨을 삼키며 하지메는 오른손에 메체라이, 왼손에 슈라겐을 들고 응전했다. 메체라이가 포효하며 분당 1만 2천 발의 파괴를 흩뿌려 은색 깃털과 마법을 상쇄했고, 슈라겐이 사선상에 존재하는 모든 것을 깨부수며 노인트에게로 직진했다.

하지만 은색 빛을 두른 노인트의 움직임도 좀 전까지와는 비교가 되지 않았다.

슈라겐의 붉은 포격이 확실히 노인트를 꿰뚫었다고 생각한 순간, 그녀의 모습이 안개처럼 사라지더니 몇 미터나 떨어진 곳에서 나타났다.

자신이 쏘는 탄막을 추월할 기세로 움직이는 노인트의 모습은 그 믿어지지 않는 속도 때문에 잔상이 남아 항상 2중, 3중으로 흐릿하게 보였다.

하지메가 『예측』을 이용해 배치한 크로스 비트로 작렬 슬러그 탄을 발사했으나 역시 꿰뚫는 것은 잔상뿐이었다.

모습이 슥 사라진 노인트는 다음 순간 잔상을 주르륵 이끌며 하지메의 등 뒤로 돌아가 있었다. 그리고 팽이처럼 빙글빙글, 엄청난 속도로 회전하면서 원심력을 가득 담아 쌍대검을 휘둘렀다.

"크윽."

노인트의 마지막 동작은 『순광』 상태인 하지메의 지각 능력까지 웃돌아 완전히 기습이나 다름없었다.

가까스로 몸을 젖혀 직격은 면했지만 순간적으로 방패로 쓴 슈라겐이 두 동강 나 버렸다. 내장된 에너지가 폭발하여 하지메와 노인트 사이에 대폭발을 일으켰다.

그것이 아주 잠깐이나마 노인트의 추격을 늦췄다. 그러나 하지메가 반격에 나서기 위한 시간으로는 충분했다.

하지메의 온몸에서 붉은 마력이 솟구치며 몸을 감쌌다. 『한계 돌파』였다.

접근한 노인트를 향해 하지메도 한 발 앞으로 나갔다. 그 손에는 이미 메체라이이가 없었고 대신 돈나&슈라크가 쥐어져 있었다.

초근접전의 막이 올랐다.

"타아아앗!"

"하아아압!"

첫 번째 대검으로 내려찍는 참격을 몸을 옆으로 돌려 피하자, 절묘한 타이밍으로 두 번째 대검이 몸통을 노리며 옆에서 치고 들어왔다.

하지메는 그 일격을 슈라크 총신으로 억지로 들어 올리고 레일건을 검 옆면에 맞춰 위로 튕겨냈다. 오른손의 돈나는 노인트의 심장을 노렸다.

발사된 붉은 섬광을 잔상을 남기며 회전해 피한 노인트는 그 기세를 살려 첫 번째 대검을 아래에서 치켜들었다.

하지메는 슈라크에 『금강』의 『집중 강화』를 대검이 닿는 아주 미세한 부위에 평상시의 몇 배나 되는 밀도로 걸어 분해에 대항했고, 대검의 힘을 거스르지 않고 슈라크를 들어 올려 그 궤도만 틀었다.

그리고 수평으로 공기를 가르는 두 번째 대검도 마찬가지로 『금강』의 『집중 강화』를 쓴 돈나의 총구로 막고 발포했다. 작렬음과 함께 발사된 섬광이 두 번째 대검을 튕겨 냈다.

서로 지근거리에서 상대의 무기를 피하고, 받아넘기고, 튕겨 내며 치명적 일격을 내어주지 않겠다는 것처럼 모든 힘을 쥐어짜 기예를 펼쳤다.

숨을 쉬는 것도, 눈을 깜빡이는 것도 잊고 필살의 공격을 계속해서 지르고 또 지른다!

"우오오오오오오오오오오오오!"

"하아아아아아아아아아아아아!"

하지메와 노인트는 언제부턴가 부르짖고 있었다.

힘줄 하나, 신경 하나만 잘못 다루어도 죽음이 확정된다.

서로의 공격을 판단할 시간이 있을 리 없었다. 그저 본능과 경험에만 의지했다. 신속의 검격과 총격이 쌍방의 목숨을 조금이라도 깎아내리고자 엇갈리고 마주쳤다.

은색 검광이 밤의 어둠에 여러 줄기의 궤적을 남겼고, 붉은 섬광이 피가 튀듯 온 사방으로 흩어졌다.

은색과 홍색으로 빛나는 두 사람을 태양에 비유한다면 그들이 내지르는 폭풍 같은 공격은 플레어라 하겠다. 1초를 견디고 한 합을 버텨 서로가 살아남을 때마다 속도는 무제한으로 가속했다.

그 속도에 비례해서 공격이 스치는 빈도는 늘어났고 둘을 피로 칠갑했다. 하지메는 얕게 베이지 않은 곳이 없었고, 노인트는 도려낸 듯 파인 곳으로 피가 새어 나왔다.

하지메와 노인트의 기량은 호각.

공방은 이대로 영원히 이어질 것만 같았다. 하지만 실제로 밀리고 있는 것은 하지메였다. 아니, 정확하게 말하면 밀리게 될 것은, 일 것이다.

그것은 하지메도 알고 있었다. 이유는 간단했다. 노인트의 마력은 싸움이 시작되었을 때부터 전혀 소비되지 않았기 때문이었다.

당연한 이야기지만 하지메의 『한계 돌파』에는 제한시간이 있었다. 그 시간을 초과하면 『한계 돌파』는 강제적으로 해제되며 육체가 일정 시간 약화된다. 하지메의 마력이 방대하다고 해도 언제까지고 발동할 수는 없는 노릇이었다.

그에 반해 노인트는 어딘가에서 지속적으로 마력을 공급받는지, 실질적으로 무제한 강화 상태를 유지할 듯 보였다.

하지메의 마안석은 노인트의 심장 부분에 있는 마석을 닮은 무언가를 쭉 보고 있었다. 그것은 유달리 강하게 빛나며 쇠할 기미가 없었다.

이대로 시간만 끌면 불리해진다. 하지메는 승부를 걸기로 결심했다.

"나가떨어져!"

고함과 함께 크로스 비트에서 하지메 본인까지 말려드는 최대 위력의 작렬 슬러그 탄이 일제히 발사됐다.

"정신이 나갔나요?"

노인트의 무기질적인 눈이 살짝 커졌다. 그 눈동자에는 하지메가 제정신인가, 하는 의심이 담겼다.

크로스 비트 여섯 기에서 한순간에 수십 발의 작렬 슬러그 탄이 발사되어 하지메와 노인트를 중심으로 무수한 파문을 만들었다.

순간적으로 노인트는 은빛 날개로 몸을 감쌌고 하지메도 『금강』을 최대 출력으로 발동했다.

그 직후 밤하늘에 붉은색 꽃이 흐드러졌다.

어마어마한 위력의 충격파가 강제로 하지메와 노인트를 날려 버렸다.

엄청난 충격은 『금강』을 뚫고 하지메의 육체에도 가볍지 않은 피해를 줬다. 그 증거로 하지메에게서 요란하게 피가 튀었다. 겉보기에는 만신창이였다.

한편 노인트도 온전할 수는 없었다. 은색 날개의 방어가 제시간에 이루어지지 않았는지 상처에서 더 많은 피를 쏟으며 조금 각혈했다. 아무래도 내장에 충격이 있었나 보다.

"……동반자살이라도 할 생각인가요?"

"헉, 헉…… 너랑 동반자살? 하, 농담도 가려서 해. 그런 말은 내 애인만큼 멋진 여자가 되고 나서나 하라고."

노인트는 앞뒤 가리지 않는 무차별 공격에 무심코 자포자기했냐며 의심의 눈길을 보냈다. 하지만 하지메는 거친 숨을 토하면서 장난스럽게 받아쳤다. 너 같은 게 누군가와 마지막을 함께하리라 생각하다니, 꿈도 크다는 비웃음을 섞어서…….

하지메는 『보물고』에서 새로운 무기를 꺼냈다. 그리고 트럼프라도 날리는 듯한 스냅으로 그것을 고속으로 투척했다.

소리도 없고, 그곳에 분명히 존재하는데도 의식하지 않으면 놓쳐 버릴 것만 같은 그것을 노인트는 대수롭지 않게 쌍대검으로 튕겨 냈다.

챙! 챙! 딱딱한 소리를 내며 튕겨 나가 공중을 빙빙 도는 그것은 지름 약 15센티미터의 도넛 모양 원반— 이른바 원월륜, 혹은 차크람이라고 불리는 투척 무기였다.

"하다 하다 이제 이런 걸……. 더는 방법이 없—?!"

원시적 무기에 노인트가 단순한 발버둥이냐며 더욱 차갑게 식은 눈빛을 보내온 순간, 하지메가 자신의 **좌우로** 레일건을 연사했다.

그 직후, 그 붉은 섬광은 하지메와 마주한 노인트의 **좌우에서** 출현해 그녀의 머리를 분쇄하고자 날아들었다.

있을 수 없는 사태에 노인트는 그만 말문이 막혔고 얼른 쌍대검을 양옆으로 들어 방어했다. 돈나&슈라크가 토해 낸 총 열두 발의 탄환은 모두 작렬탄, 그리고 처음과 같은 핀포인트 사격이었다.

왜 전혀 엉뚱한 방향으로 쏜 탄환이 노인트를 협공하는가?

그것은 방금 하지메가 투척한 차크람이 원인이었다. 이 차크람은 『기척 차단』과 『바람의 손톱』을 생성 마법으로 부여한 광석으로 제작하여 은밀성과 살상력이 대단히 높은 투척 무기지만 그 이상으로 특수한 효과를 가진 아티팩트였다.

바로 【메르지네 해저 유적】에서 거대 클리오네를 끝장낼 때 쓴 게이트 기능이었다.

즉, 차크람 중앙에 뚫린 구멍은 다른 차크람과 공간이 연결되어, 그곳으로 탄환을 쏘면 공간을 뛰어넘어 다른 차크람 구멍에서 탄환이 나오는 식이었다. 물론 크로스 비트와 마찬가지로 감응성과 중력석을 이용해 자유자재로 움직일 수도 있었다.

머리 위치, 대검의 크기, 노인트의 반응 속도 따위가 모두 계산된 공간을 뛰어넘는 작렬탄은 모두 한 치의 오차도 없이 노린 곳에 착탄해 엄청난 충격을 일으켰다.

그 순간—.

챙강! 챙강!

그런 소리를 내며 공방 일체의 쌍대검은 중간쯤에서 부러졌다.

“아니?! 이 정도로, 왜…….”

감정이 없다고 했으면서 노인트는 상당히 놀라는 모습을 보여줬다.

그녀는 눈치채지 못했던 것이다.

하지메가 처음 핀포인트 사격 후, 그 근접전 도중에도 노인트 본인보다 쌍대검에 난 균열을 줄곧 노리며 충격을 가했다는 사실을…….

실력이 비등하기에 무기를 파괴해서 생길 한순간의 틈을 노리고 있었다는 사실을…….

하지메는 확실하게 드러난 노인트의 틈을 놓치지 않고 새로운 아티팩트를『보물고』에서 꺼내 연속으로 투척했다.

노인트는 허를 찔린 탓에 고속으로 날아든 열 개의 그림자를 피하지 못했고 순간적으로 부러진 대검으로 쳐 내려고 했다.

하지만 이 아티팩트에 그것은 악수(惡手)였다. 투척한 무기는 양 끝에 둥근 광석이 추로 달린 와이어였다.

흔히 볼라(bola)라고 불리는 수렵 도구이자 투척 무기였다. 보통은 회전시켜 원심력을 실어 던지지만 감응석이 내장되어 바로 투척해도 충분한 속도가 붙었다. 그리고 당연히 하지메가 만든 물건이 단순한 볼라일 리 없었고—.

“윽! 왜, 움직일 수가?!”

노인트의 쌍대검 자루, 양팔, 허리, 양다리에 감긴 볼라는 양 끝에 달린 동그란 광석에서 파문을 낳으며 공중에 머물렀다. 그것은 생성 마법으로 공간 마법이 부여된 효과였다. 두 개의 추가 공간 그 자체에 고정되어 포박 대상도 함께 고정해 버리는 것이었다.

물론 노인트에게는 분해 능력이 있으므로 아무리 공간 자체에 고정하는 사기적인 효과를 지닌 물건이라 한들 10초도 견디지 못하리라. 게다가 은색 날개 자체는 구속되어도 마법 구성을 풀어서 다시 펼치기만 하면 되므로 실질적으로 구속은 불가능했다. 지금까지 해 온 것처럼 접근해도, 구속을 풀 때까지 은색 날개로 시간을 벌기란 쉬울 것이다.

하지만 그 수십 초를 버는 것이 하지메의 노림수였다.

일격 필살.

이 짧은 시간으로 최대, 최강의 한 방을 날린다!

하지메는 『보물고』에서 길이 2.5미터의 암(arm)이 달린 거대한 통을 꺼냈다.

전자 가속식 파일 벙커였다. 키이이이이잉! 독특한 소리와 스파크를 내며 붉은 번개를 축적했다. 그리고 단숨에 노인트에게 파고들었다.

"큭!"

괴로움 섞인 목소리를 흘린 노인트는 은색 날개를 크게 펼쳐 자신을 고치처럼 감쌌다. 분해 능력을 지닌 은색 마력이 찬란하게 빛나는 모습은 흡사 또 하나의 달을 보는 것 같았다.

하지메는 그런 아름다움마저 느끼게 하는 장벽에 어마어마한 충격과 함께 파일 벙커를 때려 박았다. 직후 네 개의 암에 새롭게 부가된 공간 고정 기능이 분해 능력에 대항하면서 파일 벙커를 고정했다. 붉은 스파크는 이미 임계 상태를 나타내듯 격렬하게 튀며 날뛰었다.

"어디 버틸 수 있으면 버텨 봐."

하지메의 입꼬리가 자신만만하게 비죽 올라갔고 눈동자가 살의로 번득였다.

『한계 돌파』의 붉은 마력은 점점 빛을 더했고 은색 달을 홍색 달로 물들여 갔다.

그 직후, 파일 벙커 사출구에서 눈에 보이지 않는 충격이 터졌다.

사출구에 내장된 공간 진동을 일으키는 기능이었다. 공간 마법 『진천』의 축소판인 그것은 대상에게 격렬한 진동을 주고, 결합을— 내구력을 현저하게 떨어뜨린다.

대기가 전율하듯 떨렸다.

초고압축된 작약과 충격 변환된 마력, 그리고 전자 유도로 신속에 가까운 가속이 붙은 거대 아잔티움 말뚝은 맞닿은 목표를 나선으로 꿰뚫어 파괴했다.

붉은 스파크를 뿜는 칠흑의 말뚝이 겹쳐진 은색 날개 두 개를 종잇장처럼 뚫었고, 그 안에 있는 노인트의 심장 부분을 관통하고도 멈추지 않아 등으로 빠져나오며 한쪽 날개를 뿌리째 날려 버렸다.

거대 말뚝의 유성이 붉은 꼬리를 그리며 저 멀리 날아갔다.

"──."

"……."

그 후에 남은 것은 마력 공급원이 있던 곳에 말 그대로 바람구멍이 뚫린 노인트였다. 『전기 두르기』가 상처를 지져 피도 나오지 않았다. 그저 가슴에 휑한 구멍만 뚫린 모습에서는 인간다움을 느낄 수 없었다. 공기로 녹아들듯 무산하는 은색 날개 안쪽으로 보인 눈동자에는 여전히 기계 같은 차가움만이 서려 있었다.

다만 어딘지 모르게 원망스러운 분위기가 섞인 것처럼 보인 것은 하지메의 기분 탓일까……?

노인트의 눈빛도 곧 빛을 잃고 흐려졌고 몸을 축 늘어뜨리며 교회 건축물이 밀집된 곳에서 조금 떨어진 산 중턱으로 추락했다.

시커먼 산 중턱에 노인트의 은색이 유독 눈에 띄었다.

하지메는 그 옆에 내려서서 돈나를 뽑아 머리에 총구를 겨눴다.

마안석이나 감지 계열 능력은 노인트가 완전히 죽었음을 알리고 있었지만 왠지 몰라도 머리에 구멍을 뚫지 않으면 진정되지 않았다. 참 기분 나쁜 습관이 붙어 버렸다.

"이레귤러의 이빨도 제법 나쁘지 않았지?"

그렇게 말하며 노인트의 이마에 대고 돈나의 방아쇠를 막 당기려는 순간—.

쿠구우우우우우우우우우우우우우우우우웅!

【신산】 전체에 격진을 동반한 폭음이 울렸다.

이번에는 또 무슨 일인가 하며 돌아보자 하지메의 눈에 들어온 광경은…… 거대한 버섯구름과 굉음을 내며 붕괴하는 대성당 및 성교 교회였다.

"……저건 또 뭐야."

하지메가 무심코 중얼거린 말이 맑은 산 정상의 공기 속으로 녹아 사라졌다.

저도 모르게 입을 딱 벌리고 밤하늘을 태우는 거대한 버섯구름을 바라봤다. 옛날 TV의 전쟁 다큐멘터리에서 이런 광경을 봤다고 생각하며 아연실색해 있는데, 갑자기 염화가 들어왔다.

『주, 주인님…… 그쪽은 어떤가?』

『어? 아, 티오? 이쪽은 마침 끝난 참인데…….』

『흠, 그거 반가운 소리구먼. 역시 주인님일세. 나도 방금 일을 마쳤는데, 합류할 수 있겠는가?』

『아니, 그건 상관없는데 무슨 폭발이…….』

『……그 원인은 알고 있네. 사실 우리 탓이니…….』

『뭐?』

『일단 합류할 수 있겠는가?』

『후우, 알았어.』

아무래도 성교 교회 총본산이 죄다 붕괴한 원인을 아는 눈치였다. 하지메는 대체 무슨 일이 있었냐며 입가를 실룩거리면서 서둘러 티오와 합류하기로 했다.

상공으로 올라가자 바로 흑룡 모습의 티오가 버섯구름에서 조금 떨어져 체공하는 것을 발견했다.

그리고 하지메의 눈에는 그 등에 타고 당황해서 어쩔 줄 모르는 아이코의 모습도 보였다. 왜 이곳에 선생님이 있냐는 의문은 들었지만 아이코의 성격이라면 도망치지 않고 티오에게 협력을 했으리라 짐작이 갔다.

그보다 척 보기에도 무슨 일을 저지른 듯한 아이코가 더 신경 쓰였다.

"……선생님, 티오. 둘 다 무사해 보이네."

"나, 나구모! 다행이다, 무사했군요. ……정말 다행이야."

『주인님. 한순간 죽는 줄 알았지만 살아 있네. 그나저나 과연 주인님의 선생님일세. 설마 내 브레스를 성교 교회를 붕괴시킬 정도로 승화시키다니……. 대단하구먼, 대단해.』

티오의 말을 듣고 하지메가 눈을 깜빡거렸다. 그리고 설마, 하는 딱딱한 표정으로 아이코를 바라봤다.

"……선생님, 대체 무슨 짓을 한 거야?"

"으아아아아아, 아, 아니에요! 이럴 생각이 아니었는데! 교회 결계가 조금 강하길래…… 티오 씨의 브레스 위력을 높일 수 있으면 좋겠다고 생각해서 결계를 부술 정도로만 한다는 게……."

아이코는 하지메의 등장에 안도의 한숨을 쉬었지만 이어진 질문에 다시 허둥대기 시작했다. 쩔쩔매는 아이코에게 사정을 들으니 대충 이런 일인 듯했다.

아이코는 티오에게 올라타서 이슈타르와 교회 세력이 하지메에게 상태 이상 마법을 걸지 못하게 싸우기로 결심했다.

하지만 마법에 높은 적성은 지녔으나 이렇다 할 마법진을 가지지 못한 아이코는 강력한 공격 마법을 쓸 수 없었다. 또 대성당 그 자체가 강력한 결계를 발동하는 아티팩트였는지, 그 결계에 보호받는 그들에게는 티오의 브레스조차 닿지 않았다.

이대로 가면 이슈타르는 안전지대에서 계속해서 마법을 사용하고 말 것이다. 어떻게든 결계를 돌파할 화력을 얻을 수 없을까? 신전 기사들의 공격을 버티면서 생각하다가 아이코가 떠올린 방법은 자신의 특기를 살리는 것이었다.

참고로 아이코의 특기란 다음과 같았다.

하타야마 아이코 25세 여자 레벨: 56

천직: 작농사

근력: 190

체력: 380

내성: 190

민첩: 310

마력: 820

마력 내성: 280

기능: 토양 관리, 토양 회복[+자동 회복], 범위 경작[+범위 확대][+이물질 전환], 성장 촉진, 품종 개량, 식물계 감정, 비료 생성, 혼재 육성, 자동 수확, 발효 조작[+급속 발효][+범위 발효][+원격 발효], 범위 온도 조정[+최적화][+결계 부여], 농장 결계, 풍작 단비, 언어 이해

이 중에서 사용한 것은 발효 조작이었다.

【신산】이라고는 하나 사람이 사는 곳이라면 발효할 수 있는 것은 대량으로 있게 마련이었다. 아이코는 그중 지구에서 말하는 메탄 발효를 이용했다. 물론 정확하게는 다른 이세계 물질이었지만 가연성 가스라는 점에는 변함이 없었다.

아무튼 그 발효를 무작정, 그냥 닥치는 대로 교회 주변에 사용해 댔다. 공격 마법이 아닌 단순한 발효이므로 교회 결계도 반응하지 않았고 가스는 공기와 같이 결계 내외에 충만해졌다. 바람에 날려 흩어지지 않도록 티오가 바람을 조종해서 가스를 일정 범위에 묶어 두기까지 했다.

그리고 이 정도로 가연성 가스가 모였다면 티오의 브레스로 교회 결계를 파괴할 수 있겠거니 하고 막상 브레스를 쐈더니―.

"이렇게 됐다?"

『그래. 우리까지 성대하게 날아가 버릴 정도였지……. 내가 오래 살았기로서니 이런 방법은 떠올리지 못했어. 역시 주인님의 선생님일세, 감탄했구먼.』

"아, 아니에요! 그게 아니에요! 이렇게 폭발할 줄은 모르고! 그냥 애매한 건 좋지 않다고 생각해서! 정말이에요! 헉?! 교회 사람들은?! 어떻게 됐죠?!"

아이코가 눈물을 머금고 안절부절 변명하며 폐허가 된 교회를 이리저리 둘러봤다. 하지메와 티오도 함께 잔해더미로 시선을 돌렸지만—.

"……죄다 날아갔겠지."

아래로 펼쳐진 것은 원형도 남지 않은 잔해더미뿐이었다. 그것을 본 하지메가 눈을 찌푸리고 생존 가능성은 없다고 판단했다.

『교회 결계를 과신하는 느낌이었지. 완전한 기습이기도 했으니 무방비한 상황에서 그 폭발을 맞았어. 무사하진 못했을 게야.』

"아, 아아, 이럴 수가…… 각오는 하고 있었지만……."

자신이 거들다가 교회 관계자를 모조리 폭사시켰다는 사실에 아이코의 얼굴이 창백해졌다. 자기 딴에는 각오하고 싸움에 임했으나, 막상 그 결과와 마주하자 평상심을 유지할 수 없었다.

참지 못하고 그 자리에서 토하고 말았다. 눈물을 흘리면서 토하는 아이코를 보자 하지메는 머리를 긁적인 뒤 살며시 다가갔다. 그리고 토사물로 더러워졌는데도 아랑곳하지 않고 그녀의 손을 잡았다. 지금 아이코에게는 무엇보다도 온기가 필요하다고 생각했다.

아이코는 얼어서 깨질 것 같은 마음을 손으로 전해지는 온기가 이어주고 있는 것을 느꼈다. 그리고 지금만은 학생과 교사라는 사실을 잊고 하지메의 가슴에 꽉 안겨 오열했다.

『내 등…… 끙, 뭐 상관은 없네만…….』

티오가 자신의 등에서 벌어진 참상에 조금 구슬픈 목소리를 냈지만 곧 마음을 고쳐먹고 재생 마법을 구사했다.

티오도 아이코에게는 시간을 들여서 다시 일어나주길 바랐다. 애초에 브레스를 쏜 것은 자신이었다. 아이코가 필요 이상으로 책임감을 느낄 필요는 없다고 생각하지만 지금은 그런 설명을 할 만큼 시간적 여유가 있는 상황이 아니었다. 그래서 재생 마법으로 마모된 정신을 조금이나마 치유하기로 한 것이었다.

기력이 돌아온 아이코는 하지메의 품에서 얼굴을 들었다. 눈물과 콧물과 토사물로 엉망이었지만 하지메는 특별히 신경 쓰지도 않고 『보물고』에서 수건과 물을 꺼내 더러워진 아이코를 닦아줬다. 아이코는 그런 추태를 보였다는 당혹감에 아무런 저항도 하지 않았다.

"선생님, 좀 진정됐어?"

"네, 네. 이, 이제 괜찮아요. 나구모……."

하지메가 부르자 퍼뜩 정신을 차린 아이코는 수치심이나 기타 등등의 감정으로 얼굴을 새빨갛게 물들였다. 기분 탓인지 하지메의 이름을 부르는 목소리에도 열이 섞인 듯했다. 고개를 숙이고 하지메의 얼굴을 힐끔거리는 눈동자도 열기를 띠고 촉촉이 젖었다. 어떻게 보나 단순한 수치심만으로 생기는 것이 아닌 특별한 감정이 엿보이는 표정이었다.

교사라는 인식이 앞서서 아이코를 『여자』로 보지 않던 하지메도 그 표정을 보고는 「잠깐만 이거 뭔가 이상한데? 설마, 그런 거야?」라며 아이코의 감정을 알아차리고 얼굴이 굳었다.

뭔가 이래저래 좋지 않은 느낌이 들었다. 순간적으로 눈을 돌린 하지메에게 티오가 경계심 품은 말을 건넸다.

『주인님, 사람이 있네. 평범한 인간이 아닌 건 확실한데…….』

"뭐?"

설마 그 폭발에서 살아남은 사람이 있을 줄은 몰랐다. 하지메가 놀라면서 티오의 시선을 좇자 그곳에는 흰 법의를 입은 대머리 남성이 하지메 일행을 똑바로 바라보고 있었다. 하지만 티오의 말대로 절대 평범한 인간은 아니었다. 왜냐면 그 몸이 반투명하게 어른거렸기 때문이었다.

대머리 남성은 하지메 일행이 자신을 인식했다고 판단했는지 그대로 말없이 몸을 돌렸다. 그러고는 걷는 동작도, 중력을 느끼는 모습도 보이지 않고 스윽 미끄러지듯 움직여 잔해더미로 이동했다.

그리고 모습이 보이지 않게 되기 직전 돌아서서 일행에게 눈짓했다.

"따라오라는 건가?"

『그렇겠지. 어떡하겠는가, 주인님.』

"……글쎄, 얼른 유에 쪽과 합류하고 싶지만…… 원래 이곳에는 신대 마법을 찾으러 왔어. 어쩌면 무슨 연관이 있을지도 몰라. 단서를 놓칠 수는 없지."

『흠, 그렇구먼. 그럼 따라가 보지.』

하지메의 말에 티오는 고개를 한번 끄덕이고는 날개를 퍼덕여 잔해더미 위에 내려앉아 하지메와 아이코를 내려주고 용화를 풀었다. 그 후 등에 묻은 오물을 깨닫고 조금 눈썹을 내리깔며 『보물고』에서 갈아입을 옷을 꺼냈다. 하지메도 자기 상태를 알았는지 『보물고』에서 옷을 꺼내 재빨리 갈아입었다.

"우우, 죄송합니다…… 제가 더럽히는 바람에……."

그 원인인 아이코가 수치심과 미안함으로 가뜩이나 작은 몸을 더 작게 움츠리며 사과했다. 자신의 토사물로 타인의 옷을 더럽혔는데 어찌 자괴감이 들지 않으랴.

하지메도 티오도 부득이한 일이라고, 이해하니까 신경 쓰지 말라고 위로했지만 그게 말처럼 쉬운 문제가 아니었다. 방금 일로 아이코는 자기 자신의 마음을 인정해 가는 중이었고 그 탓에 특히 하지메에게는 복잡한 감정을 품고 있었다.

하지만 언제까지고 꾸물거릴 수도 없는 노릇이라 하지메는 얼른 화제를 전환했다.

"선생님, 미안하지만 따라와 줘. 무슨 일이 일어날지 모르지만 저 대머리가 누군지 꼭 확인해야 해."

"아, 네. 알았어요. 따라갈게요."

마지막에 말한 따라간다는 말에 묘한 힘이 들어가고 열이 깃든 느낌이었지만 애써 모른 척하며 대머리 남성이 사라진 곳으로 갔다.

대머리 남성은 그 후로도 종종 모습을 드러내고는 하지메 일행을 유도하듯 잔해 사이로 나아갔다. 5분 정도 걷자 드디어 목적지에 도착한 것 같았다. 그는 똑바로 일행을 바라보며 조용히 서 있었다.

"당신, 정체가 뭐야? 우리에게 뭘 바라는 거지?"

"……."

대머리 남성은 하지메의 질문에는 대답하지 않고 그저 묵묵히 손가락을 들어 가리켰다. 그곳은 아무런 특징도 찾아볼 수 없는 단순한 잔해더미였지만 남자의 시선은 그곳으로 가라고 말하는 듯 보였다.

물어봤자 헛수고라고 판단한 하지메는 티오와 고개를 마주 끄덕이고 그 잔해가 있는 곳에 발을 들였다. 그 순간 잔해가 둥실 떠오르고 그 아래 땅이 뿌옇게 빛났다. 아래를 보자 그곳에는 대미궁의 문장 하나가 그려져 있었다.

"……당신, 해방자야?"

하지메가 질문한 것과 땅에서 나는 뿌연 빛이 하지메 일행을 감싼 것은 동시였다.

정신이 들자 일행은 난생처음 보는 공간에 서 있었다. 그렇게 크지는 않았다. 광택이 흐르도록 흑칠이 된 방에는 중앙에 마법진이 그려져 있었고, 그 옆에는 책이 놓인 제단 같은 것이 있었다. 아무래도 대뜸 대미궁 심층부에 도달한 것 같았다.

일행은 마법진 옆으로 다가갔다. 뭐가 뭔지 몰라 머리 위로 대량의 물음표가 떠올라 있는 아이코의 손을 잡아끌며, 하지메는 티오와 고개를 끄덕인 후 정밀하고 예술적인 마법진 위로 발을 올렸다.

그러자 언제나 그렇듯 기억을 조사하는가 싶더니 더욱 깊은 부분에 무언가가 들어오는 감각이 들었다. 세 사람은 무심결에 신음했다. 너무나도 불쾌한 감각에 한순간 함정을 의심했지만 그 감각은 다음 순간 안개처럼 흩어져 버렸다. 그리고 공략자라고 인정받았는지 머릿속에 직접 마법 지식이 새겨졌다.

"……혼백 마법?"

"으음, 아무래도 영혼에 간섭하는 마법 같구먼."

"그렇군. 밀레디 그 녀석이 골렘에 혼을 정착시켜 연명할 수 있었던 게 이거 덕분이었나……."

갑자기 머리에 지식이 새겨지는 경험에 아이코가 머리를 감싸 쥐고 주저앉은 한편, 하지메는 이해했다며 고개를 끄덕인 뒤 옆에 있는 제단으로 다가가 그곳에 안치된 책을 들었다.

내용은 【신산】 대미궁의 창설자인 라우스 번이라는 인물의 수기 같았다. 오스카 오르크스가 가진 것과 마찬가지로 해방자 간의 교류와 이 【신산】에서 죽을 때까지 있었던 일이 다양하게 적혀 있었다.

하지만 하지메는 관심 없는 내용이므로 대충 넘겨 버렸다. 라우스 번이 어떤 인생을 살았건 무슨 상관인가. 그가 왜 혼백 마법으로 밀레디처럼 연명하지 않고 입체 영상으로만 자신의 모습을 남겼는지, 그 이유도 참회 섞인 말로 설명해 놓았지만 넘겼다.

마지막 부분에는 미궁 공략 조건이 적혀 있었다. 거기에 따르면 방금 본 대머리 남자, 라우스 번의 입체 영상이 안내를 위해 나타난 시점에서 거의 공략으로 인정받은 셈이라고 했다.

그 이유는 그 영상이 특정 조건을 충족한 사람 앞에만 나타나기 때문이었다. 그 조건이란 최소 두 개 이상의 대미궁 공략 증거를 소지한 상태로 신에 대한 신앙심이 없을 것, 그리고 신의 힘이 작용하는 어떤 영향을 이겨 냈을 것이었다. 이 【신산】의 콘셉트는 『신에게 따르지 않는 확고한 의지를 가져라』 같았다.

추측이지만 본래 정규 루트대로 공략했다면 그 의지를 확인하는 절차가 있지 않았을까? 아이코도 공략자로 인정받은 것은 오랫동안 교회 관계자에게 가르침을 받으면서도 거기에 조금도 영향을 받지 않고 항상 학생들을 생각해 왔기 때문이거나, 혹은 교회 타도에 충분히 조력했다고 판단했기 때문이리라.

이 세계 사람들에게는 실로 엄격한 조건이었지만 하지메 일행에게는 프리 패스에 가까운 조건이었다.

겨우 신대 마법을 얻은 충격에서 빠져나온 아이코를 재촉해

책과 함께 놓인 공략의 증거, 반지를 가지고 얼른 그곳을 뒤로했다. 다시 라우스 번의 문장이 빛나고 일행은 원래 있던 곳으로 돌아왔다.

"선생님, 괜찮아?"

"우우, 네. 견딜 만해요……. 그나저나 대단한 마법이네요. 이렇게 대단한 마법이 있다면 원래 세계로 돌아갈 수 있는 마법이 있을 만도 해요."

아이코가 관자놀이를 꾹꾹 누르면서 수긍한 것처럼 고개를 끄덕였다.

최근 며칠 새 일어난 정신없는 사건, 사고로 지칠 대로 지쳐 보였는데, 귀환 가능성을 실감했는지 표정이 조금 풀어졌다.

"그럼 마법진 위치도 알았으니까 어서 유에 쪽과 합류하자."

"앗, 맞아요! 왕도가 공격받는 중이라고 했죠? 다들 무사해야 할 텐데……."

걱정스럽게 기도하듯 가슴 앞으로 두 손을 꼭 모은 아이코를 재촉해 일행은 하산했다. 사실 말이 좋아 하산이지 【신산】에서 왕도로 내려가기 위한 리프트에서 뛰어내린 것뿐이었다.

강제로 자유 낙하를 체험하게 된 아이코의 비명이 메아리쳤지만 하지메도 티오도 들은 체 만 체였다.

축 늘어진 아이코를 어깨에 들쳐 메고 산을 내려온 하지메와 티오는 곳곳에서 불길이 치솟고 비명과 고함이 울려 퍼지는 왕도에는 관심을 두지 않은 채, 아이코를 데려다주기 위해 우선 카오리가 있는 곳으로 향했다.

그리고 도착한 곳에서 보게 된 것은—.

칼이 가슴을 뚫고 나와 이미 숨이 끊어진 카오리였다.

제4장 ◆ 배신

시간은 조금 과거로 돌아간다. 마침 릴리아나가 왕궁 내부에 들어왔을 무렵—.

쨍그라아아앙!

"헉?! 뭐야?!"

유리가 깨지는 듯한 불쾌한 소음이었다. 방에서 자던 야에가시 시즈쿠는 이불을 걷어차고 머리맡에 둔 흑도를 쥐어 순식간에 임전 태세를 취했다. 명백하게 평소부터 긴장을 늦추지 않고 경계해 온 자의 움직임이었다.

"……."

잠시 발도 자세로 험악한 표정을 유지하며 숨을 죽이던 시즈쿠는, 실내에 이상이 없음을 알자 희미한 안도의 한숨을 흘렸다.

시즈쿠가 이토록 경계심이 강한 이유는 요 며칠 사이 얼굴을 볼 수 없게 된 사람들이 마음에 걸렸기 때문이었다.

그날, 【오르크스 대미궁】에서 구사일생으로 목숨을 부지하고 친구가 좋아하는 사람과 재회해 여행을 떠난 뒤, 왕국으로 귀환하고 얼마 지나지 않아서였을 것이다.

추상적으로 느끼게 된 찜찜함. 뭐라고 콕 짚어 말할 수는 없으나, 육감과 같은 감각이 왕궁 안에 감도는 불길함을 확실하게 감지하고 있었다.

말로 표현할 수 없고 정체도 알 수 없는 불안. 어쩌면 친구가 곁에 없다는 것과 마인족이 세력을 확대했다는 사실, 『사람을 죽인다』는 각오와 직면한 동료 등 이런저런 문제가 쌓이고 쌓여 예민해졌을 뿐이라고 생각한 적도 있었다.

하지만 착각이 아니었다. 분명히 무슨 일이 일어나고 있었다.

그렇게 확신한 것은 오늘이었다.

사흘 전 아이코가 귀환한 날, 저녁 식사 자리에서 중요한 이야기를 하겠다며 헤어진 것을 끝으로 아이코는 종적을 감췄다. 저녁 식사에는 나타나지 않았다.

더불어 같은 시기에 릴리아나까지 행방이 묘연해졌다며 측근과 근위병, 시녀들이 당황하고 있었다.

친밀한 두 사람이 행방을 감추었다. 시즈쿠뿐 아니라 코우키나 다른 아이들, 물론 소노베 아이를 필두로 한 아이 호위대 멤버도 그녀들을 찾고 다녔다.

그러던 때였다. 교황 이슈타르가 유카와 함께 아이코를 호위하던 신전 기사들까지 대동해 와서 그녀가 총본산에서 이단자 심문에 관한 회의를 하고 있다는 그럴싸한 설명을 내놓은 것은…….

당연히 시즈쿠와 아이들은 그렇다면 자신들도 가겠다며 따졌지만 결국 직접 만나게 해주지 않았다. 【신산】 정상에 있는 성교 교회 총본산으로 이어진 리프트도 정지되어 직접 갈 방법도 없었다.

릴리아나의 아버지인 에리히드 국왕에게 직접 담판을 벌이기도 했지만 그는 사흘 정도 지나면 돌아올 테니 얌전히 기다리라고 못 박았다. 국왕이 그렇게 말하니 더 소란을 피울 수도 없어서 탐탁지는 않았지만 일단 물러날 수밖에 없었다.

말로 하기 힘든 불안. 영문도 모른 채 부풀어 오르는 초조함. 이럴 때 가장 의지할 수 있는 멜드 단장과 만날 수 없다는 사실도 아이들의 불안을 한층 부추겼다.

하지만 사흘이었다. 사흘만 기다리면 분명히…….

그렇게 생각하며 맞이한 사흘째 아침. 즉, 오늘.

결국 아이코도 릴리아나도 돌아오지 않았다.

그것도 모자라 왕궁 내에서 이슈타르와 교회 관계자까지 사라지고 지상 대기를 명받은 데이비드와 신전 기사들까지 모습을 감췄다. 리프트는 여전히 멈춰 있었다.

내일이면 아이코와 릴리아나가 사라진 지 나흘째.

이 사건에 명확한 위기감을 품은 것은 시즈쿠를 제외하면 아이 호위대뿐일 것이다.

코우키는 무언가 이상하다고 느껴도 왕궁에 위기가 찾아오지는 않는다고, 하지메의 이단 지정의 여파가 계속되고 있을 뿐이라고 생각했다.

거기에 하지메에 대한 복잡한 심정이 얽혀 있는 것은 말할 필요도 없었다. 게다가 아직 해결될 기미가 없는 문제들, 떠나간 카오리에 대한 마음이나 싸움에 임할 각오가 코우키의 생각을 자신의 내부로 집중하게 했다.

그리고 코우키의 그런 생각은 아직 그를 의지하는 다른 아이들에게도 전염됐다.

코우키가 괜찮다고 하면 괜찮은 거다…….

그래서 시즈쿠는 유일하게 위기의식을 공유할 수 있는 유카 일행과 상담하기로 마음먹었다.

오늘 밤까지 아이코나 릴리아나가 돌아오지 않으면 자신들만이라도 내일 아침 【신산】에 오르자고. 리프트가 아니라 두 다리로…….

그런 이유로 8천 미터급 등산에 대비해 체력을 비축하면서 위기감을 가슴에 품고 스파이처럼 바짝 경계하며 자고 있던 것이었다.

시즈쿠는 소리도 없이 침대에서 내려와 몇 초 만에 장비를 챙겨 신중하게 방을 나섰다.

끼익. 문손잡이를 돌리는 작은 소리에도 시즈쿠는 엉겁결에 칼을 잡았다.

조금 떨어져 있는 어떤 방을 돌아봤다. 살짝 열린 문 사이로 유카, 타에코, 나나가 마치 토템처럼 세로로 머리를 나란히 하고 조심스럽게 문 밖을 살피고 있었다.

"아, 시즈쿠다!"

시즈쿠를 발견한 나나가 반사적으로 이름을 불렀다. 그리고 흑도 자루를 잡고 당장에라도 빼들 것 같은 시즈쿠를 보고 「설마 복도에 위험인물이?!」라고 생각한 유카와 타에코에게 머리를 찰싹찰싹 얻어맞았다.

"바보야!"

"얘는 조심성이 없어!"

"미안~!"

눈물을 글썽이며 사과하는 나나를 보고 좋은 의미로 긴장감을 덜어낸 시즈쿠는 괜찮다는 의미를 담아 손을 휘휘 저었다.

유카 일행이 살그머니 방에서 나오는 것을 본 시즈쿠는 바로 코우키가 있는 맞은편 방에 노크했다.

문은 바로 열렸고 코우키가 나왔다. 방 안쪽에는 류타로도 이미 일어나 있었다. 아마 시즈쿠처럼 방금 그 소리를 듣고 깬 것 같았다.

시즈쿠는 문이 벌컥 열려 놀란 표정을 보인 뒤, 이번에는 어리벙벙한 코우키를 보고 머리가 지끈거린다는 표정을 지었다.

"……코우키, 너 조금만 더 경계하면 안 돼? 누군지도 모르면서 문을 벌컥 열어주다니……. 많은 건 안 바라니까 적어도 누구냐고 물어보기라도 해. 위험한 사람이면 어떡하려고 그래?"

"……? 왕궁 안이잖아? 위험한 사람이 있을 리가?"

시즈쿠의 주의에도 코우키는 여전히 어리벙벙했다. 파쇄음이 들렸는데 왕궁 안은 안전하다고 믿어 의심치 않는 눈치였다.

눈이 조금 게슴츠레한 것을 보면 아직 잠이 덜 깨서 그런지도 모르겠다.

좌우지간, 전부터 시즈쿠가 얘기한 「무슨 일이 일어나고 있으니 경계해야 한다」는 충고가, 코우키와 코우키 뒤에서 똑같은 표정을 짓고 있는 류타로의 「일단 경계는 하겠지만 시즈쿠가 너무 예민한 것이다」라는 생각을 바꾸지 못했다는 건 확실해 보였다.

"그보다도 시즈쿠, 방금 그 소리는 뭐야? 뭐가 깨지는 소리 같았는데……."

"……몰라. 어쨌든 애들을 깨워서 정보를 얻으러 가자. 왠지 안 좋은 예감이 들어……."

시즈쿠는 그 말만 하고 유카 일행에게로 시선을 돌렸다. 그것만으로 의도를 파악한 세 사람은 뿔뿔이 나뉘어 다른 아이들을 깨우러 갔다.

과연 전선 팀은 달랐다. 나가야마 쥬고와 노무라 켄타로, 엔도 코스케, 츠지 아야코, 요시노 마오로 구성된 나가야마 파티, 그리고 히야마 다이스케, 콘도 레이치, 나카노 신지, 사이토 요시키로 구성된 히야마 파티는 이미 장비를 갖추었고 호출과 동시에 복도로 소집했다.

타마이 아츠시와 아이카와 노보루, 니무라 아키토 등 아이 호위대 멤버도 부르러 가기 전에 복도로 나왔다.

다만 아니나 다를까 잔류파는 아직 자고 있어서 말 그대로 『두들겨 깨워야』 하거나 파쇄음에 겁먹어 방에서 나오지 않으려는 인원도 있는 등 집합에 조금 시간을 소요했다.

"자고 있는데 미안해! 방금 뭔가가 부서지는 큰 소리가 났어. 왕궁 안은 안전하다고 생각하지만 일단 무슨 일이 벌어졌는지 확인해야 해. 만약을 위해서 모두 모여서 행동하자!"

불안해하며, 혹은 갑작스러운 수면 방해에 귀찮아하며 복도로 나온 잔류파 멤버의 사기를 모으고자 코우키가 목청을

돋우었다.

방에 남았다가 전투 팀이 없는 사이에 무슨 일이 생기면…….

그렇게 생각한 잔류파는 코우키의 말에 낯빛을 창백하게 바꾸고 술렁거리면서도 고개를 끄덕였다.

그리고 그때, 타박타박 가벼운 발소리가 복도 멀리서 다가왔다.

아이들이 뭔가 싶어 시선을 돌렸다. 달려온 사람은 시즈쿠와 친하게 지내는 전속 시녀 니아였다. 일전에 무기력하던 아이들을 상대로 시즈쿠에게 너무 기대지 말라며 타이른 시녀였다.

"니아!"

"시즈쿠 님……."

이름을 불린 니아는 왠지 패기가 없는 표정으로 시즈쿠에게 다가왔다.

기사 가문이며 검을 다룰 줄 알기에 언제나 늠름한 분위기를 풍기던 그녀가…… 평소 분위기에 그림자가 드리운 것처럼 생기가 부족한, 그런 이상한 느낌을 주었다.

시즈쿠는 친구의 상태에 미간을 좁혔지만 그것을 묻기 전에 니아의 입에서 나온 정보를 듣고 머리가 새하얘져 이상한 느낌도 날아가 버렸다.

"대결계가 하나 깨졌습니다."

"뭐, 뭐라고?"

자기도 모르게 되물은 시즈쿠에게 니아는 담담하게 사실을 고했다.

“마인족이 침공해 왔습니다. 대군이 왕도 인근에 포진했고 그들의 공격으로 대결계가 깨졌어요.”

“아니, 대체 어떻게…….”

전해진 정보가 너무나 현실성이 없어서 시즈쿠조차 조금이지만 냉정함을 잃고 아연실색했다.

그것은 코우키를 필두로 한 다른 학생들도 마찬가지였다. 웅성웅성 소음이 퍼졌다.

마인족 대군이 누구에게도 발각되지 않고 왕도까지 침공하다니 말도 안 되는 소리였다. 북부 대륙 안에서도 북쪽에 위치한 왕도까지 오려면 남부 대륙에서 대체 얼마나 많은 영지와 마을, 관문을 통과해야만 하는가.

거기에 더해 대결계가 깨졌다는 것도 믿기 어려운 이야기였다. 몇백 년이란 세월 동안 왕도를 난공불락으로 불리게 한 방어의 요추였다.

그 말을 들은 아이들이 냉정함을 잃는 것도 어찌 보면 당연했다.

“……니아. 깨진 대결계는 제3 장벽뿐이야?”

코우키가 심각한 표정으로 니아에게 물었다.

왕도를 수호하는 대결계는 세 겹으로 구성되어 있으며 안쪽부터 제1, 제2, 제3 장벽이라고 불렸고 안쪽의 제1 장벽이 규모가 작은 만큼 가장 견고했다.

“예, 코우키 님. 아직은, 이지만요. 제3 장벽은 일격에 깨졌습니다. 모두 돌파되는 것도 시간문제라고 생각합니다…….”

니아의 대답에 고개를 끄덕인 코우키는 잠깐 생각하는 모습을 보인 후, 자신들이 먼저 치고 나갈 것을 제안했다.

“우리가 조금이라도 시간을 벌자. 그동안 왕도 사람들을 피난시키고 병사단이나 기사단이 태세를 갖춰주면…….”

코우키의 말에 결연한 표정을 보인 사람은 정말로 극소수, 전선 팀과 아이 호위대 멤버뿐이었다.

다른 학생들은 눈을 피할 뿐 낯빛이 어두웠다. 그들은 전선에 설 의지를 잃은 아이들이었다. 꺾인 마음이 아직 아물지 않아 고작 시간 벌기라도 도저히 대군을 상대할 용기는 없었다.

그 심정을 이해한 코우키는 어쩔 수 없다며 눈을 내리깔았다. 그렇다면 할 수 있는 사람만이라도 해야 한다고 호령하려는데 뜻밖의 인물— 나카무라 에리가 끼어들었다.

“잠깐만 코우키. 무턱대고 싸울 게 아니라 먼저 멜드 씨와 합류하는 편이 좋지 않을까?”

“에리…… 하지만…….”

에리는 결정을 내리지 못하는 코우키에게서 시선을 떼고 니아에게 물었다.

“니아 씨, 대군이라고 하셨는데…… 규모가 어느 정도인지 아세요?”

“……어림잡아 10만 정도로 보입니다.”

그 수에 숨을 삼키지 않는 이가 없었다. 니아의 말대로 이것은『습격』이 아니었다. 엄연한『침공』이었다.

"코우키, 우리만으로는 도저히 감당할 수 없어. 숫자에는 숫자로 대항해야지. 우리는 보통 사람보다 강하니까 가장 필요할 순간 필요한 곳에 있어야 한다고 생각해. 그러려면 멜드 씨와 제대로 연계해서 움직이는 게 좋지 않을까……?"

얌전한 안경 소녀 에리답게 소극적인 말투였지만 그녀 또한 용사 파티의 일원이었다. 그 눈동자에 깃든 강한 빛은 코우키 일행에게도 절대 뒤지지 않았다. 그리고 그 의견도 사리에 맞았다.

"응, 스즈도 에리링에게 찬성. 역시 우리 에리링이야! 안경은 폼으로 달고 다니는 게 아니라니까!"

"아, 안경이 무슨 상관이야, 스즈……."

"후후, 나도 에리에게 찬성이야. 잠깐 냉정함을 잃었나 봐. 코우키는?"

코우키는 파티 여성 세 명의 의견을 듣고 고민했다. 하지만 평소 말없이 한 걸음 물러나서 넓은 시야로 상황을 보는 에리의 판단을 코우키는 상당히 신뢰하고 있었다.

"그래. 이럴 때일수록 초조해하지 말고 연계를 이뤄야 해. 멜드 씨와 합류하자."

결국 에리의 의견대로 멜드의 기사단, 병사단과 합류하기로 했다. 나가야마와 히야마, 유카 등 각 파티 리더도 불만은 없는 듯했다.

코우키 일행은 출동 시 병사와 기사의 집합 장소로 달렸다.

바로 옆에서 초승달 모양으로 찢어진 웃음을 보지 못한

채…….

코우키 일행이 긴급 상황 시 지정된 집합 장소인 야외 훈련장을 찾았을 때, 그곳에는 이미 많은 병사와 기사가 정렬 중이었다.

앞쪽 단상에는 하일리히 왕국 기사단의 부단장 호세 란카이드가 소리 높여 상황을 설명하는 중이었다. 달빛에 비친 병사와 기사들은 파랗게 질린 표정으로 멍하니 서서 패기 없는 모습으로 호세를 바라보고 있었다.

사기가 바닥 치는 모습에 코우키 일행은 그만 걸음을 멈췄다. 그것을 알아챈 호세가 상황 설명을 중단하고 말을 걸었다.

"……잘 와주었다. 상황은 이해하고 있는가?"

"네, 니아에게 들었습니다. 그런데, 멜드 씨는요?"

호세의 환영과 질문에 답한 코우키는 보이지 않는 멜드를 찾아 두리번거리며 그의 소재를 물었다.

"단장님은, 잠시 다른 일이 있으시다. 그보다 우리 중심에 서라. 용사가 우리 리더니까……."

호세는 그렇게 말하며 코우키 일행을 정렬한 병사들 중심으로 안내했다.

잔류파 학생들이 「어? 우리들도?」라며 당황한 기색을 보였지만, 말없이 선 병사들이 보는 앞에서 뭐라고 대꾸하지 못한 채 눈치만 보며 코우키 일행을 따라갔다.

전혀 입을 열지 않고 표정도 거의 변하지 않는 주위 병사, 기사들의 상태에 시즈쿠 안의 의구심이 부풀어 올랐다. 그것은 잠에서 깬 그 순간부터 쭉 느끼고 있던 불길한 예감과 함께 시즈쿠의 마음을 휘저었다. 무의식중에 흑도를 잡은 손에 힘이 들어갔다.

"저기, 시즈쿠. 느낌이……."

"……알아. 긴장 풀지 마. 뭔가 이상해."

유카가 마음속 불안을 꾹꾹 누르는 표정으로 작게 중얼거렸다. 시즈쿠는 고개를 끄덕이면서도 이 상황을 거부할 수 없는 것은 잔류파와 마찬가지였고 그렇게 말할 수밖에 없었다.

뭔가 이상하다.

그렇게 느낀 것은 다른 전선 멤버도 같았다. 하지만 누구도 그것을 입 밖으로 내지 않았다.

학생들은 상황이 흘러가는 대로 병사와 기사들 중심에 도착했다.

호세가 연설을 재개했다. 이상한 느낌이 팽창했다.

"들어라, 상황은 절박하다. 하지만 두려워할 것 없다. 우리에게 대항할 적은 없다. 우리에게 패배란 없다. 죽음이 우리를 막을 수 있을쏘냐. 자, 우리의 용사를 환영하자. 오늘 이날을 위해 우리는 존재한 것이다. 검을 들어라."

병사와 기사가 일제히 검을 뽑아 들었다.

"어? 아, 잠깐."

그리고 그때, 당혹스러운 목소리가 들렸다. 시즈쿠를 포함해 몇 명이 그쪽을 봤다. 코스케가 검을 뽑는 대수롭지 않은 동작에 밀려 주고 일행에게서 떨어져 나갔다. 이어서 「저, 저기요?」 하는 소리가 귀에 들어왔다. 비슷하게 유카가 대열에서 조금 밀려났다.

아니, 두 사람만이 아니었다. 어느샌가 은근슬쩍 학생들 사이로 비집고 들어온 병사와 기사들로 몇몇 학생— 특히 전선팀과 아이 호위대의 전열을 맡는 아이들이 떨어져 포위됐다!

시즈쿠는 모골이 송연했다. 본능이 미친 듯이 경종을 울렸다!

"다들, 도망—."

"시작을 알리는 봉화다. —주목!"

시즈쿠의 경고보다 호세가 품에서 무언가를 꺼내 머리 위로 드는 것이 빨랐다.

갑자기 호통에 가까운 음성으로 주목을 촉구하고, 병사와 기사들이 일제히 그곳으로 시선을 돌린 탓에 얼떨결에 유도당한 아이들이 모두 시선을 모으고 말았다.

그 찰나—.

번쩍!!

빛이 폭발했다.

호세가 가진 무언가가 하지메의 섬광탄 저리 가라 할 정도의 광량을 쏟아냈다.

무방비하게 주목하던 아이들은 저마다 외마디 비명을 지르며 반사적으로 눈을 돌리거나 덮었지만 직시해 버려 일시적으로 시각이 빛으로 얼룩지고 말았다.

다음 순간, 살을 찢는 끔찍한 소리가 연속해서 울렸다.

"아흑?!"

"컥!"

"우읍?!"

뒤이어, 여기저기서 탁한 비명이 들렸다.

방금 빛을 보고 놀란 비명이 아니었다. 고통을 느끼고 의도치 않게 흘린 신음이었다. 그리고 그 직후 털썩털썩 사람이 쓰러지는 소리가 연달아 들리기 시작했다.

챙! 유일하게 금속음으로 받아친 것은 시즈쿠의 흑도뿐이었다.

빛 속에 숨어 날아든 흉수를 간신히 튕겨 낸 것이었다.

시야를 빼앗긴 건 다른 이들과 마찬가지였다. 하지만 칼날만큼 날카롭던 경계심이, 쌓아 온 단련의 성과가, 극복해 온 경험이, 눈이 보이지 않는 상황에서 습격을 막아 내는 초인적 묘기를 가능케 했다.

시즈쿠는 섬광이 잦아들어 회복되기 시작한 시력으로 주위를 돌아봤다. 그 눈에 비친 것은 순간 머릿속을 스친 최악의 광경.

반 아이들이 모두 등 뒤에서 병사와 기사의 칼에 찔려 엎어진 채 구속된 광경이었다.

"윽, 이런……."

상상은 했어도 설마 하는 마음이 바로 사라지지는 않았다.

무슨 일이 벌어졌는가? 왜 이런 일을 했는가? 시즈쿠는 말문이 막혔다.

친구들의 신음이, 고통 어린 목소리가 귀를 찔렀다. 비현실적인 광경에 머리가 정지할 뻔했다.

설마 죽은 동료가 있지는 않을까, 하는 최악의 상상이 머리를 스쳤지만 코우키도 류타로도 스즈도, 그리고 유카 일행도 피투성이가 된 비참한 상황에서 간신히 살아 있는 듯했다.

그 점에는 살짝 안도했지만 처음 분단된 전선 팀은 특히 부상이 심했다. 목숨을 보장할 수 없는 상황에 식은땀이 흘렀다.

류타로와 쥬고도 그렇지만 특히 코스케가 심했다. 등뿐 아니라 사지에 모두 단검이 박혔고 본인은 통증 때문인지 경련을 일으키고 있었다.

하지만 그러고도 모자랐는지 마력 봉인 구속구까지 채웠다. 다른 학생들도 같은 수순을 밟았다.

이래서는 회복 마법도 쓸 수 없었다.

어떡하지? 어떻게 해야 하지? 점점 가슴이 타들어 가는 시즈쿠가 주위 병사와 기사들에게 시선을 돌리다가, 문득 기묘한 광경을 목격했다.

"어쩜~, 역시 대단하긴 대단해. ……그렇지? 시즈쿠."

"……어, 아? 왜, 어떻게? 무슨 소릴— 윽?!"

그렇다. 아이들이 빈사 상태로 쓰러져 있는 와중, 아무 상처도 없이 구속되지도 않고 아무렇지 않게 서 있는 학생이 단 한 명 존재했다.

그 학생은 평소와는 전혀 다르게 어딘가 끈적한 목소리로 시즈쿠에게 말을 걸었다. 분위기가 달라도 너무 달라서 시즈쿠는 말이 제대로 나오지 않았다. 질문을 던진 것은 거의 반사적인 행동이었다.

직후, 다시 시즈쿠의 뒤에서 한 기사가 검을 내질렀다.

"큭?!"

잘 아는 사람의 변모에 동요하면서도 아슬아슬하게 공격을 피한 시즈쿠를 보며 그 학생은 어이없는 시선을 보냈다.

"이걸 피하네……. 정말 시즈쿠도 귀찮다니까."

"그러니까, 무슨 소리를— 앗!"

더욱 거세게, 그리고 다른 병사와 기사도 가세해 칼이 폭풍처럼 휘몰아쳤다. 그 날카로움이 예사롭지 않았다. 어쩌면 평소보다 강력하지 않을까.

시즈쿠는 그것들을 모두 버텼지만 기습적으로 자신의 이름을 외치는 소리에 눈길을 돌렸다.

"시즈쿠 님! 도와주……."

"니아!"

그곳에는 니아가 있었다. 기사가 올라타서 당장에라도 칼을 찔러 넣으려고 하고 있었다.

시즈쿠는 바로 『무박자』의 『축지』로 뛰었다. 날아드는 검을 피해 순식간에 니아에게 도달한 그녀는 니아에게 올라탄 기사를 칼집으로 때려 날려 버렸다.

"니아, 괜찮아?"

"시즈쿠 님……."

쓰러져 있던 니아를 부축해 일으키며 주위로 경계의 눈빛을 보냈다.

그런 시즈쿠의 이름을 조그맣게 중얼거리며, 니아는 양팔로 매달렸다.

그리고— 시즈쿠의 등에 장도(粧刀)를 꽂았다.

"읏?! 니, 니아? 왜……?"

"……."

시즈쿠는 등으로 퍼지는 격통에 인상을 찌푸리면서 믿어지지 않는 표정으로 자신을 껴안은 니아를 봤다.

니아는 평소의 친근한 눈빛도 활기찬 표정도 없이 그저 무표정하게 『공허한 눈』으로 시즈쿠를 마주 보고 있을 뿐이었다.

시즈쿠는 그제야 겨우 깨달았다.

처음에는 니아의 상태가 이상한 원인은 왕도가 침공당해 동요했기 때문이라고 생각했다. 하지만 그게 아니었다.

『공허한』 그녀의 눈동자— 그것은 주위를 둘러싼 병사, 기사와 완전히 일치했다.

니아도 그들과 같은 이상 사태에 빠져 있던 것이었다.

친구의 이상을 깨달았지만 행동하기에는 치명적으로 늦었다. 니아는 그대로 시즈쿠의 팔을 잡아 비틀어 땅에 찍어 눌렀고 다른 학생들에게 한 것처럼 마력 봉인 구속구를 채웠다.

"아하하핫, 천하의 시즈쿠도 설마 그 애에게 찔릴 줄은 몰랐나 봐? 그래, 당연히 그래야지. 그래서 일부러 이 순간까지 기다리게 시킨 거니까."

등으로 느껴지는 타들어 가는 듯한 고통과 뺨으로 느껴지는 땅바닥의 차가움에 이를 악물었다. 시즈쿠는 니아가 이상한 이유도, 다른 병사와 기사들이 제정신이 아닌 이유도 그 학생에게서 비롯됐음을 깨달았다.

인정하고 싶지 않았다.

인정하고 싶지 않지만 이 참상을 만들어 낸 사람은— **그녀**였다.

지금도 평소에는 생각도 하지 못한 징그러운 웃음을 머금고 있는 전우이자 친구.

"어떻게, 된…… 거야— 에리!"

그렇다. 그 인물은 소극적이며 얌전하고, 사람을 배려할 줄 알면서도 마음씨 착한, 고락을 함께 나눈 소중한 동료 중 한 명—.

나카무라 에리, 바로 그녀였다.

즉사하지 않도록 부위를 고른 것 같았다. 중상을 입고 고통으로 얼굴이 구겨졌지만 여전히 살아 있는 아이들은 에리를 망연자실하게 바라봤다.

병사와 기사 옆을 지나가도 누구 하나 그녀를 공격하지 않고 직립부동 자세를 취하고 있었다. 그들이 에리의 지배하에 있음을 여실히 보여주는 증거였다.

바닥에 엎어진 쥬고와 친구들, 과다 출혈로 의식이 몽롱해진 코스케, 눈을 휘둥그렇게 뜬 유카 일행. 에리는 그들을 희열로 가득 찬 눈으로 내려다보면서 현실을 깨우쳐주듯 천천히 또각, 또각, 발소리를 내며 앞으로 걸어 나갔다.

그녀는 시즈쿠의 드문드문 끊어진 질문에는 대답하지 않고 코우키 앞에서 멈췄다.

그리고 안경을 벗고 코우키의 목에 찬 마력 봉인 구속구 중 하나인 초커를 꽉 잡아당기며 요염하게 미소 지었다.

"에, 에리…… 대체, 큭…… 어떻게 된 거야?"

시즈쿠와 카오리, 류타로 만큼은 아니었지만 대단히 가까운 친구고 동료인 에리가 딴 사람처럼 달라졌다. 코우키는 검이 몸을 관통한 고통을 참아 가며 악착스럽게 질문을 던졌다.

하지만 에리는 어딘지 모르게 열띤 표정으로 코우키의 질문을 무시했다.

그리고—.

"꺄아, 코우키, 잡았~다~."

"읍?!"

코우키의 입술에 자기 입술을 포갰다.

이상한 정적에 휩싸인 가운데, 쫍쫍 자극적인 소리만이 유독 선명하게 들렸다. 에리는 마치 오랜 세월 참아 온 감정을 한꺼번에 해방하듯 정신없이 코우키를 탐했다.

코우키는 영문을 알 수 없어 필사적으로 뿌리치고자 했지만 몇 사람이 올라타서 몸을 붙잡은 데다가 마력 봉인 구속구를 목뿐 아니라 다른 학생들처럼 손발에도 찼고, 거기에 더해 몸을 관통한 칼 때문에 힘이 들어가지 않아 저항다운 저항을 하지 못했다.

이윽고 만족했는지 에리가 은색 실을 늘어뜨리며 입술을

떴다. 그리고 눈을 가느스름하게 뜨고 황홀한 표정으로 입맛을 다셨다. 느릿하게 일어선 에리가 바닥에 배를 맞대고 피를 흘리는 같은 반 아이들을 흘겨봤다.
고통의 표정과 망연한 표정이 나란히 줄지었다.
그 광경에 흡족하게 고개를 끄덕인 에리는 마지막으로 시즈쿠에게 시선을 고정하며 웃음 지었다.
"뭐, 보다시피 이렇게 됐어."
"으…… 무슨, 말이야…… 쿨럭."
시즈쿠가 이해하지 못하겠다는 얼굴로 에리를 노려보며 피를 토했다. 에리는 말귀를 못 알아듣네, 라고 말하듯 고개를 절레절레 젓고는 마치 어린아이에게 가르치듯 말했다.
"으음, 모르겠어? 나는 쭉 코우키를 가지고 싶었고, 그래서 필요한 일을 했어. 그게 다야."
"……코우키를 좋아하면…… 고백이라도 하면, 됐잖아?! 왜 이런 짓을……."
시즈쿠의 반론에 에리는 한순간 표정을 지웠다.
하지만 곧 히죽거리는 웃음을 되찾으며 다시 말했다.
"아니야, 아니야, 그게 아니야~. 고백은 안 돼지. 코우키는 마음씨가 착해서 특별한 사람을 못 만들거든. 주변에 아무짝에도 쓸모없는 쓰레기밖에 없어도 너무 착해서 가만히 두질 못한다니깐. 그러니까 나만의 코우키를 만들려면 내가 발 벗고 나서서 쓰레기를 청소해야겠지?"
그런 것도 몰라? 라며 깔보듯이 어깨를 으쓱했다.

쓰레기라는 말을 들어도 지나친 변모에 놀라서 화도 나지 않았다. 말투까지 변해서 시즈쿠에게는 눈앞에 선 소녀가 생면부지의 타인처럼 느껴졌다.

"후후, 이세계에 온 게 얼마나 행운인지 몰라. 일본에서는 쓰레기 청소도 엄청 힘들잖아. 정말 살기 힘든 곳이었어. 그런데 이대로 전쟁에 이겨서 일본으로 돌아가겠다고? 내가 용납할 리가 없지. 코우키는 이 세계에서 나랑 둘이 언제까지나 영원히 같이 살아야 하니까."

키득키득 웃으며 그렇게 말하는 에리를 보다가 시즈쿠는 설마 하며 문득 머리를 스친 추측을 입에 담았다.

"설마…… 대결계가 쉽게…… 부서진 건……."

"아하하, 눈치챘어? 응. 내가 그랬어. 이 사람들을 써서 대결계 아티팩트를 부수도록 했어."

최악의 추측이 맞았다. 마인족이 왕도 인근까지 침공할 수 있었던 이유까지는 모르겠으나 대결계가 간단히 깨져 버린 것은 에리의 소행이었다. 에리의 시선이 그녀 옆에 망자처럼 선 기사와 병사들을 재밌다는 양 바라보는 것으로 보아 그들에게 시킨 것 같았다.

"너희를 그냥 죽이면 왕국에 더 머물 수 없잖아? 그래서 마인족과 접촉했어. 왕도로 안내, 이세계인 살해, 인형으로 만든 기사단을 헌상하는 걸 거래 재료로 나랑 코우키에게만 손을 대지 말라고 했지."

"말도 안 돼…… 어떻게 마인족과 연락을……."

키스의 충격에서 간신히 벗어난 코우키가 믿을 수 없다는 표정으로 중얼거렸다.

에리는 자신들과 줄곧 함께 왕궁에서 수련해 왔다. 대결계 안으로 마인족이 들어올 수 없는 이상 접촉은 불가능하다고, 에리를 믿고 싶은 마음에 반론했다.

하지만 에리는 그런 희망을 무참히 부숴 버렸다.

"【오르크스 대미궁】에서 습격해 온 마인족 여자. 돌아가기 전에 강령술을 살짝 써 봤지. 예상대로 마인족이 회수하러 왔고 그걸 이용했어. 그 사건은 나도 간이 떨어지는 줄 알았다니까. 어떻게든 죽지 않으려고 그쪽에 빌붙자니 무시당하고…… 무심결에 강령술도 써 버리고…… 의심받지 않으려고 강령술을 못 쓴다는 인상을 남기려고 했는데 말이야. 뭐, 결과가 좋으니 됐지만."

에리의 말대로 그녀는 마인족 여성에게 강령술을 써서 귀환하지 않는 그녀를 찾으러 올 마인족에게 메시지를 남겼다.

마인족이 카틀레아의 죽음에 대한 진상을 알고 있었던 것은 그런 까닭에서였다.

덧붙여 마인족 측은 적당한『인간』의 시체를 이용해 연락해 왔다. 인간인 이상 대결계는 반응하지 않는다.

시즈쿠는 에리의 이야기를 듣고 그녀의 강령술을 떠올렸다. 가뜩이나 핏기가 가셔 창백한 얼굴이 더욱 파랗게 질렸다.

강령술은 **사망 대상**의 잔류 사념에 작용하는 마법이었다. 그것을 자유롭게 구사할 수 있다는 사실을 은폐하고 싶었다…… 그 말인즉, 실제로는 강령술을 완벽하게 다룰 수 있다는 뜻이 아닌가? 그렇다면 아이들을 포위한 망자 같은 병사와 기사, 그리고 자신을 찍어 누른 니아의 상태에서 최악의 답이 도출됐다.

“이 사람들의…… 상태가, 이상한 건…….”

“두말하면 잔소리, 강령술이지~. 진즉에 다 죽었답니다~. 아하하하하하하!”

시즈쿠는 날벼락처럼 떨어진 비정한 대답에 이를 빠득 갈며 악을 쓰고 반론했다.

“크, 거짓말이야. 강령술로는, 크, 말을 주고받지…… 못해!”

“그거야 뭐, 내 실력이라고 할까? 강령술에 생전 기억과 사고 패턴을 부가해서 그럭저럭 말을 주고받을 수 있게 해 봤어. 내 오리지널 강령술, 『박혼(縛魂)』이란 거지.”

본래 강령술이란 잔류 사념에 작용해서 죽은 자의 생전 의사를 알아내거나 잔류 사념을 마력으로 코팅해서 실체를 가진 채로 시전자의 뜻대로 움직이거나, 혹은 시체에 빙의시켜 움직이게 하는 마법이었다.

그 신체 능력은 당연히 생전보다 떨어지며 사고 능력도 없기에 시전자가 지시하지 않으면 움직이지 않는다. 물론 『계속 공격하라』 등의 지속형 명령을 내리면 세세한 지시 없이도 계속 움직일 수 있었다.

즉, 사고 능력이 없는 이상 니아와 호세는 평범한 대화를 나눌 수 없어야 정상이었다.

그것을 약간의 부자연스러움만 남기고 실현한 것은 에리가 말하는 『박혼』이라는 마법이 혼백에서 대상의 기억이나 사고 패턴을 추출해 시체에 부가하는 마법이기 때문이었다.

달리 말하자면 이것은 혼에 간섭하는 행위였다. 즉, 에리는 말단 중의 말단이기는 해도 스스로 신대 마법의 영역에 도달한 셈이었다.

그야말로 치트. 강령술에 소질이 없다? 얼토당토않은 거짓말이었다. 마법에 대한 탐구와 천재적 재능은 경악스럽기까지 했다. 혹은 끝을 알 수 없는 그 망집이 원동력이었는지도 모르겠다.

참고로 에리가 즉석에서 아이들을 죽이지 않은 것은 『박혼』이 사망 직후, 게다가 한 사람씩만 사용할 수 있기 때문이었다.

그러저나 이만한 병사와 기사를 살해하고 꼭두각시로 만드는 데는 엄청난 시간이 필요했을 것이다. 그동안 상부의 인간이 아무것도 눈치채지 못했다고는 생각하기 어려웠다.

불길한 상상이 시즈쿠의 뇌리를 스쳤다.

"……설마…… 아이 선생님과 릴리도……."

"응? 아, 그건 별개의 일이야. 나는 관여 안 했어."

에리의 암약을 깨닫고 처분당한 것이 아닌가 생각했지만 에리의 모습을 보아 정말로 관여하지 않은 듯했다. 시즈쿠는 작게 안도의 한숨을 뱉었다.

그러자 에리가 또 징그럽게 웃었다.

"안심하기는 이르지 않을까?"

"뭐?"

"아이 선생님을 데려간 사람이 보통 위험인물이어야 말이지. 내 계획을 알고도 협력해준 것도 모자라 혼자 이 나라 중추를 지배하에 두는 사람이야. 짚이는 거 없어? 갑자기 상태가 이상해진 국왕 폐하라거나 측근 분들이라거나."

"……!"

흠칫한 것은 시즈쿠만이 아니었다. 최근 며칠 아이코를 찾아다니며 상층부와 몇 번이나 이야기를 나눈 유카 일행도 경악했다.

분명히 상층부의 언동은 어딘가 이상했다.

하지만 설마 이 나라 중추가 이미 함락되었으리라고 그 누가 생각이나 했으랴.

"사실 나도 계획이 들켰을 때는 깜짝 놀랐어. 순간 망했다 싶더라고. 정말로 얼마나 조마조마하던지~."

에리가 흘리지도 않았으면서 땀을 닦는 시늉을 했다. 아마 그 과정에서도 여러 일이 있었겠지만 그런 이야기는 한마디도 꺼내지 않았다.

"그녀 덕분에 귀찮은 절차를 단번에 뛰어넘어서 계획을 앞당길 수 있었어. 말 그대로 하늘이 나를 돕고 있어! 축복하고 있다고 해도 좋아! 쿠후후, 얘들아, 괜찮아! 너희 죽음은 헛된 게 아니니까! 내가 예쁘게 재활용해서 마인족 사람들에게 써 달라고 할게!"

에리는 춤췄다. 자신이 가지고 논 사자(死者)와 바닥에 쓰러진 아이들, 동료였을 그들 사이에서…….

자신이 축복받았다고 진심으로 믿는 듯 양팔을 벌리고 깔깔 웃으며 빙글빙글, 빙글빙글 미친 듯이 춤췄다.

그런 가운데, 에리가 헛소리를 하는 것이 아님을 이해한 코우키가 다급한 표정으로 언성을 높였다.

"윽, 그만둬, 에리! 그런 짓을 하면…… 나는!"

"나를 용서하지 않을 거야? 아하하, 그럴 줄 알았어. 코우키는 착하니까. 게다가 쓰레기는 청소해도 또 나오게 마련이고. 그러니까 코우키도 예쁘게 『박혼』해서 나만의 코우키로 만들어줄게. 다른 그 누구도 보지 않고 나만을 바라보는, 내가 원하는 대로 말해주는! 나만의 코우키! 아, 아아! 상상만 해도 미칠 것 같아!"

에리는 황홀한 표정으로 자신을 껴안으며 몸을 꼬았다. 배려심 많은 도서부 소녀의 면모는 온데간데없었다.

모두가 확신했다. 그녀는 미쳤다고…….

『박혼』은 강령술보다도 죽은 자를 더 편리하게 다룰 수 있을 뿐이지 시전자의 꼭두각시, 인형을 만든다는 점에서 다르지 않았다. 그것을 알면서도 그런 코우키를 바란다면 그건 미쳤다고밖에 생각할 수 없었다.

"아니야…… 이럴 리가 없어! 에, 에리링이, 에리가…… 으…… 이런 짓을 할 애가 아니야! ……분명히, 흑, 뭔가…… 그래, 조종당하고 있을 뿐이야! 흐…… 정신 차려, 에리!"

에리의 단짝인 스즈가 고통으로 인상을 찡그리고 신음하면서도 소리쳤다. 그 손은 에리에게로 기어가려는 것인지 바닥을 벅벅 긁고 있었다.

에리는 스즈가 자신을 믿는 말과 그 올곧은 눈동자에 싱글 웃어 보였다. 그리고 천천히 가장 가까운 곳에 쓰러진 콘도에게 다가갔다.

끔찍한 예감이라도 들었던 걸까. 콘도는 짧은 비명을 지르며 다가오는 에리에게서 조금이라도 멀어지려고 애썼다. 당연히 몸을 찍어 누르고 마력도 봉인당한 탓에 그저 미동하는 것이 전부였지만…….

곁으로 다가온 에리는 무슨 짓을 당할지 깨닫고 공포에 떠는 콘도에게 다시 싱글 웃어 보였다. 그만! 하지 마! 아이들이 제지하고자 소리쳤다.

"하, 하지?! 끄아, 아, 아으, 아……."

콘도의 탁한 비명이 울렸다. 콘도의 등에는 심장 위로 칼이 꽂혀 있었다.

구속을 위한 공격이 아니었다. 완전한 치명적 일격.

"레이치이이! 으아아!"

"젠장, 나카무라아아! 이 자시, 카학!"

나카노와 사이토의 격분이 메아리쳤다. 하지만 곧 기사들이 더 강하게 압박하자 고통의 비명으로 바뀌었다. 아무도 아무것도 할 수 없었다.

아주 짧은 시간, 강인한 스테이터스 덕분에 끈질기게 발버둥 치던 콘도는 이윽고 그 몸짓이 약해지더니…… 움직이지 않게 됐다.

에리는 콘도에게 손을 내밀고 지금까지 아무도 들은 적 없는 주문을 읊조리듯 외었다. 주문이 완성되고 『박혼』이라는 이름을 외었을 때, 반투명한 콘도가 나타나 자신의 시체에 겹치듯 녹아들었다.

그 직후 지금까지 콘도를 구속하던 기사가 일어나 한 발짝 물러났다.

아이들이 마른침을 삼키는 가운데, 심장을 찢겨 사망한 콘도는 천천히 몸을 일으켜 주위 병사와 기사들과 똑같이 망자 같은 표정으로 일어났다.

"짜잔~. 인형 하나 완성~."

말도 표정도 없이 선 콘도를 어안이 벙벙하게 바라보는 아이들 사이에서 에리의 밝은 목소리가 울렸다. 지금 막 한 사람을 죽이고 그 죽음조차 농락한 자의 목소리라고는 생각할 수 없었다.

"에, 에리…… 왜……."

충격을 받아 경악한 표정으로 의문을 입에 담는 스즈에게 에리는 추가타라고도 할 수 있는 최악의 설명을 들려줬다.

"스즈, 고마워. 일본에서도 여기서도 코우키 옆에 있으려면 네가 참 편리했어."

"……뭐?"

"너무하지? 코우키 옆에 있는 건 시즈쿠와 카오리라는 분위기가 팽배해서. 함부로 다가가면 다른 여자들한테 찍히고……. 원래 세계에서는 아무 힘도 없었으니까 함정에 빠뜨리거나 자멸시키려면 시간이 걸리거든. 그런 점에서 스즈는 좋았지. 멍청해서 무슨 짓을 해도 웃고 넘어가잖아? 코우키 그룹에 들어가도 아무도 뭐라고 안 하더라. 그래서 『타니구치 스즈의 친구』라는 포지션은 참 편리했어. 덕분에 원래 세계에서도 자연스럽게 코우키 옆에 있을 수 있었고, 이세계에 와서도 같은 파티에 들어가고……. 응, 스즈는 정말 편리했어! 그러니까 고마워!"

"……아, 우, 아……."

에리의 충격적인 고백에 스즈 안에 있던 무언가가 와르르 무너지는 소리가 났다. 친구로서 쌓아 온 모든 것이, 줄곧 믿어온 것이 환상이었다고 뼈저리게 깨달았다. 그 눈동자에서 현실 도피라도 하듯 빛이 사라졌다.

"에리! 너는!"

지나친 처사였다. 시즈쿠가 성난 목소리로 소리쳤다. 꼭두각시로 변한 니아가, 안간힘으로 몸부림치는 시즈쿠의 머리끄덩이를 틀어잡고 땅에 내려찍었다.

하지만 그게 뭐 어쨌느냐는 듯 시즈쿠의 눈동자는 분노로 타올랐다.

"후후. 화났구나? 시즈쿠의 그런 표정, 아주 좋아. 나는 있지, 네가 죽도록 싫었어. 코우키 옆에 있는 게 당연하다는 듯한 새침한 얼굴도, 내가 너희를 위해 고생한다면서 혼자 잘난 듯이 구는 태도도 전부 거슬렸어. 그러니까 너한테는 특별히 아주 근사한 역할을 줄게."

"크…… 역할……?"

"후훗, 생각해 봤어? 오랜만에 재회한 친구에게 죽으면 어떤 기분일지?"

그 한마디로 에리가 무슨 짓을 하려는지 깨닫고 시즈쿠의 눈이 있는 대로 크게 열렸다.

"설마, 카오리를?!"

참 잘했어요! 그렇게 말하듯 에리는 짝짝 손뼉을 치며 입가에 비릿한 웃음을 띄었다.

에리는 시즈쿠를 꼭두각시로 만들어서 카오리를 살해하려 하고 있었다.

"나구모가 가져갔으면 놔둬도 됐겠지만…… 그 애를 인형으로 만들어서 마음대로 하고 싶다는 사람이 있어서~. 도움을 많이 받았으니까 보수로 주려고 해. 내가 약속 하나는 똑소리 나게 지키는 여자거든! 나 좀 멋지지 않아?"

"우, 웃기지! 크흑…… 우욱?!"

자기 상처가 벌어지든 말든 감정대로 움직이는 시즈쿠에게 니이기 다시 칼을 찔렀다.

"하핫, 힘들어? 아파? 나는 착하니까 금방 편하게 해줄게……."

이번에는 시즈쿠 차례라는 말이었다. 에리가 히죽히죽 웃으며 다가왔다.

시즈쿠가 콘도처럼 살해당해 꼭두각시가 되는 광경을 상상한 것일까. 아이들이 기를 쓰고 저항했다.

“그만! 제발 그만해! 에리!”

특히 코우키의 저항이 심했다. 말리려고 필사적으로 목청을 끌어올리자 다섯 개나 달린 구속구에 금이 가기 시작했다. 『한계 돌파』 최후의 파생 기능 『패궤』라도 쓰려는 것인지 어마어마한 압력이 그 몸에서 흘러나왔다.

하지만 뇌의 제한이 풀려 생전과는 비교도 할 수 없는 완력을 발휘하는 기사들과, 관절을 꺾은 완벽한 구속 탓에 무슨 수를 써도 바로 뿌리칠 수 없었다.

코우키의 표정에 절망이 스쳤다.

시즈쿠는 출혈 때문에 몽롱해진 의식을 악착같이 붙잡고 적어도 마지막까지 눈만은 피하지 않겠노라며 에리를 격렬한 분노의 눈길로 노려봤다.

에리는 역시나 히죽거리며 그것을 내려다봤다. 자기 손으로 끝내고 싶었는지 근처 기사에게 칼을 받아 치켜들었다.

“잘 가, 시즈쿠. 너랑 친구 행세하느라 토 나오는 줄 알았어.”

시즈쿠는 에리를 노려보면서도 그 마음은 둘도 없는 친구에게 가 있었다.

닿을 리 없단 것을 알지만 그래도 앞으로 일어날지 모르는 비극을 생각하며 세상 어딘가를 여행하고 있을 친구에게 기도했다.

‘미안, 카오리. 다음에 만나면 제발 나를 믿지 마……. 살아남아…… 행복해져…….’

날이 아래로 오도록 든 기사 검이 달빛을 반사해 번쩍 빛났다.

그리고 흡혈귀에게 나무 말뚝을 박듯이 예리한 칼끝이 시즈쿠의 심장을 향해 단숨에 떨어졌다.

목숨을 빼앗고자 다가오는 칼을 바라보며 시즈쿠는 더욱 기도했다.

제발 친구가 살아남게 해주소서.

제발 행복해지게 해주소서.

나는 먼저 떠날지라도, 죽은 내가 너를 해하려고 할지라도, 네 옆에는 그가 있으니 분명히 괜찮으리라.

굳세게 살아서, 사랑하는 사람과 행복해지기를…….

제발…….

색 바래고 모든 것이 느려진 세계에서 시즈쿠의 뇌리에 지난 모든 일이 순식간에 스쳐 지나갔다.

'아, 이게 주마등이구나…….'

마지막으로 그렇게 생각한 시즈쿠에게 칼이 떨어졌고 그녀의 목숨을— 빼앗지 못했다.

"응?"

"응?"

시즈쿠와 에리의 목소리가 겹쳤다.

에리가 내려찍은 기사 검은 손바닥 크기의 빛나는 장벽에 막혀 있었다.

무슨 일이 벌어졌는지 몰라 멍하니 있는 두 사람에게, 이곳에 있을 리 없는 사람의 목소리가 들렸다. 몹시 다급하고 초조함으로 가득 찬 목소리였다.

시즈쿠가 행복을 빈 상대— 친구의 목소리였다!

"시즈쿠!"

그 목소리와 함께 어느새가 펼쳐진 열 장의 빛나는 장벽이 시즈쿠를 지키듯 에워쌌다. 그 직후, 그중 몇 장이 니아와 에리 눈앞으로 이동해 번쩍 빛을 터뜨렸다.

배리어 버스트라고 불러야 할까? 장벽에 내포된 마력을 일부러 폭발시켜 빛과 장벽 파편을 퍼뜨리는 기술이었다.

"으?!"

에리는 얼른 양팔로 얼굴을 보호했지만 그 섬광에 멈칫해 균형을 잃었다. 그 순간 깨진 장벽 파편에 맞고 뒤로 날아갔다.

시즈쿠를 짓누르던 니아도 함께 뒤로 넘어갔지만 바로 일어나서 시즈쿠를 구속하려고 했고—.

"『박황쇄』!"

그 이름이 나오기가 무섭게 바닥에서 빛의 사슬이 나와 순식간에 그녀를 옭아맸다.

시즈쿠가 갑작스러운 사태에 정신을 차리지 못하면서도 자신의 이름이 들린 곳으로 고개를 돌렸다.

그리고 주위를 포위한 병사와 기사들 사이에서 이곳에 있을 리 없는 친구의 모습을 찾았다.

꿈도 헛것도 아니었다.

분명히 그곳에 있었다.

친구가, 카오리가 눈물이 차오른 얼굴로 시즈쿠를 바라보고 있었다. 아이들의 참상과 기적적으로 늦지 않았다는 안도로 눈물샘이 약해진 것이리라.

"카, 카오리……."

"시즈쿠! 기다려! 바로 구해줄게!"

카오리는 훈련장 입구에서 병사들에게 둘러싸인 아이들에게 힘껏 소리쳤다.

그리고 서둘러 전체 회복 마법을 외기 시작했다. 빛 속성 최상급 회복 마법『성전』이었다.

반 아이들의 참상과 주위 상황을 보고 한 번에 모든 인원을 치료해야 한다고 판단한 것이었다.

"으?! 넌 또 왜 여기 있어! 하여간 너희는 내 인생에 도움이 안 돼!"

에리가 광기를 품은 표정으로 주위 기사들에게 명령했다. 카오리의 주문을 멈추기 위해 기사들이 일제히 카오리에게 달려들었다.

하지만 그들이 휘두른 기사 검은 빛의 장벽에 막혀 카오리를 감히 해치지 못했다.

"여러분! 대체, 왜 이러세요! 정신 차려요! 에리! 이게 대체 어떻게 된 일인가요?!"

최상급 회복 마법을 외는 카오리를 지킨 것은 카오리 바로 뒤에 있던 릴리아나였다. 자신과 카오리를 감싼 구형의 장벽이 두 사람을 보호했다.

릴리아나는 기사와 병사들이 학생들을 죽이려고 하는 상황과 마치 그들의 주인처럼 행동하는 에리를 보고 큰 혼란에 빠졌고, 장벽을 펼치며 에리에게 설명을 요구하고자 외쳤다. 하지만 에리는 상대조차 해주지 않았다.

릴리아나는 마법 사용자로서 상당히 우수한 부류에 속했다. 모토의 대상을 전부 감싸는 장벽을 치고 마흔 명이 넘는 도적의 공격을 버텨 낼 만큼. 그래서 설령 기사들이 완력의 제한이 풀린 맹렬한 공격을 퍼붓는다 한들 카오리의 주문이 완료될 때까지 버티기에는 충분했다.

그리고 그것을 알기 때문인지, 에리의 표정에 약한 초조함이 엿보였다.

"쳇. 어쩔 수 없지……."

그 초조함 때문이었을까? 에리의 시선이 반 아이들에게로 돌아갔다.

꼭두각시로 만들길 포기하고 치료되기 전에 죽이자고 결단했으리라.

그러던 그때, 릴리아나 눈앞에서 장벽에 검을 휘두르던 기사 한 명의 목이 갑자기 떨어졌다.

그렇게 쓰러진 기사 뒤에서 나타난 사람은— 히야마 다이스케였다.

"시라사키! 릴리아나 공주! 괜찮아?!"

"히야마 씨? 당신이야말로 그렇게 부상이 심한데……?!"

릴리아나가 히야마의 상태를 보고 얼굴을 파랗게 물들였다. 주문이 끊어지지는 않았지만 카오리도 경악으로 눈을 크게 떴다.

그도 그럴 것이 히야마의 가슴은 범상치 않은 피로 질척하게 젖어 있었다. 아무리 봐도 무리하게 구속을 빠져나온 모습이었다.

히야마가 비틀거리며 장벽에 손을 댔다. 호흡도 드문드문 끊겼다. 릴리아나는 당황하며 장벽 일부를 해제해 그를 안으로 들였다.

히야마가 털썩 쓰러져 들어왔다.

"안 돼! 걔한테서 떨어져!"

피를 토하며 쥐어짠 경고.

시즈쿠는 눈치챘다. 왜 코우키조차 빠져나오지 못한 구속에서 히야마만 빠져나왔는지, 에리가 말한 카오리를 원하는 인간이 누구인지…….

릴리아나의 장벽이 카오리의 주문이 완료될 때까지 버틸 것은 자명했다. 그런데도 불구하고 굳이 구하러 간 이유는 하나밖에 없었다.

"꺄악?!"

"아—."

시즈쿠의 경고는 늦었다.

릴리아나의 장벽이 풀리고 그곳에 펼쳐진 광경은, 주먹질을 맞고 땅에 쓰러지는 릴리아나와 히야마가 카오리를 뒤에서 껴안으며 등으로 칼을 찔러 넣는 모습이었다.

"카오리이이이이이!"

시즈쿠의 절규가 울려 퍼졌다.

히야마는 광기 어린 눈동자로 카오리를 뒤에서 끌어안아 목에 얼굴을 파묻고 있었다. 한 손은 물론 카오리의 등에서 심장을 꿰뚫는 칼을 쥐고 있었다.

그는 처음부터 다치지 않았다. 용사인 코우키가 궁지에서 폭발적인 힘을 발휘하거나 예측하지 못한 사태가 일어날 것을 대비해 당한 척 대기한 것이었다.

그리고 카오리와 릴리아나의 등장에 놀라면서도 이대로 가면 아이들이 회복되겠다고 판단해 연기한 것이었다.

"히, 히힛, 드디어, 드디어 손에 넣었어. 역시 나구모보다 내가 좋지? 그렇지? 대답해 봐, 시라사…… 아니지, 카오리. 응? 맞지? 히핫, 야아아, 나카무라아, 얼른 좀 해. 계약했잖아아!"

에리가 히야마의 말에 어깨를 으쓱거렸다. 그리고 카오리에게 『박혼』을 걸기 위해 걸음을 뗐다.

그 직후, 절규가 울려 퍼졌다.

"으아아아아아! 이 자식들이이이!"

코우키였다. 분노가 한계를 넘어 몸에서 우득우득 소리를 내며 구속을 풀려고 하고 있었다. 카오리가 죽었다고 생각했는지 반쯤 이성을 잃은 듯했다.

마력 봉인 구속구 다섯 개에 간 금이 점점 커졌다. 어처구니없는 완력이었다. 하지만 구속구와 기사들에게서 벗어나기에는 아직 역부족이었다.

그 모습을 차갑게 식은 눈으로 보던 히야마의 귀에 속삭이는 듯한 소리가 들려왔다. 눈을 돌리니 카오리가 치명상을 입은 상태로 무슨 말을 웅얼거리고 있는 것이 아닌가.

히야마는 그것이 신경 쓰여 입 근처로 귀를 가져갔다.

그리고 들려온 말은—.

"이곳에……서, 성모……는, 미소 지을……지니—『성……전』."

칼에 찔리고도 완성한 최상급 마법 주문.

카오리의 강한 의지로 기어이 이루어 낸 마법.

히야마의 눈이 경악으로 크게 열렸다.

카오리도 자신이 치명상을 입었다는 자각이 있었을 것이다. 그런데도 불구하고 마지막 순간 그녀는 울지도, 소리치지도, 하물며 사랑하는 누군가의 이름을 부르지도 않고— 싸우길 택했다.

카오리는 생각했다.

그는, 자신이 반한 그는, 어떤 상황에서 어떤 존재를 상대하더라도 절대 포기하지 않는다. 그렇다면 그 옆에 서길 바라는 자신이 한심한 작태를 보일 수는 없다. 자신도 마지막 한 순간까지 싸우겠노라.

그리하여 거의 의식도 없는 상태에서 오로지 강인한 마음만으로 완성한 마법은 카오리의 목숨을 대가로 확실하게 발동했다.

카오리를 중심으로 빛의 파문이 펼쳐졌다.

그것은 눈 깜짝할 사이에 훈련장으로 퍼져 상처 입은 자들에게 강력한 치료 효과를 부여했다. 몸에 꽂힌 칼이 치료의 빛에 밀려 점차 밀려 나갔다. 어떤 원리가 작용했는지, 꼭두각시 병사들의 행동도 둔해졌다.

당연히 치료의 빛은 카오리 본인도 효과 대상에 포함하여 그 상처를 치료하려고 했지만 카오리의 상처는 다른 이들과 달리 급소를 찌른 일격이었다. 심지어 상처가 아물려고 하면 히야마가 반광란 상태로 상처를 후벼 파는 탓에 카오리는 끝내 치료되지 않았다.

그것은 카오리에게 더욱 확실한 죽음을 가져왔다.

"아아아아아아아!"

코우키의 절규가 터졌다.

상처가 나은 몸이 십이분 힘을 발휘해 가뜩이나 균열이 가서 약해진 구속구를 모두 파괴했다.

동시에 그 몸에서 그의 격분을 드러내듯 순백색 빛이 확 솟구쳤다. 격한 빛줄기는 코우키를 중심으로 모여 그의 능력을 다섯 배로 끌어 올렸다.

『한계 돌파』의 최종 파생 기능『패궤』였다.

"너희는…… 절대로 용서 안 해."

기사들이 코우키를 붙잡으려고 했지만 코우키는 자신을 찌르던 기사 검을 빼앗아 아무렇게나 휘둘렀고, 그것만으로 꼭두각시 병사들이 두부처럼 두 조각났다.

신경 쓰는 기색도 없이 손을 내밀어 성검을 부르자 구속되었을 때 빼앗긴 성검이 빙글빙글 회전하며 코우키의 손아귀로 착 날아왔다.

"구속해."

무표정한 에리의 명령에 꼭두각시 병사들이 뛰어들었다.

"비켜—『천상섬』!"

하지만 코우키는 그들을 모조리 양단했다.

살인에 대한 기피감은 극복하지 못했다. 하지만 지금은 격렬한 분노로 반쯤 이성을 잃었으며 상대는 이미 죽었다는 생각을 하고 주저 없이 칼을 휘두르는 것 같았다.

그 앞뒤 가리지 않는 공격과 튀어나간 빛의 칼날이 운 좋게 몇 명의 학생을 구속해서 해방했다.

그중 한 명이 기다렸다는 양 뛰어갔다.

해방된 학생들— 류타로, 아츠시, 유카에게 다시 병사들의 마수가 닥쳐오는 가운데, 달려 나간 그 한 명에게는 아무도 눈길을 주지 않았다.

당연했다. 마력이 봉인되든 말든 상관없었다. 선천적 은폐 능력을 갖춘 코스케에게서 한 번이라도 눈을 떼면 그는 쉽사리 인식의 울타리 밖으로 넘어가 버리니까.

"큿, 타마이! 소노베! 받아!"

다시 구속되기 전에 우연히 근처에 떨어져 있던 아츠시의 아티팩트— 커틀러스와 유사한 곡도 한 자루와, 유카의 아티팩트— 열두 자루가 한 세트인 투척용 나이프 중 하나를 던졌다.

두 사람 모두 코스케의 부름은 듣지 못했지만 자신의 아티팩트가 발치로 날아와 꽂힌 덕분에 그 존재를 깨달았다.

"타마이, 제발 손은 자르지 마!"

"그딴 실수를 하겠냐!"

마력 봉인 구속구가 있는 손목을 내미는 유카에게 아츠시는 망설이지 않고 곡도를 내려쳤다. 아츠시의 곡도는 한 치 오차도 없이 구속구만을 갈랐다. 과연 곡도사를 천직으로 가진 이다운 솜씨였다.

마력을 사용할 수 있게 된 유카는 곧바로 아티팩트 능력을 발동했다. 한 자루라도 손에 있으면 몇 번이든 나이프를 불러들일 수 있는 능력을.

투척용 나이프 자체에 대단한 힘은 없어도 이 회수 능력은 강력했다.

유카의 노림수대로 나이프들은 진로상의 타에코와 나나를 구속한 기사들을 밀쳐내며 돌아왔다.

그사이에 아츠시도 노보루와 아키토를 해방하는 데 성공했다.

"스즈! 결계! 저 녀석들을 지켜!"

유카와 아츠시, 그리고 코스케가 연이어 학생들을 해방했고 움직일 수 있게 된 쥬고 등 근접전 계열 천직 보유자가 잔류파 학생들까지 해방하는 가운데, 류타로의 노성이 울렸다.

잔류파 학생들은 해방되어도 겁에 질려 움츠러들 뿐이었다. 대단히 위험한 상태였다. 그 이유는 이렇게 된 이상 꼭두각시로 만들기도 귀찮다는 것처럼 병사와 기사들의 공격에서 구속의 의지가 명백하게 사라졌기 때문이었다.

그래서 구속구에서 풀려 난 스즈에게 결계를 쳐서 지켜 달라고 한 것인데, 그 말을 들은 스즈는…… 초점이 맞지 않는 눈과 넋이 나간 표정으로 그저 멀뚱멀뚱 서 있기만 할 뿐이었다.

"아, 어?"

"스즈!"

"아, 미, 미안."

평소 명랑한 모습은 어디로 가 버렸는지, 류타로가 불러도 대답만 하는 게 고작이었다. 어떻게 보나 싸울 수 있는 상태가 아니었다.

류타로는 속으로 스즈를 그렇게 만든 에리에게 저주의 말을 퍼부으며 스즈를 끌어안고 잔류파 안으로 던져 넣었다.

아직 구속구를 풀지 못한 후방 담당 천직 보유자도 현재로서는 싸울 수 없었다.

그것을 알기에 자연스럽게 쥬고와 아츠시, 유카를 필두로 한 아이들이 잔류파와 후방 전투원을 지키는 모양새로 원형으로 진열을 구축해 갔다. 그 원에 류타로도 가세했다.

동료를 지키기 위한 싸움이었다.

죽을 각오로 버텼지만 아무리 쓰러뜨려도 꼭두각시 병사들은 끝없이 몰려왔다. 대체 얼마나 많은 병사와 기사를 죽였단 말인가?

"빌어먹을 자식이!"

"진정해, 사카가미!"

흥분한 류타로에게 쥬고가 화내듯 소리쳤다. 두 사람은 말 그대로 인간 장벽이었다. 그 강인한 육체를 방벽으로 삼아 적의 공세를 막지 않으면 이 공격 인원으로는 버티지 못할 것이다.

그래서 류타로가 튀어나가게 해선 안 됐다.

설령 류타로의 눈이 치명상을 입어 쓰러진 카오리를 보고 비통하게 일그러져 있더라도…….

“비켜, 비키라고! 카오리!”

시즈쿠 또한 울음을 삼키며 카오리에게 달려가려고 했다. 하지만 꼭두각시 병사들의 노도와 같은 공세가 시즈쿠의 발을 묶어 버렸다. 어지러운 마음으로 휘두른 칼은 적을 쓰러뜨리지 못해 초조함과 절망만 쌓여 갔고, 그것이 또 칼을 무디게 하는 악순환을 낳았다.

그렇게 급박한 상황에서 드디어 코우키가 순수한 힘만으로 꼭두각시 병사들의 포위망에 구멍을 뚫었다.

코우키는 역력한 분노의 표정으로 에리와 히야마에게 눈을 부라리며 용솟음치는 빛을 두르고 단숨에 달려들었다.

“에리! 히야마아!”

“어허, 코우키, 그만.”

에리가 숨겨둔 패를 꺼냈다. 코우키의 약점을 찌르는 최악의 카드를…….

에리와 코우키 사이로 웬 사람이 비집고 들어왔다.

그로 인해 코우키의 칼은 에리의 예상대로 멈추고 말았다.

코우키가 떨리는 목소리로 그 패의 이름을 불렀다.

“어, 떻게…… 멜드 씨, 까지…….”

코우키의 검을 정면에서 막아 낸 것은 왕국 기사단 단장 멜드 로긴스, 바로 그 사람이었다.

“……코우키…… 왜, 나에게 칼을 들이대느냐……. 내가, 그렇게, 가르치더냐…….”

“메, 멜드 씨…… 저는!”

“코우키! 듣지 마! 멜드 씨도 이미……!”

동요하는 코우키에게 시즈쿠의 질타가 날아들었다.

헉하고 정신을 차렸을 때는 이미 멜드의 날카로운 칼이 정수리를 향해 떨어지고 있었다.

잽싸게 성검으로 그 일격을 막았다. 엄청난 충격과 함께 코우키가 선 땅이 갈라졌다. 아무래도 왕국 최강 기사도 뇌의 제한이 풀린 것 같았다.

“……멜드 씨…… 죄송합니다!”

코우키는 표정을 비통하게 구기면서도 성검을 힘껏 휘둘러 멜드에게 거침없는 참격을 먹였다.

망자가 되어서도 멜드의 검술은 예리했다. 『패궤』 상태에서 내지른 공격인데도 불구하고 멜드는 어렵게나마 그것을 막았다. 멜드의 등장으로 터질 듯 끓어오르던 분노가 조금 식은 탓에, 살인에 대한 기피감이 언뜻 고개를 들어 칼을 둔하게 만들기도 했으리라.

하지만 그것도 잠시. 아무리 멜드라도 지금의 코우키에게 이길 수 있을 리 없었다. 마침내 멜드의 기사 검이 튕겨 날아가 버렸다.

코우키는 단숨에 치고 들어가 오로지 멜드의 목만을 바라보며 성검을 옆으로 휘둘렀다.

하지만 성검이 멜드의 목으로 들어가기 직전—.

"살려 다오…… 코우키."

"……?!"

멜드의 말에 코우키는 무심코 팔을 멈추고 말았다.

그럴 리 없다고 생각하면서도 어쩌면 멜드 단장은 조종받고 있을 뿐, 아직 살아 있는 게 아닐까, 아직 구할 수 있는 게 아닐까, 그런 생각을 버리지 못했다.

그것이 코우키의 약점이었다.

요컨대 이도 저도 아니라는 것. 구한다면 구한다. 죽인다면 죽인다. 어느 쪽을 선택하든 거기에는 명확한 결의와 각오가 필요했다.

코우키에게는 그런 확고함이 없었다. 주어진 정보를 바탕으로 그때그때 편한 쪽으로 해석한다. 그래서 평소에는 자신의 정당성을 의심하지 않으면서 가장 중요한 순간 망설이는 것이다.

멜드가 옆에 떨어진 기사 검을 발로 차올렸다. 그리고 순식간에 그 손으로 되돌아온 흉기로 다시 코우키와 칼을 부딪쳤다.

하지만 코우키에게 방금까지 있던 불같은 기세는 없었고 도리어 멜드에게 밀리고 있었다.

"윽?! 크억! 뭐, 뭐야?! 몸이—."

멜드의 기술을 어찌어찌 버틴 후, 돌연 코우키의 몸에서 힘이 빠져 두 무릎이 꺾였다.

『패궤』가 끝났기 때문이 아니었다. 아직 그렇게 시간은 지나지 않았다. 이번은 거기서 그치지 않고 끝내 선지피까지 토하는 지경에 이르렀다. 뚝뚝 땅에 스미는 피가 코우키의 혼란을 가중했다.

"후~, 드디어 약효가 나타났구나. 제법 강력한 독인데…… 역시 코우키야. 단장님을 준비 안 했으면 내가 질 뻔했어."

코우키는 쓰러지는 몸을 안간힘으로 지탱하며 여유 만만하게 떠드는 에리를 의아하게 바라봤다.

에리는 자기 입술을 손가락으로 쓰다듬고 요염하게 미소 지어 말했다.

"쿠후후, 왕자님이 공주님을 키스로 깨운다면, 공주님은 왕자님을 키스로 영원히 잠재우고 자기 걸로…… 그런 이야기도 괜찮지 않아? 그래도 치사성 독은 아니야. 걱정하지 마! 전신마비가 후유증으로 남을 뿐이니까! 코우키는 꼭 내 손으로 죽여줄게!"

"그, 때…… 으윽."

그 말로 코우키도 눈치챘다.

처음 에리가 한 키스. 그때 독약을 먹였다는 사실을…….

에리 본인은 먼저 해독제를 먹거나 했겠지. 설마 입으로 독을 옮겼으리라고는 생각하지 못했다. 하물며 호의를 나타내며 독을 먹이다니, 누가 상상이나 할 수 있으랴.

"에리, 너는, 정말로…… 으, 쿨럭."

코우키는 다시 한 번 자신들이 아는 에리는 처음부터 어디에도 존재하지 않는 허상이었다고 실감했다.

독이 퍼지고 사지가 저려 힘이 빠졌다. 그리고 털썩 쓰러졌다. 아무리 발버둥 쳐도 미미하게 경련할 뿐이며 그 몸은 주인의 의지를 따르지 않았다.

"조금만 더 기다려, 코우키♪"

미동조차 하지 않게 된 코우키를 보고 에리는 만족스럽게 웃은 뒤 빙글 돌아서서 카오리에게 다가갔다.

슬슬 『박혼』 가능한 시한이 다 됐기 때문이었다.

히야마가 잡아먹을 듯이 에리를 닦달했다.

카오리가 죽어서도 농락당한다는 사실에 코우키도 시즈쿠도 초조와 분노, 그리고 분한 마음을 얼굴에 드러내고 저지하고자 발악했다.

하지만 무정하게도 에리의 손은 카오리를 향해 뻗었다.

주문이 시작됐다.

꼭두각시 병사로 만든 인간 장벽 너머로 류타로와 쥬고, 유카와 아츠시, 코스케와 켄타로, 그뿐 아니라 잔류파 학생들까지 악을 쓰며 말리려고 하지만 저주스러운 주문은 멈출 줄 몰랐다.

몇십 초 후면 히야마의 말에는 무엇이든 순순히 복종하는 카오리 인형이 완성될 것이다.

사람의 존엄 따위 한낱 잡초보다 쉽게 짓밟힐 것이다.

시즈쿠와 아이들이 격노했고, 히야마가 미친 듯이 웃어 젖혔고, 에리가 입을 이죽거렸다.

그리고—.

그 목소리는 절망이 소용돌이치는 배신의 전장에서 이상하리만치 선명하게 울려 퍼졌다.

"……대체, 어떻게 돌아가고 있는 거냐?"

그것은 백발 안대 소년— 나구모 하지메의 목소리였다.

하지메의 등장에 마치 시간이 정지한 것처럼 모든 이가 움직임을 멈췄다. 하지메가 거대한 폭포수가 내려찍는 듯한 위압감을 발산하고 있기 때문이었다.

본래 꼭두각시 병사들에게는 감정이 없으므로 하지메의 위압감에 멈출 리 없었다. 하지만 시전자인 에리가 강자 앞에서 몸을 숨겨 위기를 모면한다는, 생물 특유의 본능적 행동을 무의식중에 취한 탓에 그들도 덩달아 멈춰 버렸다.

하지메는 자신을 주시하는 수백 명의 시선을 전혀 개의치 않고 주위 상황을 내려다봤다.

반 아이들을 덮치는 수많은 병사와 기사.

한데 뭉쳐 원형으로 진을 친 아이들.

멜드 앞에 쓰러져 피를 토하는 코우키.

흑도를 한 손에 쥐고 무릎을 꿇은 시즈쿠.

경직한 에리와 히야마.

그리고 히야마에게 안겨 칼에 찔린, 생명의 고동이 멈춘 카오리—.

"힉."

누가 지른 비명이었을까.

훈련장 전체를 단 한 순간에 잠식한 것은 이 세상에 존재한다는 게 믿어지지 않을 만큼 소름 끼치는 기운.

벌레가 온몸을 기어 다니는 듯한, 혹은 몸속을 직접 휘저어 심장을 꽉 붙잡힌 듯한 그런 공포— 압도적인 죽음의 기운이었다.

피가 얼어붙는 느낌이 딱 이것이었다.

순식간에 몸은 온도를 잃었고 짙은 살의가 갖가지 죽음을 헛것처럼 보여줬다.

그 찰나, 하지메의 모습이 사라졌다.

그리고 아무도 인식하지 못할 속도로 이동한 하지메는 굉음과 함께 카오리 옆에서 모습을 드러냈다.

굉음은 히야마가 날아가 훈련장 안쪽 벽을 무너뜨린 소리였다.

눈에 보이지 않는 속도로 히야마에게 접근한 하지메가, 카오리가 다치지 않게 조절하며 패서 날려 버린 것이었다.

"걱, 커걱— 으긱."

히야마는 몸을 반쯤 벽에 묻고 경련했다. 파리 목숨 같지만 살아는 있는 모양이었다.

원래대로라면 히야마 정도는 일격에 몸이 터졌겠지만 힘을 조절한 덕분에 이번에는 오른쪽 상반신 전체가 으스러지고 장기 몇 군데가 손상되는 데서 그쳤다.

아무래도 고통으로 기절하고 그 직후 고통으로 각성하는 지옥을 오가는 듯했다. 기괴하다고도 할 수 있는 신음이 흘러나왔다.

하지메는 히야마에게는 눈길도 주지 않고 한쪽 팔로 카오리를 안아 얼굴을 덮는 머리카락을 살며시 넘겨줬다.

그리고 큰 소리로 동료를 불렀다.

"티오! 맡아줘!"

"으…… 그래, 내게 맡기게!"

"시, 시라사키 씨!"

하지메의 부름에 응해 함께 와 있던 티오가 정신을 차리고 급히 뛰어왔다. 옆에 있는 아이코도 혈색이 바뀌어 카오리에게 다가왔다.

하지메에게 카오리를 받아든 티오는 서둘러 주문을 읊었다.

"아하하, 소용없어. 걔, 벌써 죽었어. 설마 너희가 여기에 와 있을 줄이야……. 아니지, 카오리가 온 시점에서 알았어야 했는데. ……응, 히야마는 이미 글러 보이니까 나구모한테 줄까? 나랑 적대하지 않는다면 마법으로 카오리를 되살려줄게. 완전히 살아나는 건 아니지만 계속 깨끗한 상태로 남아. 썩는 거보단 낫지? 안 그래?"

입가에는 웃음, 하지만 이마로는 땀을 흘리며 에리가 제안했다. 속으로는 이 괴물이 왜 여기 있냐며 욕이란 욕은 다 퍼붓고 있는 것이 눈에 훤히 보였다.

아이코가 경악으로 눈을 동그랗게 뜨고 있는 옆에서 하지메가 슥 일어섰다.

하지메의 힘을 아는 에리는 소리를 감출 여유도 없이 크게 혀를 차며, 자신에게 손을 대면 카오리는 이대로 썩을 뿐이라고 역설했다.

하지만 하지메는 그 흘러나오는 살의를 조금도 거둘 기미가 없었다. 그리고 가면처럼 무표정하게, 뚜벅뚜벅 천천히 에리에게 다가갔다.

"잠깐, 잠깐만 있어 봐, 나구모. 주위 사람들을 한번 봐. 살아 있는 거랑 다를 바 없지 않아? 죽은 거야 이미 엎질러진 물이고, 적어도 저들처럼 만드는 게 나을 거란 생각 안 들어? 게다가 카오리를 네 마음대로 할 수 있어. 그러려면 내가 꼭 있어야 하고—."

에리는 뒷걸음질 치면서 절박하게 변명을 늘어놓았다.

그런데 그때, 하지메 뒤로 사람 그림자가 달려왔다. 다른 꼭두각시와는 비교가 되지 않는 몸놀림으로 하지메에게 날카로운 창을 내질렀다.

그림자의 정체는 콘도 레이치.

방금 에리에게 살해당해 꼭두각시로 전락한 딱한 창술사였다.

물론 꼭두각시라도 이세계 치트의 힘은 충분히 발휘되었다. 콘도의 천직인 『창술사』의 힘으로 지른 격렬한 찌르기는 나선의 바람을 두르고 하지메의 심장 부위에 정확하게 직격했다.

"아하하, 방심은 금물~. 아니면 화가 나서 이성이—."

에리는 조금 전까지 허둥대던 표정을 싹 갈아치우고 이죽거리는 표정으로 돌아왔지만 하지메가 창은커녕 모기에 물리지도 않았다는 양 걸음을 멈추지 않았다. 에리의 얼굴이 다시 굳었다.

하지메 뒤에 있었다면 깨달았을 것이다. 붉은 마력 덩어리가 10원짜리 동전만 한 크기로 압축되어 창끝을 막고 있다는 것을. 『금강』의 파생 능력 『집중 강화』였다.

하지메는 왼팔 팔꿈치를 뒤로 겨누고 일말의 망설임 없이 샷 건을 쐈다.

총성이 울려 퍼졌다. 동시에 코앞에서 발사된 위력적인 산탄 세례를 얼굴로 받은 콘도는 머리가 다져진 고기 조각으로 변해 날아갔다.

철퍽철퍽 피와 살이 튀는 역겨운 소리가 났다.

"크…… 죽여."

에리가 차츰 표정을 험악하게 구기면서 꼭두각시 병사와 멜드를 앞으로 보냈다.

하지메도 코우키 정도는 아니지만 멜드와는 제법 친분이 있었다. 【오르크스 대미궁】에서는 비약까지 써서 빈사의 그를 구하기도 했다.

그러므로 코우키처럼 동요해서 틈을 보이면 파고들 생각이었다. 주위에서는 꼭두각시 병사들이 호시탐탐 하지메가 허점을 드러내길 기다렸다.

멜드가 질풍처럼 달려들었다. 그리고 한계를 벗어난 완력으로 기사 검을 내려쳤다. 평범한 검이나 방패라면 제아무리 금속제라도 두 동강 낼 일격이었다.

하지메는 그것을 의수 손끝으로 잡아 멈췄다.

"……당신까지? 아쉽게 됐어."

에리뿐 아니라 다른 아이들까지 말을 잃은 가운데, 하지메는 기사 검이 삐걱대도록 힘을 싣는 멜드를 보며 나지막이 중얼거렸다.

그때 무슨 기적이 일어났는지—.

"……아, 으…… 부탁, 하마……."

목숨을 구걸하는 소리가 아니었다. 주위 사람들은 그렇게 생각하지 않더라도 눈앞에 선 하지메는 알 수 있었다. 그것은 분명히 멜드 로긴스의 말이었다.

그렇다면 돌려줄 대답은 하나였다.

"나만 믿어."

팡. 찢어지는 총성 한 발.

의수에서 튀어나온 탄피가 공중을 날았고, 멜드의 시체가 새빨간 꽃을 피웠다. 날아가는 찰나의 순간, 안심한 듯 입가가 부드럽게 올라간 것처럼 보인 건 착각이었을까.

하지만 그것을 신경 쓸 여유는 적에게도 그 외 인물들에게도 없었다.

총성이 울린 직후, 허공에서 매분 1만 2천 발의 죽음을 발사하는 괴물 병기— 개틀링 레일건 『메체라이』가 출현했다. 붉은 스파크를 뿌리며 특유의 회전음이 울려 퍼졌다.

그 폭거를 아는 사람— 유카와 아츠시가 뭉크의 절규 같은 얼굴이 되며 순간적으로 외쳤다.

"전부 엎드려!"

"젠장, 숙여어어어어어!"

그 경고에 즉각 반응한 류타로와 쥬고 및 전선 팀이 멀뚱멀뚱 선 아이들을 잡아당겨 넘어뜨리고 몸으로 덮어 감쌌다.

그 직후 파괴의 화신이 포효했다.

한때 해방자가 조종한 골렘 기사를 남김없이 파괴하고, 수만의 마물 대군을 피바다에 가라앉혔으며, 『신의 사도』가 쏘는 죽음의 깃털조차 상쇄한 괴물의 이빨.

그것을 흩뿌리면 한낱 꼭두각시 병사는 한순간도 버틸 수 없었다.

전자 가속된 탄환은 한 사람당 한 발로는 부족하다는 양 하지메를 중심으로 모든 장해물을 부수고 훈련장 벽을 종잇장처럼 찢었다.

피바람이 불고 살점이 난무했다.

꼭두각시 병사들은 힘도 체격도 구별 없이 단순한 고깃덩이로 전락해 갔다.

아무도 엎드린 채로 꼼짝하지 못하는 가운데, 앞길을 가로막는 것을 모조리 쓸어버리며 진격하는 자는 당연히 하지메였다.

다른 자들과 마찬가지로 죽자 살자 머리를 숙여 폭풍이 지나가기를 기다리던 에리의 눈앞에 신발코가 나타났다.

에리가 느릿느릿 고개를 들었다. 신발에서 차츰 시선을 들어 올려다본 곳에는 아무런 가치도 없는 길가의 돌멩이를 보는 듯 무심한 눈동자 하나가 떠 있을 뿐이었다.

하지메의 손에는 이미 메체라이가 들려 있지 않았다. 그냥 에리 앞에 서서 내려다보고 있을 따름이었다.

에리가 아무 말도 못 하고 그냥 멍하니 마주보자 하지메가 천천히 입을 열었다.

"그래서?"

"으……."

하지메는 에리가 무슨 짓을 했는지 자세한 내막은 몰랐다. 다만 적이란 것을 이해할 뿐이었다.

단순한 적이라면 무자비하게 즉석에서 죽이고 끝이었다.

하지만 에리는 결코 손을 대서는 안 될 상대에게 손을 댔다. 이미 그냥 죽이는 것만으로는 부족했다. 죽기 전에 『절망』을…….

그래서 하지메는 물은 것이었다.

고작 네가 뭘 할 수 있지? 아무것도 못 하지? 라고…….

그것을 정확하게 파악한 에리는 어금니를 아득 갈았다. 입술 끝이 찢어지고 피가 맺혀 떨어졌다. 불과 몇 분 전까지 바로 자신이 이곳의 지휘자로서 압도적 우위에 서 있었을 텐데 그것이 한순간에 뒤집혔다. 불합리한 현실과 그 화신인 하지메에게 증오와 약간의 경외심이 밀려 올라왔다.

"네가—."

에리가 격정에 밀려 무심코 저주의 말을 뱉으려는 순간, 딱딱한 총구가 이마에 맞닿았다.

인식조차 하지 못한 퀵 드로에 저주의 말이 목구멍을 타고 미끄러져 들어갔다.

"……네 기분이 어떻다느니 동기가 뭐라느니, 그딴 같잖은 소리를 듣자는 게 아냐. 더 할 말이 없으면— 죽어라."

하지메의 손가락이 방아쇠에 걸렸다. 에리는 하지메의 눈에

학우였던 자신을 살해한다는 것과 카오리를 꼭두각시로 만들 수 없다는 것에 대한 망설임이 티끌만큼도 없다고 깨달았다.

—죽는다.

그 말만이 에리의 머리를 가득 메웠다.

하지만 그녀의 악운은 아직 끝나지 않았나 보다.

에리의 정수리에 구멍이 뚫리기 직전, 하지메를 향해 화염탄이 날아들었기 때문이었다. 상당한 위력을 가졌는지 백열(白熱)을 띠고 있었다.

하지만 하지메에게는 역시나 통하지 않았다. 돈나의 총구를 화염탄으로 돌려 핀포인트로 마법의 핵을 명중시키자 안개처럼 사라져 버렸다.

"느아구우모오오오오오오!"

그렇게 사라진 화염탄 맞은편에서, 이미 인간의 언어가 맞는지조차 의심스러운 어조로 하지메의 이름을 부르며 뛰어든 것은 만신창이인 히야마였다.

손에 칼을 들고, 입으로 대량의 피를 토하며, 부서져 늘어진 오른쪽 어깨를 덜렁거리면서 달려들었다.

이미 귀신 같은 형상이란 말로도 턱없이 부족했다. 추하고 기괴한 생물로밖에 보이지 않았다.

"시끄러워."

하지메는 성가시다는 듯 뛰어든 히야마에게 앞차기를 먹였다. 쿵! 폭음 비슷한 충격음이 울리고 히야마의 몸이 공중에 떴다. 날아가지 않은 것은 충격을 남김없이 몸에 전달했기 때문이었다.

그러고 나서 하지메는 하늘을 향해 똑바로 한쪽 다리를 올리고 공중에 뜬 히야마를 세차게 내려찍었다.

마치 장작을 패는 도끼처럼 떨어진 발꿈치는 히야마의 머리를 인정사정없이 바닥에 처박았다. 충격으로 땅이 갈라졌고 히야마의 이마가 깨져 선혈이 튀었다.

세게 튕겨 오른 히야마는 이미 눈을 까뒤집고 의식을 잃었다.

누가 보나 빈사 상태였다. 하지만 하지메는 아직도 멈추지 않았다.

튕겨 올라온 머리를 차서 다시 공중에 띄웠다. 절묘하게 힘을 조절했는지 그 충격으로 히야마는 의식을 되찾았다.

하지메는 공중에 있는 히야마의 목을 한 손으로 움켜잡고 들어 올렸다. 공중에 매달린 히야마가 힘없는 주먹질, 발길질로 손아귀에서 벗어나려고 발악했지만 하지메의 초인적 완력은 미동조차 하지 않았다.

"너마아안! 너만 없어으면, 가오리느은, 내가아!"

흘러넘치는 원한과 살의. 인간이 이토록 타락할 수 있느냐며 전율하지 않을 수 없는 극도의 추악함. 보통 사람이라면 눈에 담기조차 싫어 외면하거나 구역질을 못 참고 달아날 것이다.

하지만 하지메는 히야마의 악에 받친 말에도 전혀 개의치 않았다.

그 눈동자에는 일체의 감정이 없었다. 히야마에게 감정을 품을 가치를 일절 찾지 못했다.

"내가 있든 없든 결과는 마찬가지야. 적어도 네가 뭔가를 손에 넣는 날은 천지가 뒤집혀도 찾아오지 않을 거다."

"너 대문에엣!"

"남 탓 하지 마. 네가 타락한 건 네 잘못이지. 일본에서나 여기서나 너는 항상 패배자였어. 『누군가』에게가 아니야. 『너 자신』한테다. 타인에 대한 불만과 비난뿐이고 스스로 뭔가를 짊어지려고 하지 않아. ……너는 타고난 패배자다."

"주겨 버릴 거야아! 무슨 일이 이서도, 너마느으은!"

히야마는 하지메의 말에 더욱 격앙해 광기를 토해 냈다.

하지메는 자기 스스로에게 이기지 못한 패배자를 마지막으로 흘겨본 뒤 무언가를 깨달은 듯 엉뚱한 방향으로 눈길을 돌렸다. 그 방향에는 왕도로 침입한 마물 선봉대가 떼 지어 몰려 있었다.

하지메는 차가운 눈초리를 히야마에게 돌리고 다시 공중으로 던진 뒤 중력에 따라 떨어지는 것을 의수로 후려쳤다. 그 충격으로 회전력이 더해진 히야마는 빙글빙글 팽이처럼 돌았다.

"살아남을 수 있을지 시험해 봐. 뭐, 네가 할 수 있을 리 없지만."

하지메는 또다시 쐐기를 박듯 공기조차 파열시킬 듯한 돌려차기를 날렸다.

히야마는 그 충격으로 콰득, 하는 끔찍한 소리를 내며 훈련장 밖으로 멀찌감치 날아갔다.

하지메가 바로 히야마를 쏴 죽이지 않고 급소를 피해 내리팬 것은 무의식중에 이루어진 행동이었다.

자신을 나락으로 떨어뜨린 것이 아니라 카오리를 다치게 한 것에 대한 복수였다.

본인에게 얼마나 자각이 있는지는 몰라도 편하게 죽여서는 성이 차지 않는다는 하지메의 감정이 드러난 행동이었다. 그것은 히야마를 숨통만 간신히 이어 놓은 채 마물 무리 속에 던져 버리는 것으로 나타났다.

하지만 이 히야마에 대한 대응에 에리를 죽이기 위한 시간을 빼앗기고 말았다.

에리가 도망쳤다는 뜻이 아니었다. 하지메를 향해 광염이 날아든 것이었다.

"쳇."

하지메는 혀를 차며 그 자리에서 훌쩍 물러나 광염의 사선을 따라 돈나를 쐈다. 세 번 울린 작렬음과 동시에 광염이라는 폭포를 거슬러 오르는 용처럼 세 줄기 섬광이 하늘을 갈랐다.

그 직후, 광염의 궤도가 휘어 하마터면 코우키를 불태울 뻔했지만 직전에 에리가 뛰어들어 가까스로 죽음을 면했다.

에리도 코우키가 눈먼 탄에 맞아 형체도 없이 사라지는 것을 두 눈 뜨고 보고만 있지는 않을 것이다.

이윽고 광염 브레스가 멎고 하늘에서 백룡을 탄 프리드가 내려왔다.

"……거기까지다. 백발의 소년이여, 소중한 동포들과 왕도의 백성들을 더 이상 잃고 싶지 않다면 얌전히 있는 것이 좋을 거다."

아무래도 프리드는 하지메가 아이들과 왕국을 위해 싸우고 있다고 착각한 모양이었다.

주위의 기척을 살피니 어느샌가 마물이 일대를 포위해 아이들과 티오, 아이코를 노리고 있었다. 주특기인 전이라도 쓴 것이리라.

프리드는 하지메 일행이 진심으로 싸우면 막대한 피해가 생길 것을 알기에 인질을 잡기로 했다. 하지메는 모르는 일이었지만 유에에게 호되게 당해 하지메 일행에게 당할 수 없음을 깨달은 프리드의 고육지책이었다.

덧붙여 유에에게 입은 상처가 완치되려면 한참 멀었지만 일단 흰 까마귀 마물의 고유 마법을 받으며 아물어 가는 중이었다.

그런데 그때, 카오리에게 무언가를 하던 티오가 하지메에게 큰 소리로 외쳤다.

"주인님! 어떻게든 고정은 했네! 허나 이 이상은 시간이 걸려. 가능하면 유에가 협력해줘야 하네. 고정도 불완전한 상태로는 언제까지 버틸지 모를 일이야!"

하지메는 어깨 너머로 티오를 돌아보며 강하게 고개를 끄덕였다.

무슨 일인지 모르는 아이들은 의아한 표정이었다.

하지만 같은 신대 마법 사용자인 프리드는 눈치를 챘나 보다. 눈을 크게 뜨고 티오가 쓰는 마법을 주목했다.

"호오, 새로운 신대 마법인가? 설마 【신산】의? 그렇다면 장소를 일러라. 거역하면 네놈들— 큭?!"

프리드가 하지메를 협박해 【신산】 대미궁의 위치를 캐내려고 한 순간, 하지메의 돈나가 불을 뿜었다.

순간적으로 거북형 마물이 장벽을 펼쳤고, 반쯤 깨지긴 했으나 아슬아슬하게 막았다.

프리드는 눈살을 험하게 찌푸리며 주위 마물로 포위망을 좁혔다.

"무슨 속셈이지? 동포의 목숨이 아깝지 않은가? 너희가 저항하면 할수록 왕도의 백성도 다치는 것을 정녕 모른단 말이냐? 아니면 그것을 이해할 수 없을 만큼 우매한가? 외성벽 밖에는 10만 마리의 마물, 그리고 게이트 너머에는 새로이 100만 마리 마물이 대기하고 있다. 너희가 아무리 강하다고 한들 모든 것을 지키며 싸우기란 불가능할 테지."

그 말을 들은 하지메는 프리드에게 향하던 냉랭한 시선을 왕도 밖— 왕도 내로 침입하려는 10만 대군이 있는 곳으로 옮겼다.

그리고 말없이 『보물고』에서 주먹 크기의 감응석을 꺼냈다. 프리드가 미심쩍게 바라보는 앞에서 감응석은 발동했고, 크로스 비트를 조종하는 팔찌 형태의 감응석과는 비교도 되지 않는 빛을 뿜었다.

"칫, 무슨 속셈이냐!"

"닥치고 보고나 있어."

불길한 예감이 엄습한 프리드는 다짜고짜 하지메에게 광염을 쏘려고 했다.

하지만 돈나의 견제 사격으로 사선이 틀어졌고 그 결과 감응석의 발동을 허용하고 말았다.

—하늘로부터 쏟아지는 단죄의 빛.

그렇게밖에 표현할 길이 없는, 하늘과 땅을 잇는 빛의 기둥.

닿는 것을 종족도 성별도 귀천도 가리지 않고 일체 남김없이 지워 버리는 무자비한 파괴. 대기를 불태우고 어둠을 갈라 마치 대낮의 태양 같은 빛으로 목표 지점을 초토화했다.

—큐와아아아아아아!

독특한 선율을 포효처럼 세계에 퍼뜨리며 대지에 선 빛의 기둥. 지름이 50미터는 될 듯싶었다. 빛 아래에 있던 생물은 마물이건 마인족이건 관계없이 즉시 증발시켰고 상상을 초월하는 충격과 열파(熱波)가 주위를 파괴하고 불살랐다.

하지메가 손에 든 감응석에 마력을 주입하자 빛기둥은 미끄러지듯 이동해 지상에서 도망치는 마물과 마인족을 모조리 태워 없앴다.

방어 불가. 회피 불가. 프리드처럼 공간 전이라도 할 수 없는 이상에야 생물의 다리로는 절대 도망칠 수 없었다.

무너진 외성벽을 통해 왕도로 침입하려던 마물과 마인족이 후방에서 다가온 빛의 기둥을 보고 공황에 빠진 것처럼 죽자 살자 앞으로 내달렸다.

빛기둥은 지그재그로 이동하며 대군을 유린했고 외성벽 앞까지 오자 스르르 흩어지며 허공으로 사라졌다.

그 발자취에 남은 것은 타다 못해 녹아내려 흰 연기가 피어오르는 대지와 웅대한 크레이터, 그리고 대지에 새겨진 깊은 상처 자국뿐이었다.

아슬아슬하게 왕도로 **도망친** 마인족은 안도하기보다도 그저 아군과 동료가 별안간 사라졌다는 현실에 넋이 나가 풀썩 주저앉을 수밖에 없었다.

그리고 머리 회전이 정지해 넋을 잃고 서 있는 것은 하지메 앞에 있는 프리드와 에리, 다른 아이들도 마찬가지였다.

"멍청한 건 너다, 머저리. 내가 언제 왕국이나 이 녀석들 편이라고 했지? 네 잣대로 날 마음대로 규정짓지 마. 전쟁을 하고 싶거든 마음대로 하라지. 단, 날 방해하면 지금처럼 전부 날려 버리겠어. 백만 마리를 일일이 상대해줄 정도로 시간이 남아돌지 않거든. 이번에는 봐줄 테니까 얼른 남은 놈들 끌고 꺼져. 네 지위라면 군대에 명령할 수 있겠지?"

동포를 한순간에 괴멸시킨 것도 모자라 불손하기 짝이 없는 태도였다. 프리드의 눈이 증오와 분노의 색으로 물들었다.

하지만 설령 특수한 방법으로 대군을 전이할 게이트를 발동하더라도 하지메가 세운 빛의 기둥이 무엇인지 정확히 알 수 없는 한 같은 전철을 두 번도, 세 번도 밟을 수 있었다. 그런 사태만은 무슨 수를 써서라도 피해야 했다.

하지메도 그냥 놓아주자니 부아가 치밀었지만 지금은 한시라도 빨리 카오리에게 조치를 취해야 했다. 시간이 지나면 손쓸 방도가 없었다. 하물며 첫 시도, 연습도 아닌 실전이었다.

게다가 실은 방금 쏜 빛의 기둥은 시험 단계의 병기며 지금 그 한 방으로 망가지고 말았다. 섬멸 병기 없이 백만이나 되는 마물과 싸우고 있을 시간은 없었다. 지금 대군의 지휘권을 가졌을 프리드를 죽이는 것은 상책이 아니었다.

그런 속사정을 모르는 프리드는 입술을 깨물어 찢었고 힘주어 쥔 주먹에서는 피가 맺혀 떨어졌다. 오장육부가 뒤집힐 지경이었지만 마인족의 희생을 더 늘릴 수는 없다며 원망 담긴 말을 뱉고 게이트를 열었다.

"이 빚은 반드시 갚겠다. ……네놈만은 신의 이름에 맹세코 반드시 처단하겠다!"

프리드는 돌아서서 에리에게 눈짓했다.

에리는 코우키를 데리고 갈지 말지 한순간 망설이는 눈치였지만 괜한 짓은 하지 말라는 하지메의 안광을 보고 식은땀을 흘리며 물러났다.

단, 독을 먹었으면서도 그 강인한 스테이터스 덕분에 아직 의식을 유지하는 코우키를 망집과 광기로 얼룩진 눈동자로 바라보면서…….

말로 하지 않아도 알았다. 그것은 반드시 코우키를 손에 넣고야 말겠다는 선서이자 선전포고였다.

백룡에 탄 프리드와 에리가 게이트 안으로 사라짐과 동시에 빛의 마탄이 세 발 상공으로 올라 화려하게 터졌다. 아마 퇴각 명령일 것이다.

그 빛을 배경으로 유에와 시아가 하늘에서 빠른 속도로 날아 내려왔다.

"……응, 하지메. 그 추남은?"

"하지메 씨! 그 쓰레기 자식은요?"

아무래도 두 사람 모두 프리드를 때리러 쫓아 온 모양이었다. 빛기둥에 관해 묻지 않는 것은 하지메가 저지른 짓임을 알기 때문이겠지.

하지만 지금은 그런 사소한 일에 신경 쓸 여유가 없었다.

하지메는 유에와 시아에게 카오리의 죽음을 전했다. 두 사람은 경악으로 눈이 커졌다. 하지만 하지메의 눈을 보고 곧 정신을 추슬렀다.

하지메는 그 눈빛에 마음을 담아 유에에게 부탁했다. 유에는 적은 말로도 정확하게 자신의 역할을 이해하고 힘 있게 고개를 끄덕였다.

"……응, 맡겨줘."

그러고는 돌아서서 티오에게로 달려갔다. 하지메가 카오리를 두 팔로 안아 들고 훈련장을 나가려고 했다.

그때, 시즈쿠가 비틀거리며 쫓아와 억장이 무너지는 표정으로 하지메를 불렀다.

“나구모! 카오리가, 카오리를…… 나…… 어쩌면 좋아…….”

시즈쿠가 이토록 초췌해진 모습을 본 적이 없었다. 그냥 뒀다간 정신이 병들지 않을까 염려될 정도로 비통한 표정이었다.

전투 중에는 그나마 마음의 긴장이 시즈쿠를 지탱했지만 위협이 사라진 순간 친구의 죽음이라는 견디기 어려운 고통에 마음이 꺾이려는 것처럼 보였다.

하지메는 시즈쿠를 바라보며 잠깐 고민하다가 고개를 저었다.

“시아, 카오리를 맡아줘. 티오는 유에와 시아를 안내해주고. 나도 곧 쫓아갈게.”

“카오리 씨…… 괜찮아요. 기다려주세요.”

“알겠네. 다들 산 정상으로 가자꾸나. 따라오너라.”

하지메에게 카오리를 받아든 시아는 부드러운 손길로 카오리를 안았다.

그리고 시즈쿠의 상태를 보고 상황을 파악한 유에와 시아는 티오의 말에 따라 훈련장을 서둘러 뛰쳐나갔다.

정신없이 휘몰아치는 전개에 아직 아무도 움직이지 못하는 가운데, 하지메는 다리를 W자로 주저앉은 시즈쿠 앞에서 한쪽 무릎을 꿇었다.

그리고 양손으로 시즈쿠의 뺨을 누르고 억지로 얼굴을 들어 정면으로 시선을 마주했다.

“야에가시, 꺾이지 마. 우리를 믿고 기다려. 반드시 카오리를 다시 만나게 해줄 테니까.”

“나구모…….”

빛을 잃고 흐릿해진 시즈쿠의 눈동자에 약하게나마 생기가 돌아왔다. 하지메는 그걸 보고 훗 웃으며 농담처럼 말을 던졌다.

"야에가시 네가 이 모양이면 앞으로 귀찮은 일은 누가 떠맡아줘? 폐인이 된 야에가시를 보여주면 카오리는 또 어떻게 될지…… 나 좀 봐주라. 난 너처럼 사서 고생하고 싶어 안달 난 사람이 아니라고."

"……누가 사서 고생하고 싶어 안달이란 거야, 바보야. ……믿어도…… 되는 거지?"

하지메는 웃음을 거두고 진지한 표정으로 단호하게 고개를 끄덕였다.

코앞에서 하지메의 빛나는 눈을 마주 본 시즈쿠는 하지메가 진심임을 알았다. 진심으로 이미 죽은 카오리를 어떻게 하려는 것이었다. 강인한 의지가 담긴 그 눈동자에 시즈쿠는 얼어붙은 마음이 조금 녹는 것을 느꼈다.

시즈쿠의 눈에 더욱 빛이 돌아왔다. 그리고 하지메에게 똑같이 강하게 고개를 끄덕였다. 그것은 하지메 일행을 믿겠다는 결의 표명이었다.

하지메는 시즈쿠가 정신적으로 망가질 위험성이 부쩍 줄었음을 확인하자 『보물고』에서 시험관 모양 용기를 꺼내어 그 손에 쥐여줬다.

"이건……."

"다른 소꿉친구 한 명한테 먹여줘. 상태가 그다지 좋지 않아."

시즈쿠는 하지메의 말에 아차 하며 쓰러져 있는 코우키를 돌아봤다.

에리와 마인족이 떠나 긴장의 끈을 놓아 버렸는지, 코우키는 이미 정신을 잃었고 겉으로 보기에도 약해져 있었다.

시즈쿠는 하지메가 건네준 신수가 일전에 죽어 가던 멜드를 순식간에 치료한 물건임을 떠올리고 비약 중의 비약임을 깨달았다.

"……고마워, 나구모."

신수 용기를 꽉 쥔 시즈쿠는 눈물이 차오른 눈으로 하지메를 바라보고 고맙다는 말을 전했다.

하지메는 감사에 고개를 끄덕여 답하고는 곧장 일어나서 돌아섰다.

그리고 자신의 일행을 쫓아 바람처럼 떠났다.

제5장 ◆ 단 하루 만에 일어난 일

하지메가 훈련장을 떠난 후, 시즈쿠에게 신수를 받아 마신 코우키는 눈 깜짝할 사이에 말끔히 나았다.

정신을 잃었다가 깨어난 릴리아나의 진두지휘로 혼란에 빠져 있던 왕궁도 빠르게 태세를 정비했고 부상자 운송, 상황 조사 등이 신속하게 이루어졌다.

그 과정에서 밝혀진 바에 의하면 에리의 손에 꼭두각시로 변한 병사는 500명 규모에 달하며, 훈련장에서 하지메에게 도륙된 수백 명을 제외하면 자취를 감췄다고 했다. 아마 프리드가 군대를 이동시킨 게이트를 통해 함께 마인족 영토에 간 것이리라.

또 왕도 근교에 마석을 기점으로 한 마법진이 얕은 땅속에 만들어져 있었다. 그것이 프리드가 군을 이끌고 공간 전이를 한 비밀인 듯했다. 아마 에리가 꼭두각시를 써서 만들고 그들을 불러들인 것이다.

국왕을 포함한 중진들은 이미 에리의 꼭두각시에게 살해당해, 현재 【하일리히 왕국】 국왕 자리는 공석이 되고 말았다.

혼란이 수습될 때까지는 릴리아나가 선두에 설 수밖에 도리가 없었다.

아마도 일이 일단락되면 마찬가지로 무사했던 란델 전하가 즉위하게 되리라.

가장 혼란을 가중시킨 것은 성교 교회가 감감무소식이란 점이었다.

왕도가 쑥대밭이 됐는데 전시 중에도, 그리고 전쟁이 끝난 뒤에도 코빼기도 보이지 않는 성교 교회 관계자— 특히 교황 이슈타르에 대한 불안과 불신이 퍼지는 추세였다.

사실 교회 관계자는 모두 총본산째로 흔적도 없이 폭사했습니다! ……라는 말을 들으면 왕도 사람들은 어떻게 생각할까? 어딘가에 있는 백발 소년은 그런 조금 발칙한 생각을 품기도 했다.

또 마인족 대군을 괴멸시킨 빛의 기둥이 『에히트 님』이 왕도를 구원하기 위해 내린 단죄의 빛이라는 소문이 퍼져 신앙심을 강화한 것은 실로 아이러니한 이야기였다.

하지만 사실 이 점에 관해서는 이미 대책을 세워 놓았다. 【신산】에 있는 하지메에게 일방적인 연락을 받고 대응을 전부 떠맡아 버린 릴리아나는 눈알을 뒤집었지만……. 사실 그 내용을 알면 아이코도 머리를 싸쥘 방법이었다.

【신산】에서 교회 관계자가 내려오지 않자 의구심을 품고 확인하러 가려는 사람은 물론 많았다.

하지만 왕도 복구 작업을 시작으로 해야 할 일이 너무 많은 탓에 해발 8천 미터를 등반하는 사람은 없었다.

여담이지만 직통 리프트는 아직도 정지 상태이므로 총본산에 가려면 두 다리로 산을 오르는 것 말고 달리 방법이 없었다.

훈련장에서 조금 떨어진 곳에서는 히야마의 시체가 발견됐다.

몸 곳곳이 뜯어 먹혀 있었다. 하지메에게 깨지고 훈련장 밖으로 날아간 뒤, 아니나 다를까 마물에게 습격받은 모양이었다.

심한 저항 흔적이 있는 것으로 보아 산 채로 잡아먹혔으리라 추측됐다.

특히 왼팔이 완전히 뜯겨 나가 있었다. 혈흔으로 판단할 때 처음에 왼팔을 먹히고 필사적으로 도망가려는 것을 끝부분부터 야금야금 먹히며 죽은 듯했다. 상상조차 하기 싫은 최악의 죽음이었다.

그렇게 이런저런 사실이 판명되어 가는 와중 마인족 습격, 뼈아픈 동료의 배신과 죽음으로부터 닷새가 지난 현재, 아이들은 복구 작업을 도우면서도 다시 일어서고자 요양 중이었다. 그리고 그날부터 모습을 보이지 않는 하지메 일행을 언뜻언뜻 생각하고 있었다.

전선 팀과 아이 호위대 멤버는 나름대로 하지메의 실력을 알고 있다고 생각했지만 빛의 기둥으로 대군을 섬멸하는 그런 압도적인 힘까지는 알지 못했다. 그래서 새삼스럽게 자신들과 하지메 사이에 하늘과 땅만큼 차이가 난다고 절감하는 이가 많았다.

싸움에 참여한 아이들조차 그러니 잔류파에게는 충격이 아닐 수 없었다.

귀환한 멤버에게 하지메의 생존과 실력은 전해 들었지만 실제로 하지메의 대단함은 자기네 생각의 만 분의 1에도 미치지 못한다는 것을 알았기 때문이었다.

너 나 할 것 없이 하지메와 그 일행, 그리고 그들이 데려간 카오리가 신경 쓰여 견디지 못하는 눈치였다.

그리고 그것이 현저하게 드러나는 사람이 있었으니, 다름 아닌 시즈쿠였다.

해야 할 일은 똑똑히 했지만 별안간 마음이 다른 곳에 가 있는 것처럼 멍해지곤 했다. 카오리를 생각하는 것은 누가 보나 자명했고, 카오리가 죽는 장면을 목격한 아이들은 어떻게 대해야 좋을지 모르고 있었다.

하지메와 시즈쿠의 대화에서 카오리가 돌아온다는 말은 어렴풋이 들었다. 하지만 정말 죽은 사람을 소생시킬 수 있을까? 반신반의는 고사하고 말도 안 된다는 생각밖에 들지 않아 안이하게 위로를 건네기도 꺼려졌다.

에리처럼 살아 있는 인형을 만들지는 않을까 억측하는 사람도 있었다. 그럴 경우 시즈쿠에게 더욱 큰 상처가 될 것은 쉽게 상상할 수 있었다. 그런 이유에서 코우키는 특히 노골적으로 하지메를 경계했다.

코우키는 친근하게 따르던 멜드의 죽음과 두 번이나 아무것도 못한 채 하지메에게 도움 받았다는 사실에 상당히 낙담하고 있었다. 자신과 하지메의 차이, 카오리를 빼앗긴 일(적어도 코우키는 그렇게 생각했다)을 생각하면 머리로는 번지수가 틀렸다는 것을 알면서도 도무지 하지메에게는 좋은 감정을 가질 수 없었다.

그것이 흔히 말하는 『질투』란 것을 코우키 본인은 깨닫지 못했다. 가령 깨달아도 인정하기는 쉽지 않겠지. 인정하고 앞으로 나아갈지, 역시나 자기 입맛에 맞게 해석하고 외면할지…… 그것은 코우키에게 달렸다.

이렇듯 코우키도 시즈쿠도 밝다고는 할 수 없는 상태였고, 단순 무식한 류타로는 도움이 되지 않았다.

평소라면 이럴 때 스즈가 분위기 메이커로서 실력을 발휘했겠지만 정작 스즈가 눈에 띄게 기운을 잃은 탓에 종종 보이는 웃음도 애처로울 지경이었다.

어지간히 에리에게 들은 말이 충격이었나 보다. 무리도 아닐 것이다. 오래 친구라고 생각해 온 상대가 실은 자신을 편리한 도구 정도로밖에 여기지 않았다고 하니까.

리더를 필두로 주요 멤버에게 여유가 없는 현 상황은 반 전체의 분위기를 가라앉히는 요인 중 하나이기도 했다.

히야마의 배신과 콘도의 죽음으로 항상 함께 다니던 나카노와 사이토는 방에 틀어박히다시피 했고, 잔류파도 아군의 배신으로 서로에 대한 불신이 싹텄는지 똑같이 방에 틀어박히는 자가 많아졌다.

에리의 망집과 광기가 학생들에게 남긴 상처는 상상 이상으로 깊었다.

그래도 자포자기하거나 심각하게 마음이 병든 사람은 없었다. 현실도피라는 의미가 강하긴 해도 왕도 복구에 힘쓰는 학생이 많은 것은 전적으로 아이코와 유카 그룹 덕분이라고 할 수 있었다.

아이코도 카오리는 걱정됐고 가능하면 뭐든 돕고 싶었지만 유에와 티오가 있는 한 자신이 나설 기회가 없다는 것은 알고 있었다.

그래서 다친 학생들의 정신 안정을 우선했다. 특유의 열정과 열의로 학생 한 명 한 명에게 용기를 주며 그 심정을 들어주고 다녔다.

원래부터 믿고 따르던 선생님이었다. 학생들에게 큰 도움이 되었을 것이 틀림없었다.

또 유카 그룹은 본래 잔류파였기에 그들의 심정을 잘 알았다. 아이 호위대의 정신적 위로는 잔류파에게 큰 버팀목이 된 듯했다.

참고로 아이코는【신산】꼭대기에서 무슨 일이 있었는지, 학생뿐 아니라 왕궁 관계자에게 질문받는 일도 많았지만…… 완고하게 입을 걸어 잠그고 있었다.

물론 성교 교회 총본산이 어떤 상태인지는 너무너무 잘 알고 있었지만 지금은 말할 때가 아니라고 생각했다.

그것은 하지메 일행을 방해하지 않기 위해서이며, 동시에 자신이 저지른 일을 떠올리면 차마 입이 떨어지지 않기 때문이었다.

물론 예상을 벗어난 결과였다고는 하나, 각오를 다진 것은 진심이었다.

그러니까 하지메 일행이 돌아오면 모두 털어놓을 생각이었다.

……경찰 아저씨, 제가 그랬어요, 라고.

아이코는 밝게 행동했지만 내심 노심초사했다. 티오의 보조였다지만 자신이 까딱 잘못하여 총본산을 붕괴시켰고 이슈타르와 신전 기사들을 폭발로 몰살시켰음을 알면 과연 학생들은 자신을 어떻게 생각할까.

소중한 학생이 더는 누군가의 손에 놀아나지 않도록 각오를 다지고 싸운 점에는 후회가 없었지만 살인은 살인이었다.

분명히 이제 학생들에게는 선생님이라고 불리진 못하리라 다시금 각오를 다졌다.

그래도 데이비드 및 아이코 호위대의 신전 기사들은 사실 무사한 모양이었다.

그들은 신전 기사의 지위를 이용해서 몇 번이나 아이코에게 면회를 요구했고 그것이 이루어지지 않자 독자적으로 수사를 벌이는 바람에 교회 상부가 학을 떼고 지상 대기— 사실상 총본산 출입 금지를 명령했었다. 그 때문에 왕도 침공 당일 아침부터 모습이 보이지 않았는데, 아무래도 그동안 어느 장소에 구속, 감금되어 있었던 모양이었다.

왜 그들이 에리의 마수와 세뇌에서 벗어났는지는 알 수 없었다.

노인트가 아이코에게 별다른 짓을 하지 않았던 것을 생각하면 후일 신의 유희에 이용하기 위해서, 라는 이유도 생각할 수 있었지만 지금으로서는 확인할 방도가 없었다.

그런 그들도 지금은 현실 도피를 위해 왕도 복구에 열과 성을 쏟고 있었다.

이렇듯 모두가 반쯤 현실 도피로 마음의 평온을 유지하는 중에 파괴된 훈련장과는 다른 훈련장에서 왕국 기사단 재편성을 위한 각 부대 대장직 선발 시험이 이루어지고 있었다.

참고로 새로운 기사단장의 이름은 쿠제리 레일. 여성 기사며 본래 릴리아나의 근위 기사대 대장이었다.

부단장의 이름은 니트 코몰드. 전(前) 제3 기사단의 대장이었다.

선발 시험인 모의 전투에서 기사들을 상대한 코우키가 훈련장 구석에서 땀을 닦는데, 누가 말을 건네 왔다.

“수고하셨어요. 코우키 씨.”

코우키가 그쪽으로 시선을 돌리자 릴리아나가 미소 지으며 찾아오는 참이었다.

“뭘, 이 정도는 아무것도 아니야. ……릴리야말로 요즘 잠을 거의 못 자지 않았어? 엄청 지쳐 보여.”

코우키가 씁쓸하게 웃으며 말을 받자 릴리아나 또한 씁쓸하게 웃었다.

서로 최근 며칠간 제대로 자지 못했기 때문이었다. 물론 수면 시간을 빼앗긴 이유는 저마다 달랐지만…….

“지금은 자고 있을 여유가 없으니까요. ……사상자, 귀족에 대한 대응, 무너진 건물 처리, 행방불명자 확인, 외성벽과 대결계 복구, 각 방면에 대한 연락과 대응, 주변 조사와 병사 배치, 재편성…… 힘들지만 모두 해야만 하는 일들이에요. 우는 소리를 한다고 달라질 건 없죠. 어머니도 분담해주고 계시니

아직 거뜬하답니다. ……게다가 정말로 괴로운 건 소중한 사람과 재산을 잃은 백성들일 테니까요……."

"그건 릴리 너도……."

코우키는 릴리아나의 말에 그녀 또한 아버지인 에리히드 국왕을 잃지 않았느냐고 지적하려 했으나, 말해 봤자 상처만 후벼 팔 뿐이라는 생각에 말을 삼켰다.

릴리는 코우키의 기분을 짐작하고 한 번 더 「괜찮아요」라며 처연한 미소를 짓은 뒤 화제를 전환했다.

"시즈쿠는 좀 어떤가요?"

"……변함없어. 평소에는 괜찮아 보이지만 어느 순간 보면 계속 저 위쪽만 쳐다보고 있어."

그러면서 코우키는 훈련장 중앙에서 쿠제리와 대화하는 시즈쿠에게로 시선을 옮겼다.

두 사람은 릴리아나를 통해 친구가 되기도 하여 상당히 친밀한 분위기로 부대 편성을 의논하는 듯 보였다.

하지만 그러다가 문득 대화가 끊기기라도 하면 시즈쿠의 시선이 자연스럽게 위로, 【신산】 정상 부근으로 향하는 것을 알 수 있었다.

"그분들을…… 기다리는 거군요."

"그렇겠지. ……솔직히 나구모는 좀…… 못 믿겠어. 마음 같아서는 시즈쿠랑 만나지 말았으면 좋겠는데……."

릴리아나는 조금 놀란 표정으로 시즈쿠에게서 코우키에게로 눈길을 돌렸다.

코우키의 표정에는 실로 복잡한 감정이 섞여 있었다. 가슴 속에 그 말보다 많은 감정을 품은 것은 자명했다. 질투, 시기, 공포, 자책, 감사, 반감, 초조, 그 외에도 오만 감정이 뒤섞여 포화된 것처럼 뭐라고 콕 집어 표현하기 힘든 표정이었다.

릴리아나는 뭐라고 말을 건네야 할지 몰라 하지메 일행이 있을【신산】정상을 올려다봤다.

하늘은 쾌청했다. 불과 며칠 전에 나라가 멸망할 위기에 처했다고는 생각할 수 없을 만큼 맑은 날씨였다.

그런 하늘이 어쩐지 참 태평하구나 싶어서, 그것이 조금 얄미워진 릴리아나는 못마땅하게 눈살을 찌푸려 하늘을 우러렀다.

그렇게 고개를 들었을 때, 하늘에 무슨 검은 점이 여러 개 보이기 시작했다. 릴리아나가 이번에는 의아하게 눈살을 찌푸리는데 그 검은 점이 서서히 커졌다. 무언가가 떨어지고 있었다. 릴리아나는 그것을 알고 급히 옆에 있는 코우키를 불렀다.

"코, 코우키 씨! 저거요! 뭐가 떨어지는 거 아니에요?!"

"응? 뜬금없이 무슨…… 앗, 다들 조심해! 위에서 뭔가 떨어져!"

코우키는 릴리아나가 흥분해 외치는 소리에 놀랐지만 재촉에 밀려 시선을 위를 들자, 그 말대로 저 멀리 하늘에서 뭔가가 떨어지는 것이 보였다. 마물인가 싶어 당황한 낯빛으로 크게 경고했다.

시즈쿠와 병사들이 부랴부랴 훈련장 중앙에서 코우키가 있는 곳으로 피난해 온 것과 그것들이 훈련장에 떨어진 것은 동시였다.

쿠구우웅! 땅을 흔들면서 추락하다시피 착지해 자욱한 흙먼지 속에서 나타난 것은— 하지메, 유에, 시아, 티오, 네 사람이었다.

"나구모!"

가장 먼저 시즈쿠가 달려 나갔다.

하지메의 말만 믿고 마냥 기다리던 시즈쿠였다. 이 순간을 어떻게 참을 수 있으랴.

하지만 그들 사이에 카오리가 없다는 것을 알자 다리가 우뚝 멈추고 그 표정에 불안이 차올랐다.

"오, 야에가시. 정신 잘 붙잡고 살아 있지?"

"나구모…… 카오리는? 왜, 카오리가 없어?"

하지메의 말투는 가벼웠다. 문제없이 해결됐다는 증거라는 생각에 마음이 한결 가벼워졌지만 그래도 눈앞에 카오리가 없다는 사실에는 변함이 없었다. 역시 카오리의 죽음을 뒤집을 수는 없었던 게 아닐까? 불안을 채 숨기지 못하고 떨리는 목소리로 물었다.

하지메는 그 질문에 뭐라고 말하기 힘든 애매한 표정을 지었다.

"아~, 곧 올 거야. 근데 그게…… 조~금 외모가 달라졌을지도 모르지만…… 솔직히 그걸 내 탓이라고 하기는 좀……. 내 잘못 아니니까 화내지 마라?"

"뭐? 잠깐만. 뭐야? 뭔데 그래? 엄청나게 불안하거든? 어떻게 된 거야? 너, 카오리한테 무슨 짓 했어? 상황에 따라서는 네가 준 흑도로…….”

급속하게 불안을 부추기는 하지메의 발언에 시즈쿠의 눈에서 빛이 사라졌다. 더불어 허리에 찬 흑도로 손을 뻗기 시작했다.

하지메가 워워, 하며 시즈쿠를 말리는데 갑자기 하늘에서 비명이 들려왔다.

“꺄아아아아아아! 하지메~! 받아줘어~!”

사람들이 무슨 일인가 하고 위를 보자 은색 사람이 맹속력으로 낙하하는 중이었다.

시즈쿠의 뛰어난 동체 시력은 역사적 예술가가 만든 예술품을 연상하게 할 만큼 완성된 아름다움을 가진 푸른 눈의 은발 여자가, 그 쿨한 외모에 반해 한심한 표정으로 눈물을 글썽이며 꼴사납게 팔다리를 버둥거리는 기묘한 장면을 포착했다.

그 여성은 똑바로 하지메를 향해 떨어졌다. 그 눈에는 받아줄 것이라는 믿음이 엿보였다.

하지만 그것을 배신하지 않으면 하지메가 아니었다.

충돌 직전에 그 자리에서 휙 피해 버린 것이었다. 게다가 「엥?」 하며 눈이 점처럼 작아진 후 땅과 격돌한 그녀에게서 시선을 외면했다.

모든 이가 「저거 죽은 거 아냐?」라고 수군거리고 받아주는 시늉조차 하지 않은 하지메에게 전율한 표정을 지었다.

그 와중에 정말로 전율한 것은 아이코와 릴리아나였다.

"우우……."

다시 일어난 흙먼지가 가라앉자 불만스럽게 신음하는 은발의 미녀가 나타났다. 어떻게 그 모습을 잊을 수 있으랴.

아이코와 릴리아나가 비명을 지르다시피 경고했다.

"왜, 왜, 당신이!"

"여러분! 떨어지세요! 저 사람은 아이코 씨를 납치하고 에리를 도운 위험인물이에요!"

그 말을 듣고 코우키와 다른 학생들, 쿠제리 및 기사단이 일제히 무기를 잡았다.

특히 하지메 일행과 가까이 있던 시즈쿠는 그 자리에서 발도술 자세를 잡고 카오리를 죽게 한 원인 중 하나에게 살의 담긴 눈빛을 보냈다. 틈을 보이면 즉시 베어 버릴 분위기였다.

그런 눈빛을 받은 상대, 푸른 눈과 은발에 예술품 같은 미모를 지닌 여자, 노인트는 추락 대미지가 전혀 보이지 않는 기민한 움직임으로 벌떡 일어났다.

그리고 잠깐 하지메를 원망스러운 눈초리로 본 뒤, 예전의 기계 같은 무표정과 음성에서는 믿어지지 않을 만큼 풍부한 감정을 표정과 목소리에 실어 허둥지둥 시즈쿠에게 말을 걸었다.

"자, 잠깐만! 시즈쿠! 나야, 나!"

"……?"

자신의 이름을 부르며 자기 어필에 애쓰는 초면의 여성에게 시즈쿠는 미심쩍은 표정을 돌려줬다.

"무슨 사기꾼도 아니고……."

옆에 있는 하지메가 중얼거렸지만 그 여자가 찌릿 노려보자 고개를 획 돌렸다.

아이코와 릴리아나가 말하는 적이라고는 생각하지 못할 만큼 우호적이었다.

그리고 모습도 목소리도 달랐지만 자신을 부를 때의 사소한 몸짓이나 분위기가 모르는 여성에게서 친구의 모습을 겹쳐 보이게 했다.

시즈쿠는 발도술 자세를 천천히 풀고 멍하게 친구의 이름을 중얼거렸다.

"……카오, 리? 카오리……야?"

시즈쿠가 자신을 알아준 것이 어지간히 기뻤는지, 은발 여성의 총기 어린 얼굴이 대번에 밝아지더니 통통 튀는 목소리로 대답했다.

"응! 카오리야. 시즈쿠 친구 시라사키 카오리. 모습은 변했지만…… 나 살아 있어!"

"……카오리…… 아아, 카오리!"

시즈쿠는 몇 초 동안 얼떨떨하여 말이 없었다.

대체 뭘 어떻게 해야 이렇게 되는지 전혀 모르겠다.

하지만 둘도 없는 친구가 살아서 눈앞에 있다는 사실이 명주솜이 물을 빨아들이듯 가슴에 스며들자, 눈물을 뚝뚝 흘리며 은발 여성— 아니, 새로운 몸을 손에 넣은 카오리에게 와락 안겼다.

카오리는 자신에게 안겨 갓난아기처럼 우는 시즈쿠를 꽉 끌어안고 조용히 부드럽게 속삭였다.

"걱정 끼쳐서 미안. 괜찮아, 괜찮아."

"흑, 흐윽, 다행이야, 정말 다행이야아."

시즈쿠와 카오리는 서로의 목에 얼굴을 묻고 서로의 존재를 확실하게 확인했다.

맑게 갠 하늘 아래, 아무도 말을 꺼내지 못하고 어리벙벙하게 바라보는 가운데서 얼마간 따뜻함과 상냥함으로 가득한 울음소리가 울려 퍼졌다.

"그래서 대체 어떻게 된 거야?"

실컷 울어 눈가가 새빨갛고, 창피함에 볼도 똑같이 붉어진 시즈쿠가 괜히 수줍어서 고개를 돌린 채 사정 설명을 요구했다.

장소는 훈련장에서 아이들이 평소 식당으로 쓰는 큰 방으로 이동해 있었다.

시즈쿠에게 마음은 카오리, 몸은 노인트인 상태를 설명하기 위해서 릴리아나가 일단 조용한 곳으로 가자고 제안했기 때문이었다.

참고로 이곳에는 시즈쿠뿐 아니라 다른 반 아이들과 아이코, 릴리아나가 동석하고 있었다.

"어디 보자……. 간결하게 설명하면 마법으로 카오리의 혼백을 보호해서 노인트의 시체? 잔해? 아무튼 그걸 수복한 몸에 정착시켰어."

"응. 하나도 모르겠어."

하지메의 지나치게 간결한 설명에 시즈쿠가 못마땅한 눈길을 보냈다.

그 눈초리에는 명백하게 「설명할 생각은 있냐? 엉?」이라는 험악함이 숨어 있었다.

하지메의 의욕 없는 설명에 어이없는 표정을 지으며 카오리가 대신 설명했다.

"시즈쿠, 그러니까 지금 우리가 쓰는 마법이 신대라고 불리는 시대에 쓰던 마법의 마이너 버전인 건 알지?"

"……응. 이 세계의 역사는 조금 공부했어. 이 세계 창세 신화에 나오는 마법 말이지? 현재 속성 마법과 달리 더욱 근본적인 섭리에 작용한다는…… 잠깐. 설마 그런 거야? 나구모 일행이 신대 마법을 보유했고 그건 혼백…… 사람의 혼에 간섭하는 힘이라는 말? 그걸로 죽은 카오리의 혼백을 보호하고 다른 몸에 정착시킨 거구나?"

"맞아! 역시 시즈쿠는 똑똑하다니까."

카오리는 왠지 자랑스럽게 가슴을 폈다. 실제로 시즈쿠의 머리 회전은 대단히 빨랐다. 전부터 알고는 있었지만 하지메도 내심 새삼스럽게 감탄했다.

"하지만 왜 그 몸이야? 카오리 몸은 이미 쓸 수 없었어? 상처도 막을 정도면 회복 마법으로 어떻게든 될 것 같은데……."

"그래, 실제로 카오리 몸은 완벽하게 나았고 혼백을 돌리는 데도 성공했어."

혼백 마법은 혼백을 고정하고 정착시켜서 인위적으로 불로

불사를 실현하는 어처구니없는 신대 마법이었다.

『고정』이란 죽어서 사라지는 혼백에 간섭해 무산, 열화하지 않도록 보존하는 마법이며 처음 티오가 카오리에게 사용한 것이 이거였다. 사망 후 몇 분 사이에 이루어지지 않으면 의미가 없으므로 티오가 늦지 않은 것은 행운이었다.

『정착』이란 문자 그대로 고정한 혼백을 유기물, 무기물을 불문하고 정착시키는 행위였다.

노쇠한 몸이나 심하게 손상되어 생존에 적합하지 않은 몸에 정착하면 다시 죽을 뿐이지만 건강한 몸이라면 소생할 수 있었다. 혹은 그 밀레디 라이센처럼 골렘에 정착해 육체 노화라는 굴레에서 탈피한 불로불사도 실현할 수 있었다.

물론 연습도 없이 쉽게 가능한 마법은 아니었다.

오랜 세월을 살아온 마법의 전문가인 티오가 모든 능력을 동원하고, 그동안 혼백 마법을 습득한 유에가 티오를 능가하는 재능을 유감없이 발휘해 협력했기에 비로소 성공한 것이었다.

그래도 완전히 정착할 때까지 꼬박 닷새가 걸렸으니 그 어려움은 말하지 않아도 알 수 있으리라.

여담이지만 유에와 시아의 혼백 마법 습득은 비교적 용이했다. 본래 두 사람 모두 『에히트 님』에 대한 신앙심은 손톱 때만큼도 없었기 때문에 조건 하나는 이미 통과한 상태였다.

그리고 『신의 힘이 작용하는 모종의 영향을 이겨 낸다』는 조건은 현대 교회 관계자와 싸우지 않았을 경우 대미궁이 준비한 시련을 통과하는 것으로 대체됐다. 자세하게 말하자면 세뇌와 매료, 의식 유도, 무의식의 각인 등 도전자의 정신과 가치관에 작용하며 과거 교회 전사들과 환상 세계(한없이 현실에 가까운 꿈속 세계 같은 곳)에서 싸우는 것이었다. 유에와 시아는 그것들도 쉽사리 통과했다.

"그럼 왜…… 카오리의 원래 몸은 어떻게 됐어? 역시 무슨 문제라도……!"

"시즈쿠, 진정해. 차근차근 설명할게."

몸을 앞으로 내민 시즈쿠를 진정시키며 카오리가 이야기를 이었다.

처음 하지메는 카오리의 다친 몸을 재생 마법으로 복원하고 혼백을 돌려놓아 소생시키려고 했다.

하지만 거기서 제동을 건 사람은 카오리였다.

혼백 상태로 고정했어도 『심도(心導)』라는 혼백 마법으로 의사소통이 가능한 상황이었다.

그런 혼백 상태의 카오리가 말로만 듣던 밀레디 라이센처럼 골렘에 정착시켜 달라고 부탁한 것이었다. 하지메라면 강력한 골렘을 만들 수 있을 거라며 말이다.

【메르지네 해저 유적】에서 카오리는 자신의 나약함을 받아들였지만 이대로도 괜찮다는 생각은 추호도 없었다.

하지메 옆에 나란히 서기를 포기할 생각은 털끝만큼도 없었다.

하지만 그 후 얼마 지나지 않아 자신은 허무하게 죽어 버렸다.

한심하고 비참하고 분하다…….

그렇다면 『설령 인간의 몸을 버려서라도』…… 그런 생각에 이르렀다.

한번 하겠다고 마음먹으면 아무도 말릴 수 없는 게 카오리였다. 하지메 일행도 일단 설득은 했지만 막무가내에 고집불통이었다. 그 결의는 하지메마저 두 손 들게 할 정도로 굳건했다.

어쩔 수 없이 최강의 골렘이라도 만들어주자고 생각했는데, 하지메의 머리 위로 전구가 번쩍였다. 그걸 써먹을 수 있지 않을까?

그렇다. 하지메가 심장 부분을 꿰뚫은 노인트였다.

육체는 인간과 거의 다르지 않았지만 명색이 신이 만든 인형이었다.

가능성은 충분히 있었고 무엇보다 대단히 유용해 보였다.

하지메는 당장 노인트의 잔해를 회수해서 유에에게 재생 마법을 부탁하여 상처를 수복했다.

그리고 인간의 몸을 초월한 진짜 『신의 사도』의 강인한 육체를 카오리의 새로운 육신으로 삼고자 혼백을 『정착』시켰고, 멋지게 성공했다.

아쉽게도 마석과 닮은 기관은 재생했지만 마력 공급은 완전히 끊겨 무한한 마력을 사용할 수는 없었다. 그래도 노인트의 고유 마법인 『분해』와 쌍대검술, 은색 날개와 깃털도 다룰 수 있게 됐다.

아무래도 노인트의 몸이 그것들의 사용법과 지금까지 쌓은 전투 경험을 기억하는 듯했다. 익숙하지 않은 몸이라서 아직 마음대로 날지도 못했지만 익숙해지면 『신의 사도』의 능력을 십분 발휘할 수 있을 것으로 기대됐다.

그리고 마력 직접 조작도 가능하므로 능력은 하지메 일행과 충분히 어깨를 나란히 하는 수준이었다.

혼백 정착에 성공한 뒤 카오리가 기뻐하는 모습은 대단히 볼만했다. 쿨한 노인트의 외모로 만면에 웃음꽃을 피우고 방방 뛰는 모습이라니……. 조금 전까지 목숨을 걸고 싸운 상대의 얼굴로 기쁘게 웃으며, 심지어 자신에게 달라붙는 사태에 하지메조차 어떻게 반응해야 할지 몰라 눈썹을 팔자로 뜰 정도였다.

자기도 모르게 주먹이 나갈 뻔해서 시아에게 손목을 덥석 잡힌 것은 비밀이었다.

참고로 카오리의 원래 몸은 유에의 마법으로 동결 처리해서 『보물고』에 보관한 상태였다.

거대한 얼음 속에 잠든 미소녀 같은 느낌이라 대단히 신비한 매력이 있었다. 해동할 때는 재생 마법으로 망가진 세포도 되돌릴 수 있으므로 마음만 먹으면 돌아갈 수 있으리라.

"……그랬구나. 하아~, 카오리가 어처구니없는 짓을 저지르는 건 어제오늘 일이 아니지만 이번에는 그중에서도 최고야."

하지메의 설명을 듣고 시즈쿠는 두통을 참듯 한 손을 이마에 갖다 댔다.

하지메가 좋아하는 게임을 알고 싶다며 게임 가게에 들어가서, 무슨 착각을 했는지 성인 게임 코너로 돌격했을 때 이상으로 머리가 아팠다.

참고로 당시 「만 18세 이하는~」이라며 주의하는 점장에게 변명이랍시고 「아버지 심부름이에요!」라는 폭탄 발언을 던진 전설도 있었다. 물론 옆에 있던 시즈쿠는 두통 이상으로 창피해서 환장할 지경이었다.

"에헤헤, 걱정 끼쳐서 미안, 시즈쿠."

"……됐어. 살아만 있어 준다면, 그것만으로……."

시즈쿠는 그렇게 말하며 미안해하는 카오리에게 미소 지었다. 그리고 대뜸 표정을 진지하게 바꾸고 자세를 바로 해서 깊이 고개를 숙였다.

"나구모, 유에 씨, 시아 씨, 티오 씨. 제 친구를 구해주셔서 감사합니다. 빚은 늘어나기만 하고 갚을 능력도 없지만…… 이 은혜는 평생 안 잊을게요. 제가 할 수 있는 일이라면 뭐든 말씀해주세요. 저의 힘이 닿는 데까지 돕겠습니다."

"……여전히 의리 하나는 끝내주네. 그렇게 신경 쓸 것 없어. 우리는 우리 동료를 구했을 뿐이야."

하지메의 가볍기 짝이 없는 대답에 시즈쿠는 쓴웃음을 지어 보였다.

카오리뿐 아니라 자신들도 구해주지 않았는가. 그것도 목숨을 두 번이나.

자신들을 궁지에서 구해준 것조차 하지메에게는 어쩌다 자신의 상황과 맞아떨어졌을 뿐인 대수롭지 않은 일이었다고 생각하자 어째 웃음밖에 나지 않았다.

동시에 그런 하지메의 무덤덤한 태도가 괜스레 얄미워서 시즈쿠는 무심코 입술을 삐죽 내밀었다.

"……그런 것치고는 나도 신경 써주고, 코우키를 위해서 비약도 주던데?"

"네가 폐인이 되면 카오리가 얼마나 귀찮게 굴지 안 봐도 뻔한데……."

"귀, 귀찮다니…… 하지메, 무슨 말을 그렇게 해?"

시즈쿠가 빈정거리는 말도 태연하게 되받아치고, 걸고넘어지는 카오리도 무시한 채 하지메는 말을 이었다.

"게다가…… 어디 사는 선생님이 『쓸쓸한 삶』은 살지 말라고 하시더라고. 매사에 그럴 수는 없는 노릇이지만 뭐 그 정도의 일이라면……."

"……! 나구모……."

조용히 시즈쿠와 하지메의 이야기를 듣던 아이코가 그 말을 듣고 감개무량한 듯 눈을 글썽거리며 하지메를 바라봤다.

다른 학생들은 이상하게 거만해진 하지메에게도 아이코의 가르침은 통했나 보다, 라며 묘하게 감탄했다. 아이코도 그 점에 감동한 것이라고 생각했나 보지만 하지메 일행의 여성진과 아이 호위대 멤버, 시즈쿠는 아이코의 눈동자에 담긴 다른 종류의 열기를 민감하게 알아챘다.

카오리가 설마 하며 자신의 동료들과 시즈쿠에게 눈짓으로 확인했다. 유에, 시아, 티오는 날카로운 눈빛으로 고개를 끄덕였고 시즈쿠는 시선을 피해 하늘을 쳐다봤다. 아츠시 그룹은 이를 갈았고 유카 그룹은 메마른 웃음을 흘리며 눈을 슥 피했다.

이상한 기류가 흐르기 시작했단 것을 민감하게 알아챈 시즈쿠가 분위기를 환기하는 의미도 담아 이야기를 이었다. 묻고 싶은 것이 한둘이 아니었다.

"선생님이 납치된 그날, 선생님이 말씀하려던 이야기가 뭔지 들려줄 수 있어? 그거 나구모가 신대 마법을 얻은 거랑 관계있지?"

하지메는 시즈쿠의 말을 듣고 아이코에게 시선을 보냈다.

설명하라는 무언의 압박이었다. 아이코는 어흠, 헛기침을 하고 하지메에게 들은 미친 신의 이야기와 하지메 일행의 여행 목적을 설명했고, 자신이 납치된 일이나 왕도 침공 때 총본산에서 있었던 이야기를 풀어놓았다.

자초지종을 듣고 난 뒤 가장 먼저 입을 연 사람은 코우키였다.

"그게 무슨 소리야? 그럼 우리는 신의 손바닥 위에서 놀아났을 뿐이란 말이야? 그렇다면 왜 더 일찍 알려주지 않았어! 오르크스에서 재회했을 때 말해줄 수도 있었으면서!"

비난의 눈빛과 목소리. 하지만 하지메는 귀찮다는 식으로 코우키를 힐끔 볼 뿐 아무런 대답도 하지 않았다.

그 태도에 코우키가 덜컥 자리를 박차고 일어나 하지메에게 적의를 내비쳤다.

"뭐라고 말해 봐! 네가 더 일찍 알려줬더라면……!"

"코우키!"

시즈쿠가 말리는 데도 코우키는 흥분을 가라앉히지 않았다. 하지메는 시끄럽다는 듯 미간을 찌푸리고는 커다란 한숨을 뱉으며 성가시다는 눈으로 코우키를 봤다.

"내가 그렇게 말했어도 네가 믿었겠냐?"

"뭐라고?"

"넌 항상 착각에 빠져서 세상만사를 자기 입맛대로 해석해. 내가 대다수 사람이 믿는 신을 『미쳤다』고 하고, 그것도 모자라 네가 하는 짓은 다 부질없는 일이라고 해 봤자 너는 그걸 믿기는커녕 오히려 날 비난하지 않았을까? 그 광경이 눈에 선하다."

"그, 그래도 이해할 때까지 꾸준히 설명해주면……."

"허이구, 내가 왜 굳이 너희를 위해 그 고생을 해? 설마 같은 반이니까 너희를 돕는 건 당연하다, 뭐 그런 식으로 생각하는 건 아니겠지? ……자꾸 그런 헛소리만 하면…… 히야마랑 똑같이 된다?"

하지메가 영구동토처럼 차가운 눈초리로 흘겨보자 대부분의 아이들은 퍼뜩 눈을 피했다.

하지만 코우키만은 수긍하지 못하겠는지 아직도 성난 눈빛으로 하지메를 쳐다보고 있었다.

하지메 옆에서 유에가 두 번이나 구해줬는데 그 태도는 뭐냐고 말하고 싶은 눈으로 보고 있었지만 코우키는 눈치채지 못했다.

"그래도 이제부터 함께 신과 싸우면……."

"야, 잠깐, 용사(웃음). 내가 언제 신과 싸운댔어? 네 마음대로 정하지 마. 그쪽에서 찾아온다면 당연히 죽이겠지만 내가 힘들여 찾을 생각은 없다고. 대미궁만 공략하고 바로 일본으로 돌아갈 거니까."

그 말에 코우키는 눈을 휘둥그렇게 떴다.

"뭐? 설마 너, 이 세계 사람들이 어떻게 되든 알 바 아니란 소리야?! 신을 어떻게 하지 않으면 앞으로도 사람들이 그 손에 놀아난다고! 어떻게 그냥 놔둘 수 있어!"

"얼굴도 모르는 타인을 위해 써줄 힘? 난 그런 거 모르겠는데……."

"왜…… 대체 왜! 너는 나보다 강하잖아! 그만한 힘이 있으면 할 수 있지 않냐고! 힘이 있다면 옳은 일을 위해 쓸 수 있지 않냔 말이야!"

코우키가 부르짖었다. 언제나 그렇지만 실로 정의감 넘치는 말이었다.

하지만 그런『말』은 확고한 의지가 없는 자라면 몰라도 하지메에게는 닿지 않았다.

하지메는 마치 길가에 버려진 돌멩이를 보는 눈으로 코우키를 봤다.

"……『힘이 있으면』이라. 그 모양이니까 넌 항상 중요한 순간 땅바닥을 기게 되는 거다. ……나는 말이야, 힘은 언제나 명확한 의지를 가지고 휘둘러야만 한다고 생각해. 힘이 있어서 무언가를 하는 게 아니야. 무언가를 하고 싶으니까 힘을 추구하고 사용하는 거지. 『힘이 있다』는 이유로 본인 의지와 관계없이 해야만 하는 일이 있다면 그건 이미 『저주』일 거야. 너는 그 의지가 너무 박약해. ……그보다 너와 내가 걷는 길로 왈가왈부할 생각 없어. 더 물고 늘어지면 귀찮으니까 진짜 날려 버린다."

하지메는 그 말을 끝으로 코우키나 아이들에게 관심이 없다는 것을 보여주듯 시선을 거두어 버렸다.

코우키는 그 태도를 보고 하지메가 정말로 자신들과 이 세계를 증오하지도 원망하지도 않으며 그저 순수하게 관심이 없을 뿐임을 이해해야 했다.

게다가 자신의 패배 원인을 지적당해 심한 동요로 말문이 떨어지지 않았다. 나에게는 강한 의지가 있다! 그렇게 반론하고 싶었지만 어째선지 말이 나오지 않았다.

하지메의 입장을 알고 있던 전선 팀과 아이 호위대 멤버를 제외한 다른 아이들도 하지메가 돌아와서 다시 자신들과 함께 행동할 것이라고, 별 이유도 없이 막연하게 생각하고 있었다. 하지만 그것이 환상이었다고 절실히 깨닫고, 그리고 선불리 행동하면 정말로 히야마처럼 될지도 모른다며 떨었다.

꼭두각시가 됐다고는 하나, 멜드와 콘도를 포함해 얼굴을 아는 사람도 있었을 터인 기사들을 아무런 거리낌 없이 고깃덩어리로 바꾸어 버린 인간이었다.

잔류파에 이르러서는 하지메가 나락에 떨어지기 전 일도 있기에 눈길조차 주지 못하고 있었다.

"……역시 남아주실 순 없나요? 적어도 왕도의 방위 태세가 정비될 때까지라고 체류해 주셨으면 하는데……."

그렇게 부탁해 온 것은 릴리아나였다.

왕도는 아직 혼란 속에 있었다. 대규모 전이 마법진은 제거했지만 언제 마인족 군대가 쳐들어올지 모를 이 상황에서 하지메 일행을 이대로 놓아주고 싶지는 않았다.

적의 총대장으로 생각되는 프리드는 하지메가 있기 때문에 퇴각했다. 하지메 일행은 그곳에 존재하는 것만으로도 이미 억지력으로 작용하는 셈이었다.

"신의 사도와 본격적으로 맞붙은 이상 서둘러야 해. 카오리의 소생에 5일이나 소모하기도 했고. 내일 출발할 예정이야."

릴리아나가 어깨를 늘어뜨렸지만 하지메 일행이 떠난 뒤 프리드가 회군해 오지 않으리라는 보장이 없어서 왕녀로서 물고 늘어졌다.

"사정은 알지만 제발 부탁드릴게요……. 하다못해 그 빛의 기둥, 그것도 나구모 씨의 아티팩트지요? 그걸 눈에 보이는 형태로 왕도에 남겨주실 수 없나요? 사례는 제가 할 수 있는 한도에서 얼마든지 드릴 테니……."

"……아, 『히페리온』? 안 돼. 그건 처음 한 방을 쏜 뒤에 망가지기도 했고…… 시험 제작 단계였거든. 그러고 보니 그것도 개량해야 하는데……."

마인족 대군을 날려 버린 대군용 섬멸 병기 『히페리온』은 간단히 말하면 태양광 집속(集束) 레이저였다. 【신산】을 내려오기 전에 그것을 하늘로 날려 뒀었다.

『히페리온』은 거대한 기체 안에서 렌즈로 태양광을 모으고 그 열량을 내부에 설치된 『보물고』에 모을 수 있었다.

그리고 임계 상태인 『보물고』에서 쏟아지는 막대한 열량을 중력 마법이 부여된 발사구를 통해 다시 응축하여 지상을 향해 발사하는 것이었다.

그리고 이 『히페리온』 최대의 특징은 밤에도 태양광을 모을 수 있다는 점이었다. 그 비밀은 오스카 오르크스의 방을 비추던 인공 태양에 있었다. 그것은 태양광을 공간 마법과 재생 마법, 그리고 하지메가 파악하지 못한 신대 마법의 힘을 더해 만든 『해방자』들의 합작이었다.

지금 하지메로서는 유사품이라도 태양을 창조하기란 불가능했다. 그리고 『히페리온』은 시험 제작 단계이기도 하여 자체 열량을 견디지 못하고 부서져 버렸으므로 이미 그 레이저는 쏠 수 없었다.

물론 하지메가 만들어 낸 대군용 섬멸 병기가 『히페리온』밖에 없지는 않았지만—.

"그런, 가요……"

하지메의 말에 다시 릴리아나가 어깨를 떨어뜨렸다.

그러자 카오리, 시즈쿠, 아이코의 시선이 하지메에게 날아와 꽂혔다. 세 사람 모두 하지메의 입장을 알고 있었다. 하지메가 아무리 다소 주위를 돌아보게 되었다 할지라도 기본적으로 이 세계에 무관심하다는 점에는 변함이 없었다. 주위에 손길을 뻗는 이유는 자신의 동료가 간접적으로라도 슬퍼하지 않게 하기 위해서였다.

그래서 세 사람 모두 말로는 하지 않았다. 하지 않았지만…… 그 눈빛은 입보다 많은 말을 하고 있었다.

하지메는 자신 앞으로 나온 차를 마시며 무시했으나 시선이 너무 끈질겼다. 결국 얼굴 근육이 실룩실룩 경련하더니 불쑥 중얼거리듯 말했다.

"……출발하기 전에 대결계 정도는 고쳐줄게."

"나구모 씨! 감사드려요!"

표정을 확 펴는 릴리아나를 무시하고 하지메는 이제 됐지? 라는 투로 세 사람을 바라봤다. 세 사람 모두 릴리아나와 마찬가지로 기쁘게 웃는 얼굴을 하지메에게 돌려줬다.

나도 참 많이 둥글어 졌다고 생각하면서도 옆에 있는 유에와 시아까지 하지메에게 미소 지으니 「뭐, 나쁘진 않다」는 생각이 들어 어깨를 으쓱이고 쓴웃음 흘렸다.

"그럼 나구모는 이제 어디로 가? 신대 마법을 찾는다면 대미궁으로 가지? 서쪽에서 돌아왔으니까…… 대수해인가?"

"그래, 그럴 생각이야. 휴렌을 경유해서 갈 생각이었는데, 한 번 남하하는 것도 귀찮으니까 이대로 동쪽으로 가려고."

하지메의 예정을 듣고 릴리아나는 무슨 생각이 난 표정이었다.

"그럼 제국령을 지나시나요?"

"그렇게 되겠지……."

"그렇다면 저도 따라가도 될까요?"

"응? 왜?"

"이번 왕도 침공으로 제국과도 논의해야 할 일이 산더미처럼 쌓였답니다. 이미 사신과 대사가 제국으로 출발했지만 회담은 이르면 이를수록 좋아요. 나구모 씨의 이동용 아티팩트가 있다면 제국까지도 금방이겠죠? 그렇다면 제가 직접 나서서 이야기를 하고 오자 싶어서요."

이것을 대담하다고 해야 하나, 뭐라고 해야 하나……. 참으로 대단한 행동력을 자랑하는 릴리아나의 제안에 하지메는 깜짝 놀랐지만, 잘 생각해 보니 구원을 요청하고자 단신으로 왕성을 뛰쳐나와 대상에 숨어들어 왕도를 탈출한 공주님이었다. 당연하다면 당연한 발상이라며 묘하게 수긍이 갔다.

그리고 지나가는 길에 내려주는 것뿐이라면 수고스럽지도 않으므로 그 정도라면 괜찮다며 승낙의 뜻을 전했다. 단, 이것만은 확실히 해 뒀다.

"태워주는 건 좋지만 제도(帝都)에는 안 들어갈 거야. 황제와 회담이라니, 난 절대 안 따라갈 거다?"

"후후, 그렇게까지 뻔뻔한 말은 하지 않아요. 보내주시기만 하면 충분한걸요."

하지메가 잔뜩 경계하며 말하자 릴리아나는 무심코 쓴웃음을 지었다. 그때, 쭉 입을 다물고 있던 코우키가 다시 말을 꺼냈다.

"그럼 우리도 따라갈래. 이 세계가 어떻게 되든 알 바 아니라는 녀석한테 릴리를 맡길 순 없어. 가는 길에 호위는 우리가 할게. 게다가 나구모가 아무것도 하지 않는다면 내가 이 세계를 구하겠어! 그러기 위해서는 힘이 필요해! 신대 마법의 힘이! 너를 따라가면 신대 마법을 얻을 수 있는 거지?!"

"아니, 장소라면 알려줄 테니까 가려면 네가 알아서 가. 귀찮아 죽겠는데 왜 또 따라오겠다고 난리야?"

떡 줄 사람은 생각도 않는데 웬 김칫국부터 마시는가? 하지메는 어이가 없었다. 비난하면서 기대는 것은 또 무슨 경우인가?

그런데 아이코가 쭈뼛쭈뼛 예전에 하지메가 한 말을 들먹였다.

"하지만 나구모, 지금 우리 실력으로는 대미궁에 도전해 봤자 소용없다고 하지 않았나요?"

"……아, 그건…… 그래, 『무능』한 나도 어떻게든 했잖아? 괜찮아. 할 수 있어, 할 수 있어. 중요한 건 마음가짐이지. 근성이야."

하지메는 자신의 발언을 똑똑히 기억하던 아이코에게서 눈을 피하며 무책임한 말을 늘어놓았다.

"안 되는 거군요?"

하지메는 아예 고개를 돌려 버렸다.

하지메로서는 자신들이 세계를 뛰어넘을 수단을 얻으면 반 아이들이 편승하는 것쯤이야 봐줄 생각이었다.

하지만 그들이 신대 마법을 하나하나 얻도록 돕기는 죽어도 싫었다. 시간만 낭비하는 짓이기 때문이었다.

흥분한 코우키를 얼핏 보고 지금까지 경험한 패전을 떠올리며 생각에 빠져 있던 시즈쿠가 난감한 표정으로 고개를 들었다.

"……나구모, 부탁할 수 없을까? 한 번이면 돼. 하나라도 신대 마법을 가지느냐 마느냐로 다른 대미궁 공략에 결정적 차이가 생겨. 한 번만 따라가게 해주지 않을래?"

"기생해 봤자 마법은 못 얻어. 미궁에게 공략을 인정받을 만한 행동과 결과가 필요해."

"물론 알아. 신에 관해서는 지금은 둘째 치고 돌아가고 싶은 마음은 우리도 같아. 사생결단, 불굴의 의지로 도전할 거야. 그러니까…… 부탁할게. 몇 번이나 도움받고, 은혜를 갚겠다고 하자마자 이런 말을 하긴 그렇지만 지금은 너한테 기댈 수밖에 없어. 한 번만 더 도움을 줘."

지금 실력으로는 소용없다는 아이코의 말을 듣고 시즈쿠가 신대 마법을 하나만 얻도록 도와 달라며 애원했다. 은혜도 갚지 못하면서 또 기댈 수밖에 없는 것을 염치없게 생각하는지, 그 얼굴은 심하게 굳어 있었다.

"나도 부탁할게, 나구모. 더 강해져서 다시 한번 에리랑 얘기하고 싶어. 그러니까 제발! 이 은혜는 꼭 갚을 테니까 우리도 데리고 가줘!"

시즈쿠에게 감화되었는지 줄곧 침묵을 지키던 스즈까지 고개를 숙였다.

아무래도 에리에 관한 일로 생각에 빠졌던 것 같았다. 그 목소리와 표정에서 절실함이 엿보였다.

"부탁 좀 하자, 나구모. 최소한 내 몸뚱이랑 동료 정도는 지킬 수 있어야지 않겠냐. 이제 소꿉친구가 죽어 가는 데 보고만 있는 건— 못 견디겠어."

절실함으로 말하자면 류타로도 비슷했다. 하지메는 처음 보지만 류타로는 머리를 땅에 박을 기세로 고개를 숙이고 있었다. 【오르크스 대미궁】에서 있었던 일이든 이번 사건이든, 아무것도 할 수 없었던 자신을 상당히 자책하는 듯 보였다. 꽉 쥔 주먹에서 피가 조금 흘러나왔다.

애원하는 세 사람을 보고 하지메는 고민했다.

원래는 【하르치나 수해】 공략에 아이들을 데리고 가는 귀찮은 일은 생각할 가치도 없었다. 칼같이 거절하고 【오르크스 대미궁】이든 【라이센 대미궁】이든 내키는 곳으로 가라고 말할 상황이었다.

하지만 이때 하지메의 뇌리에 노인트와의 전투가 스치는 바람에 조금 판단을 망설이고 말았다.

왜냐하면 노인트는 【메르지네 해저 유적】에서도 언뜻 본 것처럼 시대의 전환점에 나타나서 권력자를 배후에서 조종하거나 방해꾼을 제거하는 등 말 그대로 신의 손발이 되어 암약해 온 인형이었다.

그렇다면 명백하게 만들어진 존재인 『신의 사도』 노인트가 과연 그것 하나뿐이라고 단언할 수 있을까?

그렇게 잘라 말하는 것은 너무 낙관적인 시각이었다.

노인트는 말했다.

하지메는 이레귤러이며 신은 그가 고통 속에서 죽기를 바란다고…….

그렇다면 노인트와 비슷한 존재를 다수 보내올 가능성은 충분히 생각해 볼 수 있었다. 그렇다면 그때를 위해 아이들의 힘을 키워 부딪치게 하는 것도 괜찮지 않을까? 하지메는 그렇게 생각했다.

자신을 노리는 적을 타인과 충돌시킨다.

자연스럽게 쓰레기 같은 발상을 하는 하지메.

그 속사정을 알면 분명 누구나 인간이 할 짓이냐며 따지겠지만 하지메는 「애초에 용사는 신이랑 못 싸워서 안달이니까 문제없겠지?」라고 가볍게 생각하며 최종적으로 【하르치나 수해】에 한해서 동행을 승낙했다. 일단 다른 일행에게도 눈빛으로 확인했지만 딱히 반대 의견은 없어 보였다.

아이들 사이에 안도의 한숨과 웃음이 번졌다.

설마 자신들을 총알받이 겸 미끼로 생각하는 줄은 상상도 못한 채 하지메에게 감사했다.

"……하지메, 무서운 사람."

"역시 주인님이야. 발상이 이미 사람 같지 않구먼."

아무래도 유에와 티오에게는 들킨 모양이었다. 목소리가 작아 아무도 듣지 못한 것 같지만…….

그것을 깨끗하게 무시한 하지메는 앞으로의 일을 생각했다.

이 여행도 끝이 보이기 시작했다.

어떤 존재가 막아서더라도, 어떤 상황에 빠지더라도 반드시 모두 쓸어버리고 고향으로 돌아가겠다. 이 세계에서 손에 넣은 『소중함』과 함께…….

결의와 각오의 불꽃은 하지메 안에서 한층 강하게 타올랐다.

이야기가 끝나고 해방된 후 하지메, 유에, 시즈쿠는 왕도 메인 스트리트에 나와 있었다.

시끌벅적, 왁자지껄, 왕도는 평소보다 더 소란스러웠다.

평상시라면 그 소음을 『활기차다』고 표현했겠지만 현재 왕도 사람들의 표정은 그렇게 표현하기에는 조금 슬픔의 색이 짙었다.

왕도 침공으로부터 닷새가 지난 지금도, 사람들의 가슴을 오가는 상실감과 슬픔은 사그라지지 않고 마음을 괴롭히고 있었다.

물론 그렇다고 복구공사가 멈추지는 않았다. 너 나 할 것 없이 슬픔을 가슴에 안은 채 이리저리 바쁘게 뛰어다녔다. 분명 그것이 『인간의 강인함』이리라.

그런 슬픔과 강인함으로 가득한 왕도 메인 스트리트를 걷는 하지메 일행의 팔에는 대량으로 사들인 핫도그 비슷한 것(소시지가 아닌 무언가가 들어 있다)이 한아름 안겨 있었다.

바쁘게 입을 우물거리며 그들이 향한 곳은 왕도 모험가 길드였다. 시즈쿠가 동행한 이유는 길드 본부에서 용무를 마친 후 대결계를 수복하러 가겠다고 하자 안내를 자처하고 나섰기 때문이었다.

시아를 비롯한 나머지 일행은 왕궁에 남았다. 지금 왕도에서 타 종족이 당당히 활보하면 사람들을 무의미하게 자극한다고 판단해 자발적으로 남은 것이었다.

비록 왕도 사람들이 자신들을 공격한 것은 마인족이란 사실을 알아도 지금은 인간족이 아니라는 이유만으로 화풀이할 위험성이 컸다.

성교 교회의 본거지가 있는 왕도에서는 아인족 노예조차 기피될 정도라서 처음부터 인간족 외의 종족이 거의 없었다. 그러므로 타당한 판단이라고 할 수 있었다.

지금은 카오리도 겉모습부터 인간을 벗어났고, 아이코와 아이들은 바쁜 릴리아나를 돕고 있으며, 티오는 요 며칠 밤낮없이 소비한 마력을 충전하기 위해 숙면 중이었다.

"길드 본부……? 결국 뭐 하러 가는 거야?"

시즈쿠가 치즈 맛 핫도그로 뺨을 가득 채우며 하지메에게 물었다.

"의뢰 완료 보고를 전해 달라고 부탁하려고. 일이 일이다 보니 직접 하는 게 좋겠지만 수해로 가는데 휴렌을 경유하기는 귀찮으니까. 본부라면 보고도 제대로 대응해주겠지."

"보고? ……혹시 그 뮤라는 애? 그러고 보니 보이질 않네……."

조금 아쉬운 듯 눈썹을 내리까는 시즈쿠에게 뮤가 어머니와 무사히 재회했다고 알려줬다.

잠깐 봤을 뿐인데도 뮤의 귀여움에 빠졌는지 시즈쿠는 「안아주고 싶었는데……」라고 중얼거렸다. 하지만 이어진 유에의 말에 놀라 눈을 동그랗게 떴다.

"……괜찮아. 또 만날 수 있어. 하지메가 일본에 데려갈 거니까."

"………………일본에? 나구모, 무슨 소리야?"

"무슨 소리긴, 말 그대로지. 뮤랑 약속했어. 내 고향에 데리고 가주겠다고."

"어, 아니, 하지만…… 뮤는 해인족 아이지?"

당혹스러워하는 시즈쿠에게 하지메는 아무렇지도 않게 어깨를 으쓱하며 답했다.

"무슨 말이 하고 싶은지는 알겠지만 큰 문제는 아니잖아? 대책이야 얼마든지 세울 수 있고, 만약 없더라도 만들면 돼. 그런 말도 있잖아? 할 수 있느냐 없느냐가 아니라 하느냐 하지 않느냐의 문제다."

"그건 뭐 그렇지만……."

"애당초 새삼스러운 문제잖아? 시아는 토끼 귀고…… 유에는 알비노도 아닌데 이렇게 선명한 빨간 눈에 송곳니도 날카로워. 장기적으로 보면 외모도 변하지 않고 말이야. 너도 내가 두 사람을 두고 일본으로 돌아갈 거라곤 생각 안 하지?"

하지메의 주장에 시즈쿠는 그것도 그렇다며 피식 웃었다. 옆에서는 유에가 입가를 올려 살포시 미소 지었다. 그 손은 하지메의 옷자락을 살짝 잡고 있었다.

은은하게 감미로운 분위기가 흘렀다. 그 분위기에 살짝 체온이 올라간 시즈쿠는 「뜨겁다, 뜨거워」라며 손으로 부채질했다.

알콩달콩한 두 사람을 보고 있으니 하지메라면 무슨 일이 있어도 어떻게든 되겠지, 라는 근거는 없지만 확신에 가까운 생각이 들었다. 그러다가 친구가 고른 길이 험난하리란 생각에 눈썹을 팔자로 떴다.

"……카오리는 돌아봐주고 있어?"

시즈쿠는 그만 걱정이 되서 물었다.

"으응? 그건 본인한테 물어. 내가 뭐라고 해 봤자 결국 그 녀석이 어떻게 느끼는지가 중요하잖아? 뭐, 내 딴에는 약속대로 성의 없이 대하진 않았어."

카오리를 보면 답은 저절로 나왔지만 노파심에 그만 묻고 말았다. 그래서인지 하지메가 과보호라고 눈으로 말해 왔다.

시즈쿠가 조금 창피해하는데 하지메의 발언을 들은 유에가 어이없어하며 폭탄 발언을 던졌다.

"……그러니까 덮치는 거야. 하지메, 정신 똑바로 차려."

"그, 그래."

"뭐? 잠깐만 있어 봐. 덮쳐? 누가 누굴?"

"……카오리가 하지메를. 정신없는 사이에 입술을 빼앗겼대. 카오리, 이 발칙한 것."

"카, 카오리가, 덮치…… 그래, 카오리는 먼저 어른의 계단을……."

시즈쿠는 친구가 모르는 사이에 이것저것 파워 업했다는 사실에 먼 산을 보며 뺨을 실룩거렸다. 홀로 남겨진 애수에 잠긴 듯했다.

"……아이코도 위험해. 하지메, 조심해."

"……에이, 그럴 리가 없잖아?"

유에의 날카로운 시선에 하지메가 눈을 슥 피하더니 약간 뜸을 들이고 그 가능성을 부정했다. 두 사람의 대화에 정신이 돌아온 시즈쿠는 「아, 맞아!」 하며 유에처럼 날카롭게 하지메를 추궁했다.

"왠지 자각이 있다는 말투잖아? 말해 봐. 나구모, 아이 선생님한테 무슨 짓 했어?"

"아니, 야, 왜 내가 무슨 짓을 했다고 전제를 깔아?"

"아이 선생님은 왕도에 돌아온 날부터 이미 이상했어. ……뺨을 붉히고 네 얘길 하시더라. ……그냥 마물 대군을 물리쳤다는 것만으로는 생각할 수 없는 반응이야. 우르 마을에서 무슨 짓 했지? 자, 전부 이실직고해! 카오리의 라이벌이 늘어날지도 모르는 중대사야!"

"아니, 그러니까 나는……."

점점 과열되는 시즈쿠를 말리며 기억을 되짚어 봤다.

그런데 무엇을 찾기도 전에 유에가 무표정하게 폭로했다.

"……키스했어. 진하게."

"……! 나구모! 너 어떻게 그럴 수가 있어?! 그 사람은 선생님이야!"

"잠깐, 진정해. 설명할 테니까 멱살 잡지 마, 흔들지 마!"

이 특급 플래그 건축가, 라고 말하고 싶은 표정으로 하지메를 앞뒤로 흔들어 대는 시즈쿠에게 하지메는 우르에서 했던 구명 조치를 설명했다. 독 때문에 아이코가 스스로 약을 삼킬 수 없었고 촌각을 다투는 상황이었기에 강제로 마시게 했다는 이야기였다.

거기서 유에가 시미즈를 쏜 동기와 총본산 격리 탑에서 구출한 이야기까지 덧붙이자 시즈쿠는 확신했다.

아아, 아이 선생님, 넘어갔구나…… 라고.

"뭐, 전체적으로 의도한 일이 아니란 건 알았지만……. 나구모, 아이 선생님 마음을 대충 알고는 있었나 봐? 언제부터 알았어?"

"……교회 인간들을 총본산이랑 함께 날려 버리고 패닉에 빠진 선생님을 달랠 때였어. ……이상하게 열띤 시선이어서 에이, 설마~, 했는데……. 역시 그런 거야?"

"……응. 그런 거야."

"그런 거야."

유에와 시즈쿠의 망설임 없는 긍정에 머리 한쪽 구석에 박아 둔 경악스러운 사실이 다시 부상했다. 하지메는 하늘을 봤다. 어떻게 할 거냐는 시선을 양쪽으로 받은 하지메가 끙끙거리며 궁리한 결과—.

"좋아, 그냥 놔두자."

그렇게 결론 내렸다.

"……하긴, 아이 선생님이 행동에 나설 것 같지는 않으니까. 긁어 부스럼 만드는 것보다는 그편이 낫겠지만……."

"엉? ……아, 그래. 그런 뜻이야. 그 사람은 선생님이란 사실에 구애받으니까. 내가 학생인 이상 모르는 척하는 게 제일이지."

실은 그냥 귀찮았을 뿐이라고는 말하지 못하고 살짝 눈을 피하면서 그럴싸한 말을 늘어놓았다. 하지만 시즈쿠의 의심에 찬 눈빛이 하지메의 변명을 꿰뚫고 있음을 증명해주고 있었다.

시즈쿠의 시선을 무시하면서 핫도그 같은 것을 다 먹어치웠을 무렵, 일행은 모험가 길드 왕도 본부에 도착했다.

휴렌 지부조차 발끝에도 따라가지 못할 규모와 역사를 느끼게 하는 건축물이었다. 그 입구는 활짝 열려 있었고 수많은 모험가가 분주하게 들락날락했다. 왕도 침공으로 인해 의뢰도 폭발적으로 늘어난 것이 아닐까.

일행은 길드 안으로 들어가서 줄이 열 개 이상 늘어선 카운터로 갔다. 모험가로 붐비어 시장 바닥이 따로 없었지만 과연 본부의 접수원답게 능수능란한 솜씨로 절차를 진행해 회전률이 몹시 빨랐다.

그리고 접수원이 하나같이 대단한 미인이었다. 그래, 대단한 미인이었던 것이다. 그리고 귀여운 애도 있었다. 대단히 귀여운 애도 있었던 것이다.

하지만 그런 미인계에 넘어갈 하지메는 아니었다. 누가 뭐래도 하지메의 애인은 둘째가라면 서러운 귀여움과 아름다움을 겸비한 완벽한 미소녀니까. 지금도 하지메의 손을 잡고 조물조물 누르는 사랑스러운 여자였다. 어떻게 다른 여성에게 눈길을 빼앗길 수 있으랴.

그러니까 조물조물에서 우득우득으로 돌입하지 말아줬으면 한다. 정말로 유에를 놔두고 다른 여성에게 한눈을 파는 일은 없으니까.

옆에서 기가 찬 표정을 짓는 시즈쿠를 무시하고 하지메는 접수원 앞에 도착했다.

그리고 스테이터스 플레이트를 내밀며 뮤를 【바다 위 마을 에리센】까지 보내줬다고 증명하는 서류를 꺼내 제출했다.

"의뢰 완료 보고인데, 본부에서 휴렌 지부의 이루와 지부장에게 전해줄 수 있어?"

"네? ……지명 의뢰……인가요? 죄송합니다, 잠시만 기다려 주십시오."

하지메의 말에 접수원이 조금 당황스러운 듯 고개를 갸웃거렸다.

길드 지부장의 지명 의뢰가 일개 모험가에게 주어질 리 없으니 당연한 반응이었다.

실제로 하지메 양옆에서 절차를 밟던 모험가들이 얼빠진 사람처럼 하지메를 보고 있었다.

접수원은 하지메의 스테이터스 플레이트를 받아 내용을 확인하더니 점잖은 표정을 바꾸고 다른 모험가들처럼 얼이 빠졌다.

그리고 몇 번이나 스테이터스 플레이트와 하지메의 얼굴을 번갈아 보고 당황하며 일어났다.

"나, 나구모 하지메 님이 맞으십니까?"

"……? 그래. 스테이터스 플레이트에 표기되어 있잖아?"

"죄송합니다만 응접실까지 와주실 수 있을까요? 나구모 님께서 길드를 방문하시면 안쪽으로 안내해 드리도록 지침이 내려와서요……. 바로 길드 마스터를 불러오겠습니다."

"아니, 나는 의뢰 완료 보고를 이루와 지부장에게 전달해줬으면 할 뿐인데……. 게다가 지금부터 대결계를 수리하러 갈 예정이야. 귀찮은 일은 사양할게."

"저, 저기~, 그건 저도 곤란한지라…… 바로, 정말 바로 길드 마스터를 불러올 테니까 잠시만 기다려주세요!"

접수원은 그 말만 남기고 하지메의 스테이터스 플레이트와 의뢰 완료 증명서를 들고 쌩하는 소리가 들릴 법한 기세로 카운터 안쪽을 향해 사라져 버렸다.

하지메의 표정이 언짢아졌다. 유에와 시즈쿠가 그런 하지메를 달래듯 참으라며 어깨를 톡톡 두드렸다.

잠깐 기다리던 하지메가 「귀찮은데 굳이 이루와한테 보고까지 해줄 필요 없겠지?」라고 생각하기 시작했을 때, 덥수룩한 턱수염과 가느다란 눈을 가진 노인이 방금 그 접수원과 함께 나타났다.

하지메는 그 노인의 얼굴을 보고 확신했다. 「흐어업!」 같은 기합을 지르며 상반신 옷을 근육으로 찢어 버리는 마초 노인일 게 분명했다.

역시나 그 기이한 패기가 흐르는 노인이 길드 마스터였는지, 그가 등장한 순간부터 길드 안이 조금 어수선해졌다. 그리고 길드 마스터가 하지메에게 말을 건 시점에서 어수선함은 길드 전체로 퍼졌다.

길드 마스터의 이름은 바루스 라프타. 어쩐지 파멸을 부를 것 같은 이름[#3]이었다. 그는 하지메의 예상과 달리 딱히 귀찮은 일이 있어서가 아니라, 이루와에게 하지메에 관한 연락을 들어 그냥 한번 만나보고 싶었을 뿐이라고 말했다.

마을에만 들르면 족족 사건에 휘말리던 하지메가 아니던가. 이번에는 그냥 넘어가는가 싶어 가슴을 쓸어내렸다. 하지만 세상사가 그렇게 호락호락하진 않는 법.

"바루스 공, 그들을 소개해주지 않겠어? 길드 마스터가 눈여겨보는 상대라면 나도 꼭 친해지고 싶은걸? 특히 저쪽의 아름다운 아가씨들에게는 신사로서 인사 정도는 해야겠지?"

그런 느끼한 대사와 함께 하지메 일행 곁으로 다가온 것은 금발 미남이었다. 뒤로 미녀를 네 명이나 거느렸다. 주위 모험가가 그를 보고 수군수군 입을 놀리기 시작했다.

들려오는 말에 의하면 아벨이라는 이름의 『금색』 랭크 모험가며, 『섬인(閃刃)』이라는 이명으로 불린다는 모양이었다.

바루스가 하지메를 아벨과 같은 『금색』 랭크라고 소개했다.

주위에서 술렁거리는 소리가 단숨에 커졌고 하지메는 진심으로 귀찮다는 표정을 지었다.

하지메가 유에와 시즈쿠에게 눈짓해 바로 길드를 나가려고 했지만 아벨의 관심은 확실하게 그 두 사람에게 가 있었다. 쉽게 보내줄 생각은 없는 듯했다.

시즈쿠가 용사 파티의 일원이란 사실을 모르는 걸까? 하지

#3 파멸을 부를 것 같은 이름 바루스. 애니메이션 『천공의 성 라퓨타』에 등장하는 파멸의 주문.

메는 의아하게 눈살을 찌푸렸다.

아벨은 하지메의 표정 변화에 아랑곳하지 않고 산뜻하게 웃으며 말을 걸었다.

"흐응~, 네가 『금색』이란 말이지? 많이 젊어 보이는데……. 대체 무슨 수를 썼어? 제대로 된 방법은 아니지? 아, 제대로 된 방법이 아니니까 이런 곳에서 말할 수 없겠구나……. 내 배려심이 부족해서 미안."

싱글벙글 웃으며 독설을 내뱉었다.

이 시점에서 하지메는 아벨을 상대할 생각을 아예 버렸다. 상대할 가치가 전혀 없다고 판단했기 때문이었다. 유에와 시즈쿠도 하지메의 속내를 짐작하고 얼른 길드를 나가려고 했다.

"아, 뭘 그렇게 서둘러? 내가 진짜 『금색』이라고 도망칠 것까지는 없잖아. 누가 잡아먹기라도 할까 봐 그래? 뭐, 너는 민망할 테니까 가 봐도 상관없지만 여자애들은 나랑 식사라도 할래? 진짜 『금색』이 뭔지 알려줄 수도 있는데?"

아벨이 그렇게 말하면서 진로를 막아섰다. 자신이 권하는데 거절할 여자가 어딨겠냐고 생각하는지 눈이 확신으로 가득했다.

하지만 아벨의 말에 담긴 내용이 그보다 훨씬 강한 치트 삼인방 앞에서 어떻게 들릴지를 생각하면…… 그냥 우스꽝스럽기만 할 뿐이었다.

하지메 일행의 정체를 아는 바루스도 얼굴을 돌리고 부들부들 떨고 있었다.

"이봐, 야에가시. 이런 얼굴값 못하는 미남은 네 담당이잖아? 아마노가와 하위 호환 같으니까 전문가에게 맡기련다."

"누가 무슨 전문가야? 그리고 그게 친구한테 할 소리니? 적어도 코우키는 이 정도까지 깨는 성격은 아니……지? ……아마도. ……이건 얼굴값을 못하는 정도가 아니라 불쌍한 수준이잖아."

"……시즈쿠, 의외로 신랄해. 하지만 격하게 동의."

세 사람은 그렇게 말을 주고받으면서도 극히 자연스럽게 아벨을 무시하고 옆으로 지나갔다.

아벨의 표정이 험하게 변했다. 아마 『금색』이 된 이래 지금까지 이런 식으로 무시당한 적이 없었으리라. 거느린 여자들도 매서운 눈초리로 유에와 시즈쿠를 노려봤다.

역시 소동이 일어나는구나. 하지메가 일단 카운터 옆에서 재미있다는 양 낄낄대는 길드 마스터도 포함해서 전부 날려버릴까…… 하는 흉흉한 생각을 시작했을 때, 문득 걸걸하지만 소녀 같은 목소리가 들려왔다.

"어머~엉, 이게 누구야? 하지메 씨랑 유에 언니 아냐?"

하지메는 그 목소리에 정체 모를 오한을 느끼고 반사적으로 돈나에 손을 대며 긴장했다. 그리고 하지메 일행이 돌아본 곳에 있던 것은―.

"뭐, 뭐야, 이 괴물은?!"

"누우가아 SAN치를 무덤 속에 처박는 이루 형용할 수 없고 직시하지도 말아야 할 괴물이라고오오?!"

무심결에 소리친 아벨에게 눈을 부릅뜨는 근육 덩어리였다.

극화(劇畵) 같은 거친 얼굴에 2미터 남짓한 키와 온몸을 무장한 근육 갑옷. 그런데 붉은 머리를 트윈 테일로 묶고 깜찍한 리본으로 장식한 것도 모자라 옷이 흔히 말하는 유카타 드레스[#4]였다. 프릴이 잔뜩 달렸다. 무척이나 하늘하늘했다. 통나무 같은 다리가 보란 듯이 노출되었다.

한순간 【브룩 마을】 옷가게에 서식하는 크리스타벨이라는 이름의 괴물인가 생각했지만 아무래도 다른 사람 같았다.

놈이 의태 능력이라도 지니지 않은 한에는—.

"힉, 오, 오지 마! 내가 누구인 줄 알고! 『금색』 랭크 모험가 『섬인』 아벨이다! 더 이상 다가오면 이 자리에서 목을 치겠어!"

"어우, 웬일이니! 초면에 난데없이 괴물이라느니 죽인다느니…… 같은 『금색』이라도 점장님과는 너무 다르다, 얘~. 하지만…… 얼굴은 내 취향인걸♡"

하지메 일행이 크리스타벨을 방불케 하는 여장남자에게 이름을 불려 굳어 버린 사이, 어떻게 된 영문인지 아벨이 궁지에 몰려 있었다. 아니, 그? 그녀? 는 그 자리에 서 있을 뿐이었지만 아벨은 보고만 있어도 정신력이 쭉쭉 깎이는 듯했다.

무심코 비명을 지른 아벨을 기가 막힌 표정으로 본 그? 그녀? 도 아벨의 외모만은 마음에 들었는지 슬금슬금 다가가고 있었다. 짐승처럼 눈에 불을 켜고 할짝 입맛을 다시면서…….

"오지 말라는 말 안 들려?! 이 괴물 같으니!"

아벨은 정체를 알 수 없는 공포에 견디다 못해 기어이 칼을

#4 유카타 드레스 일본 전통 의상인 유카타를 미니스커트 드레스로 개량한 것.

뽑았다.

그래도 『금색』 랭크 모험가의 공격이었다. 여장남자의 목숨은 풍전등화라고 모든 이가 생각했지만 현실은 언제나 예상을 뛰어넘는 법이었다.

잔상마저 발생하는 스피드로 아벨과의 거리를 단숨에 좁힌 여장남자는 한 손으로 아벨의 검을 튕겨 내고 와락 끌어안았다. 소위 베어 허그라고 불리는 기술이었다.

아벨의 몸에서 우두둑우두둑 소리가 났다. 도망치려고 필사적으로 발버둥 쳤지만 근육 구속에서 빠져나오지 못하겠는지 몸만 버둥대는 사이에 아벨의 비극이 시작됐다.

"우흐흐, 못된 아이에겐 벌을 줘야징♡"

"이러지 마! 그만— 으우우웁?!"

아벨이 움찔움찔 경련했다.

그리고 얼마 지나지 않아 그 손에서 검이 챙그렁 소리를 내며 바닥에 떨어졌다. 그 모습은 흡사 한 떨기 꽃이 꺾인 것 같았다.

아벨이 데리고 있던 여자들은 하나같이 얼굴이 새파랗게 질려 쏜살같이 길드에서 도망쳐 버렸다. 그 뒤에는 정적에 휩싸인 길드와 마침내 해방되어 바닥에 쓰러진 아벨만이 남았다.

누가 어떻게 봐도 불한당에게 폭행당한 불쌍한 피해자의 모습이었다.

하지만 썩어도 준치랬던가.

아벨이 『금색』 랭크 모험가답게 티끌만큼 남은 의지를 총동

원해서 여장남자를 번뜩 쏘아봤다. ……그러나 다가오는 여장남자를 보고 바로 움츠러들더니 그 시선을 하지메에게로 돌렸다.

"이, 이봐, 너! 같은 『금색』이잖아! 그럼 나를 구해! 어차피 부정행위로 손에 넣었을 테니까 내가 위쪽에 좋게 얘기해주겠어! 네가 이 『섬인』의 도움이 될 수 있다고 말이야! 영광인 줄 알아! 자, 얼른 이 괴물을 어떻게 해! 이 굼벵아!"

도와 달라면서 왜 욕을 하는지 모르겠다. 하지메가 그 멍청함에 기가 막히다 못해 연민을 느끼며 아벨에게 시선을 줬다. 더불어 이런 게 『금색』이라니, 이 세상 모험가도 볼 장 다 봤다며 바루스를 힐끔 봤다.

바루스는 고개를 저었다. 뭔가를 부정하려는 것일까? 어쩌면 아벨이 『금색』으로서 이런저런 문제가 있는 건지도 몰랐다.

아벨이 계속해서 못 들어줄 폭언을 지껄이자 여장남자가 아니라 유에가 앞으로 나섰다. 그것을 보고 아벨이 착각에 빠졌다.

"아, 구해주려고? 그렇다면 오늘 밤은 너를 위해 시간을……."

"……입 열지 마."

유에의 말에 분노가 포함된 것은 하지메도 시즈쿠도 잘 알았다. 아무래도 하지메에 대한 폭언에 조금 짜증이 난 모양이었다. 아벨의 말을 끊은 유에는 오른쪽 손바닥을 위로 들어 검게 소용돌이치는 구체를 만들었다.

"……죽었다가 다시 태어나. 『삐―』 자식."

"어? 잠깐?! 그마, 아, 아, 아아아아아아아아아앗!"

이날 이 세계에서 또 한 명 남자가 사라지고 여장남자가 첫 울음을 터뜨렸다.

만족스러운 표정으로 남자의 상징을 압살하고 온 유에가 하지메 옆으로 돌아왔다.

주위를 보자 남성 모험가가 모두 양손으로 가랑이를 지키며 엉덩이를 쭉 빼고 떨고 있었다. 개중에는 눈물을 머금은 자까지 있었다. 보기만 해도 아팠나 보다.

그리고 그때, 정적에 휩싸인 길드 안에서 소곤거리는 소리가 들리기 시작했다.

"이, 이봐, 금발 홍안 소녀와 백발 안대 소녀이면……."

"어? 서, 설마 『가랑이 스매셔』야?!"

"세상에…… 저 둘이 『스매 러브』인가……."

"뭐야? 그 소름 끼치는 별명은."

"너 몰라? 몇 개월 전에 혜성처럼 나타난 모험가야. 『금발 홍안 소녀는 장미와 같다. 그 미모에 혹하여 깊이 발을 들이면 기다리는 것은 신세계. 그녀는 미의 여신이자 아들을 죽이는 마왕님』. 『곁에는 백발 안대 소녀. 이 세상 부조리함의 화신. 놈에게 말은 통하지 않는다. 눈을 마주치지 마라. 말을 섞지 마라. 시야에 들어가지 마라. 아직 더 살고 싶거든』. 브룩에서 흘러든 음유시인이 전한 이야기야. 실제로 휴렌과 호르아드에서도 아들을 못 쓰게 되거나 재기 불능이 될 때까지 맞은 인간이 산더미처럼 있다더라."

"세상 참 무섭구먼."

아무래도 하지메와 유에는 음유시인의 입을 타고 왕도까지 그 이름을 떨친 듯했다.

주위 모험가들이 하지메 일행을 보고 전율의 표정과 함께 「눈이 마주치면 터질 거야!」라고 말하듯 가랑이를 감추며 슬금슬금 거리를 벌렸다.

"너희…… 대체 무슨 짓을 하고 다닌 거야?"

시즈쿠가 하지메와 유에에게 기가 찬 눈빛을 보냈다.

유에는 한쪽 귀로 흘려버렸지만 하지메는 본의 아니게 소문과 별명이 나돈다는 사실에 뺨을 실룩거렸다.

그런 그들에게 방금 그 여장남자가 말을 걸어왔다.

"오랜만이네? 두 사람 다 여전해 보여서 기뻥."

"……아니, 네가 누군데? 크리스타벨이랑 아는 사이인가?"

하지메가 윙크하는 여장남자에게 노골적인 경계심을 드러내며 물었다. 【브룩 마을】을 나올 때 크리스타벨에게 당한 짓은 가벼운 트라우마였다.

새삼스럽게 가까이에서 그 기괴한 모습을 보자, 시즈쿠도 평소의 사교성은 어디로 갔는지 무의식중에 얼굴이 굳으며 슬그머니 하지메를 방패로 삼듯 물러났다.

"어머, 내 정신 좀 봐. 인사도 안 하구……. 이 모습으로는 모르겠징? 전에 유에 언니에게 고백했다가 말 그대로 깨진 남자인데…… 기억 안 나?"

"……아. 정말?"

유에에게는 짚이는 구석이 있나 보다. 놀란 표정으로 거대한 여장남자를 올려다봤다.

유에가 떠올린 것이 기뻤는지 여장남자가 웃었다.

자기소개에 의하면 【브룩 마을】에서 유에에게 고백했지만 허무하게 차였고, 강경 수단에 나섰다가 가랑이를 스매시당한 전직 모험가라고 했다. 지금은 크리스타벨 아래에서 여장남자란 무엇인지를 배우고 있는 듯했다.

덧붙이자면 이름은 마리아벨(크리스타벨 명명)이었다.

"그때는 정말로 멍청했지 뭐야. 미안했어, 유에 언니……."

"……응, 새사람 다 됐어. 새로운 인생을 만끽하도록 해."

"우후후, 언니라면 그렇게 말해줄 줄 알았다니깐. 그러고 보니 요즘 계속 크리스타벨 점장님에게 제자로 받아 달라는 사람이 찾아오지 뭐야. 전직 『검정』 랭크 모험가나 무슨 범죄 조직 아이들, 그리고 호르아드를 거점으로 한 전직 용병 아이들까지…… 사정이 그래서 점장님이 점포를 확대할 생각이셔. 오늘은 사전 답사를 좀 하려구."

하지메의 등에 닭살이 돋고 표정이 전율로 일그러졌다. 아무래도 하지메 일행 때문에 이 세계에 여장남자가 대량으로 증식하는 듯했다.

게다가 하지메는 깨닫지 못했지만 마리아벨은 원래 평균적인 체격을 가진 남자였다.

그런 그가 불과 몇 개월 만에 이렇게 급성장했다.

크리스타벨은 그 육성법마저 괴물 수준 같았다.

더군다나 마리아벨이 방금 지나가는 말로 밝힌 것처럼 크리스타벨은 원래 『금색』 랭크 모험가였다. 그 제자들이라면 당연히 전투도 엄청나게 시켰을 것이다. 그것은 방금 마리아벨과 아벨의 싸움을 보면 자명했다.

세상에 둘도 없을 크고 강력한 여장남자 군단…… 악몽 같은 일이었다.

하지메는 친근하게 말을 나누는 유에와 마리아벨을 보면서 한시라도 빨리 이 세계에서 탈출해야겠다고 새롭게 결의를 다졌다.

뒤에서 「자업자득이면서……」라는 시즈쿠의 어이없는 목소리가 들렸다.

왠지 모르게 화가 난 하지메는 시즈쿠를 마리아벨에게 떠밀어 봤다.

이후 마리아벨의 마음에 든 시즈쿠가 진한 포옹을 받아 얼굴이 파랗게 질리고, 마리아벨과 헤어진 뒤 하지메와 대판 싸우고, 그때 일로 시즈쿠와의 관계를 놀리는 소문이 돌게 되지만…… 이 부분은 생략하겠다.

아무튼 하지메는 모험가 길드에서 세계가 다른 의미로 위협받는다는 사실을 알게 됐지만 가급적 그 사실을 생각하지 않으며 대결계를 수리하러 갔다.

시즈쿠에게 안내받아 도착한 그 장소는 많은 병사가 엄중하게 경비하고 있었다. 경비원들은 다가오는 하지메에게 험악한 시선을 보냈다.

하지만 옆에 시즈쿠가 있는 것을 알자 바로 눈에서 힘을 풀었다.

시즈쿠 덕분에 거의 프리 패스로 들어온 곳에는 대리석 같은 흰 돌로 만든 공간이 있었고, 중앙에 문장과 마법진이 그려진 원통형 아티팩트가 안치되어 있었다.

그 아티팩트는 본래 길이가 2미터는 됐겠지만 지금은 절반 정도가 부러져 잔해가 어지럽게 널려 있었다.

그 주위에는 머리를 감싸 쥐고 염불을 외듯 웅얼거리는 다수의 남녀가 있었다. 아마 대결계를 수리하러 온 직공들일 것이다.

"어이쿠, 시즈쿠 공이 아닙니까. 이곳에는 어쩐 일로……?"

그중 한 사람, 콧수염을 수북하게 기른 것이 얼핏 보기에도 장인 기질이 있을 법한 약 60대 남성이 시즈쿠를 보자마자 말을 걸어왔다. 시즈쿠와 아는 사이인가 보다.

"안녕하세요, 월펜 씨. 저는 그냥 안내인이에요. 대결계를 수리할 수 있을지도 모르는 연성사를 데리고 왔어요."

"네? 혹시 그쪽에 있는 소녀이?"

시즈쿠에게 월펜이라고 불린 남성은 하지메에게 시선을 옮겼다. 시즈쿠 앞이라서 말은 하지 않았지만 명백하게 의심하는 눈치였다.

실은 이 월펜이란 사람은 하일리히 왕국 직속 필두 연성사였다. 대결계 아티팩트는 당연히 신대 아티팩트며, 현대에는 설령 왕궁 필두 연성사라 할지라도 수리가 극히 어려웠다.

어디서 솟았는지 모를 스무 살도 안 되어 보이는 소년이 그것을 고칠 수 있다고 해도 쉽게 믿지 못하는 것은 당연했다.

하지만 그런 시선으로 보거나 말거나 알 바 아닌 하지메가 월펜이 이끄는 직공들 사이를 척척 지나가 아티팩트 잔해에 손을 댔다. 발동한 것은 『광물계 감정』이었다.

"오호라, 그렇군……. 이러니 강력할 수밖에."

"흥, 어린놈이 뭘 안다고……."

대결계가 몇백 년이란 세월 동안 왕도를 외적으로부터 지켜올 수 있었던 이유를 깨닫고 고개를 주억거린 하지메에게 월펜이 아니꼽게 콧방귀를 꼈다.

하지만 하지메는 그런 월펜의 말을 한 귀로 흘려버리고 『연성』을 시작했다.

붉은 스파크가 하지메를 중심으로 퍼지자 손아래에 있는 아티팩트 잔해가 차례차례 원래 위치로 융합되어 갔다.

그 연성 속도와 정밀도에 월펜뿐 아니라 그의 부하들이 일제히 눈을 크게 떴다. 하지메의 본격적인 『연성』을 처음 본 시즈쿠도 하얀 공간에 흩날리는 선명한 붉은 스파크에 눈길을 빼앗겨 아름답다고 중얼거렸다.

"대충 이쯤 하면 됐겠지."

불과 몇십 초 만에 신대 아티팩트를 수리한 하지메는 덤으로 마력을 주입해 대결계를 발동해 봤다.

원통형 아티팩트 꼭대기에서 빛 입자가 하늘로 올랐다.

그 직후, 밖에서 경비하던 병사 한 명이 방으로 뛰어 들어와서 제3 장벽이 부활했다고 알렸다.

"……이럴 수가. 신대 아티팩트를 이리도 간단히……."

넋이 나간 월펜에게 시즈쿠는 쓴웃음을 지으며 하지메가 자신과 같은 이세계인이란 사실을 밝혔다. 월펜과 부하들은 「어쩐지……」라며 납득한 표정을 보였다.

더불어 월펜과 부하들의 장인정신을 불태운 시즈쿠의 흑도도 하지메의 작품이라고 알려주자 그들은 짐승처럼 눈에 불을 켰다.

하지메는 그런 그들을 한 번 흘겨보고는 다음 아티팩트가 있는 곳으로 가고자 걸음을 떼려는데, 장인정신으로 똘똘 뭉친 직공들이 자신들의 실력을 아득히 뛰어넘는 연성사를 순순히 보내줄 리 없었다.

"기다리십시오오오! 제자로! 제발 우리를 제자로 삼아주십시오오오!"

"으억?! 뜨, 뜬금없이 뭐야? 다리에 매달리지 마! 기분 나쁘게!"

월펜이 다리에 매달려 하지메에게 제자로 받아 달라며 애원했다. 게다가 그 뒤를 이어서 월펜의 부하 연성사들이 하지메를 놓칠세라 다 같이 매달렸다.

하지메는 털이 수북한 아저씨들이 밀착해 오자 진심으로 짜증 나는 표정으로 다리를 흔들어 떨어뜨리려고 했다. 그러나 단단히 붙잡고 늘어지는 터라 당최 떨어지지 않았다.

할 수 없이 『전기 두르기』를 발동해 그들을 죄다 감전시켜 떨어뜨렸다. 그래도 기어 와서 손을 뻗는 직공들을 보자 천하의 하지메도 무시하지 못하겠는지, 치를 떨면서도 조곤조곤히 거절했다.

"이거 봐. 나는 내일 여기를 출발할 거고 당분간 왕도로 돌아올 예정도 없어. 제자를 받아 봤자 귀찮을 뿐인 데다가 무엇보다 제자가 되어 봤자 가르칠 것도 전혀 없다고."

"하지만 아티팩트를 눈 깜짝할 사이에 수리했고 시즈쿠 공의 흑도까지 만드셨다 들었습니다. 저희는 어떻게 해야 그것이 가능한지 짐작조차 가지 않습니다그려. 그 방법을 가르쳐 주시면……."

"아니, 이걸 하려면 『연성 마법』뿐 아니라 『생성 마법』이라는, 당신네가 쓸 수 없는 마법이 필요해."

"세상에 이런 일이……."

하지메의 말에 직공들은 힘없이 어깨를 떨어뜨렸다. 실제로 대결계 아티팩트에는 생성 마법으로 공간 마법이 부여되어 있었다. 왕도 결계는 특수한 공간 차단형 장벽이었던 것이다.

평범한 연성사가 수리할 수 있을 리 만무했다. 물론 공간 마법은 광석에 부여되어 있으므로 차근차근 복원해 나가면 완전하지는 않더라도 어느 정도는 수리했겠지만…….

고개 숙인 직공들을 남겨둔 채 하지메가 이번에야말로 다른 아티팩트가 있는 곳으로 가려는데, 직공들이 다시 안광을 날카로이 빛냈다.

"그래도 귀공의 연성 기술이 탁월하다는 점에는 변함이 없습니다! 제발 제자로오오!"

"아, 좀 그만하라고!"

무시무시한 장인정신. 좋은 물건을 만들기 위해서라면 물불 가리지 않는다.

결국 하지메는 모든 아티팩트를 수리하는 동안 거머리처럼 달라붙는 왕국 연성사들에게 시달리게 됐다.

심지어 어디서 소문을 들었는지 현장에 없던 직공들까지 모여들어 조금이라도 하지메에게 기술을 전수받고자 매달리는 지경에 이르렀다.

끝내 분노가 폭발한 하지메가 직공들을 힘껏 집어던져 보았지만 좀비처럼 일어나서 『연성』의 극의를 알아내려고 몰려들었다.

아무리 그래도 복구 사업의 중추인 직공을 모두 병원 신세 지게 할 수는 없다고 생각해 하지메는 도망치려고 했지만…… 아무래도 왕도 내에 직공 연락망이 있는 듯했다. 어디로 가든 불쑥 튀어나와선 꼬치꼬치 질문해댔다. 전부 캐낼 때까지는 바짓가랑이에 매달려서라도 떨어지지 않을 작정인지 하지메조차 하을 뗀 누릇이었다.

쏟아지는 질문 공세와 시연 요청에 하지메가 기어이 진심으로 도망쳤고, 그것을 왕도의 모든 직공이 쫓는 술래잡기가 펼쳐졌다.

"젠장, 어떻게 되먹은 거야? 『기척 차단』을 썼는데!"

"하하핫, 그런 건 『직공의 직감』 앞에서는 소용없는 일!"

"느껴집니다, 느껴져! 나구모 공의 뜨거운 파토스가아아아!"

"허억, 허억, 기술의 기척! 위대한 기술의 신음이 들려온다아아아!"

직공(?)에게는 하지메를 능가하는 일부 특수한 능력이 갖추어져 있나 보다.

하지메는 닿는 것도 싫어서 오만상을 쓰며 돈나&슈라크를 뽑아야 할지 진심으로 검토하기 시작했다.

최종적으로 그 도주극과 추격전은 복구 현장에서 직공들이 사라지는 사태로 각처에 혼란을 야기했고, 결국에는 릴리아나의 귀에까지 들어가 왕족이 사태 수습에 나서는 것으로 겨우 종결됐다.

"야에가시…… 도와주면 어디 덧나냐? 너, 그 인간들이랑 아는 사이라며?"

어딘지 모르게 지친 모습으로 왕궁으로 돌아온 하지메가 먼저 돌아와 우아하게 차를 즐기던 시즈쿠를 못마땅하게 바라보면서 불평했다.

시즈쿠 옆에는 유에도 함께 있었고 돌아온 하지메에게 기품 있게 차를 따라줬다. 정말이지 야무진 연인이었다.

눈에는 핏발을 세우고 거친 숨을 쉬어 대며 달려드는 직공 군단을 보고 하지메에게서 눈을 돌려 먼저 왕궁으로 돌아왔지만, 아무튼 멋진 연인이었다.

"내가 무슨 수로 그걸 말려? 흑도 때문에 신세를 지기도 했고…… 그때 알았는데 그 사람들은 한 번 불이 붙으면 아무도 못 말려."

"……하지메, 수고했어."

눈을 피하며 변명하는 시즈쿠와 차를 마시며 한숨 돌린 하지메의 머리를 감싸 안고 쓰다듬는 유에.

하지메는 유에를 한번 꽉 끌어안고는 두 팔로 안아 들어 시즈쿠 맞은편 자리에 앉았다.

"……뭘까, 가슴속에 울컥 올라오는 이 감정은. 유에도 나랑 똑같이 행동했는데……."

"무슨 소리야? 유에랑 널 똑같이 취급할 리 없잖아? 네가 하면 열 받는 일도 유에가 하면 괜찮아."

"유에는 네 애인이니까 그 말도 이해는 하지만……. 지금 널 엄청 패고 싶은 기분이야."

시즈쿠는 너무나도 노골적인 차별 대우에 핏줄을 세웠다. 당연하다고 생각하면서도 보는 앞에서 당하자 괜히 화가 났다. 연인끼리 사랑을 나누는 것은 당연하다고 생각하면서도 보는 앞에서 그러면 화가 나는 것과 마찬가지였다.

유에를 무릎 위에 올리고 과자를 「앙~」하기 시작한 하지메를 보고 시즈쿠가 「방해되는구나? 내가 눈치도 없이 앉아 있었구나?」라며 뺨을 실룩거렸다. 그리고 카오리가 있는 곳으로 도망가야겠다고 생각하기 시작했을 때, 갑자기 노크도 없이 방문이 쾅 열렸다.

무슨 일인가 싶어 그쪽으로 시선을 돌렸다. 세 사람의 눈에 들어온 것은 열 살 정도 되는 금발 벽안의 미소년이 하지메를 잡아먹을 듯 노려보는 모습이었다.

심지어 유에를 무릎 위에 올리고 있는 것이 마음에 들지 않았는지, 한순간 유에를 본 뒤 도끼눈을 더욱 치켜뜨며 분노를 배로 부풀렸다.

"너냐! 카오리를 그런 꼴로 만든 나쁜 놈이! 게, 게다가 카오리가 있는데도 그, 그런 짓을…… 용서 못 한다, 절대로 용서 못 해! 이야아아아아아!"

그런 말과 함께 등장한 사람은 이 나라의 왕자인 란델 S. B. 하일리히였다.

란델은 주먹을 불끈 쥐고 소리를 지르면서 하지메에게 냅다 달려왔다. 대놓고 주먹을 날릴 생각이었다.

하지메는 영문을 몰랐지만 일단 테이블에서 홍차용 각설탕을 집어 손가락으로 튕겨 날렸다.

"아욱!"

말도 안 되는 속도로 날아간 각설탕 총알은 정확히 란델의 이마에 직격했다. 란델이 기괴한 비명을 지르며 그대로 나자빠져 바닥에 뒤통수를 찧었다.

이마와 뒤통수의 격통이라는 이중고에 머리를 싸잡으며 뒹구는 란델.

그렇게 잠시 뒹군 뒤, 일어나서 다시 하지메를 확 노려보며 돌진하려고 했다.

그래서 하지메는 두 번째 탄을 발사했다. 딱콩! 란델의 머리가 뒤로 크게 젖혔다. 부서진 각설탕이 허공에 날렸고 란델은 화려하게 강제 백 텀블링을 하며 다시 바닥에 쓰러졌다.

"저, 전하아~! 네 이노옴~, 감히 전하를!"

"목을 쳐주마!"

"전하를 보호하라!"

란델이 열어 둔 문으로 그를 쫓아온 듯한 노인과 호위 병사 같은 남성들이 흥분해서 하지메에게 달려들었다.

—딱콩! 딱콩! 딱콩!

당연히 각설탕 총알이 전원의 이마를 깔끔하게 때렸고 뒤로 한 바퀴 회전시켜 나란히 쓰러뜨렸다. 어떻게 보면 예술적인 큰절 같았다.

하지만 란델도 아저씨들도 제법 끈질겨서 하지메를 노려보며 일어서려고 했다. 배짱은 좋다고 생각하면서도 일단 병에서 각설탕을 한 움큼 꺼내 전부 발사했다.

—팅팅팅팅팅팅팅팅팅!

날 리 없는 소리를 내며 각설탕 총알이 기관총처럼 하지메의 손에서 튕겨 나갔다. 란델과 아저씨들은 조잡한 마리오네트처럼 바닥을 뒹굴었다.

각설탕이므로 피해는 적었지만 그래도 아프다는 점에는 변함없었다.

입을 떡 벌리고 굳어 있던 시즈쿠가 겨우 정신을 차리고 하지메를 말리려고 했을 때, 실내에 훌쩍훌쩍 흐느끼는 소리가 들리기 시작했다.

마침 각설탕이 떨어져 총알 세례를 그만둔 하지메가 란델을 봤다. 그는 마치 괴한에게 폭행당한 여자아이처럼 양다리를 옆으로 가지런히 눕히고 바닥에 얼굴을 파묻어 훌쩍훌쩍 울고 있었다.

아무래도 하지메의 인정사정없는 공격에 마음이 꺾여 버린 것 같았다.

주위 아저씨들이 「저언하아~! 아직 피해가 크지 않사옵니다아!」라고 외치며 다가와 어떻게든 달래 보려고 했다.

그때 타이밍을 맞춰 릴리아나가 찾아왔다.

하지메에게 너무했다고 다그치는 시즈쿠와 하지메 무릎 위에서 태평하게 과자를 오물오물 먹는 유에, 시즈쿠의 주의는 들은 체 만 체 홍차를 마시는 하지메, 쓰러져 우는 란델과 그것을 열심히 달래는 아저씨들.

릴리아나는 그것들을 보고 상황을 파악했는지 한 손으로 눈을 덮고 고개를 젖혔다.

"늦었나 보네요……."

"공주님이야? 뭔지 모르겠지만 댁네 동생, 정서가 불안해 보이는데? 얼른 데리고 가주지 않을래?"

릴리아나의 눈은 「당신이 원인이잖아요!」라고 말하고 싶어 보였지만 란델이 트집을 잡고 날뛴 것도 사실이었다. 그녀는 땅이 꺼지도록 한숨을 쉬며 란델을 부축해 일으켰다.

란델이 하지메에게 돌격한 것은 당연히 카오리가 원인이었다.

딴 사람으로 변해 버린 카오리를 보고 경악한 란델은 어쩌다 이렇게 됐는지 이유를 추궁했다.

그 결과 듣자 하니 『하지메』란 작자가 원인임을 알게 됐고, 더 나아가 카오리가 사랑하는 소녀 같은 표정으로 하지메의 이야기를 하는 바람에 그는 자신의 진짜 적이 누군지 마침내 깨달았다.

그리고 「카오리에게 원래 몸을 버리게 하는 녀석이 제대로 돼먹은 인간일 리 없다!」라고 결론짓고 돌격해 왔는데, 하지메는 카오리의 진심 어린 사랑을 받으면서도 다른 여자를 안고 있는 것이 아닌가. 그 모습을 목격한 란델은 그만 분노가 극에 달해 버렸다.

란델의 입장에서는 마왕에게 사로잡힌 공주님을 구하는 각오로 하지메에게 덤볐으나…… 그 결과는 보다시피 이 모양이었다.

한 방 먹이기는커녕 접근조차 하지 못했고 제대로 상대조차 해주지 않으니 한심하고 분해서 결국에는 눈물이 나와 버린 것이었다.

"누니임~!"

릴리아나에게 안겨 일어난 란델은 결국 분에 못 이겨 울음을 터뜨렸다.

그 모습을 보자 하지메도 조금 너무했나 싶어 볼을 긁적였다. 시즈쿠에게서 다 큰 어른이 유치하게 왜 그러냐는 시선이 날아와 꽂혔다.

하지만 란델의 수난은 아직 끝나지 않았나 보다.

그가 릴리아나의 가슴에 얼굴을 묻고 운 직후 카오리가 방으로 찾아온 것이었다.

"앗, 란델 전하, 게다가 릴리도……. 어, 전하 왜 그러세요?! 왜 울고 계세요?!"

"카, 카오리?! 아니, 이, 이건 절대 누님에게 매달려 운 것이 아니고……."

란델이 릴리아나에게서 냉큼 떨어져 필사적으로 변명했다.

좋아하는 여자 앞에서 누나 품에 안겨 위로받았다고는 남자 체면상 입이 찢어져도 말할 수 없었다.

하지만 카오리는 란델이 우는 상황과 하지메의 태도, 시즈쿠와 릴리아나의 표정으로 대략적인 사정을 짐작했고 오랜만에 폭탄 발언을 쏟아냈다.

"아이참…… 하지메가 전하를 울렸지? 어린애를 괴롭히면 못써."

"아니, 갑자기 주먹을 쥐고 달려들길래 살짝 어루만져줬을 뿐이래도……."

자기는 진지했는데 하지메에게는 격퇴조차 아니었다고 하자 란델이 충격을 받았다.

하지만 무엇보다 대미지가 큰 것은 카오리가 자신이 괴롭힘을 받았다고 사뭇 당연하게 판단내린 것이었다. 란델은 그만 가슴을 붙잡고 윽 소리를 냈다.

"어루만지다니……? 제대로 『봐줬어』? 전하는 아직 『어린애』라고."

마음에 둔 여성에게 어린애 취급받은 것도 모자라 봐줄 것을 전제로 하는 굴욕에 란델이 하윽! 신음하며 더 강하게 가슴을 부여잡았다.

"봐줬어. 그냥 각설탕을 날렸을 뿐이라고. 아파 봤자 얼마나 아프겠어? 아무리 나라도 어린애 상대로 총은 안 뽑아."

"그래도 릴리에게 『안겨서 울고』 있었잖아……. 게다가 이거 봐, 이마가 빨개. 모처럼 『귀여운 얼굴』인데……. 전하는 조금 『착각이 심해서』 『자주 날뛰지만』, 심성은 『착한 애』니까 가능하면 진지하게 『상대해줘』……."

자신이 릴리에게 안겨 울었던 것도 다 들켰고, 남자인데 귀엽다고 평가받았으며, 누나에게도 자주 주의 받는 단점을 연달아 지적당한 끝에 추가타로 어린애 취급.

란델은 무릎을 털썩 꿇고 네 발로 엎드렸다.

릴리는 곤란한 듯 웃음 짓고 있었지만 시즈쿠와 아저씨들은 속으로 「이제 그만해! 전하의 라이프는 이미 제로야![#5]」를 비통하게 외치고 있었다.

하지만 카오리는 공격을 늦추지 않았다.

쓰러진 란델을 걱정하며 달려와 괜찮냐고 말을 걸었다.

"전하, 괜찮으세요? 역시 어디 잘못 맞은 데라도……."

"……아니, 다치진 않았다. 그보다 카오리…… 카오리는, 짐을 어떻게 생각하느냐?"

만신창이가 된 란델은 큰맘 먹고 카오리의 속마음을 물었다.

#5 **전하의 라이프는 이미 제로야** 만화 『유희왕』에 등장한 대사 패러디.

"전하를요? 으음…… 가끔 릴리가 부러워지곤 해요. 저도 전하 같은 개구쟁이 동생이 있었으면 좋겠다~, 하고."

"그헉…… 도, 동생……."

웃는 얼굴로 떨어뜨린 폭탄이 란델에게 추가 대미지.

시즈쿠와 아저씨들이 왜 스스로 상처에 소금을 부리는 짓을 하냐며 울 것 같은 표정을 지었다. 그리고 란델에게 이제 그만하라고 눈빛으로 호소했다.

하지만 어려도 남자. 여기서 멈춰 설 수는 없었다.

최근 며칠간은 아버지의 부고에 세상을 잃은 것처럼 울었다. 하지만 어머니와 누나의 도움으로 다시 일어선 란델은 그 무덤 앞에서 강해지겠노라 막 맹세한 참이었다. 왕이 사라진 이 나라에서 선두에 서야만 하는 자신이 이 정도 아픔에 멈출 수는 없지 않겠는가!

"그럼…… 저런 녀석이 좋단 말이더냐? 저 녀석의 어디가 좋단 말이냐!"

란델이 하지메를 매섭게 노려보며 에둘러 「눈을 떠라, 카오리! 짐이 더 좋을 게 뻔하다!」라고 호소했다.

하지메는 란델이 노려보는 지금 이 순간에도 유에를 뒤에서 껴안고 있었다. 란델의 눈에는 바람둥이 인간말종으로밖에 보이지 않겠지.

하지만 카오리에게서 돌아올 반응이야 뻔한 것이었고…….

"네? 가, 갑자기 왜 그러세요? 아이참~, 부끄러운데. 그래도 후후, 맞아요. 저 사람이 제가 사랑하는 사람이에요. 어디가 좋냐고 물으시면 전부, 라고밖에는…… 후후."

그렇게 란델에게 쐐기를 박았다.

다시 고개를 떨군 란델은 네 발로 엎드린 채 부들부들 떨기 시작했다.

그것을 걱정한 카오리가 손으로 등을 문지르며 말을 걸었으나, 란델은 벌떡 일어나서 카오리의 손을 떨쳐내고 입구로 맹렬히 뛰어갔다.

그리고 문전에서 한번 돌아서더니—.

"너희 다 미워어어어어어어어어어!"

그렇게 쩌렁쩌렁하게 소리치고 달려가 버렸다.

떠날 때 그의 눈시울이 반짝 빛난 것은 잘못 본 게 아니리라. 멀리서 「우와아아아아아앙!」 하고 울음소리인지 포효인지 모를 절규가 들려왔다.

란델의 갑작스러운 질주에 얼떨떨하게 선 아저씨들이 「전하아~!」를 외치며 허둥지둥 란델의 뒤를 쫓아 방을 나갔다.

"……청춘이구나……."

"나, 남의 일이니……? 자기가 울려 놓고."

"이니, 뭐, 그건 그런데…… 끝장낸 건 카오리 아니야?"

"큭, 반론을 못 하겠어……."

첫사랑을 벚꽃처럼 흩날리며 떠나간 란델을 바라보면서 하지메가 중얼거리자 시즈쿠가 따지고 들었다. 카오리는 대체 란델이 왜 저러나 하며 쫓아가려고 했지만 릴리아나가 그것을 막았다.

릴리아나는 이르든 늦든 란델의 첫사랑은 이루어지지 않을 것이라고 알고 있었기에 오늘 밤은 함께 자며 동생을 달래주자고 생각했다. 란델은 이 나라의 왕이 될 인물이었다. 실연 한 번쯤이야 좋은 인생 경험이려니, 하며 어깨를 으쓱했다.

릴리아나는 휑하니 열려 있는 문을 닫고 카오리를 데리고 하지메가 있는 곳으로 다가갔다. 아무래도 란델을 쫓아오기만 한 것이 아니라 하지메 일행에게 할 말도 있었나 보다.

릴리아나는 시즈쿠 옆자리에 앉았다.

카오리는…… 유에가 앉은 반대쪽 무릎에 앉으려다가…….

유에와 레슬링에서 보는 락 업처럼 손을 맞잡고 아슬아슬한 힘겨루기를 펼쳤다.

예전 육체라면 아무리 유에가 후방 특화라도 마력 직접 조작으로 신체를 강화할 수 있어서 카오리는 대항조차 하지 못했겠지만, 지금은 사도의 몸이므로 충분히 대항……을 넘어 오히려 밀어붙이고 있었다.

"카오리…… 너, 강해졌구나……."

"아뇨, 시즈쿠. 감탄하지 말고 말려야죠."

어딘지 모르게 쓸쓸한 표정으로 엉뚱한 발언을 하는 시즈쿠에게 릴리아나가 합당한 말을 했다.

카오리가 한 번 사망하는 충격적 사건이 있고 난 뒤 시즈쿠가 카오리에 관해서는 바보가 되어가는 감이 있었다. 학급 제일의 양심이자 상식을 갖춘 그녀를 이대로 바보 캐릭으로 만들 순 없다며, 하지메는 카오리의 이마에 강렬한 딱밤을 먹여

옆자리에 앉혔다.

"우우, 유에만 해주고, 치사해……."

"……후후, 하지메 무릎은 양보 안 해."

"저기~, 슬슬 이야기를 시작하고 싶은데요……."

릴리아나가 머뭇거리면서 말을 걸었다. 하지만 그녀에게 눈길을 주는 사람은 아무도 없었다.

"하지메……."

"그렇게 쳐다보지 마, 카오리. 옆자리면 됐잖아?"

"……어쩔 수 없지. 손은 양보할게."

"어? 정말? 그럼 평소에 유에한테 하는 것처럼 볼을 쓰다듬어줬으면 하는데, 안 돼?"

"그 정도는 상관없어."

"에헤헤, 고마워, 하지메."

"기다릴게요. 기다리면 되죠? 아무렴, 언제까지든 기다려야죠…… 훌쩍."

말을 걸 타이밍을 완전히 놓친 릴리아나가 「나, 왕녀인데…… 또 병풍 신세」라며 눈물을 머금었다.

보다 못한 시즈쿠의 개입으로 겨우 하지메를 중심으로 한 핑크색 결계가 해제되었다. 카오리 성분이 섞여 있었는지 평소보다 조금 더 강력한 것 같았다.

카오리의 한결같은 마음에 하지메가 마음을 풀고 있다는 증거일까…….

"어험. 다름이 아니라 나구모 씨가 말한 성교 교회의 전말에 관한 소문 유포 말인데요…… 의외로 잘 풀리고 있다고 해요. 역시 아이코 씨, 아뇨, 『풍작의 여신』이란 이름이 유효했나 보네요.”

“그래? ……뭐, 사람은 믿고 싶은 걸 믿으니까. 극적으로 마음을 뒤흔드는 일이라면 더욱 그렇지. 문제없이 받아들여질 거라고 생각했어. 이제는 무슨 일이 터졌을 때 얼마나 효과를 발휘하느냐, 인데…… 이건 생각해도 소용없는 일이지.”

“……그렇죠. 하지만 아직도 믿어지지 않아요. 오랜 세월 믿어 온 것이 환상이었다니……. 개인이면 몰라도 집단이라면 패닉에 빠질 게 확실했어요. 나구모 씨의 계획은 저희 왕족에게도 시기적절한 제안이었어요. 감사합니다.”

릴리아나는 복잡한 표정을 지으면서도 하지메에게 감사했다.

시즈쿠가 무슨 말이냐고 고개를 갸웃거리며 설명을 요구했다.

하지메가 릴리아나를 통해 흘린 이야기란 국민에게 총본산 붕괴를 어떻게 설명하느냐에 관해서였다.

계속 숨길 수 있는 일이 아닌 이상, 왕궁에서 무슨 설명을 내놓을 필요가 있었다.

하지만 사실대로 「여러분이 믿던 『에히트 님』은 사람을 자기 장난감 정도로밖에 생각하지 않는 전쟁광이며 성교 교회 녀석들도 광신자뿐이라서 총본산째로 죄다 폭파해 버렸습니다!」라고 전하면 당혹감을 넘어 공황 상태에 빠질 뿐이었다.

그래서 하지메가 설명 내용에 관한 초안을 준비했고 릴리아나에게 그것을 토대로 국민에게 설명할 것을 부탁했다.

그 내용은 싸움을 바라는 악한 신이 교회 관계자를 세뇌해 왕도 침공을 일으켰다.

신이 보내신 아이코 님이 상황을 우려해 스스로 싸움에 나섰다.

교황들은 목숨을 걸고 신의 사도와 함께 싸웠고 끝내 순교했다.

왕도를 지키기 위해 아이코 님의 검이 빛이 되어 쏟아졌다.

……라는 식이었다.

완전한 진실은 아니지만 거짓말도 하지 않았다. 대체로 맞는 말이었다.

그것을 토대로 『풍작의 여신』인 아이코가 『악한 신은 에히트 님의 이름을 사칭할지도 모른다. 진실로 선한 우리의 신을 위해서 우리는 맹목적으로 받아들일 뿐 아니라 신을 위해 스스로 생각하고 행동하는 인간이 되어야 한다. 무엇이 옳은지, 자신의 머리로 판단해야만 한다. 그것이 우리가 믿는 신에게, 그리고 교황 및 순교자들에게 보답하는 길』이라는 내용의 연설을 후일 추모식 등에서 할 예정이었다.

즉, 진짜 『악 에히트』와 하지메가 만든 가공의 『선 에히트』가 있다고 착각하게 하고 『풍작의 여신』은 후자의 편이라는 인식을 심어 사람들이 경각심을 갖게 하겠다는 계획이었다.

에히트의 이름을 들어도 그것이 『악 에히트』인지 『선 에히트』인지 구분되지 않으면 안이하게 유도되지 않고 스스로 무엇을 믿어야 할지 생각할 것이다.

이로써 태어날 때부터 믿어 온 것이 환상이었다는 사실에 집단 히스테리를 일으키는 사태를 막을 수 있고, 또 장래에 신에 대한 반항의 불씨가 될……지도 몰랐다.

"그렇구나. ……나구모가 보기보다 생각이 많은데? 신에 관한 이야기를 아이 선생님에게만 한 것도 그렇고, 이번 일도 그렇고……."

"날 단순 무식한 인간으로 착각하고 있지 않아? 뭐, 그 자리에서 생각난 김에 큰 수고도 아니니까 일단 해 볼까 싶으면 할 뿐이고, 기본적으로는 총으로 해결하지만……."

"후후, 딱히 무식하다는 생각은 안 했어. 믿음직스럽다는 말이야. 칭찬으로 생각해줘."

시즈쿠의 말에 하지메는 어깨를 으쓱했다. 시즈쿠는 그런 하지메를 든든하게 바라봤다.

어쩐지 마음이 잘 통하는 듯한 대화였다. 유에와 카오리의 시선이 시즈쿠에게 꽂혔고 그것을 알아차린 시즈쿠가 흠칫 몸을 떨었다.

"뭐, 뭐야? 왜 그렇게 봐?"

"유에, 어떻게 생각해?"

"……응. 아직 괜찮아. 어디까지나 친구 수준."

"그래. 『아직』이란 말이지……."

"……응. 요주의 인물."

유에와 카오리가 뭐라고 숙덕숙덕 상담하고 있었다. 시즈쿠는 엄청나게 거북해 보였다. 그리고 릴리아나는 또 병풍이 되었다.

그런 그녀들에게 하지메는 무슨 시답잖은 얘기냐며 어이없는 표정을 보였다.

저녁.

하늘에 노을빛이 번지고 사람들의 그림자가 크고 길게 늘어질 무렵, 왕궁 부지 내에 있는 【신산】 암벽을 깎아 만든 거대한 충령탑 앞에 한 사람이 서 있었다.

"죄송해요……."

그렇게 중얼거린 자의 정체는 아이코였다.

충령탑 앞에는 이번 소동으로 죽은 많은 사람의 유품과 헌화가 놓여 있었다.

아직 전사자를 확인하는 중이라서 충령탑에 이름은 새겨지진 않았지만 멜드 단장과 그의 기사들도 이곳에 이름이 올라갈 예정이었다.

유품 가운데는 아이코에게 익숙한 무구가 가지런히 놓여 있었다. 손상된 서양식 칼과 창. 떠나 버린 아이코의 제자들—히야마 다이스케와 콘도 레이치의 아티팩트였다.

아이코가 나지막이 흘린 참회의 말은 대체 무엇을 향한 것이었을까.

그들을 집으로 돌려보내 주지 못한 일에 대해서일까.

아니면 자신의 학생들이 일으킨 일에 희생된 많은 사람을 향한 것일까.

혹은 자신이 한 일도 포함해 그것을 전부 아우르는 것일까…….

아이코가 힘없이 고개를 숙이고 무언가를 견디듯 서 있는데 터벅터벅 발소리가 울렸다.

유달리 크게 울리는 소리였다. 아마 자신의 존재를 알리려고 일부러 낸 것이겠지. 평소 그는 이런 잡음을 내지 않으니까.

아이코가 정신을 차리고 바닥을 보던 고개를 들어 시선을 돌렸다.

"나구모……."

"우연인데, 선생님."

아이코의 시선이 향한 곳에 있는 것은 하지메였다.

저녁 햇빛이 비쳐 오렌지색으로 빛나는 눈동자를 똑바로 아이코에게 향하고 있었다. 그 손에 꽃이 한 송이 들렸다. 헌화하러 왔다는 것을 한눈에 알 수 있었다. 아이코는 조금 뜻밖이라는 표정을 지었다.

하지메는 아이코의 표정에서 무슨 생각을 하는지 눈치채고 씁쓸히 웃으며 헌화대에 꽃을 살며시 올려놓았다.

"나라고 죽은 사람을 애도하는 마음이 전혀 없진 않다고, 선생님."

"네? 앗, 아뇨, 저는 딱히……."

하지메가 대단히 서운하다는 투로 말하자 아이코는 동요한 것처럼 손을 버둥거리며 얼버무렸다.

하지메는 농담이라는 듯 어깨를 으쓱하고 말없이 아이코 옆에 섰다.

아이코는 힐끔힐끔 하지메를 봤지만 거대한 충령탑을 올려다보는 하지메는 아이코를 특별히 신경 쓰는 내색도, 이야기를 꺼낼 기색도 없었다.

말없는 공백에 괜히 거북해진 아이코는 어쩔 수 없이 스스로 운을 뗐다.

“저기, 그 꽃은…… 역시 히야마랑 콘도를 위해서……인가요?”

“그럴 리가 없잖아? 멜드한테야.”

엉뚱한 착각에 하지메는 눈썹을 한쪽만 치켜세우고 가볍게 답했다.

“멜드 씨에게…….”

“그래. 오래 알고 지내지는 않았지만 그 사람의 인간성은 나쁘지 않았어. 그 입장에 반해 고민도 많고, 실수도 했고, 끝없이 자신을 갈고닦고자 노력하고……. 꽃 한 송이라도 바쳐야겠다는 생각이 들 만큼 아쉬운 사람이긴 했어.”

“나구모…… 그렇죠…….”

하지메의 말에 아이코는 어딘지 모르게 표정이 부드러워졌다.

적이라면 용서 없이 살의를 드러내는 하지메라도 사람의 죽음을 애도하는 마음이 제대로 있다는 것이 기뻤다.

일부러 꽃까지 준비해 왔다는 사실에 자연스럽게 입꼬리가 올라갔다.

실은 목욕을 하기로 한 유에 및 여성진이 육식동물 같은 눈으로 하지메를 끌고 가려는 터라 도망쳐 나오긴 했으나, 시간이 남아 심심하던 차에 우연히 복도에 놓인 꽃병의 꽃을 보게 됐고, 시간이나 때울 겸 헌화나 하자는 생각에 그것을 뽑아 왔을 뿐이었지만…….

멜드를 애도하는 마음은 분명히 있으므로 굳이 말할 필요는 없으리라.

하지메는 그런 사정을 가슴속에 묻으며 살포시 웃음 띤 아이코를 보고 미간을 모았다.

"비난하지 않는구나……."

"네?"

맥락 없는 하지메의 말에 아이코는 고개를 갸우뚱 기울였다.

"히야마 말이야. 시미즈 때와는 상황이 달라. 마지막엔 마물에게 뜯어 먹혔나 보지만 내가 죽인 거나 마찬가지지. 선생님이 무엇보다 소중히 생각하는 학생을 또 한 명 죽였다고. 콘도도 이미 죽은 상태였지만 원형을 못 알아보게 박살낸 건 나야. ……선생님이라면 화내면서 한마디 할 줄 알았는데."

"……."

아이코는 미소를 거둔 뒤 다시 고개를 숙이고 말았다.

하지메는 말이 없었다. 대답을 재촉하지도 않았다.

말없이 얼마나 시간이 지났을까.

이윽고 아이코가 드문드문 말을 흘리듯 이야기를 시작했다.

"……솔직히, 말처럼 쉬운 문제가 아니에요. 히야마가 시라사키를 죽인 건 용서받지 못할 일이지만 가능하다면 살아서 죄를 갚길 바랐어요. 콘도가 그렇게 된 것도 충격이었죠. 그래도 나구모가 품은 분노도 알아요. 소중한 사람이 눈앞에서 죽었는데…… 그런 사람에게 제 이상대로 행동하지 않았다고 화를 낼 수는 없죠. ……게다가 저는 나구모를 비난할 자격이 없으니까요."

아이코는 팔짱을 끼듯 위팔을 문질렀다. 마치 차갑게 식어버린 몸을 데우려는 것처럼…….

"그건 선생님이 총본산에서 저지른 일 때문이야?"

"……."

무언의 긍정. 한때 균형을 잃을 뻔한 정신을 하지메의 위로와 티오의 재생 마법으로 간신히 바로잡았지만, 다시 죄책감과 윤리관으로 인해 정신이 마모되어 가는 느낌이었다.

자세히 보니 화장으로 감추기는 했으나 눈 아래에 다크 서클이 생겼다. 최근 며칠간 잠을 자지 못한 것이 분명했다. 어쩌면 악몽이라도 꾸고 있는 것이 아닐까.

다시 정적이 깔렸다. 하지메는 아무 말도 없이 침묵을 지켰다.

그 분위기에 견디지 못했는지 아이코가 패기 없는 목소리로 하지메에게 물었다.

"……나구모는…… 괴롭지 않아요?"

"사람을 죽인 게? 딱히 괴롭다는 생각은 안 들어. ……아마 나락 밑바닥에서 내 안에 있던 그런 부분은 망가졌겠지. 그래서 공감해줄 수가 없어."

"……."

하지메의 말에 아이코가 괴롭게 인상을 찌푸렸다. 하지메 안에서 소중한 무언가가 망가져 버렸다는 것도, 그것을 딱 잘라 단언한 것도 아이코의 정신을 더욱 옭아매는 요인이 되었다.

"……아무도…… 비난하지 않아요."

"응?"

아이코가 참지 못한 듯 심정을 털어놓았다.

"아무도 저를 비난하지 않아요. 반 아이들이 저를 보는 눈은 변하지 않았고, 왕궁 사람들은 감사하는 눈빛마저 보내요."

그것은 사실이었다. 반 아이들은 하지메가 보여준 처참한 싸움의 인상이 너무 강렬해서 아이코가 살인에 가담했다고 해도 그다지 실감이 나지 않았다. 오히려 아이코가 자신들을 위해 앞으로 나서서 싸워줬다는 인상을 품었고, 왕국 귀족과 관리들은 세뇌를 풀어줘서 감사할 정도였다.

"데이비드 씨와 다른 호위대 분들에게도 말했지만 그 사람들조차 조금 생각할 시간을 달라며 그 자리를 떠날 뿐 바로 저를 비난하지 않았어요. 저는 그 사람들의 소중한 것을 송두리째 앗아 갔는데……!"

꽉 깨문 입술에서 피가 맺혀 떨어졌다.

아이코는 비난해주길 바랐을 것이다. 사람을 죽인다는 행위는…… 감당키 어려웠다. 미치거나 정신머리가 썩어 빠진 인간이 아닌 한, 보통은 죄책감이나 윤리관이라는 이름의 칼날에 자신의 정신까지 상처 입는다.

그런 자에게 비난과 벌이란 오히려 구원이 되기도 했다.

아이코 본인도 무의식중에 그것을 바랐으리라. 하지만 그것은 주어지지 않았다.

하지메는 아이코가 교회 관계자를 타도한 원인 중 하나를 만든 것은 분명하나, 그녀가 없었어도 티오가 어떻게든 그들을 말살했으리라고 믿고 있었다.

그래서 아이코가 혼자 너무 죄를 짊어지려 한다고 생각하면서도 난감하게 볼을 긁적이며 입을 열었다.

"말은 그렇게 해도 선생님, 직접적인 원인은 티오의 브레스고 선생님은 거들었을 뿐이잖아? 전부 혼자 잘못한 것처럼 짊어질 필요는 없다고 보는데……."

"그런 건 관계없어요! 저는, 분명히…… 그 사람들을 죽이게 될 가능성을 알면서 티오 씨를 도왔어요. 그건 직접 죽인 것과 다를 바 없다고요!"

아이코의 반론은 생각 외로 강하게 돌아왔다. 아이코 자신도 언성을 높인 것이 부끄러웠는지 미안하게 몸을 움츠렸다.

그런 아이코를 곁눈질하며 잠깐의 침묵이 흐르고, 하지메는 조용히 물었다.

"……후회해?"

"……아뇨, 그때는 각오하고 티오 씨와……. 교회의 행동을 간과할 수 없었으니까요……. 나구모를 구하기 위해서라도……. 게다가 놔두면 분명히 학생들이 안 좋은 일을 당할 테니까…… 그래서……."

아이코는 괴로움에 목이 멘 채 『후회하지 않는다』고 말했다.

그때 하지메를 궁지로 몰아넣는 이슈타르 일당을 보고, 하지메뿐 아니라 다른 학생에게도 손을 대지 못하게 자신의 손을 더럽히는 짓도 마다하지 않겠다고 결의한 것은 사실이었다.

그 결의는 지금도 흔들리지 않았다. 하지만 가슴을 태우는 괴로움은 사람을 죽인 자가 짊어질 업이며 논리로 따져서 해결될 일이 아니었다.

고뇌하는 아이코 옆에 서서 하지메는 아이코에게 들키지 않게 한숨 쉬었다. 왜 학생인 내가 선생님인 아이코에게 이런 무거운 심정 고백을 들어야 하는가. 시간이나 때우려고 왔을 뿐인데…… 하며 속으로 한탄했다.

그리고 낮에 유에와 시즈쿠에게 지적받은 아이코가 자신에게 품은 감정을 떠올리고 그것이 원인인가 생각하며 머리를 감쌌다. 아무래도 본격적으로 아이코의 학생이라는 범주에서 하지메가 떨어져 나가고 있는 듯했다.

하지메는 허공에서 시선을 이리저리 굴렸다. 해야 할 말을 찾듯이…….

"선생님은 앞으로도 선생님이야?"

"네?"

하지메의 뜬금없는 질문에 아이코는 무심코 어리둥절한 표정이 되었다. 그리고 전에 비슷한 질문을 받은 것을 떠올렸다.

그때는 자신 있게 당연하다고 대답했지만—.

"……."

지금은 바로 답할 수 없었다. 살인자가 교사를 자처해도 되는가, 하는 의문이 머릿속을 스쳤다.

아이코는 이를 부러뜨릴 기세로 악물고 인상을 찌푸렸다. 아이코 속에서 상상하기 어려운 갈등이 휘몰아치는 것이 눈에 선했다.

하지메는 대답하지 못하는 아이코를 대신해서 그것을 예상한 것처럼 이야기를 꺼냈다.

"만약 선생님이 앞으로도 우리 선생님으로 있어 주겠다면…… 학생의 이기적인 부탁을 하나 들어주지 않을래?"

"이기적인…… 부탁이요?"

안색도 좋지 않고 당장에라도 쓰러질 것 같은 아이코는 하지메의 입에서 나온 말에 당황한 표정을 지었다.

"그래. 이기적인 부탁."

그런 아이코에게 하지메는 고개를 끄덕이며 충령탑에서 눈을 떼고 몸까지 아이코 쪽으로 돌려 똑바로 시선을 맞췄다.

자신을 바라보는 하지메의 눈동자에 몸을 감싸는 듯한 따스함을 느낀 아이코는 마치 빨려 들어가듯 눈을 마주 바라봤다.

하지메는 아이코의 눈동자에 자신이 제대로 비치는 것을 확인하고 천천히 말을 꺼냈다.

"선생님…… 선생님이 죄책감을 안고 살아줬으면 해. 그 무게를 등에 지고 있었으면 해. 바르게 싸우고 바르게 짊어지고 바르게 고뇌하고 바르게 푸념도 하는 선생님이, 나에게는 정말 인간다워서 조금 눈부셔. 나는 이미 느낄 수 없는 거니까……. 내가 『인간다움』을 잊지 않는 좋은 본보기가 돼. 그러니까 앞으로도 계속 업고 가줬으면 좋겠어. 나는 그런 인간다운 선생님을 똑똑히 지켜보고 있을 테니까. 그러면 나도 원래 세계로 돌아가서 분명 인간답게 지낼 수 있을 거야."

"나구모……."

하지메의 말에 아이코가 눈을 크게 떴다.

비난도 위로도 아닌, 앞으로도 괴로워해 달라고 말할 줄은 꿈에도 생각하지 못했기 때문일까.

하지만 아이코의 마음은 그 이기적인 부탁에, 어떻게 보면 자신을 더 몰아세우는 그 말에, 마치 먹구름이 걷히는 듯한 충격을 받았다.

자신이 한 결의와 행동의 결과를 받아들이기란 어려웠다. 하물며 그것이 아픔을 동반한 것이라면 더더욱. 도망치고 싶고 주저앉고 싶었다. 타고난 성격이, 혹은 결의와 각오가 그것을 용납하지 않아 더욱 괴로웠다.

하지만 그런 자신을 보고 도움이 된다는 사람이 있었다. 잃어버린 소중한 것을 느끼진 못하더라도 잊지 않을 수 있다는 사람이 있었다.

아이코는 생각했다.

—아, 얼마나 이기적인 부탁인가. 얼마나, 잔인하고 상냥한 이기심인가.

아이코의 볼을 타고 투명한 물방울이 흘러 떨어졌다. 지금까지 자신이 한 일인데 무슨 염치로 울겠냐며 참아 온 것이 쉽사리 무너지고 말았다.

하지메가 뚝뚝 눈물을 흘리는 아이코에게서 시선을 피하고 뒤로 돌아서며 난감하게 마지막 말을 전했다.

"뭐, 도저히 괴롭고 힘들고 좌절할 것 같아서 못 참을 때…… 달리 기댈 사람이 없어서…… 진짜 정말로 아무도 없어서 이러지도 저러지도 못하겠다면…… 등 정도는 빌려줄게."

"흐…… 정말…… 너란 애는……."

나는 아이코가 울고 있는 것도 모릅니다~, 라고 말하듯 하지메가 등을 보이자, 아이코는 눈물진 얼굴에 웃음을 띠고 다가가 그 등에 얼굴을 폭 묻었다.

"그럼 잠깐만 빌릴게요. ……나구모."

"맘대로 해, 선생님."

가벼운 대답이었다. 아이코는 미소 지으며 몸을 기댔다. 그리고 쌓인 것을 쏟아내듯 눈물을 흘리면서 다시 한 번 다짐했다.

언제까지나 교사이겠다고. 그리고 언제까지나 죄를 짊어지겠다고. 어디 사는 이기적인 제자가 보고 있어 준다면…… 힘을 낼 수 있을 것 같았다.

두 사람의 그림자가 크게 동쪽으로 뻗었다. 잠시 저녁노을 아래서 흐느끼는 울음소리가 들렸다.

얼마 뒤, 하지메는 겨우 울음을 그친 아이코와 나란히 왕궁 안으로 돌아왔다. 그 도중 부자연스럽게 볼을 붉히고 부끄러운 듯 고개를 숙인 채 하지메 옆을 조신하게 따라 걷는 아이코를 보고, 솔직히 실수했는지도 모르겠다며 식은땀을 흘린 것은 두말하면 잔소리였다.

그리고 아니나 다를까 다른 일행에게 들켜 방으로 불려간 것도 두말하면 잔소리였다.

시아, 티오, 카오리의 원성보다 유에가 무언, 무표정으로 응시하는 것이 가장 괴로운 것도 두말하면 잔소리였다.

여담으로 왕궁 안으로 돌아오는 도중 데이비드 및 신전 기사와 우연히 만났는데…… 아무래도 최종적으로 아이코에 대한 사랑이 이긴 것 같았다.

원래 아이코의 호위를 맡은 후부터 가치관의 다양성을 이해하기 시작한 그들이었다. 왕도로 돌아온 뒤 아이코와 강제로 떨어지고 안위 확인도 할 수 없는 상태에서 지상 대기를 명령받은 것과, 그때 교회 관계자들의 언동 때문에 불신이 쌓인 모양이었다.

그러던 중에 성교 교회와 신의 진실, 그리고 총본산 붕괴라는 사실이 겹치자 크게 충격을 받긴 했지만 역시 아이코를 미워할 수는 없다는 결론에 다다른 것 같았다.

어딘지 모르게 될 대로 되라는 느낌이 들기도 했지만…….

앞으로는 『풍작의 여신』을 추앙하며 왕국 기사의 한 명으로서 복구 작업과 왕도 수호에 전념하겠다고 말했다.

아이코에 대한 사랑이 발전하다 못해 이상한 방향으로 승화된 느낌도 들었지만…… 분명히 그들에게도 생각이 있으리라.

"어우 정말! 하여간 정말!"

"하지메…… 우리 조금 자제하자?"

"후후후, 역시 주인님이야. 아주 잠깐 눈을 뗐더니 그새를 못 참고 끝장을 냈구먼그래…….”

왕궁 내 식당에서 저녁을 먹으며 세 사람은 비난 어린 말을 던졌다.

그것을 듣는 하지메는 남의 일인 양 태연자약하게 앞에 놓인 왕궁 요리를 먹고 있었다.

하지메의 오른쪽에 앉은 유에는 아무 말도 하지 않았지만 왠지 못 말린다는 듯한 눈으로 보고 있었다. 사정은 들었으므로 어쩔 수 없다고는 생각하지만 아이코가 하지메에게 품은 감정이 명백하게 학생의 범주에서 벗어난 분위기였기에 그 속이 복잡하다면 복잡했다.

그리고 하지메에게 아이코를 『방치하겠다』는 방침을 들었던 터라 다소 아이코에 대한 동정심도 일었다.

“……하지메. 아이코는 이겨 낼 것 같아?”

하지메에게 대화 내용을 들었기 때문에 유에는 조금 걱정스럽게 물었다. 하지메는 식사를 하는 손을 멈추고 잠깐 생각하는 모습을 보였다.

“으음, 괜찮지 않겠어? 도저히 안 되겠다 싶으면 혼백 마법으로 정신 안정용 아티팩트라도 만들어줘야지. 뭐, 그렇게 걱정하지 않아도 그 사람이라면 시간만 있으면 제대로 일어설 거야.”

“……그래? 그럼 다행이고.”

살며시 눈꼬리를 내리는 유에를 보며 하지메도 미소 지었다.

“유에 씨…… 역시 다르네요. 한두 발 앞서가요.”

"이게…… 나랑 유에의 차이? 큿, 안 져! 난 안 져!"

"음, 천연덕스럽다고 해야 하나…… 극히 자연스럽게 주인님의 심금을 울리는 기술. 감히 말하건대 이건 신기야. 솔직하게 찬사를 보내겠네."

"……그런 평가 바란 적 없어."

전율하는 시아와 분해하는 카오리, 감탄하는 티오.

생각지도 않은 평가에 유에의 표정이 떨떠름해졌다. 하지메는 그런 유에의 머리를 쓸어주며 피식 웃었다.

하지메 일행이 자기들끼리 어찌 보면 화기애애한 이야기를 나누는데, 문득 식당으로 한 집단이 찾아왔다. 코우키를 포함한 반 아이들이었다. 보아하니 아이코까지 합쳐 전원 집합한 듯했다.

하지메는 그들을 힐끔 보고 살짝 눈썹을 찌푸렸다. 미리 그들이 식사하는 시간을 듣고 동료끼리 편하게 식사할 수 있도록 시간을 골랐는데…… 그 예상이 빗나간 듯했다.

하지만 굳이 신경 쓸 필요도 없었다. 하지메는 생각을 고치고 다시 식사를 했다. 다른 일행도 딱히 신경 쓰는 눈치는 아니었다.

그러나 반 아이들은 그렇지도 않았는지 누군가는 흥미진진하게, 누군가는 왠지 거북하게, 또 누군가는 어떤 태도를 취해야 할지 몰라 안절부절못했다.

힐끔힐끔 눈길은 보내왔지만 저번 이야기에서 하지메가 자신들을 동료로 생각하기는커녕 흥미조차 없다고 단언했기 때문에 말을 걸기가 주저되는 눈치였다. 참고로 아이코는 다른 의미로 하지메를 힐끔거렸다.

"앗, 시즈쿠! 여기야!"

"카오리, 옆에 앉아도 돼?"

"당연하지."

노인트의 쿨한 얼굴로 싱글벙글 서글서글하게 웃는 카오리를 보고 시즈쿠도 자연스럽게 웃으며 옆자리에 앉았다.

카오리의 육체가 바뀌었다는 믿어지지 않는 사실에 처음에는 당혹감을 감추지 못하던 반 아이들도 그 웃음에서 카오리의 옛 모습을 봤는지 분위기가 조금 누그러들었다.

몸은 바뀌었어도 카오리가 가진 부드러운 분위기는 아이들의 마음을 평온하게 가라앉혀주는 듯했다. 오히려 하지메를 잃고 신경이 곤두서 있던 무렵과 비교하면 예전의 카오리가 돌아온 것 같다며 기뻐하는 아이들도 많았다.

시즈쿠가 자리에 앉자 그 옆에 코우키, 맞은편에는 아이코, 또 그 옆에는 스즈가 앉았다. 아이코는 유에의 옆자리이기도 했다.

이어서 반 아이들이 저마다 자리를 잡고 앉았다. 스즈가 유에를 보고 앉았을 때, 「언니 근처…… 시, 실례합니다!」라고 말하며 묘하게 긴장한 모습을 보였다. 유에가 웬 언니 타령인가 싶어 고개를 갸웃거렸다.

아이들이 자리에 앉자 왕궁의 우수한 시녀들이 일사불란하게 움직이며 상을 차렸다. 하지메 일행과 같은 메뉴였다.

그런데 그때, 유에 머리 너머로 아이코와 하지메의 눈이 맞았다. 순간 아이코의 볼에 어렴풋이 열이 올랐고 쑥스러운 듯 눈을 피했다. 그래도 힐끔힐끔 하지메를 본 뒤 비밀 이야기라도 하듯 목소리를 낮추고 말을 걸었다.

"저, 저기, 나구모…… 그, 아까 일은…… 가능하면……."

유에가 자기 너머로 이야기하는 것이 약간 거북해 몸을 피하려고 했지만, 아마 어른이고 선생님인 아이코가 하지메에게 기대어 운 사실을 부끄럽게 여겨 입막음하려는 거라고 판단하여 아무 말도 하지 않았다.

하지메도 유에가 배려해주는 것을 깨닫고 속으로 감사하며 시선을 아이코에게 고정했다.

아이코가 흠칫 몸을 떨었다. 그러고는 귀까지 달아오르기 시작했다. 눈을 마주친 시점에서 이미 늦은 감은 있었지만 그런 아이코의 모습을 본 시즈쿠와 카오리 등이 하지메를 향해 눈을 샐쭉하게 떴다. 다행히 다른 학생들에게는 위치상 사각이라 들키지 않았지만 비교적 가까이 있던 전선 팀은 미심쩍은 눈길을 보내왔다.

덧붙여 아츠시를 시작으로 한 아이 호위대 남성 멤버는 「저 자식, 기어코 아이 선생님이랑 선을 넘었구나」라는 원망 어린 시선을 보내고 있었다. 나나와 타에코는 쓴웃음, 유카는 누가 봐도 관심 없다는 태도였지만 시선이 무서운 속도로 아이코와 하지메에게 돌아가곤 했다.

"무슨 소리야? 무슨 일이 있었던가?"

"네?"

하지메가 지극히 능청스럽게 시치미를 뗐다. 아이코는 그 태도에 한순간 당황했지만 비밀에 부쳐주려는 것을 깨닫고는 쓴웃음 지으며 대답했다.

"아뇨, 아무것도 아니에요."

갈수록 하지메에게 마음을 쓰게 하는 자신을 한심하게 생각하면서도 그 배려심이 기뻐서 입꼬리가 자꾸만 올라갔다.

그런 아이코를 보고 점점 더 여성진에게서 비난의 눈초리가 날아들었다. 유일하게 유에만이 하지메의 어깨를 톡톡 두드려 위로하고 이어서 「앙~」까지 해줬다.

역시 정실 히로인. 요즈음의 폭력 히로인과는 달랐다.

하지메가 감개무량하게 역시 유에는 최고의 연인이라며 이미 몇 번째인지도 모를 유에의 매력을 재확인하고 있는데, 반대편에 앉은 시아가 하지메의 소매를 꾹꾹 잡아당겼다.

"하지메 씨. 앙~, 해보세요."

아무래도 연적이 늘어날 것 같은 현실에 분개하기보다 어필에 시간을 쏟아야겠다고 판단했나 보다. 시아가 볼을 붉히고 하지메를 올려다보며 다소곳이 포크를 내밀었다. 그러면서 토끼 귀를 은근슬쩍 하지메에게 가져가는 것도 잊지 않았다. 몹시 속 보이는 행동이었다.

하지메는 이미 몇 번이나 한 일이니 딱히 주저하지 않고 포크를 덥석 물었다. 우물거리는 하지메를 본 시아는 기쁜 듯이 토끼 귀를 흔들었고 더불어 토끼 꼬리도 살랑살랑 흔들었다.

그런 광경을 보여주는데 카오리와 티오라고 가만히 있을 수 있으랴. 두 사람도 허둥지둥 요리에 포크를 찔렀다.

"하, 하지메, 나도, 앙~!"

"주인님. 내 것도 먹어 주게나. 앙~, 해 보게."

"……한 번뿐이다."

몇 번이나 「앙~」을 해 봤자 메뉴가 같으니 질린다. 그래서 일단 못을 박아 두고 두 사람의 「앙~」을 받아 포크를 덥석 물었다.

카오리와 티오도 흐뭇한 표정을 지었다.

"뭐야, 이 분위기…… 되게 있기 거북하네……."

시즈쿠가 하지메를 중심으로 한 핑크색 결계에 얼굴이 굳었다. 옆에 앉은 코우키와 류타로, 스즈도 거북해 보이기는 매한가지였다.

아이코만 한순간 자기도 해야 할까, 라고 생각한 자신을 책망하느라 북 치고 장구 치는 중이었지만 모두 무시했다.

다른 여학생들은 갑작스러운 달달한 분위기에 조금 전까지 흐르던 어색한 분위기가 사라지고, 하지메 일행을 훔쳐보며 새된 소리로 떠들기 시작했다. 하지메를 두려워하던 눈이 한순간에 연애담의 이야깃거리를 보는 눈으로 변했다. 나락으로 떨어진 그날부터 무슨 일이 있었길래 『저런 그』가 이런 하렘의 주인이 되는지…… 여자들의 눈이 호기심으로 빛나며 하지메에게 모였다.

한편, 남자들도 여자들처럼 일시적이나마 두려움이 깃든 눈길을 보내지 않게 됐다.

단, 그곳에 있는 것은 활활 타오르는 질투와 부러움의 눈빛이었다.

그도 그럴 것이 하지메를 둘러싼 이들은『절세』라는 표현이 과언이 아닌 미녀, 미소녀들이었다.

특히 시아에게 많은 시선이 집중됐다. 역시 토끼 귀 소녀란 오타쿠 취미를 가지지 않았더라도 남자의 마음을 사로잡는 것이 있었다. 더구나 지금 시아는 하지메 옆에서 실로 청순가련한 미소를 지으며 이따금씩 토끼 귀를 쫑긋거렸다. 심장에 몹시 해로운 광경이었다.

하지만 아무리 질투와 부러움으로 애를 태워도, 아무리 이 세계 미소녀들과 친해질 비결을 캐내고 싶어도 말을 꺼낼 수 있는 학생은 거의 없었다.

한때 하지메를『무능』이라고 부르며 업신여긴 것이 켕겨 입을 다물었고, 그의 압도적인 힘과 강자 특유의 분위기가 사람을 위축하게 했다.

다소 하지메와 지낼 시간이 있었던 나가야마 파티나 유카 그룹만은 오히려 하지메와 더 이야기하고 싶은 분위기였지만…….

하지메가 그런 시선을 가볍게 무시하고 있는데, 시야 한쪽 구석에 왠지 뺨을 물들인 채 빤히 포크를 바라보는 카오리가 보였다.

카오리는 잠깐 눈을 이리저리 굴리더니 무엇을 결심한 것처럼 요리는 거의 올리지도 않은 포크를 입에 덥석 물었다. 그리고 다시 뺨을 붉혔다.

무심코 사춘기 애냐고 따지고 싶어졌지만 그보다 빨리 유에의 통렬한 공격이 들어갔다.

자신을 빤히 바라보는 것을 눈치챈 카오리가 유에와 눈을 마주침과 동시에 터져 나온 비수 같은 말.

"……변태."

"……?! 아, 아니야! 얘가 뭐래! 나, 나는 그냥 밥만 먹고 있었거든!"

"……그러면서 하지메 맛을 탐닉했지."

"아, 안 했다니까! 애, 애초에 그렇게 따지면 티오야말로 변태잖아! 봐, 저렇게 당당히 포크를 핥고 있는데!"

"낼름낼름낼름, 응?"

얼굴이 새빨개져서 유에에게 반박하던 카오리가 티오를 척 가리켰다. 그곳에는 태연하게 포크를 입에 넣고 우물우물, 날름날름하는 티오가 어리둥절한 표정을 짓고 있었다.

그야말로 무슨 문제라도 있냐는 표정이었지만 티오가 문 포크에는 아무 음식도 없었다. 명백하게 다른 무언가를 맛보는 중이었다. 그것이 무엇인지는 넘어가자. 진성 마조히스트 변태가 모르는 사이 올라운드 변태로 진화한 모양이었다.

"티오, 지금 당장 멈춰. 날려 버리기 전에."

하지메가 관자놀이에 핏대를 세우며 티오에게 경고했다.

"우, 어쩔 수 없지 않으냐. ……주인님은 아직 나와 입도 맞춰주지 않는 것을. 이럴 때 맛보지 않으면 욕구불만에 빠질 게야."

왠지 비난하는 눈빛이 돌아와 하지메의 핏대가 더욱 불거졌다.

그런 그때, 티오가 무엇을 떠올린 것처럼 갑자기 눈동자를 빛냈다.

"아차! 주인님! 상을 아직 받지 못했구나! 약속한 상을 주게나!"

"뭐? 사아앙?"

티오의 말에 하지메는 한순간 무슨 헛소리냐는 듯 인상을 찡그렸지만 곧 떠올랐는지 혀를 쯧 찼다.

사정을 모르는 이들이 고개를 갸웃거리는 와중, 시아가 대표로 물었다.

"상이라니…… 무슨 얘기예요?"

"총본산에서 선생님을 나한테 맡기면서 마지막까지 선생님이 무사하다면 상을 주겠다는 약속을 받아 냈지. 으흐흐흐…… 주인님. 설마하니 약속을 저버리지는 않을 테지?"

시아와 카오리가 그건 치사하다며 성토하는 데도 아랑곳하지 않고 티오가 요사스러운 웃음을 흘리며 약속 이행을 촉구했다. 어째선지 모든 사람의 이목이 쏠린 가운데, 하지메가 못마땅하게 얼굴을 괴며 티오를 똑바로 바라봤다.

"그래서? 원하는 게 뭐야? 말해 두겠는데 어디까지나 내가 『할 수 있는 범위 안에서』야, 알았지?"

돌려 말해 시아가 상을 받았을 때의 일을 시사하며 『안아라』 따위의 소원은 듣지 않겠다는 경고였다. 티오도 그 의도를 짐작했는지 알고 있다는 듯 고개를 크게 끄덕였다. 그리고 볼을 희미하게 물들인 뒤 몸을 꼬며 소원을 말했다.

"안심하게나, 무리한 부탁은 하지 않을 것이니. 무얼, 간단한 일이지. 처음 만났을 때처럼…… 내 엉덩이를 괴롭혀줬으면 할 뿐이네."

티오가 양쪽 볼에 손을 대고 「꺄! 말했어!」라고 말하기라도 하는 듯 고개를 도리도리 저었다. 이미 한 번 했는데 못 할 일은 아닐 거라며 내용의 엽기성에는 개의치 않고 상상을 초월하는 소원을 빌었다. 누가 변태 아니랄까 봐…….

쉽게 예상할 수 있다시피 그 발언은 유에 및 몇 사람을 제외한 모든 사람을 격하게 동요시켰다.

하지메를 향한 시선이 어쩐지 범죄자를 보는 눈빛으로 변해 있었다.

"안 해, 이 잡룡아. 오해를 일으킬 발언을 툭 내뱉지 마."

하지메가 단칼에 잘라 버리자 티오가 충격을 받은 표정으로 강력히 항의했다.

"이, 이유가 무엇인가! 무리한 요구는 아니지 않은가! 그때처럼 검고 단단하고 두꺼운 봉으로 내 엉덩이를 꿰뚫어줬으면 할 뿐이네! 빨리 빼 달라고 애원하는 나를 무시하고 몇 번이나 엉덩이를 헤집은 그때처럼! 인정사정없이 내 엉덩이를 괴롭혀주길 바랄 뿐이야!"

"아, 글쎄! 일일이 오해를 부르는 말투를 쓰지 말라고!"

하지메를 향한 눈길이 무슨 악마를 보는 눈으로 바뀌었다.

"……하지만 아주 틀린 말은 아니지 않나요?"

「앙~」을 할 때부터 어쩐지 기분이 안 좋아 보이던 아이코가 불쑥 가시 돋친 말로 하지메에게 추가타를 날렸다.

"……사실 거짓말은 아니지."

"실제로 쑤셨으니까~."

"응, 나구모, 가차 없이 찔렀지."

유카가 유독 부루퉁한 표정으로 그렇게 중얼거리자 나나와 타에코가 고개를 끄덕끄덕하면서 맞장구쳤다. 목소리를 낮춰 뒷공론처럼 들렸지만 묘하게 또렷하게 울리는 목소리에는 내용을 숨기려는 의도가 보이지 않았다.

아니나 다를까, 그 말을 똑똑히 들은 아이들은 의심을 확신으로 바꿨다.

"……하지메 씨, 아무리 그래도 오해라고 부르기는 좀……."

"……하지메, 티오의 변태화는 하지메가 원인이야. 어쩔 수 없어."

설마설마하던 시아와 유에가 배신했다.

"나, 나구모, 너란 애는…… 티오 씨에게 어떻게 그런 짓을……."

"하지메…… 부러우, 가 아니라, 책임은 져야지……."

하지메를 향한 눈길이 무슨 마왕을 보는 눈으로 바뀌었다.

하지메는 의자를 드르륵 밀며 천천히 일어나 똑바로 위를 향해 오른손을 뻗었다. 무슨 일인가 싶어 눈만 껌뻑거리는 사람들 앞에서 하지메는 『보물고』에 든 파일 벙커용 검은 말뚝을 꺼냈다. 어째선지 말뚝에서는 처음부터 붉은 스파크가 튀고 있었다.

티오의 뺨을 타고 차가운 땀이 흘러 떨어졌다.

"OK, 티오. 너한테 상을 줘야지. 그래, 엉덩이에 박아 달라는 거지? 기뻐해, 그때보다 더 단단하고 두껍고 무거워진 내 특제품이야. 신음할 틈도 없이 한순간에 보내주마."

티오는 깨달았다. 「아차, 너무 나댔다」라고…….

티오에게 파일 벙커를 박은 것은 싸움의 결과에 지나지 않았는데, 마치 희대의 변태라도 보았다는 눈길을 사게 되어 하지메는 은근히 화가 나 있었다.

덧붙여 객관적으로 보면 결코 오해가 아니라는 점은 무시했다.

"기, 기다려 보게, 주인님. 지금 그건 어디까지나 전례를 들었을 뿐이지 꼭 그걸 써 달라는 것이 아니었어. 아무리 나라도 그런 걸 쓰면 죽네! 사과할 테니까 얼른 그걸 집어넣게나!"

"사양하지 마, 티오. 이게 좋잖아? 방으로 갈 시간도 아까워. 지금 여기서 꿰뚫어주지."

"히잉, 주인님의 눈빛이 왜 이리 진지한고~! 유에, 시아, 카오리~, 주인님을 말려다오! 나 좀 살려주게~!"

하지메가 파직파직 스파크를 튀기며 다가오자 티오가 눈물을 글썽이며 도움을 요청했다. 티오라도 즉사할 법한 벌은 받지 못하는 것일까. 하지만 조금 볼을 붉히고 호흡도 거칠어진 것을 보면 병은 병인가 보다.

하지메는 부들부들 떨면서 옆자리에 앉은 카오리의 등에 매달리는 티오를 보고서, 울분이 좀 가셨는지 콧방귀를 흥 뀌

며 말뚝을 『보물고』로 돌려놓고 자리에 앉았다.

물론 반 아이들의 마왕 평가는 되돌리지 못했지만……. 후일 왕국을 중심으로 『백발 안대 호색 마왕』이라는 별명이 퍼지게 되는데…… 하지메가 알면 발광할 일이다.

"하아, 그래서 뭐야? 상 자체는 줄 수도 있으니까 말해. 좀 더 멀쩡한 소원은 없어?"

하지메가 한숨 쉬며 자리로 돌아가자 곳곳에서 안도의 한숨이 새어나왔다.

묘령 미녀의 엉덩이가 눈앞에서 그렇게 되는 꼴은 고등학생이 받아들일 수 있는 허용치를 벗어났다.

"그, 그래. 그렇다면…… 함께 잘 권리를 받을까? 항상 유에와 시아가 주인님 옆에 있잖느냐? 나는 아직 한 번도 주인님과 몸을 맞대고 잔 적이 없어. 그러니까 오늘밤은 주인님 옆에서 자고 싶은데, 괜찮겠는가?"

"그 정도라면 별거 아니지. ……그러게 처음부터 그렇게 말했으면 얼마나 좋아?"

"나의 터질 듯한 열정은 그리 쉽게 제어할 수 있는 게 아니라네. 받아들여주게."

쑥스럽게 몸을 꼬는 티오에게 어이없는 표정을 지으면서 옆에 앉은 시아에게 눈을 돌렸다. 시아는 어쩔 수 없다는 식으로 어깨를 으쓱했다.

오늘밤은 유에와 티오에게 끼어 자게 될 것 같았다. 물론 막상 침대에 들어가면 하지메는 다른 무언가에 끼게 되겠지만…….

여학생들은 다시 새된 소리로 떠들기 시작했고 남학생들은 저주의 말을 뱉었다.

더불어 아이코가 「여러 여성과 함께 잔다뇨! 문란해요!」라고 선생님다운(실제로는 개인적인 분노를 다량 포함한) 잔소리를 늘어놓았고, 거기에 시아가 유에와의 관계를 폭로해 새삼스럽다며 반론하고, 유에가 입맛을 다시며 하지메에게 나른하게 몸을 기대어 요염한 분위기로 식후 운동을 하자고 조르고, 그 때문에 아이들은 더욱 열이 올랐으며 일부 남자들이 일어설 수 없게 되는 등…… 식당은 제법 혼란한 양상을 보였다.

그런 그녀들의 시끌벅적한 소동을 무시한 채 하지메는 오늘 하루를 되돌아봤다.

【신산】에서 육체를 바꾼 카오리를 데리고 자유 낙하로 등장하고, 모험가 길드에서 『금색』 랭크 모험가 한 명을 새로운 세계로 인도하고, 왕도에 있는 직공들과 성대한 술래잡기를 벌여 각처를 혼란에 빠뜨린 끝에 사태 수습을 위해 왕족을 나서게 하고, 차기 국왕을 때려눕혔으며 더 나아가 첫사랑에 종지부를 찍었다.

시간을 때우려다가 우연히 아이코와 만나 무거운 고뇌를 듣게 되고, 저녁을 먹다가 희대의 색마 취급에 이 소동까지…….

이것이 오늘 왕도에서 하지메가 관련된 단 하루 만의 사건이었다. 하지메는 무슨 짓을 하든 혼란과 소동의 중심에 있을 운명인지도 모르겠다.

내일은 릴리아나를 데리고 왕도를 뜰 예정이었다. 하지메는 제도에 들어갈 생각은 추호도 없지만…… 분명『아무 일도 없었다』로 넘어가진 않으리라.

과연 동쪽 땅에서는 무엇이 기다리고 있을까…….

하지메는 새로운 소동을 예감하면서도 평소대로 대담하게 웃음 지었다.

에필로그

짙은 안개에 싸인 숲. 그곳은 이 세계 최대의 비경이자 7대 미궁 중 하나로도 알려진 위험 지대—【하르치나 대수해】다.

그 속에서는 짙은 안개가 만들어 낸 순백색 세계가 한 치 앞도 분간할 수 없게 시야를 가리고 마법적, 기술적 탐색 방법도 모조리 차단한다.

그러므로 그 수해 속에서도 정상적인 감각을 유지하며 활동하는 강력한 마물에게 대처하기란 불가능에 가까우며, 또 이 비경에 유일하게 영향을 받지 않는 종족— 아인족이 나라를 지키고자 칼을 갈고 있었다. 한번 발을 들이면 인간족도 마인족도 두 번 다시는 빠져나올 수 없는 그야말로 『불귀의 숲』이다.

달리 말하면 【하르치나 대수해】는 아인족의 보금자리이자 수해라는 천해의 요새로 보호받는 안식의 땅이었다.

그중 가장 대표적인 곳이 【페어베르겐】이다. 온갖 종족이 살며 최대 전력을 보유한 아인족 국가.

수해 밖에서는 마법을 쓰는 인간족이나 마인족에게 당할 수 없어 노예라는 입장에서 벗어나지 못하는 그들도, 이 수해 안에서 【페어베르겐】을 중심으로 조직적 방어를 하는 한 패배는 없다—.

없다고 생각했다. 그 날까지는…….

바삭 타 버린 초목. 도려낸 것처럼 소실한 수해 일부. 그리고 그 앞에는 옛 모습을 찾아볼 수 없는 【페어베르겐】. 통곡이 메아리치고 고함이 울려 퍼졌다.

안개로 만들어진 고요한 순백색 세계가 무너진 것이었다.

아름답던 숲의 도시는 연기와 피로 얼룩졌다. 새카맣게 불탄 집들은 처참한 모습이었고 땅바닥에는 군화와 짐승의 발자국이 어지럽게 찍혀 있었다.

아인족들의 고향을 습격한 자들은 이미 없었다. 하지만 아인족도 많은 사람이 보이지 않았다. 죽었다는 의미만이 아니었다. 잡혀간 것이었다.

"흥. 된통 당했군. 이쪽은 사수했지만 한심하구만."

지금은 무너진 도시 정문 위에서, 남겨진 자와 생존자가 우왕좌왕하는 【페어베르겐】을 내려다보는 인물이 있었다.

탄내 나는 바람이 불 때마다 토끼 귀가 나부꼈다. 폭신폭신해 보이는 것이 몹시도 깜찍했지만 그 아래를 본 순간, 수인 애호가라면 절망할지도 모를 극화체의 우락부락한 얼굴이 있었다.

역전의 장교 같은 분위기를 풍기는 토끼 귀 아저씨의 정체는— 캄 하우리아. 토인족의 한 부족인 하우리아 족의 족장이었다.

캄의 주위에 그림자가 척척 차례로 내려왔다. 내려다보니 정문 아래에도 어느샌가 수많은 사람이 모여 있었다.

모두 하우리아 족이었다. 일족이 집결한 것이다. 온화하고 싸움을 싫어하는 세계에서 가장 나약한 종족이 아니었냐며 따지고 싶어질 정도로 하나같이 산전수전 다 겪은 군인 같은 분위기를 내고 있었다.

이미 눈매부터가 위험했다. 【페어베르겐】의 참상을 보고도 무슨 까닭에선지 모두 비관하기는커녕 짐승처럼 대담무쌍한 웃음을 짓고 자빠졌다.

"족장님. 각 부락의 정보가 모였습니다."

"말하도록."

팔짱을 낀 모습에서 유난히 비정미가 흐르는 캄에게, 마찬가지로 토끼 귀를 달고 뺨에 십자 흉터가 난 유난히 박력 넘치는 청년이 보고했다.

보고 내용은 【페어베르겐】과 외부 부락에 살던 하우리아 외 토인족의 피해 여부 확인이었다.

보고에 따르면 상당수의 토인족이 잡혀간 듯했다.

"부대에 피해는?"

"설마요. 하우리아에 그런 멍청이가 있겠습니까? 다소 부상을 당한 녀석은 있지만 싸울 수 없는 인원은 없습죠."

"좋다. 선발 부대를 편성해라. 뒤를 쫓겠다. 대장은 나다. 나머지 인원은 다음 습격에 대비해서 진지를 재구축해 놔라."

"옛!"

토끼 귀 청년이 경례와 함께 칼같이 대답했다.

캄은 그 자리에 모인 수십 명의 토인족을 뒤쪽에 대기시키고 아래에 있는 일족에게 고개를 돌렸다. 그리고 무심결에

「이 살인자!」라는 소리를 들을 법한 흉악한 눈매를 굴렸다.

잠깐의 정적. 이내 조용하지만 무언가를 꾹 억누른 것 같은 음산한 음성이 울렸다.

"우리 영역을 침범해 놓고 뻔뻔하게 살아 있는 쓰레기들이 있다."

집결한 토인족들에게서 끈적끈적한 살기가 감돌았다.

"우리 동포를 끌고 가서 벌레처럼 다룰 생각이겠지."

정문 근처를 우연히 지나던 웅인족 남성이 살기등등한 토인족들을 보고 히이익, 비명을 지르며 달아났다.

웅인족은 아인족 중에서도 특별히 강한 종족이었지만…… 그의 표정은 마치 숲 속에서 곰을 만난 소녀 같았다.

캄이 조용히 물었다.

"용납할 수 있는가?"

""""""못 합니다!""""""

분노 섞인 고함이 메아리쳤다. 부상자를 옮기거나 치료하러 바쁘게 돌아다니던 사람들이 모두 화들짝 몸을 떨었다.

"지금까지 그래 왔듯이 그냥 눈물만 삼킬 텐가?"

""""""아닙니다!""""""

"그래, 그럴 순 없다! 절대로 그럴 순 없다! 우리는 이미 도망만 다니며 참기만 하던 나약한 종족이 아니다! 있어서도 안 될 일이다! 우리가 경애하는 보스의 이름을 걸고!"

캄 씨가 단단히 흥분하셨다. 주먹을 불끈 쥐고 하늘을 찌를 기세로 치켜들었다.

"알려주자! 밑바닥 종족의 이빨이 어떤 것인지! 똑똑히 새겨주자! 진짜 공포가 무엇인지!"

""""""학살! 암살! 참수! 만세!""""""

바스락거리는 소리가 났다. 눈을 돌리니 늑대 같은 마물의 뒷모습이 보였다. 이 난리 통에 숨어들어 사람을 덮칠 작정이었나 보지만 토인족들의 서슬 퍼런 함성을 듣고 쏜살같이 내뺀 모양이었다.

마물도 꽁무니를 빼게 하는 토인족의 살의…….

가족이란 이름의 부하들은 호전적이었다. 흡족하게 미소 지은 캄은 다음 순간 크게 숨을 들이마시고 눈을 부릅떴다.

"어리석은 제국 놈들에게— 본때를 보여주자아아아아아!"

철퇴를 내려찍듯이 주먹을 내려치며 외쳤다.

""""""YAHAAAAAAAAAAAAA!!""""""

대답은 당연히 수해를 뒤흔드는 쩌렁쩌렁한 함성이었다.

어디선가「적이다! 적이 쳐들어 왔다!」라는 긴박한 목소리가 들려왔다. 토인족들이 내뿜는 살기와 전의에 겁먹고 적이 다시 쳐들어 왔다고 착각한 모양이었다. 사실 그럴 만도 했다.

혼란이 도미노처럼 퍼져 나가는【페어베르겐】.

그러거나 말거나, 나락의 괴물에게 개조된 토인족들은 함성을 내질렀다.

광분한 토끼들의 마수가 마침내 수해 바깥으로 뻗어 나간다.

"헉?!"

"으어?! 시아, 갑자기 뭐야?"

【하일리히 왕국】 왕궁에 있는 한 방에서 시아가 난데없이 토끼 귀를 쫑긋 세우며 일어나자 하지메가 놀라서 물었다.

유에와 티오, 카오리도 뭔가 싶어 눈길을 보냈다.

"아, 죄송해요. 왠지 가족들이 핫하거리는 느낌이 들어서……."

"싱겁긴……. 뭐, 지금부터 수해로 가서 다시 만날 테니까 생각 이상으로 들떠서 그런 건지도 모르지."

피식 웃으면서 그렇게 말하자 시아는 조금 창피한 듯 토끼 귀를 움츠리며 고개를 끄덕였다.

"그럴지도 모르겠네요. 다들 잘 지내려나……. 위험한 짓만 안 했으면 좋겠는데."

"글쎄다. 내가 말하기도 뭣하지만…… 맛이 간 녀석들이다 보니."

"우우, 왠지 막 걱정되기 시작했어요. 제발 다들 얌전히 있기를!"

시아가 토끼 귀를 까딱까딱 움직이면서 가족에게 닿도록 기도했다.

설마 이때 그 가족이 한 나라를 상대로 싸움을 걸고 있는 줄은 상상도 못한 채…….

그리고 그 싸움이 이 세계에서 아인족 전체의 위상을 크게 바꾸어 놓으리라는 것도, 시아는 아직 몰랐다.

번외편 ◆ 비밀 결사 소울 시스터즈

이것은 우리의 언니, 즉, 야에가시 시즈쿠 님의 나날을 기록한 글입니다.

한날 왕녀님의 근위 기사에 불과한 제가 감히 언니를 글로 기록한다는 것은 대단히 불손한 일이지만 백년 후, 천년 후 후세에 무지몽매한 역사가의 손에 언니의 진실이 왜곡되지 않도록 이 글을 남깁니다.

우선, 언니가 누구인가? 언니가 역사에 이름을 남길 것이 틀림없는 걸물인 점을 감안하면 필연적으로 후세의 역사서, 혹은 교과서 등에서 다루고 있겠으나, 앞서 설명했다시피 역사란 상황에 따라서 왜곡되어 전해지는 법. 그러므로 만약을 위해 진실을 기록해 두도록 하겠습니다.

언니는 이세계에서 오신 아리따운 검사님이십니다.

동년배 사이에서는 패배를 모르며, 수많은 도전자를 추풍낙엽처럼 베어 넘겨 나라 최강의 자리에 군림한 참된 호걸이십니다.

하늘도 그 실력을 알아보시어 세상을 구할 용사로서 소환하셨겠지요.

신이시여, 굿 잡!

그 외에도 맘대로 용사를 자칭하는 소년이나 기타 등등이 있습니다만 들러리이므로 생략하겠습니다.

언니는 아름답고 총명하며 늠름하고 상냥하십니다. 천재적인 검사일 뿐 아니라 학문에도 비범한 재능을 가지셨습니다. 그야말로 문무겸전의 표상이라고 할 수 있는 분입니다. 그런데도 절대 교만하지 않고 천상의 미소로 누구나 차별 없이 대해주시는 여신과 같은 분.

거기 당신. 아무리 그래도 과장이 심하다고 생각하셨죠?

좋습니다. 그럼 바로 언니가 얼마나 언니이신지, 제가 마음속으로 그렇게 부르게 된 경위부터 써 내려가겠습니다.

소환이 이루어지고 얼마 되지 않았을 무렵, 야외 훈련장에서 사도님들(일단 신이 소환했으니 그렇게 부르겠습니다.)이 훈련을 하고 있을 때의 일입니다.

여성 사도님들을 배려해 그녀들에게는 여성 기사가 배정되었으나, 원래 여성 기사는 수가 적어 근위 기사인 저도 차출되었습니다.

일단 말해 두죠. 멜드 단장님, 굿 잡!

싸움과는 연이 없던 사도님들이기에 아무리 포획하여 힘을 뺀 마물이라도 그리 쉽게 쓰러뜨리지는 못하셨습니다. 그러다가 어느 순간, 조금 위험한 공격을 당할 뻔했습니다.

당연히 마물은 옆에서 대기하던 제가 처리했습니다. 하지만 공포로 반쯤 공황 상태에 빠진 사도님들이 마법을 폭발시켰고, 허를 찔린 저는 그것을 피하려다가 그만 발목을 조금 접질리고 말았습니다.

그 정도 일로 다친 것도 부끄러웠으나, 무엇보다 사도님께 걱정을 끼칠 수도 없는 노릇인지라 저는 아무 일도 없는 척 행동했습니다. 하지만 훈련이 끝날 무렵에는 그냥 넘기기가 어려울 만큼 발이 욱신거리더군요.

저는 들키지 않도록 현장을 이탈해서 의무실로 가려고 했지만 좀처럼 걷기가 어려웠습니다. 아프네, 이걸 어쩐다, 다음에 그 사도님에게 겨드랑이 땀이 줄줄 새는 마법(저주)을 걸어 버릴까, 그런 생각을 하던 차에 제 몸이 둥실 떠올랐습니다.

무슨 일이 일어났는지 아시겠나요? 알고 싶나요? 좋습니다. 알려 드리죠.

세상에, 언니가 저를 번쩍 안아 들고 계셨던 것입니다!

"그때 발을 다치셨나 봐요? 죄송해요, 더 일찍 알아챘더라면 좋았을걸."

마음이 흔들릴 정도로 자상한 말을 걸어주신 언니에게 저는 그저 넋이 나가 있을 뿐…….

그러는 동안에도 언니는 저를 안은 채 의무실로 가려고 하셨습니다.

"입장이 있어서 어려울지도 모르겠지만 너무 마음 쓰실 것

없어요. 따지고 보면 저희는 여러분의 학생이니까요. 알겠죠? 선생님."

싱긋 웃으며 그렇게 말씀하시는 언니. 일개 기사에 불과한 제 입장을 생각해주시는 그 말에 제 가슴은 부자연스럽게 뛰박질 쳤습니다.

공연히 부끄러워진 저는 언니에게 괜찮으니까 내려 달라고 부탁했습니다. 당연하지 않습니까? 사도님을 번거롭게 하는 것도 모자라 그때 저는— 무장하고 있었단 말입니다! 무겁다고요! 「와, 이 여자 뭐냐? 뭔데 이렇게 무거워?ㅋ」 같은 생각이라도 하시면 목을 갈라서 죽을 겁니다!

하지만 그런 저에게 언니는 말씀하셨습니다.

"안 돼요. 수고를 끼쳤는데 이 정도는 해야죠. 게다가 갑옷을 입어도 깃털 같은걸요?"

언니는 짓궂게 웃으시며 저를 가볍게 위아래로 흔드셨습니다. 무심코 저는 언니에게 매달렸습니다. 그러자 언니는 픽 웃음을 흘리며 저를 다시 꽉 안아 들어 주시는 게 아니겠습니까.

필연적으로 저는 심장에 직격탄을 맞았습니다.

"……언니."

제가 중얼거리자 언니는 웃으면서 대답해주셨습니다.

"저기, 제가 더, 어리죠?"

살짝 표정이 굳은 것 같기도 하고 말문이 막혀서 그렇게 말씀하신 것 같기도 하지만 언니는 기꺼이 저를 의자매(소울 시스터)로 받아주셨답니다!
제 인생이 장밋빛으로 물든 순간이었습니다.

경애와 신앙의 대상인 언니에게 유일한 불만이 있다면 그것은 소울 시스터가 저 외에도 양산되고 있다는 것일 테지요.
한번은 누가 진정한 소울 시스터인지 가리고자 물밑에서 피로 피를 씻는 투쟁이 벌어졌지만 결과적으로 남몰래 언니를 지지하는 비밀 조직 《소울 시스터즈》를 발족하는 것으로 종식되었습니다.
조직의 당면 목표는 언니의 전속 메이드인 니아의 자리를 어떻게 탈취하느냐, 입니다.
그 여자는 분명 언니의 물건에 얼굴을 파묻고 헉헉대고 있을 게 틀림없습니다.
아, 배알 꼴려.

그나저나 언니에게는 대단히 친한 친구분이 계십니다. 이름은 시라사키 카오리 님. 언니가 카오리 님을 보는 눈은 언제나 무척 부드럽습니다. 우리 소울 시스터즈도 아주 좋아하는 눈입니다.
그 카오리 님은 같은 사도님(웃음)인 나구모 하지메 님을 마음에 두고 기회만 있으면 어필하시곤 합니다. 필연적으로 언니도 하지메 님과 접하는 기회가 많아집니다.
그 남자, 대체 몇 번이나 언니가 상냥하게 말을 걸어줘야 성이 차는지…….

어쩐지 다른 남자에 비해 호의적인 태도로 보이기도 합니다. 땅에서 무지렁이 같은 걸 만들어 내는 것 말고는 재주도 없는 남자인데…….

유독 친하며 주위에서 잘 어울리는 한 쌍이라는 말까지 들리는 자칭 용사님과 함께, 기회가 있으면 『중요한 순간 재채기가 멈추지 않는 어둠 속성(저주) 마법』을 걸어야겠습니다.

……쿠제리 대장님에게 들켜서 신명 나게 두드려 맞았습니다. 왜 들켰지?

비보. 언니가 【오르크스 대미궁】으로 떠나셨다.

언니가 없다. 소울 시스터즈가 모두 산송장 같다…….

낭보. 언니가 【오르크스 대미궁】에서 귀환하셨다.

그러나 꼭 낭보라고만은 할 수 없는 상황이었습니다.

하지메 님이 돌아가셨다고 합니다. 충격을 받은 카오리 님은 귀환한 후로도 의식을 잃은 채 깨어나지 못하셨습니다.

언니는 카오리 님 곁에서 떨어지지 않으십니다. 마음을 추스르고는 있으나, 얼핏 봐도 가슴이 미어지는 표정이었습니다.

카오리 님의 용태도 그렇지만 하지메 님이 돌아가신 일에 상당히 가슴을 앓고 계신 모습이었습니다.

카오리 님이 깨어나시고 조금은 상처를 딛고 일어서신 듯 보였습니다만…….

저는 이때 제가 언니에 대해 조금 착각하고 있다는 사실을 깨달았습니다.

언니는 어떤 일에도 꿈쩍하지 않는 강인한 분, 신이 내리신 진정한 사도님이라고 생각했으나 그렇지 않았나 봅니다.

언니도 한 명의 소녀이며, 동요도 하거니와 상처 입기도 하는 한 명의 사람이었습니다.

카오리 님을 지탱하는 역할에 가려 보이지 않을 뿐, 언니가 사실은 카오리 님만큼 타격을 받았다는 것을 쭉 지켜봐 온 저는 잘 알 수 있었습니다.

그건 카오리 님과 같은 연정 때문이 아닐 겁니다.

더 단순한, 친구를 구하지 못했다는 사실, 싸움과 죽음의 공포. 그 외에 다양한 것이 겹쳐서 언니를 짓누르고 있다는 것은 확실했습니다.

저희 소울 시스터즈 외에는 거의 아무도 눈치채지 못한 듯했지만요.

당연히 저희 소울 시스터즈가 그런 언니를 그냥 놔둘 리 없습니다. 성대하게 격려해 드려야 한다며 작전을 짰습니다.

일단 소울 시스터즈가 총출동해서 조공을 바쳤습니다.

닿아라, 우리의 언니 사랑(소울)!

웃어주셨으니까 조금은 힘이 됐다고 확신합니다.

"왜, 왜 모두 언니라고 불러요? 그보다 처음 보는 사람도 있는데?! 어느새 이렇게 증식했어?!"

이렇게 중얼거리며 묘하게 표정이 굳어 있었던 것 같기도 하지만 분명 기분 탓이겠죠.

회복한 증거로 다시 【오르크스 대미궁】에 도전한 언니는 그 베헤모스를 멋지게 토벌하고 최고 공략 계층을 갱신하셨습니다.

역시 우리의 언니입니다.

제국의 사신이 방문한다는 소식을 듣고 언니가 돌아오셨습니다.

이 사건은 꼭 소개하고 넘어가야 합니다.

처음 황제 폐하는 자칭 용사님의 실력을 알고 싶다며 연습시합을 요청했습니다.

어릴 적부터 친구인지 동문인지는 모르겠지만 유독 언니와 친밀한 것도 모자라 잘 어울리는 한 쌍이라는 주위의 평가를 당연한 것처럼 받아들이는 그 자식이 적당히 얻어터지는 모습을 보고 속으로 「꼴에 용사는 무슨」 같은 생각도 했으나…….

청천벽력 같은 대사건이 발생했습니다.

그 황제 폐하란 작자가 감히 언니에게 청혼하는 것이 아니겠습니까! 버러지 같으니라고.

당연히 그곳에 있던 저는 소울 시스터즈의 대표로서 즉각 『발가락 사이가 이상하게 가려워지는 어둠 속성(저주) 마법』을 걸려고 시도했습니다.

무좀으로 착각해서 언니한테 경멸받아라!

쿠제리 대장님에게 얻어맞았습니다.

"전쟁을 일으킬 생각이냐?! 이 천치야!"

머리끝까지 성이 나셨나 봅니다.

저는 물론 대답했습니다. 스스로 생각해도 참 멋진 경례까지 붙여서.

"언니를 위해서라면 전 세계와 싸울 각오도 되어 있습니다!"

그 뒷일은 기억나지 않습니다.

아마 기절할 때까지 맞았나 봅니다.

의식을 잃기 전에—.

"……이 녀석은 이미, 글렀을지도 몰라."

—라는 쿠제리 대장님의 혼잣말이 들린 것 같기도 하지만 분명 기분 탓이겠죠.

그런 것보다 중요한 것은 언니가 완전히, 완벽하게 황제 폐하의 청혼을 거절했다는 사실입니다.

황제 폐하 꼴조옿다! 내 속이 다 시원하다!

황제에게도 전혀 알랑거리지 않는 언니는 과연 대단합니다.

다만 객관적으로 보자면 세상 여자들이 두 손 들고 환영할 인생 역전의 기회입니다. 황제 폐하의 외모도 썩 나쁘지는 않습니다.

그런 황제 폐하를 단호하게 차 버린 언니의 남자 취향이 조금 궁금하긴 합니다.

설마 정말로 그 자칭 용사님을……. 그럴 경우 저는 불가피하게 수라의 길을 걸어야겠지요.

조마조마한 마음으로 저는 물었습니다. 그때 대화는 다음과 같습니다.

"언니. 어떤 남자를 좋아하는지 알려주십시오."

"우선 언니라고 부르지 마세요. 그리고 너무 가까이 붙지 마요. 얼굴 사이 거리가 10센티미터밖에 안 되거든요? 제발 좀 떨어져주세요."

"설마 그럴 리는 없다고 생각하지만 그 용사(웃음)인가요?"

"남의 친구한테 (웃음)이라고 하지 마세요. 그보다 릴리는 호위 안 하셔도 돼요? 또 쿠제리 씨한테 혼나시면 어쩌려고요. 그리고 떨어지—."

"왕녀 전하는 아무래도 상관없습니다. 그보다 언니의 취향이 중요해요."

"근위 기사가 왕녀를 『아무래도 상관없다』고 하면 안 되죠! 그리고 가깝다니까요! 가까워! 누가 좀 살려줘! 카오리! 니아! 멜드 씨이! 누구 없어요?!"

"안심하십시오. 아무도 안 옵니다. 소울 시스터즈가 접근을 막고 있으니까요. 자, 부끄러워하지 마시고 알려주십시오."

"안심할 부분이 하나도 없는데요?!"

"알려주실 때까지 불 속, 물 속, 대미궁 속, 침대 속! 까지라도 쫓아가겠습니다!"

"왜 침대 속만 강조해?! 알았어! 대답할게! 한다고! 잠깐, 어딜 만져?!"

눈물을 글썽이는 언니의 귀중한 모습을 저는 한평생 잊지 않을 것입니다.

어느샌가 벽까지 몰려 있던 언니는 왠지 파들파들 떨면서 잠깐 생각에 빠지셨습니다. 부끄러워서 몸이 떨렸나 봅니다. 어찌나 귀여우신지.

더불어 은근슬쩍 존댓말이 반말로 바뀌었습니다. 아무래도 저는 언니에게 상당히 편한 소울 시스터즈로 승격한 모양입니다.

황홀해하는 저를 보고 왠지 몸을 흠칫 떨면서도 진지하게 생각하셨을 언니의 대답은—.

"으, 으으음, 글쎄…… 나를, 지켜줄 사, 람?"

의외라면 의외, 혹은 꼭 그렇지만도 않은 대답입니다.

조금 뺨을 붉히고 시선을 피하면서 그렇게 말씀하신 언니는 어쩐지 사도님이나 빼어난 검사님이라기보다도 단순한 또래 여자아이 같아 보였습니다.

하지만 실제로 언니는 틀림없이 최강급입니다. 어쩌면 용사(웃음)를 능가하지 않을까, 하는 의견도 무작정 부정할 수 없을 정도로.

경우에 따라서는 그 유명한 황제 폐하나 멜드 단장님조차 언니에게 이기지 못할지도 모릅니다. 즉, 언니를 지킬 수 있을 만큼 강한 남성은 없다는 뜻…….

"그렇군요. 다시 말해 남자에게 관심이 없다, 그런 뜻이로군요! 듣던 중 반가운 소리입니다."

"그게 어떻게 그렇게 돼?! 그보다 코피가 엄청 쏟아져요! 어디 잘못된 사람처럼!”

그 후, 언니의 두 팔에 안겨 의무실로 옮겨지는 두 번째 경험으로 의식을 잃었습니다. 실은 이때 상당히 출혈이 심했는지 살짝 사경을 헤맸으나 목숨을 건 대가는 확실하게 얻었습니다.

결론. 언니는 남자에게 관심 없음. 여자를 노린다.

비보. 언니가 다시 【오르크스 대미궁】으로 떠나셨다.

소울 시스터즈의 통곡이 왕도에 메아리친다.

낭보. 언니가 【오르크스 대미궁】에서 돌아오셨다.

카오리 님이 안 계십니다.

언니가 어딘지 모르게 쓸쓸해 보입니다. 흑발 포니테일에 어쩐지 기운이 없습니다.

지체 없이 곁으로 갔습니다.

왠지 한 발 다가갈 때마다 한 발 멀어지고 계시지만…… 잡았습니다. 근위 기사는 폼으로 하는 것이 아닙니다.

“그 의욕을 릴리 호위에 쏟아주면 좋겠는데…….”

—라며 외롭다는 말도 하지 않으시고 왕녀 전하를 배려하십니다. 어찌나 자상하신지.

진정한 뒤 이야기를 듣자 경악스러운 사실이 판명되었습니다.

하지메 님이 살아 계시다는 겁니다. 그것도 쭉정이 같던 하지메 님에게서는 상상도 하지 못할 강대한 힘을 손에 넣으셨다고 합니다.

사도님들조차 전혀 당해 내지 못한 마인족과 마물 군단을 어린애 가지고 놀듯 해치우고 다른 사도님들을 궁지에서 구하시다니…….

좋습니다, 하지메 님. 칭찬해 드리죠. 언니를 지켜 낸 공은 큽니다.

"아니, 그 마물이 뭔지, 얼마나 강했는지, 달리 물어볼 게 따로 있을 텐데……."

언니가 무슨 말씀을 하셨지만 언니의 안위보다 중요한 일은 없다고 단언해 두겠습니다.

어쩐지 기가 찬 듯한, 이제는 도리어 감탄스럽기까지 한 뭐라고 표현하기 힘든 표정을 지은 언니에게 더 자세한 이야기를 물었습니다.

그러자―.

"내가 정말 놀라서 말도 안 나오더라. 믿어져? 미궁 천장을 뚫고 등장했어. 그걸 파일 벙커라고 하나? 커다란 말뚝을 위층에서 쏴서 마물을 뭉개 버리더라니까! 빨간 스파크가 파팍 튀는데, 그게 왠지 엄청 예뻤어……. 어쨌든 그 뒤에 뛰어내린 나구모가 처음에 뭐라고 한 줄 알아? 『여전히 사이좋아 보인다?』 이러더라. 달리 할 말이 있잖아? 주위에 마물이 있건 마인족이 있건 전혀 상관없다는 여유작작한 태도였어. 실제로도 그랬지. 어처구니가 없더라니까? 레일건이라고, 우리 세계에서도 SF에나 나올 법한 물건을 만든 거 있지? 그래서—."

한 시간은 논스톱으로 이어졌을까요. 저의 언니 한정 순간 기억 능력으로도 모든 내용을 기억할 수 없을 정도였습니다.

그리고 눈이 무척 반짝거리셨죠. 엄청 흥분하고 계셨습니다.

이런 언니를 본 적이 없었습니다. 마치 존경하는 히어로를 만난 평범한 소녀처럼—.

게다가 언니가 하지메 님에 대해 열변하시는 동안 쭉 무릎 위에 낯선 검 같은 것을 두고 계셨습니다.

가만히 두면 하루 종일 이어질 것 같은 언니의 이야기를 멈추고자 저는 그 검이 무엇인지 물었습니다.

그랬더니—.

"이거? 이건…… 나구모한테 받았어. 원래 쓰던 검은 부러졌거든. 그럼 곤란하지 않겠냐고, 평소에 신세를 졌으니까 주겠다고 했어. 내가 쓰는 검술은 원래 이렇게 휘어진 외날 칼—우리 세계에서는 일본도라고 부르는 이 칼을 써. 그래서 엄청 고맙더라. 그리고 이거 대단하다? 잘 잘린다고 대수롭지 않게 말했는데, 잘 잘리는 수준이 아니야. 무슨 요도(妖刀)인가 싶을 정도로 잘 들어! 밸런스도 완벽하고 무게도 알맞아서 꼭 나를 위해 만든 것 같은 칼이야! 얼마나 대단한지 몰라! 엄청난 명도(名刀)라니까! 이해하겠어?! 그리고 있지, 하지메도 참—."

……그래. 하지메 님을 죽이자. 놈은 살려 둬선 안 된다.

이때 저는 그렇게 결심했습니다.

그야 그렇지 않습니까. 언니의 이야기는 멈추지 않고, 그동안 쭉 하지메 님의 선물인 검은 칼을 끌어안고 계시는 겁니다. 때로는 뺨이라도 문지를 기세였습니다.

몸 전체로 「나, 너무 기뻐!」라는 기분이 흘러넘치고 있었습니다.

분명히, 아니, 틀림없이, 의심의 여지 없이 하지메 님의 선물이라서 기쁜 것이 아니라 좋은 칼이라서 기쁘신 것이겠지만, 그 외에 다른 이유가 있을 리 만무하겠지마는, 그래도 언니가 그런 표정을 짓게 한 하지메 님을 저는 저주하지 않을 수 없었습니다.

집결하라, 소울 시스터즈. 적은 강하다.

그러고 나서 얼마 후 왠지 왕궁에 이상한 기류가 흐르기 시작했을 무렵, 저는 갑작스럽게 본가로 귀향하게 됐습니다. 본가는 왕도 북서부에 있는 백작령에 있습니다. 연락에 의하면 할아버지가 돌아가셨다고 합니다.

솔직히 언니 곁을 떨어지고 싶지 않았지만 왕궁에서 문관으로 지내는 오라버니가 저에게 약을 타서 잠든 사이 연행하고 말았습니다. 내가 이런 실수를……. 그리고 오라버니, 넌 절대로 용서하지 않겠다.

왕궁으로 귀환했습니다.

이게 다 어떻게 된 일이란 말입니까. 왕도 앞에 펼쳐진 아름다운 초원이 풀 한 포기 남기지 않고 사라졌습니다. 우뚝 솟은 외성벽에는 통풍이 잘 되게 생긴 구멍이 뚫렸고 깨끗하게 정돈된 훈련장은 전쟁터의 분위기를 전해주는 것처럼 부서졌습니다.

덧붙이면 폐하도 돌아가셨습니다.

멜드 단장님을 필두로 한 많은 동료도 세상을 떴습니다.

대체 무슨 일이?

함께 돌아온 오라버니가 소식을 들은 순간 옆에서 어버버하고 기괴한 소리를 내며 기절했지만 좌우지간 언니는 무사합니다. 이게 중요하죠.

바로 언니 감지 마법을 써서 위치를 알아내고 그 가슴에 뛰어들었습니다.

“언니! 아아, 언니! 무사하셔서 다행입니다!”

“너, 지금까지 어디에…… 아, 그러고 보니 습격 전에 집으로 돌아간다고 했던가? 다행이야, 휘말리지 않았구나.”

언니가 건네주신 말씀에 제 가슴은 터질 듯한 환희로 가득 찼습니다. 어째 제가 없는 것을 잊고 있었다는 식의 발언도 있었지만 소울 시스터는 사소한 일에 연연하지 않습니다.

저는 언니에게 자세한 사정을 들었습니다.

마인족의 침공. 에리 님의 배신. 수많은 희생자. 하지메 님의 귀환. 하늘에서 슈쾅. 카오리 님의 대변신…….

정말로 많은 일이 있었나 봅니다.

하지만 뭐가 어찌 됐건 간에— 그 시허연 게 그놈이란 말이렷다…….

인상도 분위기도 많이 변해서 하지메 님인 줄 몰랐군.

내가 이날만을 기다렸다. 최근 개발한 『절대로 못 참는 배탈의 어둠 속성(저주) 마법』을 걸어주겠어…….

헤헷, 이미 화장실 휴지는 전부 회수해 뒀지. 전에도 식중독으로 위장해 언니에게 추파를 던지는 남정네들에게 실험했으니까 효과도 검증됐습니다. 그때는 식당 부근 화장실 휴지를 전부 긁어모은 탓에 대참사가 벌어졌지만 뭐 사소한 일입니다.

자, 미소녀들 앞에서 흑역사를 만들어라!

그렇게 생각했습니다만 그만뒀습니다.

이러니저러니 해도 언니를 구해주신 것은 사실입니다.

하지메 님, 굿 잡!

이번에는 봐 드리죠. 단언컨대 늘 옆에 붙어 있는 금발 미소녀가 무서워서 그런 것은 아닙니다. 언제 어디서 노리든 그 순간 고개를 쓱 돌려서 무기질적인 눈동자가 저를 바라본다고 겁먹은 것이 아니지 말입니다.

그보다 대체 뭘까요, 그 집단은. 어떻게 된 까닭인지 상상도 못 할 모습이 된 카오리 님도 그렇지만 하나같이 괴물 같은 박력이 느껴집니다.

게다가 엄청난 미소녀입니다. 언니보다는 못 하지만.

그 미소녀 집단은 예외 없이 하지메 님에게 연정을 품은 것 같습니다.

나 원 참, 이 심각한 상황에서 사랑 타령은……. 조금은 언니를 본받았으면 합니다.

보라, 언제 어느 때도 늠름한 언니의 모습을!

…….

…….

…….

오잉? 언니의 상태가…….

문득 돌아보면 하지메 님 곁에 있는 듯한…….

문득 돌아보면 하지메 님을 눈으로 좇는 듯한…….

왜 하지메 님이 놀리는 말에 조금 기뻐 보이는 걸까요?

왜 하지메 님과 다른 여자들을 보고 복잡한 표정을 보이는 걸까요?

아뇨, 제가 괜한 의심을 하는 것입니다.

하지메 님 곁에는 카오리 님이 계시니까 언니는 카오리 님을 보고 계셨을 테지요. 카오리 님 곁에 있었을 뿐이며, 카오리 님을 눈으로 좇고 있었을 뿐입니다. 복잡한 표정은 친구를 빼앗긴 기분이 들어서 그런 것일 테죠. 그것 말고는 생각할 여지가 없습니다.

분명히 그럴 것입니다.

그 증거로—.

"……언니. 혹시 하지메 님에게 특별한 감정을 품지는 않으셨습니까?"

제가 직설적으로 물어보자—.

"……무슨 소리야? 그럴 리가 없잖아?"

어리둥절한 표정으로 동요하지도 얼굴을 붉히지도 않고 잘라 말씀하셨으니까요.

역시 언니는 웬만한 남자에게 쉽게 마음을 허락할 분이 아닙니다!

그날 밤 저는 안심하고, 하지만 왠지 모르게 횟술이 당겨 폭음하고 푹 잠들었습니다.

비보. 언니가 하지메 님 일행과 떠나셨다.

그런데 왕녀님 전속 근위 기사인 저는 왜 두고 가시는지?

왜? 내가 뭘 했다고? 음모의 냄새가 난다.

"직무 태만이지. 근위 기사에서 해임한다. 내 아래에서 처음부터 다시 시작해, 이 천치야."

쿠제리 신 왕국 기사단 단장님이 무슨 말을 했지만 그러고 있을 때가 아니었습니다.

설마 언니를 그 남자와 함께 보내다니…….

그야말로 일생의 불찰!

이렇게 된 이상 제가 할 수 있는 일은 오직 기도하는 것뿐입니다.

언니.

부디 더 이상은 그 남자가— 언니를 『지켜주게』 하지 마십시오.

소울 시스터즈 일동은 언니를 믿습니다!

■작가 후기

흔해빠진 제6권을 읽어주셔서 정말로 감사드립니다.

중2를 좋아하는 시라코메 료입니다.

이번 권 표지를 보시고 모두 어리둥절하지 않으셨나요?

히로인들이 표지를 장식하던 가운데 지금까지 한 번도, 삽화에서조차 등장하지 않은 여자애가 실렸습니다.

「이건 또 누구야?!」라고 생각하셨나요?

권두 컬러 페이지를 보고서야 에리였냐고 놀라셨나요?

만약 그렇다면 저는 담당 편집자님과 함께 매우 기쁠 것입니다.

그나저나 이번에도 다짜고짜 돌격한 카오리는 진짜 신의 사도인 노인트에게 빙의해 버렸습니다.

잘 생각해 보면 무섭네요. 가뜩이나 사기인 회복 마법이 더 사기가 되고 신체 능력은 하지메와 동급 이상. 그것도 모자라 모든 것을 분해하는 흉악한 고유 마법에 쌍대검술 등의 경험을 트레이스하는 능력을 얻었으니까요. 뭐 이런 괴물이 있나 싶습니다.

괴물's 합류를 축하한다!

괴물′s라고 하니 시아도 「이 괴물 같으니」라는 욕을 먹으며 기뻐했었죠.

여러분, 삽화로 본 시아의 웃는 얼굴은 어떠셨나요?

그런 멋진 웃음을 보여준 뒤, 미하일 씨를…….

그야말로 괴물′s! 타카야Ki 선생님, 역시 대단합니다!

유감 토끼였던 시아도 참 듬직해졌군요.

왕도 침공, 배신, 가까운 사람의 죽음, 교회 붕괴, 비밀 결사 소울 시스터즈, 신의 사도와의 결전, 학우들의 심정 변화…….

매번 그렇지만 너무 많은 것을 욱여넣은 이번 편으로 「흔해빠진 직업으로 세계최강」도 마침내 터닝 포인트에 접어들었습니다.

빠른 것 같기도 느린 것 같기도 한, 참 신기한 기분이네요.

어쨌거나 가필, 수정, 번외편 등, 웹 버전보다 더 즐거운 이야기가 되도록 블랙커피를 들이켜며 앞으로도 노력하겠습니다. 마지막까지 「흔해빠진」과 함께해주시면 감사하겠습니다.

끝으로 감사의 말을 전하겠습니다.

이번에도 멋진 일러스트를 그려주신 타카야Ki 선생님. 카오리의 얼굴 문제부터 시작해 여러모로 상담을 들어주신 담당 편집자님, 매번 저격수처럼 정확하게 수정 부분을 지적해주시는 교정자님, 코믹스를 그려주시는 RoGa 선생님, 그 밖에도 이 책의 출판에 힘써 주신 관계자 여러분.

그리고 이 책을 읽어주신 독자 여러분, 웹 연재부터 응원해 주신 「소설가가 되자」 주민 여러분.

정말로 감사합니다.

다음 권 후기에서 다시 만나 뵙길 진심으로 바랍니다.

시라코메 료

흔해빠진 직업으로 세계최강 6

1판 1쇄 발행 2018년 2월 10일
1판 6쇄 발행 2021년 8월 4일

지은이_ Ryo Shirakome
일러스트_ Takaya-ki
옮긴이_ 김장준

발행인_ 신현호
편집부장_ 윤영천
편집진행_ 김기준 · 김승신 · 원현선 · 권세라
편집디자인_ 양우연
관리 · 영업_ 김민원 · 조인희

펴낸곳_ (주)디앤씨미디어
등록_ 2002년 4월 25일 제20-260호
주소_ 서울시 구로구 디지털로 26길 111 JnK디지털타워 503호
전화_ 02-333-2513(대표)
팩시밀리_ 02-333-2514
이메일_ lnovelpiya@naver.com
L노벨 공식 카페_ http://cafe.naver.com/lnovel11

ISBN 979-11-278-4385-4 04830
ISBN 979-11-278-1840-1 (세트)

값 7,400원